LES CÉSARINES

DU MÊME AUTEUR

Deux journées à Bassora, Milan
Le Deuil de l'image, Philippe Olivier
Le Vent mauvais, Lucien Souny
La Folie des justes, Lucien Souny
Les Caramels à un franc, Lucien Souny
La Rosée blanche, Albin Michel
Les Encriers de porcelaine, Albin Michel
Le Domaine de Rocheveyre, Presses de la Cité
Les Vignerons de Chantegrêle, Presses de la Cité ; Pocket
Jours de colère à Malpertuis, Presses de la Cité
Quai des Chartrons, Presses de la Cité ; Pocket
Les Compagnons de Maletaverne, Presses de la Cité
Le Carnaval des loups, Presses de la Cité

Jean-Paul Malaval

LES CÉSARINES

La tradition Albarède

Roman

Production Jeannine Balland
Romans Terres de France

PRESSES DE LA CITÉ

ISBN 2-258-06390-6

LIVRE PREMIER

Le Valperdu

1

Au creux de la combe, près des genévriers, ils vinrent s'accroupir, sous l'ombre, guettant la lueur blanche du ciel qui tardait à venir. Tous portaient la canadienne, le col en peau de taupe relevé, les guêtres de cuir ajustées sur des souliers à clous et le fusil cassé. Dans ce repli de terre, où la roche blanche affleurait le sol, on se sentait bien à l'abri, caché comme pour l'affût.

Vers la plaine de Cubjac où coulait l'Auvézère, la brume gagnait les méandres compliqués de la rivière. Il leur paraissait qu'elle enflait, peu à peu, tant l'eau et la brume se confondaient dans un blanc laiteux. Les hommes avaient tous le regard tourné vers l'aube, guettant l'instant où le soleil pointerait sur l'horizon ses premiers feux. Plus bas, sur le chemin qu'ils avaient emprunté, Julius tenait les braques en laisse. On distinguait l'éclat blanc de leurs poitrails, sous l'obscurité des chênes. Et, en prêtant un peu l'oreille, il eût été loisible d'entendre leur halètement d'impatience.

César Albarède était aux anges, scrutant un à un les visages qui l'entouraient. Et sous son chapeau de feutre à large bord, on devinait son regard pétillant de malice, ses lèvres gourmandes, ses bajoues rebondies. Il était né avec ce sourire sur le visage, et sans doute quitterait-il l'existence avec lui. Un don du ciel. Une providence pour un homme de bien. Il usait sans vergogne de sa bonhomie dans toutes les affaires qu'il traitait. Ce n'était pas, à vrai dire, la seule perspective d'une partie de chasse qui l'emplissait de ravissement. Celle-ci faisait partie, tout bonnement, d'un rituel par lequel s'orne la vie d'un homme sur ses terres du Périgord. Mais bien la présence, à ses côtés, de monsieur Palamède, comme on avait coutume de le nommer, dans un mélange de vénération paternelle. César Albarède avait longtemps attendu ce moment ; il y avait travaillé secrètement, sans désemparer, avec la conviction que tous les hommes, les plus grands, les plus influents, les plus inaccessibles au commun des mortels, possèdent des tentations cachées. Et le jour où il découvrit que Palamède Sarazac, le digne descendant d'une longue lignée de maîtres de forges de Thiviers, aimait par-dessus tout à tirer la perdrix rouge, il n'eut plus qu'un seul dessein, gagner ainsi ses faveurs en organisant au Valperdu une chasse mémorable.

Tandis qu'Albarède savourait son bonheur, adossé à la roche blanche qui lui faisait un appui confortable, humant les senteurs des genévriers qui bordaient la cuvette, Palamède se tenait sur son séant, droit comme un piquet, évitant de tacher son costume de toile bistre à la terre glaiseuse amoncelée dans la roche. Il portait le fusil en travers de ses cuisses, la crosse élevée pour qu'elle ne touchât point le sol humide. Parfois, une main gantée courait sur le pontet, caressante. A ses gestes répétés, on voyait aisément que l'homme aimait les armes à feu, la finesse des bois qui les habillaient, la belle ouvrage des percuteurs, ciselés comme un mécanisme d'horlogerie. Aussi répétait-il souvent, presque machinalement, les mouvements qui prépareraient son fusil au tir, comme tendre et détendre les chiens. Mais il ne connaissait pas de plaisir plus grand au monde que de conduire dans les canons deux belles cartouches aux culots dorés. Cela s'emboîtait à merveille, sans effort. Et il les retirait, aussitôt, rien que pour renouveler son plaisir. Du six ou du sept, c'était tout ce qu'il fallait pour tirer la perdrix rouge, sans l'abîmer.

Le maître de forges de Thiviers connaissait parfaitement la perdrix rouge. Avant de se risquer à la traquer au cœur des garennes, des friches et des bruyères, il avait soigneusement étudié ses mœurs dans un ouvrage de cynégétique. Palamède Sarazac croyait en savoir plus sur les oiseaux à plumes que tous les paysans réunis du Périgord ; ce le réjouissait fort, du reste, de montrer à l'occasion l'étendue de son savoir ; chez nombre de chasseurs on confondait aisément la perdrix rouge avec la bartavelle ou perdrix grecque, et quelquefois aussi avec la perdrix gambra d'Afrique, introduite en France au Second Empire.

César Albarède pointa un index vers le levant. Les premiers feux couvaient déjà sous l'horizon. L'instant était proche où il faudrait se mettre en ordre de marche. Deux groupes bien séparés, avec un braque chacun. Ainsi prendrait-on le Valperdu par les friches montantes, usant des petits sentiers que les chasseurs et les chiens avaient fini par tracer entre les bosquets de chênes nains. L'endroit était fort réputé pour le gibier à plumes. Il s'y reproduisait en colonies, formant de grosses compagnies de perdreaux, trouvant dans les vastes espaces de la nourriture en abondance : des baies de genièvres, d'églantines et d'aubépines.

Le paysan se dressa, soudain, en saisissant à pleine poigne une racine qui émergeait dans la fracture de la roche. Puis il fit un signe à son domestique, Julius, qui tenait en laisse les deux chiens. L'homme ne parut s'apercevoir du commandement, tant l'aube était encore dans ses prémices. Alors, César émit un court sifflement. Les braques réagirent, aussitôt, bousculant Julius, l'entravant dans les laisses.

Palamède avait emmené avec lui ses deux fils, Emile, l'aîné, et Julien. Ce dernier avait accepté l'aventure en traînant les pieds. La chasse ne faisait guère partie de ses préoccupations. Au contraire, la seule idée de devoir tirer sur une cible vivante le répugnait. Ces plaisirs n'étaient-ils pas le résidu d'anciens instincts grégaires, disait-il volontiers. Mais le bon vouloir du père primait sur toute autre considération. Quant à Emile Sarazac, il ne se posait guère de questions, en la matière comme en tant d'autres ; un bourgeois se doit de montrer au paysan qu'il possède autant de flair et de savoir-faire que lui.

César escalada la combe à grands pas. Il entendait diriger les opérations. N'était-il pas le propriétaire du Valperdu ? Et chaque arpent de friches n'avait plus de secret pour lui. Il savait où gîtaient les compagnies de perdreaux, pour les avoir observées maintes fois. Et il y allait de son honneur de conduire les Sarazac au butin, afin qu'ils fussent comblés au terme de la journée, les gibecières bien garnies.

Avec une redoutable économie de mots, le paysan constitua les deux équipes. La première, formée par les Sarazac, il la conduirait avec Sextus, son meilleur braque, tandis que la seconde, comprenant ses voisins, les Chadeuil, dont Firmin, le père, et Eugène, le fils, serait menée par Julius. L'idée que les deux équipées dussent rivaliser dans la quête des compagnies de perdrix l'excitait grandement. En prenant la laisse de son champion, César se mit à chuinter quelques ordres de connivence. Aussitôt, Sextus vint se placer à un pas de lui, la truffe dans les fougères. Et, d'une marche alerte, la troupe gagna le plateau, en suivant une sente étroite. Le jeune Julien fermait la marche, le fusil en bandoulière. Palamède, dans son for intérieur, désespérait d'en faire un jour un Nemrod convenable. Et de le voir, ainsi, musarder à l'arrière, gauchement, le chagrinait. Comment peut-il exister une telle indifférence pour les plus nobles occupations de l'homme : la chasse, les femmes, l'argent, le pouvoir ? C'étaient des mots qui revenaient souvent dans son esprit, des maîtres mots par lesquels se révèle la véritable nature de l'homme d'action.

Lorsque le groupe eut atteint les limites de la truffière, César Albarède libéra son braque. Sextus se mit à arpenter, en incessants mouvements de va-et-vient, l'espace occupé par les chênes chétifs. Les chasseurs se déployèrent en éventail, à quelques mètres de distance l'un de l'autre. Soudain, le chien s'arrêta au fourré qui leur barrait le passage. César ferma son fusil. Les voisins l'imitèrent, scrupuleusement. C'était connu. La perdrix déboulait brutalement, et l'art consistait à ne pas se laisser surprendre. Palamède avait même conduit son arme à l'épaule, les chiens tendus sur l'amorce. Je tirerai le premier. Le premier, se jurait-il. C'est un plaisir, grand Dieu, qui ne se partage pas !

Sextus se faufila dans le fourré, l'échine ployée, pour surprendre le gibier, ainsi qu'on l'y avait dressé, à l'arrêt. César observait la queue de son champion, qui remuait à peine. A l'instant où elle s'immobilisera, se dit-il, notre affaire sera jouée. Et tout se déroula comme prévu. La compagnie piéta plusieurs mètres avant de prendre l'envol, lourd et bruyant, comme un jet de pierres propulsées par une fronde. Palamède tira deux coups. César n'eut droit qu'à la dernière qui partit sur sa droite. Il suivit sa trajectoire jusqu'à un pin où elle chuta. Le braque rapporta les deux perdrix rouges.

— Nous sommes à égalité, fit Albarède. Une pour vous et une pour moi.

— Pourtant, j'aurais juré en avoir touché une seconde, releva Sarazac.

Et il se tourna vers ses fils, agacé.

— Vous auriez pu faire un effort, tout de même...

Emile baissait la tête sur son fusil. Dans la précipitation, il avait omis de relever les chiens. Le temps d'armer, convenablement, la compagnie s'était volatilisée. Quant à Julien, il prit la remarque de son père avec indifférence, se félicitant presque, intérieurement, d'avoir vu six perdreaux sur huit échapper au massacre.

D'une main caressante, Sarazac admirait la beauté du plumage des perdrix rouges du Valperdu. La gorge blanche se trouvait encadrée d'un collier noir, partant des yeux et s'élargissant sur les côtés. L'ensemble du plumage était tacheté de noir sur le dessus et d'un beau gris sur le ventre, et roussâtre à la pointe des franges. Le bec, le tour des yeux et les pattes s'avéraient d'un rouge vif.

— C'est un mâle, fit César.

— A quoi voyez-vous cela ? Au poids ? demanda Sarazac.

— Non. Votre perdrix possède un tubercule au tarse. Tandis que la mienne, voyez-vous, là ?

Et Albarède étira les plumes des ailes, fouilla le duvet qu'elle portait au jabot.

— Elle n'en a point, montra-t-il. Et à les comparer, on pourrait dire aussi que la vôtre est plus colorée.

Palamède hocha la tête et se détourna aussitôt en enfournant sa prise dans la poche arrière de sa canadienne. Expérimenté, se répétait-il intérieurement, expérimenté... Ne serais-je qu'un ignorant, à en croire ce petit paysan d'Auberoche ? Décidément, la remarque maladroite de César l'avait froissé, bien plus qu'il ne voulait en laisser paraître.

— Courons après les fuyards ! s'écria-t-il dans un grand geste. Mais où les retrouver ? Votre Sextus est-il à la hauteur ?

Albarède remit deux cartouches dans son arme et glissa les douilles vides dans sa poche. Palamède l'imita aussi. Mais, lui, il laissa tomber les siennes dans la fougère. C'était une manière de montrer à son voisin qu'il avait les moyens de se payer de bonnes munitions neuves, tandis que chez les chasseurs du commun on avait acquis l'habitude de les recharger de poudre, de plomb, de bourre, et de les sertir à la main.

— C'est une des particularités de la perdrix rouge que de se disperser à tout vent, dit César. Ce n'est point comme le perdreau ordinaire qui reste en bande, et que l'on peut traquer jusqu'au dernier.

— Voudriez-vous suggérer que la perdrix rouge a acquis cette intelligence du chacun pour soi ? questionna Sarazac.

Le paysan releva son chapeau d'une chiquenaude, laissant apparaître une suée sur son large front.

— Je ne saurais dire s'il s'agit d'intelligence. Mais j'ai observé bien des fois cette manière de défense.

— Oh oui, il s'agit bien d'une tactique fort subtile, insista Palamède. Ainsi dispersées, elles acquièrent toutes ensemble plus de chances de se sauver. Car votre braque ne pourra en dénicher qu'une ou deux, tout au plus, sur toute la compagnie.

— A moins que nous rencontrions une nouvelle volée... releva Emile. Que nous importe alors, celles-ci ou d'autres ! Nos plombs ne feront pas la différence.

— A la condition de faire feu ! répliqua le père d'un ton sec.

Au moment de se remettre en marche, derrière le chien d'arrêt, qui allait et venait, dix pas devant eux, excité par les odeurs que le gibier avait semées derrière lui dans sa fuite éperdue, trois, puis quatre coups de feu retentirent, derrière la colline. Chacun songea alors que le groupe conduit par Julius avait fait une heureuse rencontre. Et Sarazac en ressentit de l'aigreur. Au train où vont les choses, se dit-il, nous ferons figure de piètres traqueurs.

A midi, ils avaient atteint le cœur même du Valperdu, avec cent hectares alentour sans âme qui vive. Seule une cabane occupait la crête. C'était une ancienne maison de vigne, construite vers les 1830, à l'époque où l'on produisait du vin sur les coteaux arides. Tout autour, des pins parasols, aux troncs effilés et d'une couleur saumonée, formaient un havre de paix et de silence. A la période des migrations, ils accueillaient des palombes que les chasseurs venaient tirer du repaire même, par les fenestrelles étroites. C'était une autre sorte de quête que celle de la perdrix rouge, requérant plus de patience que de savoir-faire. Au soir, il fallait attendre la venue des ramiers, lorsqu'ils avaient choisi l'îlot d'arbres, perdu au milieu de cette mer de broussailles et de friches, pour s'y regrouper et passer la nuit haut perchés dans les ramures.

Albarède posa son fusil contre le mur et poussa d'un coup de talon la porte de bois mal ajustée dans son embrasure de pierre. Il en ressortit aussitôt avec une bassine de vieille fonte. Et, défaisant sa gourde en peau qu'il portait accrochée à sa ceinture, le paysan emplit le récipient d'eau que Sextus vint laper. Le braque s'y reprit à plusieurs fois pour étancher sa soif. Seul Julien Sarazac parut intéressé par les réactions du chien. Et, au passage, il lui prodigua quelques caresses, ôtant les akènes accrochés à son pelage.

Palamède risqua un œil dans la cabane, par curiosité. Elle était vide, peu entretenue, comme on pouvait s'en douter, et tapissée au sol de vieilles fougères. Tout juste un asile pour se réfugier un jour d'orage et de violentes pluies.

— La guerre que nous menons contre ces malheureuses perdrix en vaut-elle la peine ? dit Julien qui avait retiré les cartouches du canon par mesure de sécurité.

Emile et son père se regardèrent, incrédules. Puis Palamède soupira un grand coup.

— La chasse est nécessaire à l'équilibre des espèces, fit-il d'un ton las. Toute variété qui proliférerait plus que de raison entraînerait des désorganisations sur le milieu. Il faut veiller à l'équilibre. Et le chasseur est un des éléments régulateurs.

Emile chercha, sous un pin, un emplacement confortable pour s'asseoir et fit signe à son père de le rejoindre. Albarède avait ouvert son havresac, et sorti une bouteille de son meilleur vin et plusieurs gobelets en métal.

— Nous les chassons, cher garçon, fit-il en fixant Julien, pour notre bon plaisir. La chair est succulente.

La réflexion du paysan fit rire Palamède. C'était un autre aspect de l'affaire qu'il n'eût osé évoquer. L'industriel avait le goût des réparties compliquées, alambiquées, des explications savantes. S'il s'adonnait à la chasse, ce ne pouvait être, évidemment, que pour des raisons morales, scientifiques, pour éviter quelque dérèglement de la sainte nature. Tel était l'homme de bien, en vérité, dans son esprit, jamais un prédateur, plutôt un réparateur de mauvaises inclinations. Le principe général valait tout autant pour les petits plaisirs de la vie que pour les grandes entreprises. La fonderie d'Ans, dont il avait hérité, avec ses murs et ses ouvriers, étant sur le déclin, il l'avait transformée, corrigée, adaptée en fabrique de boîtes à conserve. Et ainsi sauvée du désastre.

— Je ne sais si ce gibier est aussi goûteux que vous le dites, releva-t-il.

— En pâté, cela vaut autant que le canard et l'oie, fit César. Du reste, je vais vous en faire manger. Et vous m'en direz des nouvelles.

Albarède distribua ses gobelets. Et chacun se mit à boire le vin de soif qu'il avait équitablement servi. Puis il attendit le jugement de ses pairs. En vain. Il n'était pas dans les habitudes de Sarazac de faire des compliments. Du reste, il n'aimait pas le vin et la bonne chère plus que de raison. Et ses fils étaient tout autant que lui entretenus dans la rigueur, selon laquelle seules les expériences de l'esprit méritent quelque débordement.

— Lorsque Julius nous aura rejoints... précisa César. C'est lui qui transporte nos réserves...

Le second braque parvint, haletant, sous la pinède. Albarède l'amena, avec force caresses, à la bassine où il versa de quoi le désaltérer.

— Ça, s'exclama-t-il, c'est mon bon Titus. Il n'a pas les qualités de son frère, mais il possède de l'endurance. Ça nous crèverait une armée de chasseurs.

Palamède avait croisé ses mains sur la poitrine, comme il le faisait souvent pour réfléchir, dans son bureau, à la fabrique d'Ans, l'œil perdu dans le vague. C'était un moment privilégié du maître où il valait mieux ne point le déranger. Et Emile, assis à côté de lui, malgré ses vingt-cinq ans, faisait l'effet d'un petit garçon docile. L'admiration pour son père l'avait ainsi rendu sage, prudent aussi lorsqu'il fallait émettre une opinion.

— Je voudrais vous poser une question, Albarède, dit l'industriel.

César fronça les sourcils. Il l'avait toujours appelé ainsi, par son nom, avec un air de supériorité propre aux gens qui commandent une armée d'ouvriers. Et même si le propriétaire d'Auberoche n'avait jamais été un de ceux-là, c'était égal puisqu'il n'était qu'un paysan. Et un paysan, tout compte fait, était à ses yeux moins qu'un ouvrier.

— Mais, monsieur Palamède, dit Albarède, je suis à vous, prêt à vous répondre.

— Pourquoi empruntez-vous des patronymes romains pour nommer ainsi tous ceux qui vous entourent ? Cette manie singulière m'intrigue, surtout venant d'un homme comme vous. Et même vos chiens, grand Dieu, Sextus, Titus. Mais je songe, bien sûr, en priorité à vos filles : Octavia, Antonia... Avouez que ce n'est pas courant. Alors que dans le pays, les prénoms usités sont ceux qui figurent dans le calendrier chrétien.

Albarède fut saisi par un réflexe d'orgueil. Et, d'un mouvement de pas, il se détourna de son invité pour attacher les braques. Il craignait surtout que Titus ne fût pris d'une toquade subite, partir au trot derrière un gibier et ainsi se perdre, en vaines poursuites, dans le maquis, pour la journée entière.

Au moment où il se rapprocha de Palamède, ce dernier se dressa en grimaçant. La marche du matin avait réveillé de vieilles douleurs. Le fait que l'industriel consentît à se lever pour entendre son explication le flattait assez.

— J'ai la passion de cette civilisation, fit-il. Ah ! les Romains. Les Romains. Je n'aurais voulu vivre qu'à cette époque. En ce temps-là, un homme courageux était reconnu pour ce qu'il valait.

Palamède sourit en avançant la main sur l'encolure de la canadienne de son voisin.

— Peut-être eussiez-vous fait partie de la plèbe,

Albarède ? Et croyez-vous que l'on vous en aurait sorti pour un peu de vaillance ?

— Je le crois, volontiers.

— Et que savez-vous des Romains ?

— Ce que m'en dit mon pauvre père.

— Déjà ! Il est vrai qu'il vous prénomma César. Cela ne s'invente pas, ironisa Sarazac.

— Mon père disait souvent que l'avènement de la chrétienté avait entraîné un abaissement des valeurs morales dans tout l'Occident.

L'industriel hocha la tête.

— Rome apporta plus de dictateurs que de philosophes. Et si la cité sombra dans la décadence, elle le dut aux guerres intestines que se livrèrent les Césars et les Antonins...

Sarazac parut réfléchir, comme s'il se parlait à lui-même.

— Les théocrates du Moyen Age assurèrent-ils ensuite le renouveau de l'Occident ? C'est une vraie question.

Puis il regarda Albarède droit dans les yeux.

— Aujourd'hui, nous adorons un dieu unique, nous avons établi des lois et des règles qui garantissent la protection du bien privé et la pérennité du bien public. Par elles, se trouve fondé l'équilibre de nos sociétés.

L'industriel tapota l'épaule d'Albarède. C'était un geste qui se voulait assurément amical, mais César le prit en mauvaise part. Il y avait trop d'orgueil en lui pour répondre à cette marque d'intérêt. J'ai hérité d'un peu de terre, se dit-il, sur Auberoche. J'ai agrandi mon domaine en y plantant des noyers. Tout cela à la sueur de mon front. Puis, lorsque les gens du chemin de fer ont construit leurs voies ferrées, dans le pays, j'ai fourni de solides chevaux pour tirer les bois. L'affaire m'a rapporté assez pour acquérir des terres nouvelles, dont mon

Valperdu. Encore un pays qui mérite bien son nom. A la différence que sous cette broussaille il y a de la fortune.

Albarède éclata de rire.

— Je sais ce que l'on pense de moi à Cubjac. Que je suis bien le fils de mon père, un Albarède. Un orgueilleux solitaire qui ne pense qu'à acheter de la terre et à faire des sous. Il n'y a que dans ce monde où l'on reproche à un homme de tracer les limites de son empire. Pour être estimé, je vous le dis, monsieur Palamède, il faut être pauvre, point trop quand même, mais un peu tout de même. Enfin quoi ! Faire pitié ! Voilà, la vérité. Si nous dépassons du troupeau, même d'une courte tête, on nous le fait payer. On nous fait entrer dans le rang. Alors, si l'on en vient à se résigner, à renoncer à son empire, à n'être que ce bon chrétien obéissant et soumis à vos fameuses lois, nous voilà enfin paré de toutes les vertus.

Sarazac se rassit à l'endroit qu'il avait quitté, en geignant de douleur à l'endroit des reins.

— Vous êtes bien un César, dit-il, rêvant d'un monde sans ordre, où vous faire les dents, et prêt à vous servir de vos alliés pour conquérir un peu de hauteur et ensuite les trahir, si je ne m'abuse. Cela ne ressemble guère aux paysans d'ici.

— Il faut jouer des coudes pour gagner sa place. Je vous le dis, monsieur Palamède. Et je n'ai qu'un rêve, faire de mes filles mes dignes descendantes. Pour cela, il faut que je leur lègue un héritage. Et j'y travaille comme un forcené. Toute ma vie fut dédiée à Auberoche...

L'industriel leva la tête vers le paysan et se mit à l'observer dans les feux de ses propos. Il y a quelque chose de pathétique et de pitoyable en lui, songea-t-il. Qu'un paysan veuille dominer tous ses voisins, par l'argent et la terre, est une affaire ordinaire. Cela peut combler une vie. Mais quelle petitesse morale, mon Dieu !

— César et ses Césarines ! lança Palamède. N'est-ce point ainsi qu'on nomme vos filles à Cubjac ?

Albarède chargea Julius de tailler de belles tranches de pain, puis décalotta une terrine de pâté, en chassa de la pointe d'un couteau la graisse qui le recouvrait. De la perdrix rouge truffée. Chacun se servit abondamment. Sans compliment aucun. Pourtant, César s'était arrangé pour que la lamelle de truffe fût posée sur le pain de Palamède. Seul Firmin Chadeuil cligna des yeux dans sa direction, pour lui faire comprendre qu'Octavia avait réussi, là encore, un coup de maître. Il y avait juste ce qu'il fallait de sel et de poivre, et un fond d'alcool qui donnait au gibier du corps, et relevait son goût sauvagin.

Il se vida trois bouteilles de clairet. Dans la famille Sarazac, seul Julien consentit à se faire resservir. Le reste fut descendu par Chadeuil et Albarède. Ces deux-là aimaient le vin qu'ils produisaient et n'éprouvaient aucun besoin de boire celui des autres. Du reste, Firmin était un sacré vigneron, avec peu de vignes. Juste un demi-hectare. Mais c'était un choix mûrement réfléchi. Mieux valait faire peu et bien que tenter le diable avec des additions de sucre ou de gnôle, comme cela se faisait parfois à Cubjac. Les années où le raisin manquait de maturité, Chadeuil préférait l'abandonner aux grives et aux étourneaux. Et cette religion convenait à César. « Toute chose humaine se doit d'être réalisée avec cœur et passion », disait-il.

Julien Sarazac avait observé que le fils Chadeuil se tenait à l'écart, le dos appuyé au mur de la cabane. C'était un solide garçon, bien charpenté, le visage ossu. Il portait un béret enfoncé jusqu'aux oreilles, ce qui lui accordait un air fat. A la fin des agapes, il se porta dans sa direction pour discuter un peu. Le petit Julien, qui n'avait que dix-huit ans, cherchait souvent dans la compagnie des paysans ou des ouvriers de quoi élargir son univers, fait d'études latines et grecques. Ses questions demeurèrent sans réponse. Et rien n'y faisait. Eugène Chadeuil persistait à offrir un visage prostré, indifférent. Le jeune homme flaira, aussitôt, dans le regard vide de son voisin, le simple d'esprit. Il se détourna, embarrassé. Il n'était pas dans ses intentions de se railler ou de ridiculiser une telle créature, comme cela, hélas, se faisait souvent dans le milieu cruel et impitoyable de la paysannerie. Ne voyait-on pas, dans le crétinisme, quelque insigne et coupable marque du malin, le résultat de commerces consanguins ou contre nature ? Julien Sarazac était trop instruit des sciences humaines pour accorder le moindre crédit aux superstitions.

Le trouble soudain du jeune homme ne passa pas inaperçu chez le père Chadeuil. D'ordinaire, pour tout ce qui concernait son fils, Firmin était plus qu'attentif, soucieux d'accourir à la moindre alarme pour apporter des explications. Il prit Julien à part :

— Mon Eugène est un pur idiot, dit-il. Depuis sa naissance. Cela ne l'empêche pas d'être un bon petit, travailleur et consciencieux...

— Je comprends, fit Julien. Je comprends parfaitement.

— Si vous voulez obtenir une réaction de lui, il faut le toucher, là, aux mains. Histoire d'attirer son attention. Et ensuite lui parler, avec des gestes. Alors, son regard s'éclaire. Voyez-vous...

Pour la suite des opérations, il fut décidé que les chasseurs resteraient groupés. Il y avait vers Grand-Bois assez de compagnies de perdreaux pour remplir les gibecières. On excita les chiens et la battue reprit, au milieu des chênes truffiers. Une heure plus tard, Titus leva six perdrix rouges. Et cette fois, les traqueurs en abattirent quatre. Puis l'affaire se reproduisit à la lisière de Grand-Bois, dans un massif de fougères rousses. Même Emile parvint à faire coup double. Palamède flanqua de rudes claques sur l'épaule de son fils. Enfin, son aîné sauvait l'honneur des Sarazac. Comment imaginer qu'un tel sang demeurât en reste ?

— Ah, je suis fier de toi, mon petit ! s'écria le bonhomme, d'ordinaire si réservé.

César et Firmin riaient devant le spectacle d'un père qui se déboutonnait comme un paysan. Il y avait pourtant une ombre au tableau : le désintérêt de Julien. Palamède entra dans une vive colère lorsqu'il visita la culasse de son fusil. Le fils rebelle avait omis d'y glisser la moindre cartouche.

— Mais, père, vous savez bien que je me moque de vos perdrix. Et je me défie de tuer quoi que ce soit.

— Tu es comme ta mère, trop sensible, releva Palamède.

Le fils hocha la tête. C'était une explication qui en valait une autre. Et Eugène, qui avait compris l'étrangeté de l'affaire en voyant, lui aussi, les canons vides, faisait de grands gestes.

— Ah, tu te moques de moi, dit Julien en le bousculant d'un coup d'épaule. Décidément. Le monde des chasseurs m'est impitoyablement hermétique. Et où as-tu mis ton fusil, animal ?

Julien tendit son arme pour lui faire comprendre qu'il était, lui aussi, un chasseur occasionnel, et que si tel était son désir, il pouvait tout aussi bien s'en servir. Et pour appuyer son propos, il extirpa de sa cartouchière, qui lui ceignait les reins, deux recharges et les lui glissa dans la main. Eugène parut embarrassé. Il savait comment garnir un fusil, mais se refusait à en exécuter les gestes. Il fit non de la tête, d'un mouvement appuyé.

— Tu peux bien rire. Toi aussi, tu te fiches des perdrix rouges, n'est-ce pas ?

Et le jeune Sarazac ressentit une grande satisfaction d'avoir trouvé chez un petit paysan, simple d'esprit, son alter ego. S'il y a quelque chose de profitable dans cette journée, songea-t-il, en marchant à ses côtés, à la traîne, c'est bien notre connivence, par-delà les silences. Et il imagina ce que pouvait être une vie sans amour, sans poésie, sans musique, sans la compréhension des bruissements de la nature, une vie murée aux seules rumeurs du corps. Il porta les mains à ses oreilles et en obtura le vent, les froissements de feuilles sous le pas, le frôlement des branches sur le tissu. Ce n'était plus que bourdonnement des tempêtes souterraines, sourdes et caverneuses. Il relâcha la pression et s'en revint à lui l'épaisseur du monde.

Les chiens avaient encore levé du gibier. Une salve d'artillerie salua l'événement. Le groupe se dispersa, hors du chemin, jusque dans les fourrés, les broussailles, pour récupérer les proies pantelantes. Même Palamède alla s'y vautrer aussi, au grand étonnement de Julien. Notre père saurait-il marcher à quatre pattes, ramper, humer les fossés, se souiller de boue ? pensait-il. Voici qu'on nous avait habitués à plus de tenue. A laisser agir la domesticité en lieu et place... Qu'est-ce donc qui a pu ainsi en faire un bon sauvage ? L'instinct du chasseur ? L'odeur du sang ? Décidément, sourit Julien, je ne pourrai plus jamais prendre notre père au sérieux...

La nouvelle razzia opérée, Julius rameuta ses chiens et leur passa la laisse. Fin de récréation. Il était temps désormais de se rapprocher d'Auberoche. On pouvait prendre un raccourci par Rouvade. Un petit village avec dix maisons perdues au milieu des champs de blé et de maïs. Palamède avait tué sa douzaine de perdreaux. C'était plus qu'une bonne affaire. Une aventure mémorable. Une de celles dont on parlerait encore dans dix ans au moins, à la tablée dominicale. Et cela, il le devait à César Albarède, un petit paysan, un brin maquignon, éleveur de chevaux de trait. Ce ne serait peut-être pas utile de s'en souvenir, de l'homme qui se rêvait empereur de Cubjac. Un César en Périgord, ce ne pouvait être sérieusement envisagé. La terre prodigue avait trouvé déjà ses dignes héros : La Boétie, Brantôme, Fénelon, Talleyrand...

Tout en cheminant, la fatigue dans les jambes, Albarède s'était rapproché de l'industriel. Il le sentait mûr à point pour entendre ce qu'il avait à lui dire. La chasse à la perdrix rouge n'avait été qu'un prétexte. Une bonne affaire pour préparer le terrain. Palamède traînait des pieds. Emile avait récupéré son fourniment pour lui rendre le trajet plus confortable. Le chemin, passé le hameau de Rouvade, descendait vers des terres hospitalières. On distinguait la vallée de l'Auvézère avec ses champs et ses terres dessinés par la main de l'homme, à force de charrue. Les longs et minces traits verts des haies tranchaient avec l'ocre et la suie des labours. Et le jour descendant apportait sa patine d'or sur cette géométrie des espaces domestiqués.

Les deux hommes s'arrêtèrent une minute pour reprendre haleine.

— Est-il une terre plus noble que la nôtre ? s'interrogea César. Tout y est prodigue.

Sarazac l'observa à la dérobée. Le paysan avait l'art de bien parler. Il devait tenir cette éloquence de son goût pour l'histoire ancienne, de la fréquentation d'ouvrages tels que ceux de Suétone ou de Plutarque. Puisqu'il aimait les Romains, n'étaient-ils pas incontournables ? Sans doute y manquait-il la rigueur scolastique par laquelle on pouvait discerner un latiniste d'un amateur. Mais le fait était assez singulier pour qu'on s'intéressât à cet homme, dont le travail de la terre ne se résumait pas à suivre le cycle des saisons.

— Albarède ! dit l'industriel. Vous êtes un phénomène.

César goûtait son plaisir en se caressant les mains. Il n'était pas d'éloge plus flatteur que celui que pouvait lui attribuer Sarazac, le descendant des maîtres de forges d'Ans.

— J'ai de fortes ambitions pour mon Auberoche, dit-il.

Et comme Julius les attendait avec Chadeuil, il fit signe de presser le pas. C'était d'un tête-à-tête qu'il avait besoin. Nulle oreille indiscrète. Comme de juste.

— Ah oui ! rétorqua l'industriel d'un ton indifférent. Le contraire m'étonnerait.

— Vous me comprenez, n'est-ce pas ?

Palamède grimaça en étirant sa jambe. Les cuisses, peu habituées à être tant sollicitées, se ressentaient de la fatigue.

— Nous sommes encore loin de votre ferme ? s'inquiéta-t-il.

— Une heure, tout au plus.

— Une heure, encore. Ah diable ! Ces petites perdrix m'auront bien fait marcher.

Le paysan se sentit désemparé. Palamède n'avait pas son pareil pour détourner les conversations. Se peut-il qu'il ait flairé mon affaire ? se demanda César. Ce genre d'homme a l'instinct chevillé au corps. Ça vous sent venir avec vos petits souliers. Et de loin. Mon Dieu, oui. De si loin. Pourtant, ai-je une autre solution ?

— Vous pourrez revenir quand bon vous semblera. La mine est inépuisable.

Palamède se mit à rire.

— Alors, que voulez-vous de moi ? fit-il, soudain, à l'arrêt comme un chien qui a flairé sa proie, tapie dans la broussaille.

César détourna les yeux, décontenancé.

— Je ne voudrais pas que vous croyiez que je vous ai invité pour ça ?

— Un petit peu.

— Vous ne me rendez pas la tâche aisée.

— Bien entendu.

Ils reprirent leur marche. Albarède cherchait ses mots, la gorge asséchée.

— Ma vraie passion, dit le paysan, ce sont les chevaux. Vous le saviez, n'est-ce pas ?

Sarazac flairait les odeurs du soir, le nez en l'air. Cela sentait la terre humide, la boue des étables, la crasse du bétail, les pisses fermentées. Ils longèrent une ferme où les habitants avaient essaimé alentour mille détritus inutiles, des vieilles charrettes démembrées, des charrues brisées, de la futaille éventrée. Au milieu d'une cour, une femme en tenue crasseuse et bonnet sur la tête, le visage gris, les observait d'un œil de bovidé. La détresse du monde posée sur sa figure s'y éternisait, et Palamède détourna son regard. La vision de cette paysanne dans son décor n'était que trop conforme à l'idée qu'il se faisait du petit monde. Qu'est-ce donc qui pourrait l'en faire sortir ? L'homme était affaissé sur un billot de bois, mains pendantes, tête dévissée sur le côté, contre le mur de l'étable. Il paraissait dormir, ou plutôt écrasé par un sommeil éthylique. Sa bouche ouverte, aux lèvres bleuies, expurgeait un ronronnement saccadé. L'aboiement des chiens ne le sortit pas de sa torpeur, ni sa femme de l'immobilité. Tout leur parut figé, comme dans un tableau.

La main de César vint toucher celle de l'industriel.

— Le cheval de labeur. Voilà ma vie.

— Oui, répondit Palamède distraitement. Ainsi que les noix, les truffes et...

— J'en ai fourni des contingents entiers à la Société des chemins de fer du Périgord...

— Et aux Tramways de la Dordogne, ajouta Sarazac.

— Parfaitement. Ce sont mes chevaux qui tirent les traverses, sur les chemins malaisés, par tous les temps.

L'industriel hocha la tête. Il savait tout cela. Il savait que les bœufs ne pouvaient tout faire, ni les hommes, ni la force hydraulique, ni la machine à vapeur. Il est des endroits où seul le cheval passe, s'entête, s'enrage, et triomphe.

— On vous les paya convenablement, dit Palamède.

Il pouvait se permettre d'employer le « on », parce qu'il était membre du conseil d'administration des fameuses sociétés. Une partie de son capital travaillait dans le chemin de fer. C'était la seule idée qu'il se faisait de l'ordre du monde : l'argent peut tout pourvu qu'il profite.

— Au prix de la boucherie, vous dis-je.

Palamède s'arrêta tout net, le feu aux joues. Il ne pouvait croire que l'ingénieur Regnault, de la Société des tramways de la Dordogne, s'était autorisé à négocier de la sorte.

— Vous faites un mauvais procès, défendit Sarazac. Monsieur Regnault est un homme d'honneur...

— J'ai eu affaire à Pasquet, le concessionnaire, un

rude client. Par trois fois, il a préféré se servir dans l'Est où le cheval de trait est bon marché.

Sarazac éclata de rire.

— Pour me faire chanter ! s'exclama César. Mais l'ardennais ne vaut point mes percherons. Ça se brise les pattes comme un rien. Et c'est du travail pour l'équarrisseur, vous dis-je, et de l'argent bien mal économisé.

— Voudriez-vous que j'en parle à Regnault ? Pour qu'on vous fasse un traitement de faveur ? Sans doute vos arguments valent-ils qu'on s'y attarde et…

— Laissez donc ! coupa César Albarède. Le négoce avec les sociétés du chemin de fer est et reste une misère. Et tout influent que vous êtes, dit-il avec un gros sourire d'amabilité, je gage que vos amis entrepreneurs ne donneront pas plus qu'ils ne voudront. Tout l'argent des compagnies passe à rétribuer les expropriations, à payer les huissiers, à graisser la patte des jurés du tribunal civil de première instance. Et il ne reste plus rien pour le travail.

Palamède moulinait l'air de la main, pour faire comprendre à son voisin que toutes les accusations étaient comme un crachat en l'air, en pure perte.

— Ni vous, ni moi ne changerons la nature profonde de l'homme, marmonna-t-il. Là où le train passe, chacun croit que la terre va perdre de sa valeur. C'est une bêtise innée chez nos gens. Contre le progrès, contre le modernisme, contre la civilisation… Des mots qui apeurent parce qu'on n'en comprend guère le sens. Sujet éternel. César, le grand César, précisa Palamède, introduisit les thermes en Gaule, et ceux-ci firent plus dans la conquête que ses armées. L'homme se défie du progrès et finit par s'y rendre, et ensuite ne voudrait qu'on l'en dispense pour un empire.

Au couchant, l'horizon était cuivreux, et le brouillard

bourgeonnait sur l'Auvézère. C'était une heure où l'industriel retrouvait goût à l'observation. Et, dans son for intérieur, il en voulait à son voisin de le distraire du silence. La marche était aisée, sur le chemin en pente douce, et ses douleurs s'étaient amenuisées avec l'échauffement des muscles. Ils parvenaient aux champs de maïs et de blés. La terre était rouge en cet endroit, parsemée de taches noires où l'on avait fait les brûlis.

— Il me faudrait signer d'autres marchés plus conséquents que ceux du chemin de fer, avança Albarède.

— Quoi donc, grand Dieu ?

— L'armée ! s'écria César. Mes chevaux conviendraient aux régiments d'artillerie et du train de Bordeaux.

Palamède saisit enfin où Albarède voulait en venir. L'industriel connaissait assez de députés et de sénateurs pour faire triompher sa demande. Un petit mot par-ci, une recommandation par-là, et l'affaire s'engagerait. Mais pourquoi satisferais-je à sa requête ? se demanda Palamède. Ce paysan n'est rien pour moi, et ne peut m'être, à l'avenir, d'aucune utilité. Certes, il me serait acquis, mais pour quel profit ? Il serait maladroit et pour le moins extravagant d'appuyer un homme sans en tirer aucun avantage. Ce serait une bonté gratuite. Et je ne suis pas complaisant en affaires.

— Oui, admit Palamède d'un ton indifférent. Je connais le général Varaignes, qui commande la région militaire de Bordeaux. C'est un bon ami. Et il est, présentement, le seul homme qui puisse décider les dépenses de ses régiments.

L'industriel prit plaisir à observer son voisin, car César masquait à peine, hélas, sa jubilation. La réponse de Sarazac lui avait paru, sur le coup, des plus séduisantes.

— Je ne saurais trop vous encourager à m'ouvrir sa

porte, insista Albarède. Il n'y a que vous qui le pouvez. Et je puis offrir tant et tant de chevaux, robustes et sains, que notre vaillante armée n'aura qu'à se louer de mes services.

Palamède éclata de rire. Et tout cela, pensa-t-il, pour une douzaine de perdrix rouges.

2

Elles couraient, couraient, les fières jumelles, par les ruelles de Cubjac. Elles allaient, l'allure guillerette, d'une boutique à l'autre. Octavia, en tête. Et sa sœur, derrière. La fragile Antonia. Les gens sortaient sur le pas de la porte pour les voir passer, moqueurs comme on peut s'en douter. « Ah ! celles-là, César ne les a pas ratées ! » disait le boucher, un gros bonhomme suiffeux, dont la manie consistait, tout le jour, à passer ses couteaux sur le fusil. Zing, zing, zing. Parfois, le rythme s'accélérait, pour cadencer le pas des filles Albarède. Zing-zing-zing.

Dans le village, la première visite des jumelles Albarède était souvent réservée à la mercière. C'était une boutique bien achalandée où l'on trouvait, dans un fouillis indescriptible, de quoi satisfaire toutes les curiosités de la vie. La maîtresse des lieux portait un haut col amidonné sur une robe noire. Le deuil est éternel, chez ces femmes, à croire qu'elles ne furent mariées que dans cette espérance. Et celle-ci s'était dépêchée d'enterrer son pauvre mari, pour gagner le paradis du veuvage, avec ses prières douces, ses soupirs languissants, ses messes basses. Justement, madame Bonnafie – parfois, on disait mademoiselle lorsqu'on ne se souvenait plus qu'elle avait été mariée – entrouvrit sa porte sur un tintement de sonnette pour laisser entrer les jeunes filles. Octavia toucha la main de la mercière, sans même la regarder. C'était sa façon de jouer les pimbêches, tellement elle se complaisait dans son rôle, prisant par avance tout ce qu'on dirait d'elle quand elle aurait le dos tourné.

— Je voudrais de la dentelle ! De la vraie dentelle, faite main, ordonna-t-elle.

Antonia embrassait aisément, à tort et à travers au goût de sa sœur. Pourtant le visage de madame Bonnafie n'était pas des plus agréables. On se brûlait à se frotter à cette peau-là, sèche comme un parchemin.

— Comment se porte monsieur votre père ?

— Bien, fort bien ! répliqua Octavia.

Et d'un geste autoritaire, elle écarta sa sœur. Mais madame Bonnafie voulait en savoir plus. Ce n'était pas une façon de répondre comme si l'on se fichait de vos questions.

— Notre père est d'une santé robuste, ajouta Antonia d'une voix douce.

Elle portait le sourire haut, sur ses pommettes saillantes, tandis que sa sœur, une bouille ronde, possédait la lippe bougonne. Et chaque fois, la mercière songeait à la même chose, en les observant de pied en cap : que les Césarines étaient de fausses jumelles, tant par l'aspect physique que par le caractère. La preuve, on ne pouvait plus, désormais, les confondre. Pourtant, tel ne fut pas le cas, durant les années où elles fréquentèrent l'école communale de Cubjac. On se trompait à les nommer, souvent aussi, elles jouaient de la confusion, l'une se prenant pour l'autre et vice versa.

Madame Bonnafie déroula ses kilomètres de dentelles sur le comptoir en chêne noir, repoussant les boîtes à boutons, à pressions, les bobines de fils de toutes les couleurs.

— Nous en voulons six mètres, au moins, dit Antonia. De quoi froncer deux robes. Nous faisons tout à l'identique, rit-elle, la couleur du tissu, le modèle. C'est un jeu, entre nous, ainsi on nous confond.

La mercière caressa du bout de ses longs doigts effilés un gros camée qui lui tenait le col fermé.

— Moi, mesdemoiselles, je sais qui est Octavia et qui est Antonia, dit-elle d'un air malicieux.

— Ma sœur a conservé ce fond de gaminerie, ajouta Octavia.

Elle s'était emparée de la mesure en bois aux pointes ferrées et étira les mètres de dentelle qu'elle avait choisie.

— C'est du velay, fit la mercière. A mailles fines. Le réseau est lâche par endroits, mais il suffira d'un peu d'amidon...

Madame Bonnafie était une adepte de l'empois. Elle en usait à volonté sur tous ses corsages. Il fallait que le tissu fût raide sur sa peau, résistant aux flexions du corps.

— Nous en mettrons sur nos jupons, rit Antonia. Cela fera chic. Regardez donc !

Et d'un mouvement du corps, virevoltant, elle souleva le pan de sa robe montrant, subrepticement, la blancheur du dessous. Madame Bonnafie feignit de ne pas voir l'effronterie. Son jugement sur les jeunes filles était définitif. « Nous cherchons le loup jusqu'au fond des sacristies », avait-elle coutume de dire pour dénoncer les outrances de la beauté, lorsqu'elle venait à s'afficher avec trop de zèle.

— Il faut avoir envie de plaire, ajouta Octavia.

La mercière se racla la gorge.

— Tant de belles dentelles, n'est-ce point fait pour les montrer ? Ou je ne comprends rien à la mode, dit Antonia.

— Ne faites pas attention, madame Bonnafie, releva

Octavia. Ma sœur a ses petits moments de folie. Mais, n'ayez crainte, je veille sur elle.

En se dirigeant vers le pont, qui enjambait l'Auvézère, en eau haute, Antonia explosa :

— Comment cela, tu veilles sur moi ? Je ne suis plus une enfant. Et tu n'es pas ma mère.

— Il est des choses qu'on ne fait pas en public. Que va dire cette vieille pie ?

— Je m'en moque.

Au-delà du pont, on accédait par des escaliers de pierre à la place ombragée de platanes. Les feuilles mortes formaient un épais tapis, où le pas s'embrouillait aisément. Les sœurs Albarède s'amusèrent à ce jeu, à flotter sur la mer végétale comme des poupées de manège mécanique, jusqu'à ce qu'elles fussent au bord de la rivière. Elles n'étaient point seules à prendre l'air. Il y avait quelques jeunes gens près du lavoir. A leur approche, le groupe se défit. Les sœurs échangèrent quelques mots. Surtout Antonia. Bientôt, Octavia se retrouva seule. Et l'on vit sur son visage pointer un air de jalousie. Elle ne comprenait pas d'où sa sœur tirait autant de grâce. Pourtant, elle était pareille. Et sur elle, le charme n'opérait point. C'était une évidence qui lui déchirait l'âme, qui la rendait, à ses heures, vindicative.

A la longue, Octavia s'impatientait par des gestes appuyés. Aussi, les garçons, qui craignaient ses réactions tapageuses, se retirèrent près de la rive où l'Auvézère venait battre, laissant la jeune fille reprendre sa promenade.

— Nous avons à faire, encore ! s'exclama-t-elle.

— Tu ne supportes pas que je parle à...

— Les frères Verdois sont des imbéciles. Tu as mieux à faire.

Antonia aimait bien le petit Maxime Verdois, sans doute pour tout ce qu'il représentait dans le pays. Un garçon espiègle et tourmenté. Ainsi, par ces fréquentations douteuses la jeune fille défiait son père, qui rêvait pour ses filles de relations sérieuses. Une camaraderie, une amitié, ce devait être profitable. S'élever, toujours s'élever, chaque heure, chaque jour, à des fins opportunes, ainsi concevait-on l'avenir chez les Albarède. « A ce train, nous deviendrons de vieilles filles aigries », avait coutume de dire Antonia. Mais cette perspective n'était pas de nature à infléchir la ferme résolution de sa sœur, qu'en toute chose sur l'existence le père avait raison.

Julius leur avait donné rendez-vous devant la maison du docteur Lacroix. C'était une haute demeure de style second Empire, avec des chêneaux crénelés, des lucarnes ornées de frises compliquées. Ces détails architecturaux avaient toujours impressionné les jeunes filles Albarède. Mais, plus encore, le parc caché derrière ses hauts murs. On en devinait l'étendue en portant l'œil dans l'encoignure du portail. Sans doute était-ce un pur effet d'optique, car le jardin n'était pas aussi vaste qu'il paraissait. Les deux grands tilleuls qui l'ornaient, des arbres centenaires, produisaient cet effet, alors qu'il eût été aisé de mesurer que la circonférence de leurs ramures couvrait aux trois quarts l'espace enclos. C'était tout juste un lieu d'agrément pour le propriétaire ; six chaises et une table en fer forgé suffisaient à son bonheur.

Antonia, curieuse de nature, y avait vu aux grandes vacances des jeunes filles en robes blanches, et en chapeaux à rubans. Quels secrets cachaient ces hauts murs où le lierre commençait à s'insinuer ? Quelles existences, si différentes de la sienne, s'y déroulaient ? C'étaient des questions qui avaient taraudé son enfance. Et elle n'y avait trouvé nulle réponse satisfaisante.

Par jeu, Antonia s'avança jusqu'au portail et vint y coller le regard. Sa sœur la tira en arrière, en fulminant.

— Nous n'avons plus cinq ans, que diable !

— Tu te souviens de...

— Non ! je ne me souviens de rien, répliqua-t-elle vivement.

— On dirait que les souvenirs de notre enfance te dérangent, Octavia ?

— Je n'aime pas mes jeunes années.

— Et maintenant ?

Octavia ne répondit pas. Elle observait les jeunes gens au bord de la rivière. Le jeune Verdois marchait sur l'étroit muret de la jetée où venaient accoster les gabarres. Elle n'attendait que cela, qu'il tombât enfin à l'eau, ce petit imbécile.

— Tu ne dis rien. Mais je sais ce que tu penses. Nous ne sommes pas pareilles pour rien. Bon sang ne saurait mentir.

C'était par de petites stupidités de la sorte qu'Antonia parvenait à aiguillonner sa sœur.

— Je n'ai jamais aimé cet endroit. Et si nous sommes venues y jouer, si souvent, c'est pour satisfaire tes désirs.

— Nous étions fascinées par la beauté de ces étrangères, dit Antonia. Au point que nous rêvions de leur ressembler. Et lorsque nous avons découvert, toutes les deux, que nous étions des petites filles pauvres, alors le désespoir et la haine se sont emparés de nous.

Octavia avait porté la main à ses oreilles pour ne pas entendre la suite de la conversation. Il lui suffisait de lire sur ses lèvres pour comprendre ce qu'elle disait.

— Ce que nous venions surprendre dans l'entrebâillement du portail, c'était l'image d'une vie inaccessible, poursuivait Antonia. Tu disais : « Puisque nous ne serons jamais heureuses, à quoi bon vivre ? » Pourtant, notre père nous promettait qu'un jour nous serions riches. Notre père nous a entretenues, toutes les deux, dans ce rêve fou.

Les clochettes de la carriole de Julius les firent se retourner. Il portait son large chapeau des jours d'hiver, un gilet en peau de mouton retourné. Octavia escalada le marchepied et vint s'installer à sa place habituelle, le dos à la banquette. Sa sœur s'assit en face, sur un siège fatigué qui perdait son crin.

Jadis, Antonia avait rêvé de carrosse avec des valets de pied postés aux quatre coins, et de chevaux blancs, caparaçonnés de pourpre et d'or. On la conduisait dans son château. Un jour, on viendrait la chercher. Un paladin de haute lignée. Elle en avait dessiné le visage, maintes fois. Et ses croquis s'étaient perdus, comme le reste, avec les rêves, qui ne sont que l'écume des vagues.

César Albarède avait recommandé à Julius de conduire ses filles directement à l'écurie. Les pâtures réservées aux chevaux occupaient les terres de la plaine. L'herbe y était abondante, la terre grasse et noire. Avec l'argent du tabac, il avait fait bâtir une écurie moderne, une citerne pour abreuver son cheptel et nettoyer les stalles. C'était une des raisons de sa réussite dans l'élevage des chevaux, que le confort. Le propriétaire d'Auberoche ne supportait pas que ses juments poulinent en pleine nature. Ainsi se perdent tant de poulains, lorsqu'ils naissent dans le champ, par tous les temps. Dans sa nouvelle écurie, il disposait d'assez d'espace pour les naissances, d'enclos pour séparer les mères suitées du reste du troupeau.

Juché sur une mulassière, César suivait la progression de la carriole sur le chemin étroit. Il aimait cette posture qui le faisait ressembler à un de ces grands propriétaires terriens du Pô. C'était la seule image qu'il eût voulu, dans l'avenir, qu'on retînt de lui : impérieux, comme un dignitaire romain. Cela faisait tordre de rire le bon Julius, mais aussi la femme du domestique, celle qu'on appelait Naine, parce qu'elle était haute comme trois pommes.

Julius libéra les filles en défaisant la portière de la carriole, et planta le fouet dans son étui.

— Nos demoiselles sont avancées ! s'écria le domestique, en les couvant du regard.

D'un geste autoritaire, César fit signe à Julius de s'occuper des litières. Le maître d'Auberoche ne prisait guère la fourche et la brouette, laissant ces amusements à son employé. Une perle d'homme. Sans lui, que fussent devenus les grands rêves de César ? Le maître aimait à parlementer sur les champs de foire, s'attarder dans les estaminets et bâtir de grands projets. C'était tout. Mais, sachant Julius toujours disposé pour les tâches ingrates, le maquignon pouvait dormir sur ses deux oreilles.

Sans même descendre de sa jument, il conduisit ses filles aux box. Il y avait trois nouveau-nés. Et ce spectacle des petits tenant à peine sur leurs pattes, tâtant du museau les mamelles de leurs mères, fit fondre les Césarines. Les juments n'étaient guère craintives, si bien que les filles purent se glisser sur la litière fraîche, caresser les poulains, flatter les frêles encolures. A deux pas, César affichait un air de ravissement.

— L'année finit en beauté ! s'écria-t-il. Je n'en ai perdu que deux. L'un de diarrhée. Et l'autre, je ne sais trop comment. La nature, mes petites, ne fait pas de cadeau. Mais le reste, grand Dieu, gambade. Et ça, c'est de fiers produits. Et surtout, de l'or. De l'or, répéta-t-il.

— Il faudrait que ça ne grandisse jamais, observa Octavia.

C'était une remarque qu'elle avait souvent entendue

s'agissant des bébés, et sans autre discernement, elle l'appliquait au monde animal. César fit l'étonné. Il aimait bien les chevaux, mais pas au point de leur prêter des qualités propres aux humains. Il ne disait jamais que tel ou tel cheval était intelligent ou que telle ou telle jument était une bonne mère. Il savait, lui, à quel usage son troupeau était destiné, et cela n'avait rien de particulièrement réjouissant.

— Que deviendraient nos affaires, si ces poulains ne profitaient pas ? Y as-tu songé, ma petite ?

Octavia hocha la tête pour lui montrer qu'elle avait bien compris la leçon. Il n'empêche qu'elle éprouvait de l'affection pour ces petits êtres frêles. Et chaque fois qu'elle pouvait s'absenter, elle venait faire un tour dans les box pour les cajoler.

— J'interdis qu'on s'y attache ! s'écria le père, toujours juché sur sa mulassière.

Les filles émergèrent enfin de l'étroit passage, en époussetant les brins de paille qui s'étaient accrochés à leur chevelure.

— Dans deux ans, ils seront vendus à la Compagnie, dit Antonia, tristement. Et j'ai vu, quelquefois, comment on les traite, nos malheureux chevaux, au fouet, à la trique. Ce n'est pas une si grande chance que de naître cheval...

César éclata de rire. C'était une sensiblerie qui avait l'avantage de le décontenancer. Aussi choisissait-il toujours un moment où les filles étaient absentes pour faire embarquer ses lots. Il y avait eu trop de pleurs, trop de cris.

— Ne pourrait-on, père, en garder quelques-uns, histoire de se dire : ceux-là auront une vie heureuse sur nos terres, à gambader, à folâtrer ?

— Je ne conserve que les juments pour la reproduction, dit-il.

— Quelques années, seulement, déplora Antonia. Et lorsqu'elles ne sont plus bonnes à rien…

C'était la pire chose qu'il pouvait advenir aux vieilles juments. On les chargeait pour l'abattage. Ce départ était de tous le plus douloureux, car les animaux sentaient où on allait les conduire, jusqu'au pic du merlin. Les bêtes tremblaient sur leurs pattes en roulant des yeux affolés. Les Césarines avaient assisté, maintes fois, à cette tragédie. Dans leur petite enfance, le père avait rusé en affirmant que les juments étaient assurées de rejoindre le grand troupeau des pâturages éternels.

D'un coup de badine, faite d'une vime d'osier, Albarède fit avancer sa monture vers la ferme qui occupait la crête de la colline. C'était une fort solide bâtisse en pierre jaune, couverte de tuiles rouges. Elle était si massive qu'elle impressionnait au prime abord le visiteur, surtout avec les deux gros marronniers qui l'encadraient. Sur le côté droit, en léger contrebas, on distinguait à peine la pointe du toit des anciennes étables.

Octavia s'empara des brides afin de conduire la carriole sur les traces de César. Celui-ci montait à petit trot le chemin qui menait à la ferme. Assise sur le siège de derrière, la sœur plaisantait la noble prestance du cavalier.

— Notre père a les souliers à bascule, dit Antonia. Et son cheval, lui, au moins, sait où il va.

C'était une remarque qui n'avait pas l'heur de plaire à Octavia.

— Comment peux-tu rire de ça ? Il y a des moments, je ne te comprends pas, dit-elle en se retournant.

Antonia songeait à tous les carrosses qu'elle avait dessinés dans son enfance. Même ceux qui épousaient la forme d'une citrouille. Sans oublier les attelages volants avec leurs chevaux ailés. Un jour de grande lessive, la mère avait jeté ces croquis au feu, disant que le temps de la rêverie était fini. Ainsi, les mères brisent les chrysalides de leurs filles, lorsqu'elles s'attardent dans la douceur ouatée des téguments. Et ce lui fit l'effet d'un coup à l'estomac, à couper le souffle. Depuis, elle se disait, souvent, qu'elle était restée une petite fille aux rêves brisés. Il ne viendra donc pas, celui que j'attends ? Octavia avait ri, comme seule elle savait le faire, d'un rire nerveux de gorge. Nous écrirons des lettres, s'était alors juré Antonia, et nous verrons bien ! Et Octavia s'était fait un malin plaisir de piller ces secrets de jeune fille, d'en répandre les mots à tous vents.

César Albarède amena son cheval jusqu'à l'entrée de la grange où les femmes gavaient les oies. C'était le travail d'Augustine, et de Naine, sa domestique. Toutes deux avaient acquis une dextérité redoutable à cet ouvrage qui exige tant de patience. Elles tenaient les volatiles entre leurs jambes, comme si elles étaient assises sur eux, le cou et le bec à leur disposition. Avec la gaveuse fichée dans la gorge de l'oie, qu'elles moulinaient lentement, peu à peu s'écoulaient les grains de maïs. Lorsque l'ingestion se faisait difficile, elles jouaient des doigts sur le cou de l'animal pour faire glisser la pitance, en y adjoignant si nécessaire une goulée d'eau tiède. L'art du gavage exigeait beaucoup d'attention, au risque d'étouffer l'oie dans cette déglutition forcée. Lorsque la bête avait absorbé sa ration, elle pouvait rejoindre ses congénères en agitant les ailes, d'une cavale chancelante. C'était une affaire qui prenait deux bonnes heures, au moins. Souvent Augustine reprochait à Naine de gaver trop lentement. Bien qu'elle eût envie de satisfaire sa maîtresse, elle ne pouvait aller plus promptement, tant ses petites mains s'escrimaient sur les cous d'oie.

A le voir plastronnant sur son coursier, Augustine agita la tête en signe de reproche.

— Vois donc, ma Naine, le beau mari que je possède ?

L'employée savait, par Julius, combien les rapports étaient tendus, en ce moment, chez les Albarède. Elle conserva, prudemment, la tête baissée sur son travail. Monsieur César était le genre d'homme, autoritaire et vindicatif, qu'elle craignait par-dessus tout. Chaque fois que la malheureuse avait eu à recevoir une réprimande – le plus souvent injustifiée –, les larmes lui étaient venues au visage. Le maître possédait cette cruauté naturelle d'abuser de son ascendant sur plus petit que soi. Tel n'était pourtant pas le cas avec Julius ; il avait trop besoin de lui pour se risquer à le meurtrir. Et quelquefois, ce dernier, à bout de patience, prenait vivement la défense de sa petite femme. Cela donnait des échanges singuliers où le maître se confondait en plates excuses.

Augustine se redressa en libérant une de ses oies, qu'elle venait de gaver.

— Tu pourrais descendre de ta mule, dit-elle. Ça a fière allure, certes, mais tu n'es, tout compte fait, que le pauvre César Albarède d'Auberoche. Un paysan sans un sou vaillant !

Il eut un haut-le-cœur. L'odeur du maïs bouilli dans son eau le contrariait au plus haut point. Il fit reculer sa monture pour échapper aux vapeurs qui montaient d'un toupin de fonte.

— Ah ! j'ai compris, ajouta Augustine. Tu tiens mieux à cheval que sur tes deux jambes, avec tout ce que tu as avalé...

César fixait sa femme, d'un air jovial. Il avait trop bu

pour connaître le vin triste. L'excitation lui reviendrait en dégrisant, après maintes réflexions assassines. Augustine avait l'art de piquer son homme, là où la sensibilité était vive, à l'endroit de son honneur.

Les filles étaient montées dans leur chambre pour se vêtir en habit de travail. Il y avait encore une vingtaine d'oies à gaver, sur un troupeau qui en comptait une bonne centaine.

— Va donc te reposer un peu, mon pauvre. Et nous reparlerons de tout ça.

— De quoi veux-tu me causer ? Je suis bien.

— Tu es ivre, fit-elle. Et ça me chagrine. Je voudrais voir ces barriques aux cent diables. Un jour, menaça-t-elle, je vais y mettre bon ordre. A la cognée. Trois coups suffiront à les éventrer. Et je verrai ton vin partir à seaux dans la rigole du cellier. Qu'est-ce donc qui me retient ? Car je ne crains pas ta colère, César. Je serais dans mon bon droit.

L'arrivée des Césarines éteignit les récriminations. La mère les respectait trop pour leur imposer ce spectacle désolant, une chamaillerie de plus. Octavia alla chercher un palmipède derrière l'échalier en lattis de châtaignier qui séparait les oies gavées des autres. Avec force vigueur, elle l'amena entre ses jambes et l'entreprit aussitôt. Sa sœur s'installa auprès d'elle.

— Avez-vous trouvé de la bonne dentelle ? questionna Augustine.

— Celle du Puy, répondit Antonia.

La mère hocha la tête.

— Nous en ferons bien quelque chose.

— Pour une fois que nous avons l'autorisation de sortie, dit Antonia.

Augustine regarda Octavia avec un sourire en coin.

— Vous la devez à votre père.

— Pourquoi as-tu toujours peur de nous voir partir vers la ville ? Après tout, Excideuil, ce n'est pas le bout du monde. Ce serait Périgueux, encore...

— Qu'iriez-vous faire à Périgueux ? Je n'y vais point, moi. La ville est réservée à votre père. Il y fait de longues stations.

— Tu n'as pas répondu à ma question ? insista Antonia.

La mère repartit charger le topin à la chaudière où bouillait le maïs sous un feu d'enfer. Elle revint aussitôt en se frottant les yeux.

— Pourtant, il nous faudra bien un jour trouver un mari, poursuivit-elle. Ce n'est pas à Auberoche que nous le dénicherons. A moins que tu me destines au pauvre Eugène ?

Augustine haussa des épaules. Elle ne comprenait pas d'où Antonia tenait ce caractère effronté. L'autre fille possédait plus de retenue, bien qu'elle fût souvent vindicative comme son père. A la vérité, la mère ne trouvait chez sa petite effrontée rien qui lui ressemblât. Ni de son père, ni de moi, pensait-elle. Alors, de qui tient-elle ? Elle avait souvent cherché dans sa famille qui possédait un tel caractère. Elle n'en connaissait aucun qui fût si prononcé. Les Goursin étaient des gens travailleurs, un peu taciturnes. A son image, à ce qui lui paraissait. Car c'était souvent le reproche que César lui adressait : « Tu es triste et sombre, comme un jour de pluie. » Augustine le prenait comme un compliment. « Les gens comme nous, si pauvres, répliquait-elle, se doivent à la réserve. » Cette réflexion avait l'art de mettre César hors de lui. Il ne supportait pas qu'on pût dire que les Albarède étaient des gens pauvres. « Il y a plus déshérité que nous, grand Dieu ! Et n'ai-je pas bâti une ferme, créé un élevage ? » La longue énumération des exploits de César n'avait aucune chance de la faire varier sur la question. « Les riches, s'écriait-elle, ont des villas en bord de mer ! Ils voyagent par le monde. Et leurs domestiques sont plus heureux que les nôtres ! »

Tandis qu'Antonia parlait, avec force gestes, l'oie se débattait entre ses jambes. Ce n'était pas que l'animal s'impatientait de sa ration de maïs bouilli qu'on allait lui fourrer de force dans le jabot, mais l'oie ne supportait plus de se sentir écrasée entre les genoux de la petite Albarède.

— Vas-tu te tenir tranquille ! fit-elle en la saisissant au cou. Sinon, je te fais ton affaire, stupide animal !

Antonia lui engorgea l'appareil aussitôt. Sa sœur soupira en la voyant opérer :

— Le mariage ne nous rendrait pas plus heureuses, dit-elle. Et du reste, je n'y songe jamais.

En quittant sa monture, loin du regard d'Augustine, pour ne pas paraître plus ridicule que son honneur ne le permettait, César se rendit à la somnolence, dans le fauteuil de la salle à manger. Il avait besoin de cuver les trois litres de vin ingurgités dans l'écurie. C'était l'endroit le plus tranquille qu'on pût rêver pour satisfaire son vice, avec du foin et de la paille où cacher les fioles.

Albarède s'endormit aussitôt, malgré les aboiements du chien, poursuivant Sappho – la mulassière du maître – livrée à elle-même, dans la cour de la ferme. Ses bras potelés pendaient de part et d'autre des accoudoirs, et sa tête ronde avait basculé sur le côté droit de son épaule. Dans son gilet de chasse engoncé aux entournures et avec ses jambes écartées, il ressemblait à une grenouille versée sur le dos. En cet instant, César Albarède se révélait des plus pitoyables dans ses œuvres : un vice auquel il ne pouvait échapper, jour après jour. Cela avait commencé dans les foires, où l'usage voulait, après chaque affaire conclue, qu'on se rendît à l'estaminet. Le maquignon avait sans doute besoin de se prouver qu'à l'art de la négociation il était le meilleur, et surtout qu'on le lui fît sentir. Les cafés regorgeaient de hâbleurs de son espèce. Et c'était à qui porterait le plus loin la parole dans ces surenchères du verbe. Et si l'alcool ajoutait de la vigueur aux propos, il effaçait aussi le discernement. C'était de cette sorte d'engourdissement qu'Albarède avait besoin pour affronter l'existence. Cela lui prêtait la force d'entreprendre quelques folles transactions que, dans un état normal, il eût écartées sans hésitation. A ce jeu, il avait autant gagné d'argent qu'il en avait perdu.

Sa femme le trouva ainsi, répandu dans son fauteuil, les talons plantés sur le tapis. Elle n'avait guère envie que ses filles vissent leur père dans cet état. Aussi, elle vint lui appliquer son poing ferme dans l'estomac. César entrouvrit des paupières lourdes, et livra un regard abêti.

— Vas-tu te lever ? Devant nos filles, quand même.

Il marmonna des mots incompréhensibles en mâchonnant. Augustine lui prit un bras pour le redresser, mais l'homme possédait une force d'inertie qui lui était supérieure, sans quoi elle l'eût sans doute renversé sur le parquet, de colère.

— Mange donc un peu, et tu iras te coucher.

C'était le seul compromis qu'elle pouvait espérer. Et lorsque les filles eurent mis la table, dans la cuisine, César vint s'y installer d'un pas lourd.

— Heureusement que Jules s'occupe de tes chevaux. Sinon, où irions-nous ?

Augustine se refusait à nommer le domestique à la romaine. C'étaient des bêtises auxquelles elle ne sacrifiait pas. Car il s'appelait, comme tout le monde, Jules, Jules

Lascot. Et c'était bien assez. De toute évidence, le brave homme ne prisait guère ce surnom qu'Albarède lui avait imposé, comme il avait imposé que ses filles portassent des prénoms du même bois.

— Père, tiendras-tu ta parole ? questionna Antonia. Tu as juré, n'est-ce pas ?

— César n'a qu'une parole, fit-il en portant la main sur le cœur.

Il avait sans doute oublié, dans la débâcle de son esprit, de quelle parole il s'agissait.

— Vas-tu te taire, dit Octavia. Tu vois bien que notre père est fatigué.

— Toujours à prendre sa défense, nota Augustine avec un bon sourire.

Et, se tournant vers César :

— Tu peux dire que tu l'as bien dressée, celle-là ! Elle se ferait crever les yeux plutôt que de te critiquer.

Albarède l'observa en dodelinant de la tête, longuement. Puis sa main avança sur la nappe, jusqu'à ce qu'elle vînt toucher celle de sa fille. A coup sûr, Antonia l'eût retirée. Mais l'autre jumelle était trop admirative de son père pour éprouver le moindre sentiment critique.

— Antonia te demande si notre projet tient toujours. Le bal d'Excideuil ?

Le père se mit à ronronner dans sa bouche pâteuse. Bien sûr qu'il conduirait ses chères filles à Excideuil.

— A la condition, fit-il en traînant sur les mots, que vous soyez les plus belles...

— Mais nous le sommes, déjà ! soutint Antonia en regardant sa mère.

— Ton père veut dire : que vous soyez les mieux habillées... rectifia Augustine.

Après que les jumelles se furent retirées dans leur chambre, ce fut une tout autre affaire. On reprenait la discussion là où elle s'était interrompue la veille, avec la même vigueur. Sur la question de l'alcool, Augustine ne désarmerait jamais. C'était dans sa force de caractère, de ne pas renoncer, sinon – comme elle avait coutume de dire – elle aurait pris la poudre d'escampette depuis longtemps.

En relevant les pantalons de César, elle lui montra la couleur de ses jambes.

— On dirait du foie ! s'écria-t-elle. Et ce n'est pas tout !

Elle vint planter son pouce dans le mollet où il s'enfonça comme dans une graisse molle. Après qu'elle l'eut retiré, il en restait les traces, visibles.

— C'est plein d'eau.

— De l'eau ou du vin ? ricana-t-il.

Augustine poussa un haut soupir de désespoir. Elle avait envie de le conserver vivant, ce bonhomme, pour lequel elle éprouvait encore un peu d'amour. Mais elle avait compris qu'en poursuivant une telle existence, faite de beuveries incessantes, il ne passerait guère plus de deux ou trois hivers. Du moins était-ce l'avis du docteur Labrune.

Elle rapporta une bassine d'eau chaude dans laquelle elle dispersa trois poignées de farine de moutarde. C'était la seule médication qu'elle connaissait pour faire désenfler les jambes. Il se laissa, de la sorte, materner, en roulant des yeux amusés. Augustine avait été l'amour de sa vie. De cela, il ne restait que des feux crépusculaires. Lorsqu'il voulut porter la main à sa taille pour l'attirer à lui, elle se recula. C'était une colère qu'il savait éteindre par de belles paroles. A la seconde tentative, César parvint à lui prendre un sein. Ce n'était pas un geste délicat, tout le moins approprié à la circonstance, aussi repoussa-t-elle, de nouveau, sa main.

— Mon pauvre César ! s'exclama-t-elle. Tu n'es pas fier à ce jeu-là ! Il te faudrait choisir entre moi et la dive bouteille. Mais ton choix est fait. Ne revenons plus sur cette question.

C'était une parole redoutable, nourrie par la pure vengeance. Augustine tenait là le seul argument qui eût pu le faire renoncer à son vice. Et elle en usait aussi souvent que les circonstances le lui permettaient.

— Tu es une vraie garce à ce que je vois. Alors... Alors que...

Il cherchait ses mots que la déconvenue étouffait au fond de sa gorge.

— Alors que quoi ?

— J'ai fait tout ça pour toi. Pour toi et les filles.

— Où sont les millions que tu m'avais promis ? Les chevaux devaient nous assurer la fortune. Mais qu'importe, mon pauvre César. Je ne t'en veux pas. Nous avons eu la vie que nous méritions. Ce n'est rien de rêver. Cela peut attendrir l'âme, quelquefois, durant un court sursis, en attendant que les soucis reviennent. J'ai partagé quelques bons moments. Si rares. Trop rares.

Albarède se redressa, les pieds plantés dans sa bassine.

— Je crois que je tiens enfin le bon bout ! s'exclama-t-il dans un air de triomphe.

Augustine le fixait, les bras croisés sur sa poitrine. C'était encore une belle femme, bien que sa chevelure fût teintée de gris et que les formes de son corps se fussent alourdies. A l'instant de se coucher, elle aimait à peigner, sous son regard attendri, longuement, ses cheveux qu'elle domestiquait, tout le jour, en chignon opulent. Et c'était son plaisir d'homme que de venir les caresser ; cela lui rappelait le temps de leur jeunesse, où il s'enivrait de leur odeur suave. Mais ce qu'elle avait conservé intact, c'était son regard clair, l'attendrissement qu'il portait sur le monde, et la fureur qui en émanait, parfois, comme un orage soudain.

— Je vais conclure un gros marché qui va nous mettre à l'abri, définitivement, dit-il en élargissant les paupières.

Elle l'écoutait sans trop prêter attention à ce qu'il disait. Trop de promesses, de mensonges, de menteries. Sans doute aimait-elle qu'il fût passionné, encore, après tant de déboires, et qu'il crût, sincèrement, à ses rêves éveillés.

— César, dit-elle, je ne veux plus t'entendre. Je t'ai trop écouté.

Il insista en ôtant ses pieds de la bassine, où l'eau était, désormais, trop tiède pour posséder la vertu qu'on lui attribuait. Augustine courut chercher un torchon dans la cuisine. Il refusa qu'elle les lui essuyât.

— Palamède... fit-il.

— Non. Je ne veux pas entendre parler de ce sale bonhomme. Ce profiteur. Tu lui as déjà demandé de l'argent. Et cela nous a coûté plus que les intérêts.

Albarède sentit la colère l'envahir. Il y allait de son honneur d'homme, que sa propre femme l'écoute, ne serait-ce qu'une petite minute...

— Que suis-je pour toi ? Un crétin ? Un idiot ?

— Bon, admit-elle. Je t'écoute.

Mais, à sa mine impatiente, César vit que le temps lui serait compté.

— Palamède m'a promis d'intervenir auprès du général Varaignes...

— Qui est ce général ?

— Le commandant militaire de la région de Bordeaux. Je veux passer un contrat avec lui pour écouler mes chevaux. L'armée paye bien. C'est une affaire juteuse et sans souci.

— L'armée ? interrogea-t-elle.

— Oui, l'armée a besoin de chevaux pour ses régiments. De chevaux solides. J'ai ce qu'il faut. Et pour réussir, il me suffit d'une introduction auprès du général. Moi, je saurai le convaincre.

— A la condition que Sarazac t'ouvre les portes. Et pourquoi le ferait-il ?

La question d'Augustine le désarma. Et son regard triste se perdit dans le vide. Il se rappela la conversation au Valperdu, au cours de laquelle Palamède n'avait pas hésité à lui donner des gages de bonne volonté.

— Il le fera, reprit-il, parce que je suis César Albarède. Et que Palamède a de la sympathie pour moi.

Augustine éclata de rire, en s'effaçant promptement.

3

C'était l'usage, en ce temps-là, que les mères accompagnent leurs filles aux bals. Mais chez les Albarède rien ne se faisait comme ailleurs. Aussi César tint-il, lui-même, à conduire ses filles. Il en était si fier, surtout d'Octavia, pour laquelle il rêvait, un jour, un grand mariage. La seconde, il jugeait qu'elle trouverait à se placer d'elle-même, et que le parti qu'elle se choisirait, quel qu'il fût, ferait bien l'affaire.

Pour la circonstance, les Césarines eussent mieux aimé prendre le train Périgueux-Saint-Yrieix, à Sarliac. Même si leur père tirait de l'expansion du chemin de fer en Périgord des revenus substantiels, il détestait ce nouveau moyen de locomotion qui exigeait de la discipline dans les horaires. Albarède était habitué à disposer de son temps, comme il l'entendait, sans contrainte aucune. Le maquignon, amateur de foires et de fêtes, aimait à sentir, devant lui, que rien ne l'obligeait plus que la rectitude de ses plaisirs.

— Nous prendrons la calèche, dit-il. Nos chevaux connaissent le chemin mieux que moi. Comptons trois bonnes heures.

Octavia jubilait à l'avance, rien qu'à l'idée de s'asseoir à côté de son père, et de partager l'aventure avec lui. Sa sœur Antonia, déjà, dessinait dans sa tête les inconvénients du périple : la fatigue des cahots, le froissement des habits, la poussière... Pourtant, le tacot n'était pas l'idéal non plus. Il fallait partager la promiscuité des compartiments bondés, respirer son content de vapeur de charbon.

— Vois-les donc ! s'écria César. Nos filles ont des soucis de grandes princesses.

Augustine ne répondit pas. Après tout, les Césarines étaient telles qu'on les avait élevées.

— Certes, nous sommes jumelles, rectifia Octavia, mais nous n'avons pas le même caractère. Moi, je trouve ce voyage épatant. N'est-ce pas, père ?

Et César vint la cajoler en lui prenant le visage dans ses mains pour y déposer deux baisers sonores. Il voulait ainsi s'excuser de l'avoir confondue avec sa sœur. Antonia avait assez de force de caractère pour dissimuler les pointes de jalousie qui l'assaillaient dans de semblables situations. Après tout, c'était connu, dans tout le voisinage, que le père Albarède avait un faible pour Octavia. Même le voisin, Firmin Chadeuil, s'en était aperçu et ne manquait pas, chaque fois, eu égard à l'amitié qu'il éprouvait pour César, de lui en faire la remarque.

Le dernier jour, la mère le passa à vérifier les robes de ses filles. Elle avait pourtant grand besoin de monter à sa truffière, pour y repérer les « brûlés », mais rien ne l'obligeait plus que les toilettes des petites princesses. L'idée que quelqu'un pût porter critique sur leur mise lui était insupportable.

— Regardez, dit-elle en tirant l'aiguille, j'ai pour vous deux plus de coquetterie que je n'en ai jamais eu pour moi.

Octavia ne possédait aucune adresse dans l'art de la

confection, bien qu'elle eût fréquenté l'Ecole ménagère d'Excideuil jusque deux ans plus tôt, pour n'en retirer, au reste, que quelques notions de comptabilité qui pourraient servir, à l'avenir, dans la gestion d'Auberoche. Par contre, Antonia avait été assez loin, pour l'époque, dans ses études, au collège de Périgueux, et en avait retiré un brevet, l'année passée.

C'est dire qu'Octavia observait sa mère, attentivement, essayant ensuite de l'imiter. Mais les points qu'elle faisait n'avaient aucune régularité et, souvent, son fil s'empêtrait entre l'envers et l'endroit. Pendant ce temps, Antonia suivait distraitement le travail de sa mère, maintenant le fer à repasser en l'état de servir. Les braises s'appauvrissaient bien plus vite qu'elle n'eût souhaité, ce qui l'obligeait à de fréquents allers-retours entre l'âtre du salon et la chambre où se déroulait la scène.

— Nous n'avons appris que des choses inutiles à la tenue d'une maison, déplorait-elle.

La réflexion avait de quoi irriter sa sœur, mais Octavia se contentait juste de serrer les lèvres. C'était tout de même incompréhensible que cette bonne Octavia eût été formée pour la confection, entre autres, et qu'elle n'en eût rien retenu.

Augustine feignait de n'entendre pas ces petits coups de griffes dans son dos. Elle était tout entière réservée à son ouvrage, achevant de mettre en place la broderie. Les filles eussent voulu qu'elle en mît partout, et tant que c'eût été ridicule.

— Il faut orner ce qui est nécessaire. Au-delà, nous tomberions dans la vulgarité. Ah ! nota-t-elle en tournant la tête vers Antonia, je ne voudrais pas qu'on puisse dire que mes petites filles sont des cocottes.

La répartie fit éclater de rire les filles. C'était ainsi, par une telle diplomatie ménagère, qu'Augustine maintenait un climat apaisant dans son cercle familial. Il en allait de même avec César, même lorsqu'il jetait par les fenêtres la batterie de cuisine. Ou pire, qu'il levait la main sur sa femme, comme cela était arrivé quelquefois.

Quand l'heure de l'essayage fut venue, les filles se disputèrent pour savoir qui commencerait. Augustine leur tendit les robes ensemble, et leur fit signe de s'exécuter. Ainsi son jugement s'exercerait en même temps sur les deux. A la vérité, Octavia était un peu plus forte que sa sœur, surtout à la taille et aux épaules. Et la couturière avait dû tricher sur le tissu pour donner à l'une plus d'aisance. Si les robes étaient identiques, même tissu, même coloris, même ornement, la coupe s'en trouvait un peu modifiée pour l'une d'elles. Bien sûr, Octavia ne fut pas sans voir ces détails et exigea sur-le-champ l'habit de sa sœur. L'échange fut bref et sans appel.

— Il n'y a pas de quoi pleurer, releva Antonia. La nature nous a pourvues de légères différences. Moi, oui, je voudrais avoir tes yeux. Le bleu n'en est-il pas plus clair que le mien ?

Octavia courut s'examiner dans une glace. C'était à voir. Nul ne pouvait confondre le bleu de leurs iris. Et, encore une fois, Antonia rusait pour étouffer la crise dans l'œuf.

— Ma chère sœur est gentille. Mais, ici, fit Octavia en se pinçant la taille, et là, ajouta-t-elle en soulevant sa poitrine, il est impossible de nous confondre.

La mère haussa les sourcils. Puis, armée d'épingles, elle vint apporter deux ou trois corrections dans la manière dont retombait le tissu sur les jambes. Les robes se portaient à ras les chevilles. Et dans le mouvement de la marche, l'ourlet devait se mouvoir à l'aise sur les chaussures. Augustine les fit se déplacer dans la chambre, sur le long tapis qui séparait les deux lits, aller et venir, retira un peu de tissu à l'une et en rajouta à l'autre. Cela demanda encore quelques justifications, attira une ou deux larmes, puis l'affaire se régla ainsi, avec de l'amidon et un coup de fer.

L'hôtel du Fin Chapon, place du Château, possédait une vaste salle qui donnait sur la cour arrière. Elle avait été aménagée dans les anciennes écuries du relais des diligences, ce qui expliquait ses petites ouvertures en alignement. Les propriétaires avaient conservé les grilles en fer, puissamment ancrées dans la pierre. Trois ou quatre fois par an, à l'occasion des grandes mercuriales ou des fêtes patronales, on y donnait un bal. La salle se prêtait à cet usage ; longue et large, elle pouvait contenir deux à trois cents personnes. L'inconvénient venait de ce qu'elle était fort peu éclairée, en raison de l'exiguïté des ouvertures. Pour certains, cela ajoutait au charme. Sur des tapisseries vieux rose, les appliques des lampes à gaz apportaient une clarté jaune de salon bourgeois. L'ambiance propre au Fin Chapon attirait donc une foule de jeunes dès le milieu de l'après-midi et jusqu'à minuit. Rarement, le bal débordait les douze coups. Les mères, faisant tapisserie sur des banquettes disposées le long de la salle, veillaient à récupérer leur progéniture. Il était bien connu que, passé minuit, tous les dangers étaient offerts. Et c'eût été, du reste, inconvenant pour une jeune fille de bonne éducation de prolonger la fête plus que de raison.

Peu avant cinq heures de l'après-midi, les Césarines se faufilèrent dans le Fin Chapon, alors que leur père préféra aller s'attabler dans la salle du restaurant en compagnie de vieux amis. Il n'était certes pas dans ses intentions de surveiller ses filles, comme le lait sur le feu, jugeant cette occupation un peu ridicule pour un homme tel que lui. Au milieu de la foule endiablée par les farandoles et les polkas, les filles Albarède parurent transportées dans un monde étranger. Et durant quelques minutes, elles demeurèrent sans voix et sans geste, ne sachant trop ce qu'il convenait de faire, désormais qu'elles se trouvaient dans la place, baignées par la pâle lumière de la salle surchauffée par l'excitation et les odeurs de parfum à quatre sous.

Octavia chercha deux sièges libres et y entraîna sa sœur. L'usage voulait que les garçons vinssent y quérir leurs cavalières, entre les mères, desquelles, souvent, elles attendaient quelque acquiescement avant d'accorder une danse. Antonia fut vite exaspérée par ce cérémonial.

— Je crois que je vais me promener un peu, soufflat-elle dans l'oreille de sa sœur.

Octavia se sentait plutôt chargée d'âme dans cette situation et, curieusement, obligée de jouer le rôle d'une mère avec sa sœur.

— Tu sais ce que père nous a dit... releva-t-elle d'un ton pincé.

— Je ne suis pas venue au bal pour rester assise, à attendre le prince charmant.

Et malgré la main qui tentait de la retenir, Antonia se précipita dans la farandole. Les garçons et les filles se donnaient la main, formant une longue file qui croissait au fur et à mesure de sa déambulation, happant au passage de nouveaux danseurs. Ainsi, Antonia traversa la salle, jusqu'à parvenir à l'orchestre juché sur une estrade. Puis elle se détacha de la file endiablée pour mieux voir les musiciens qui jouaient une sautière. Ils étaient une dizaine à tourner la vielle et à souffler dans une cornemuse, à pianoter sur des accordéons diatoniques. Il y avait même un violoneux qui s'escrimait sur ses cordes, comme un beau diable. Les musiciens appartenaient presque tous au félibrige du Bournat, au sein duquel ils s'étaient formés aux musiques traditionnelles. Certes, les bourrées et les gavottes faisaient plus partie de leur répertoire que les marches ou les polkas. Mais ces jeunes interprètes trouvaient là l'occasion de gagner un peu d'argent dans les noces ou les bals payants.

Antonia ne put résister longtemps au désir de se mêler étroitement à la foule. Elle avait besoin de faire corps avec elle, d'unir ses gestes au mouvement général qui transportait les danseuses et les danseurs dans un rythme endiablé. Elle se mit aussi à sauter, virevolter, taper dans les mains, crier, chanter et rire. Ainsi, amarrée au long cordon humain qui cheminait dans la grande salle, elle se laissa emporter sur cette mer d'ivresse. Vite épuisée, Antonia courut vers sa sœur qui ressemblait à une petite mère, sur son siège étroit, les jambes serrées. Elle voulut la happer d'un geste pour l'emmener avec elle et lui faire connaître, enfin, le goût de l'ivresse. Mais Octavia résista fermement à la sollicitation. Elle lui sembla de plomb, ainsi incrustée entre les vieilles femmes revêches qui scrutaient les visages défilant devant elles.

— Ne sais-tu pas comme c'est bon de rire et de danser ? lui dit-elle en approchant les lèvres de son oreille.

Octavia fit une grimace. Les mots de sa sœur lui parurent obscènes. Il n'était pas de bon ton, décidément, de dire à haute et intelligible voix les émois du corps. Et Antonia repartit dans la marée humaine qui remontait vers l'orchestre. Cela lui faisait de la peine, autant de défiance pour le bal. Cela la chagrinait que sa sœur jumelle fût ainsi, fermée sur elle-même, recroquevillée dans sa coquille. La situation lui rappela combien elle était différente d'elle. Pourtant, se dit-elle, je ne serai pas ce qu'elle voudrait que je sois, et qu'importe ce qu'elle en pensera après cette journée. Le bal est fait pour s'amuser. Et il n'y a aucun mal là-dedans.

De si loin qu'il put l'apercevoir, au milieu de la foule, Maxime Verdois lui fit de grands gestes. Octavia se leva de son siège pour repérer d'où venaient les appels insistants. Et lorsqu'elle distingua, à son tour, la figure du jeune homme, elle poussa un grand soupir.

— Ton ami de Cubjac ! s'écria-t-elle.

Antonia fendait déjà la foule pour le rejoindre. Et, à peine fut-elle parvenue à sa hauteur qu'il lui prit les mains et l'emporta dans une marche. Les couples de danseurs n'étaient pas si nombreux ; on pouvait danser à l'aise, et en y mettant même un peu de fantaisie. Ce qui était le cas avec Maxime. Il avait le rythme dans la peau, et aimait cadencer la musique par force mouvements virevoltants. Antonia se laissait emporter, sans réticence aucune, à la merci de son cavalier dont elle sentait, confusément, qu'il était un artiste en la matière. Il lui semblait même qu'à vouloir contrarier son irrésistible fougue elle eût gagné, bien vite, le mal de mer. Antonia fermait les yeux et c'était tout ce qu'elle avait à faire, le garçon conduisait la danse. Une fois terminée, Verdois voulut la reconduire à sa place. Mais Antonia glissa une main sous le bras du jeune homme. Il comprit qu'elle désirait rester avec lui pour échanger quelques mots. Alors, ils se dirigèrent vers le fond de la salle ; c'était l'endroit où les filles et les garçons timides faisaient tapisserie.

— Tu as peut-être une cavalière ? demanda Antonia. Et je ne voudrais pas...

Maxime éclata de rire.

— Oh, oui, j'ai fait danser quelques filles, reconnut-il

en se donnant un peu d'importance. Mais aucune en particulier. Lorsque je t'ai aperçue, je n'ai pas pu résister.

— Moi, dit Antonia, ce n'est pas pareil. Je suis une vieille amie d'enfance.

Verdois hocha la tête. Il avait posé nombre de fois des rendez-vous à la petite Albarède, sans succès. Et il en avait conclu qu'il ne serait jamais plus qu'un ami pour elle, un bon ami, certes, sans autre espoir.

— Tu as raison de me rappeler à mes devoirs...

Antonia porta la main à ses lèvres, de dépit.

— Ce n'est pas ce que j'ai voulu dire. Je suis maladroite.

— Mais ça ne me fait plus de peine de savoir que je ne suis, pour toi, que le petit Maxime, un gentil paysan de Cubjac.

La jeune fille pouffa de rire. Trop d'insistance en cet endroit devenait franchement comique.

— Si nous devions être plus l'un pour l'autre, reprit Antonia, ce serait déjà fait, non ?

L'orchestre attaqua une nouvelle marche et, sur la seconde, Maxime repartit dans la foule, bousculant les gens, sans ménagement. Antonia le suivit, croyant qu'il voulait danser de nouveau. Mais, lorsqu'il fut devant Octavia, il l'invita en l'attirant à lui, un peu brutalement. En les voyant s'éloigner sur la piste de danse, Antonia ressentit un pincement au cœur. Et il ne lui resta plus qu'à s'asseoir à la place de sa sœur, entre les mères. Quelques garçons vinrent lui proposer de danser, mais elle refusa, chaque fois. Elle était trop triste. Flouée au plus profond de son âme. Pourtant, Antonia ne manquait pas de ressource intérieure pour chasser, bien vite, ces petits nuages noirs qui lui trottaient dans la tête. Maxime Verdois n'est rien pour toi, et cependant tu es jalouse, se dit-elle. C'est à n'y rien comprendre. A moins que ce soit à cause d'Octavia ! De ce qu'il l'ait préférée à toi... Ce serait une bonne explication. Quoique tu n'aies aucune raison de te défier d'elle. S'il a choisi d'agir de la sorte, c'est pour se venger de toi...

Antonia rongeait son poing. Et, soudain, elle sortit de sa torpeur. Lorsqu'ils reviendront, se dit-elle, il ne te faut plus être là, à les attendre. Ce serait montrer à ce vaurien qu'il a triomphé... La jeune fille disparut dans un mouvement de colère, et alla se réfugier vers le bar où l'on servait aux garçons des rafraîchissements. Au passage, elle essuya quelques réflexions désobligeantes. Fortement éméchés, les jeunes gens manifestaient leur aigreur de n'avoir trouvé âme sœur.

Déjà, la petite Albarède jubilait de son initiative. Ce sentiment si fort lui prêtait du feu aux joues. Elle commanda une boisson chaude, debout devant le comptoir, là d'où la bienséance eût dû l'éloigner. Il n'y avait que les hommes pour occuper l'espace, à chahuter, à rire et à fanfaronner. Mais Antonia ne se refusait rien, même cette audace inconsciente qui la dressait en pleine lumière, si libre et effrontée que les garçons finirent par renoncer à l'importuner.

A cet instant, un mouvement désordonné s'empara de la foule. Antonia chercha à en comprendre la cause, en se tordant le cou. Et elle vit apparaître trois jeunes dandys en chapeau haut de forme et en frac, comme elle en avait déjà vu dans des gravures de *L'Illustration*. Mais, sur l'instant, l'irruption des jeunes bourgeois en grand habit dans un misérable bal de campagne lui parut tellement incongrue qu'elle fut prise d'un fou rire. Les gens s'effaçaient devant eux, si respectueusement que cela frisait l'humiliation. Son rire se bloqua au fond de la gorge. Tant de docilité lui fit éprouver une grande peine. Oh ! je vous en prie, faisons comme si de rien n'était, eut-elle envie de dire aux jeunes gens qui l'entouraient et qui baissaient déjà la tête, craintivement. Ne faut-il pas répondre à la provocation par le mépris ? Mais elle sentit qu'à ce jeu elle serait bien seule, si tant est que ses voisins, frondeurs et insolents lorsqu'il s'agissait d'ennuyer une jeune fille, eussent le moindre désir de résister aux intrus.

L'un des jeunes dandys, la mine hautaine et l'œil brillant, s'en vint taper contre le comptoir avec le pommeau de sa canne.

— Un vin chaud, mon brave !

C'était la boisson coutumière réservée aux fêtards du Fin Chapon. Un mauvais vin alcoolisé et saturé de sucre qui s'enflammait comme un rien.

— Ah ! cela fait du bien, tout de même, de descendre chez les pedzouilles. Regarde donc ! Leurs filles sont d'un vulgaire...

Il parut réfléchir en ôtant ses gants, précautionneusement, un doigt après l'autre, comme si ce geste précieux eût dû ajouter au spectacle qu'il offrait gracieusement à son entourage.

— Encore qu'il en soit quelques-unes qui semblent tout à fait intéressantes.

— Mon cher Pierre-Jean, il faudrait occuper trop de temps à en dégrossir les manières, dit le jeune homme qui avait commandé le vin chaud. Et, nous le savons, l'élégance et la grâce sont innées. L'éducation de ces pauvres filles n'apporterait que de l'affectation. Maintes fois, nous sentirions sous le fin voilage la vilaine étoffe de la naissance.

Seul le troisième personnage, au fin visage, ne riait pas. Il portait un monocle factice, comme cela se faisait dans le grand monde, en l'ajustant de temps à autre, et le laissant retomber sur son plastron orné d'une chaînette d'or le plus souvent. Il avait une démarche un peu hésitante, jetant des œillades soupçonneuses alentour. Bien entendu, Antonia ne voyait que lui. Et déjà, elle se sentait intriguée par l'indifférence qu'il réservait aux propos fielleux de ses amis.

Les trois garçons attendirent qu'on les servît, puis burent avec une mine grimacière.

— Ces brûlots vont nous perforer l'estomac, dit l'un des dandys.

— Nous préférerions une fine Cognac. Cela conviendrait mieux à notre palais, fit Pierre-Jean.

— Ou une absinthe Joanne, répliqua son voisin.

— A la condition de la boire sans eau. Cela est plus grisant.

Durant cet échange, Maxime Verdois s'était rapproché d'Antonia. Il avait peu goûté la façon dont la jeune fille s'était effacée. Mais alors qu'il s'apprêtait à lui adresser quelques reproches, le spectacle des dandys avait aussitôt accaparé son esprit.

— Qui sont ces jeunes présomptueux ? lui demanda-t-elle.

— Comment ? s'étonna-t-il. Tu ne les connais pas ?

Antonia baissa les yeux. Le bal d'Excideuil était une découverte pour elle. Et bien qu'elle n'eût que dix-huit ans, c'était sans doute une lacune grave. Mais était-ce de sa faute si papa Albarède avait longtemps hésité à y conduire ses filles ? Voilà le résultat, se reprocha-t-elle, nous sommes ce soir comme des godiches à nous étonner de tout, alors que ces histoires sont monnaie courante. Un cercle s'était formé autour des jeunes bourgeois en grand habit, un large cercle formant un vide où nul n'osait s'aventurer. Que craignait-on au juste ? Tout méprisants et poseurs qu'ils fussent, les intrus n'étaient guère menaçants. Leur jeu consistait à attirer sur eux quelques regards hostiles qui les confortaient dans leur haine des petites gens.

— Le type à la canne, indiqua Verdois, c'est Victor Aulmet. Les Aulmet des tuileries de Tourtoirac. Et l'autre : Pierre-Jean Bernardin. Son père dirige une fabrique de tissus à Périgueux. Les toiles de chanvre et de coton Bernardin sont célèbres dans le pays. Tu es bien la seule à ignorer ça. Et, fit-il en touchant le bustier de sa robe, je parierais que c'en est !

— Et celui qui joue avec son monocle ? demanda Antonia.

Maxime Verdois exulta de surprise.

— Celui-là, tu devrais le connaître. Son père est un bon ami de César.

— Non, dit Antonia en le dévisageant attentivement. Je ne l'ai jamais vu. Mais crois-tu que mon père nous présente ses amis ?

— Julien Sarazac, lâcha-t-il. Les Sarazac, c'est un nom qui te dit quelque chose, non ?

Antonia hocha la tête. Elle avait juste entendu parler de Palamède. Palamède, c'était un prénom qu'on ne pouvait oublier aisément.

— Les Sarazac tiennent une fabrique de boîtes métalliques.

— Bien sûr ! s'exclama Antonia. C'est l'ancienne fonderie d'Ans.

— Oui, du temps où ces gens travaillaient pour la marine et fabriquaient des canons.

Maintenant qu'elle en savait assez, la petite Albarède avait hâte de se débarrasser du jeune homme. Il ne l'entendait pas ainsi et s'accrochait à elle, fébrilement, en réclamant une nouvelle danse.

— Va donc distraire ma sœur, elle ne demande que cela ! fit-elle avec un sourire espiègle.

— Tu sais bien que c'est toi que je préfère.

Antonia fit mine de n'avoir entendu.

— Tout de même, ajouta-t-elle, il faut un sacré culot pour venir, ainsi, nous provoquer...

Maxime pointa un regard sur les gigolos, et comprit que sa voisine était fascinée par leur audace, fascinée et révoltée à la fois.

— Les riches ont tous les droits, dit Maxime d'un ton amer. Même celui de nous insulter.

— C'est un défi que nous devrions relever, lança-t-elle.

Maxime se mit à balancer la tête.

— Nous avons trop besoin d'eux.

D'un pas décidé, Antonia traversa la salle, bousculant au passage Julien Sarazac, qui se retourna sur son passage, en ôtant son haut-de-forme. Il suivit des yeux le balancement des hanches, tandis qu'elle remontait le long couloir.

— Ce beau brin de fille m'a lancé un regard assassin, dit-il à Aulmet qui fumait un cigare. Pour une campagnarde, elle affiche un joli minois.

— Cela confirme l'exception, répliqua Bernardin, qu'il nous faut venir chasser ici. Cela nous changera des mijaurées qui défendent leur vertu bec et ongles.

Les deux complices éclatèrent de rire. Julien, un peu en retrait, rajusta ses cheveux de part et d'autre de la raie qui lui traversait le crâne par le milieu. Ce n'était pas dans ses habitudes de se coiffer de la sorte, aussi avait-il eu besoin, pour domestiquer sa toison brune, de gomina. Il porta le monocle à son œil droit et enfila le long couloir.

Antonia rejoignit son père dans la salle de restaurant où il partageait quelques digestifs avec de vieilles connaissances. En la voyant approcher, César flaira une catastrophe. Il savait sa fille émotive et crut à quelque chagrin. Aussi se précipita-t-il pour l'entourer de ses grands bras. A l'instant où il la cajolait, Julien Sarazac parvint à leur hauteur. Albarède dut s'y reprendre à deux fois pour reconnaître le jeune homme.

— Monsieur Julien ! s'écria-t-il. Que nous vaut ce déguisement ?

— Nous nous distrayons comme nous pouvons, dit-il.

— Bien. Très bien, ricana César. Et comment va votre père ?

— Il se porte comme un charme. Autoritaire et impérieux, selon son habitude.

— Nous devons conclure une affaire, très prochainement. Et je compte sur vous pour...

— Cette jolie personne serait donc votre fille ? questionna Sarazac.

— Je vous présente Antonia, l'une de mes jumelles. Et la seconde, à vrai dire, est parmi nous aussi.

— Octavia, si je me souviens bien, fit Julien.

César hocha la tête. Il tenait toujours la main du jeune homme, comme s'il voulait le retenir auprès de lui plus que de raison. A la vérité, il n'avait aucune nouvelle des tractations que Palamède devait engager auprès du général Varaignes et escomptait bien que le fils l'aiderait dans cette affaire.

— Votre père a besoin que nous lui rafraîchissions la mémoire, dit Albarède d'un ton mystérieux.

— De quoi me parlez-vous, monsieur ?

— De l'affaire qui nous occupe, Palamède et moi, pardieu...

Julien se mit à bâiller d'ennui, en portant une main gantée à son visage.

— Soit, monsieur, je le rappellerai à ses devoirs.

— Merci ! Merci ! dit César en s'inclinant devant le

jeune homme qui paraissait confus d'autant de sollicitude.

— Nous avons beaucoup apprécié les perdrix rouges, ajouta-t-il en dévisageant la petite Césarine.

— Il ne tient qu'à vous de recommencer l'aventure.

Albarède avait oublié, sans doute, le peu d'intérêt que Julien portait à la chasse. Et s'il était une aventure qui le tentait, ce n'était certes pas celle-ci.

— Il est heureux que nous nous soyons croisés, fit-il en touchant la main d'Antonia.

César laissa sa fille à Sarazac, de bonne grâce, et rejoignit ses compagnons, en se frottant les mains.

— Vos amis sont des goujats, dit la Césarine. Et je m'étonne qu'un garçon bien élevé comme vous partage leur compagnie.

Un sourire gêné empourpra le visage du jeune homme. Bien fait ! se dit-il en reposant sur sa tête le chapeau qu'il jugeait, désormais, un peu ridicule.

— Qu'est-ce qui vous prouve que je suis un garçon bien élevé ?

— Vos yeux.

— Mes yeux. Qu'ont-ils donc, mes yeux ?

— Je crois qu'ils ne mentent pas.

— Vous me flattez. Alors que je ne le mérite pas.

— Vous, dit Antonia, vous n'avez rien dit de désagréable.

— Bernardin et Aulmet sont un peu insolents, reconnut Julien, mais qu'importe. Je ne suis pas chargé de leurs belles âmes.

Antonia éclata de rire.

— En tout cas, leurs propos ne vous concernaient pas, défendit Sarazac.

Il vint lui prendre la main et la porta à ses lèvres, avant

d'émettre un jugement. Elle voulut la retirer à cause des regards qui s'étaient portés sur eux.

— Je ne sens point la vilaine étoffe de la naissance, dit-il en l'emportant dans une valse.

César Albarède, seul, fit quelques commentaires sur le bal d'Excideuil, les deux sœurs préférant se tenir à des réactions évasives. Pourtant, Augustine voulait tout connaître de cette soirée, et surtout l'effet produit par les robes.

— Nous avons été parfaites, dit Antonia d'un air rêveur.

Elle songeait à Julien Sarazac et au petit mot qu'il lui avait laissé avant de disparaître, sur lequel figurait une adresse. Mais elle n'avait aucune envie d'en parler, par crainte des réactions d'Octavia. Durant le retour, elle lui avait fait la tête, et c'était une réaction assez explicite pour qu'elle rengorgeât ses impressions.

— Le bal n'est guère de mon goût, ajouta Octavia. J'éprouve trop d'ennui à parler à des gens qui ne s'intéressent pas à moi.

— Comment peux-tu dire une chose pareille ? releva sa sœur.

Augustine observait ses filles avec un air de curiosité. Cela lui sautait aux yeux, une fois encore, qu'elles étaient si différentes de caractère. L'une trouvera mari trop hâtivement, tandis que la seconde fera une vieille fille, pensa-t-elle. Et, les belles robes rangées dans la lingère du premier étage, chacun retourna à ses occupations.

En cette période de l'année, les Albarède s'occupaient de la récolte des noix au Pinsonnet. Tandis que Julius maniait la gaule pour faire tomber les dernières récalcitrantes qui étaient restées accrochées aux hautes branches, les femmes s'employaient à remplir les paniers d'osier. C'était un travail délicat et pénible. A genoux sous les noyers, il fallait fouiller le sol, en écartant brindilles et feuilles, pour y trouver les belles Cornes dans leur brou vert et noir. Les filles préféraient écaler avec des gants pour éviter de se brunir les doigts, tandis que leur mère se fichait bien de cet inconvénient. « Une bonne paysanne se doit d'avoir les mains tachées », disait-elle volontiers. Pourtant, les sœurs ne rechignaient pas à transporter les panetons aux sacs qui les attendaient au bord du chemin. C'étaient de lourdes charges pour de si graciles personnes, et cela révoltait Firmin Chadeuil de voir, ainsi, les Césarines soulever les sacs de jute. Aussi, il se proposait souvent, lorsque son travail lui en laissait le loisir, pour prêter main-forte à ses voisines.

Le domestique faisait ce qu'il pouvait pour alléger le travail des femmes Albarède, mais, tout laborieux qu'il fût, il ne pouvait être au four et au moulin. A peine avait-il commencé un ouvrage qu'il lui fallait l'abandonner pour un autre. Il courait aux étables, aux écuries, à la vigne...

Ce jour-là, sous un beau soleil, on se hâtait de ramasser par crainte des pluies prochaines. Il n'y avait rien de pire que l'eau sur les noix à terre. L'écorce s'en trouvait boueuse et l'humidité n'était pas une bonne affaire pour les cerneaux. Au contraire, il fallait se dépêcher de les mettre sur la claie pour que les Cornes pussent sécher au courant d'air. Chadeuil s'en vint rendre visite aux femmes d'Auberoche. Cent noyers au moins, cela exigeait deux semaines de ramassage. Lui, c'était fait, il avait rentré sa récolte, une petite récolte en vérité. Son affaire, c'était plutôt l'élevage, et le tabac. Il possédait cinq hectares de bonne terre irrigable au bord de la rivière.

— Mais où est donc César ? s'étonna-t-il en allant serrer la main d'Augustine.

A son approche, elle se redressa en grimaçant. Firmin l'aida même en lui tendant la main. C'était un de ces gestes affectueux qui lui étaient coutumiers. Chadeuil éprouvait de l'intérêt pour Augustine. Elle portait encore la taille fine et la poitrine haute. En la dévisageant, son regard s'attarda sur les lignes de son cou dégagé jusqu'à la naissance des seins. Un peu de sueur faisait briller le grain de sa peau. Il voulut l'embrasser, en manière de salut, mais elle demeura distante. C'était assez qu'il le fît lorsqu'il n'y avait aucun témoin et qu'elle s'y résignait de bonne grâce. Sa main frôla son bras nu et il en fut troublé. Augustine, comme d'habitude, faisait mine de n'avoir compris son manège. Pourtant, Firmin était lourd et insistant à ce jeu. Il la fixait de ses yeux noirs aux sourcils broussailleux. Augustine avait rassemblé dans un fichu bleu, noué sur la nuque, sa lourde chevelure. Le front dégagé, elle offrait un fin visage bruni par le travail en plein air.

L'envie de la prendre dans ses bras, de la serrer contre lui, lui tordait le ventre. Il eût fallu être bien sotte pour ne pas se rendre compte qu'il la désirait. Et pourtant, ce jeu du chat et de la souris durait, ainsi, depuis des années, sans qu'il eût trouvé le courage de se déclarer. Voir César en proie aux débâcles de l'alcool, jour après jour, saison après saison, lui ouvrait l'imagination. La pauvre Augustine doit se trouver seule bien plus souvent qu'à son tour, se disait-il. Et dans le manque d'affection. Voilà une affaire que je comblerais à mon aise, moi qui possède tant de force que je ne puis en venir à bout...

Tandis qu'Augustine s'était remise à sa tâche, genoux à terre, le buste ployé sur son panier qu'elle traînait, au-devant d'elle, à mesure que ses doigts picoraient les noix dans l'herbe rase, Firmin reposa sa question demeurée sans réponse.

— Que fait-il, votre César ?

Elle releva la tête et dirigea vers lui un regard implorant. C'était une affaire dont elle n'avait aucune envie de parler. Une question sans réponse. Cela se voyait, comme le nez dans la figure, que son Albarède se fichait de la noyeraie du Pinsonnet. N'avait-il pas proposé cent fois de l'arracher et d'en vendre les grumes aux ébénistes de Périgueux ? C'était une activité qui l'embarrassait depuis qu'il avait décidé de faire l'élevage des chevaux. Tout devait se résoudre dans cette seule activité, le cheval de trait pour les chemins de fer, pour les vignerons de Bordeaux, pour l'armée...

— Vous le savez, Firmin... dit-elle d'une voix essoufflée.

— Attendez, fit Chadeuil en lui prenant le panier, je vais vous le vider.

Elle se redressa et s'épongea le front avec le revers de sa main.

— Si vous désirez nous prêter la main, dit-elle à forte voix pour que ses filles l'entendissent distinctement, alors prenez un panier et occupez-vous de la rangée voisine.

Chadeuil descendit à grandes enjambées vers le chemin et versa les noix dans un des sacs que les ramasseuses avaient commencé à garnir. Il revint, aussitôt, à vive allure.

— Vous n'en viendrez pas à bout, dit-il.

— Vous croyez ? s'étonna Augustine. Ce n'est pas la première année que je ramasse les noix.

— Oui, mais il y a une sacrée production. Vous ne croyez pas ? La pluie d'août a favorisé la nouaison. Et si, maintenant, ça traîne sur la terre, l'amande sera rouge.

De la pointe du couteau, il avait séparé les deux

coquilles. La Corne était une espèce idéale pour le terrain pauvre. Lui, il avait planté, jadis, de la Brantôme, et de la Grandjean pour sa précocité. C'était une affaire de petit rapport, avec ses trois tonnes de production moyenne, mais qui exigeait peu d'entretien, sinon de maintenir la pelouse rasée sous les arbres.

— Les cerneaux sont blancs, fit-il.

— Maliveau les a déjà vus, dit Augustine. Il m'en propose cinq cents francs la tonne.

— Les courtiers sont tous pareils, jura Firmin. La seule peine qu'ils prennent, c'est de faire leur prix, et ils ne s'oublient pas au passage.

Augustine éclata de rire, montrant une belle rangée de dents blanches.

— Il a la réputation d'être dur sur sa commission de courtage, mais c'est de l'argent assuré. Ça paye rubis sur l'ongle. J'ai connu Lambert, qui faisait traîner les sous jusqu'à la fin de la campagne.

Chadeuil soupira : C'est de l'or dans une exploitation, une femme pareille. La mienne ne sait rien faire toute seule. Même les oies et les canards gras, je suis obligé de les vendre moi-même. Sinon, elle y perdrait sa chemise. Il prit un paneton et redescendit vers le chemin pour attaquer la rangée suivante.

Firmin était habile au ramassage. D'un simple coup d'œil, il repérait les noix vides. Cela gagnait du temps au triage. Car Maliveau payait peut-être rubis sur l'ongle, mais il était le courtier le plus exigeant qu'on pouvait trouver dans le pays. Et les expéditeurs d'Excideuil, de Thiviers et de Périgueux s'adjugeaient aisément sa complicité pour satisfaire leur négoce. Une telle confiance lui donnait des droits, surtout celui d'exclure les producteurs jean-foutre qui ramassaient tout venant.

Tandis qu'il s'affairait à son ouvrage, jetant de temps à

autre un regard attendri sur Augustine, le paysan ne vit pas César qui s'approchait de lui à pas de loup. Et quand il fut à sa hauteur, Albarède s'écria :

— Qu'est-ce que tu fais, Chadeuil ? Ta ferme ne te suffit pas, il faut que tu viennes t'occuper de la mienne.

Augustine se mit à rougir de honte. Elle avait entendu femme plutôt que ferme... Elle eut aussitôt envie de se fourrer dans un trou de souris. César était de plus en plus jaloux de son voisin et imaginait mille trahisons tandis qu'il courait les foires.

— Tu n'as pas honte, animal, répliqua Chadeuil en dressant devant lui sa haute stature, de laisser à tes femmes tout ce travail.

Firmin portait une grosse chemise de coton ouverte sur sa poitrine, d'où saillait une pilosité abondante. Et à le voir, ainsi, fier et droit devant lui, les manches de sa chemise retroussées sur ses avant-bras aux muscles proéminents, il sentit poindre sa jalousie. Ce gredin a été soigné par la nature. Il est aussi fort qu'un légionnaire romain. Et je gage bien, nom de Dieu, que tel qu'il est, là, il entreprendrait bien mon Augustine. César bigla son voisin avec un regard de défi. Chadeuil était devenu, avec le temps, son tourment intime. Ça ne boit rien. Ça travaille comme un Turc du matin au soir. Et si ça se trouve ça ne pense qu'à ça, faire porter les cornes.

César pointa vers lui sa canne qui l'aidait à marcher dans les endroits incertains.

— Tu es serviable et je t'en remercie. Mais...

— Mais... ? questionna Firmin.

Albarède éclata de rire. Il ne pouvait clamer à haute et intelligible voix ce qu'il avait sur le cœur.

— Tu ne vas pas me reprocher de donner un coup de main à Augustine. Car je le fais pour elle. Tu penses bien.

— Je l'avais compris, admit César.

A côté de lui, je suis un vieux débris, se dit-il. Pourtant, nous avons le même âge. Comme quoi la nature est injuste. Aux uns la santé, aux autres la débilité. Il regardait ses filles, avec un attendrissement touchant. C'était toute sa fierté, les Césarines. Surtout Octavia. Tout le portrait de sa mère : la vaillance, la ténacité. Moi, songea-t-il, dans un mouvement de tête, j'ai au moins réussi ce prodige, faire des jumelles qui sont les plus belles filles qu'on peut trouver à dix kilomètres à la ronde. Ah ! mes Césarines, on me les envie. Car j'en ai vu, des enfants de paysans. Il énuméra dans sa tête toutes les familles de la contrée, cherchant lesquelles des filles pourraient rivaliser avec les siennes. Aucune ! Toutes des laiderons. Juste bonnes à se marier à des paysans et à fabriquer des rejetons pour tenir le manchon de la charrue. Depuis qu'il avait vu, de ses propres yeux, Julien Sarazac s'intéresser à l'une de ses jumelles, la faire danser au bal d'Excideuil, il ne se contenait plus d'orgueil et de bêtise.

S'approchant de son voisin, César le prit par l'épaule.

— Tu as vu mon Augustine, c'est une belle femme, non ?

Chadeuil ne sut que répondre. Il y avait, sans doute, de la perversité dans sa réflexion, et il ne voulait donner prise à aucune réaction qui pût lui donner puce à l'oreille.

— Mais elle a toujours été une belle femme, poursuivit-il. Le temps n'y fait rien. Elle reste telle que je l'ai connue. Et même après la naissance des filles, son corps n'a pas changé. Je te le garantis. Ce n'est pas comme nos paysannes d'ici qui accouchent des marmots en série, et qui s'enlaidissent du jour au lendemain. Pourtant, après mes filles, je n'en ai pas voulu d'autres. Pas de garçon. Ça n'a pas d'importance. Mes jumelles sauront aussi bien faire que des mâles. Elles feront prospérer Auberoche.

Chadeuil écoutait Albarède, les yeux baissés. C'était une chanson qu'il avait entendue, déjà. Sur tous les tons.

— Ah, mon Augustine, c'est une sacrée femme. Et intelligente avec ça. Bien plus avisée que moi.

— Plus avisé que toi dans le commerce, je voudrais bien le voir ? répliqua Firmin. Tu n'es pas un marchand de chevaux pour rien.

— Elle a une qualité que je n'ai pas, reconnut César qui parlait à voix basse pour que sa femme ne pût l'entendre. Elle a du cœur. Moi, je n'en ai pas. Je suis atrophié de ce côté-là. Sans pitié. Sans remords. Rien.

Il frappait le sol de sa canne avec une féroce énergie. Firmin ne comprenait pas pourquoi il prenait un malin plaisir à se noircir l'âme, avec une jubilation tout intérieure, comme s'il était du suprême raffinement de tirer ainsi gloire de ses défauts.

Le soir même, après le coucher des filles, Augustine essuya une de ces scènes de ménage qui avaient l'art de la jeter au désespoir des jours durant. Tandis que César se versait rasade de vin sur rasade de vin, il distillait ses noirs reproches dont Firmin Chadeuil était le centre. Le maître d'Auberoche ne pouvait croire que sa femme lui fût fidèle, comme elle le prétendait, sinon pourquoi tant de sollicitude et d'attention ? Ce n'était pas par dévouement que le voisin venait si souvent prêter la main, et de préférence en l'absence du mari. Augustine ne pouvait prétendre le contraire ; elle était ennuyée de cette situation, mais comment contraindre cet homme de se tenir éloigné d'elle ? « Je ne puis le chasser, tout de même, disait-elle. Et à supposer que je lui tienne ce langage, rien ne l'obligerait à m'obéir. » César frappait les meubles de vigoureux coups de poing, renversait les chaises, dispersait la vaisselle… Il fallait que tout autour de lui fût conforme à l'état de son âme, c'est-à-dire livré au chamboulement, comme s'il espérait voir renaître de ce désordre un monde nouveau, sans Chadeuil et son obsédante gentillesse et avec une Augustine aimante, jurant la main sur le cœur son indéfectible fidélité. Mais la pauvre maîtresse de maison ne pouvait se repentir de quelque chose qu'elle n'avait pas commis, à moins de s'en accuser à tort. Sans doute aurait-il vu dans cette abdication un acte de contrition de nature à le rassurer. Mais elle gardait le silence, songeuse. Lorsqu'il exigeait d'elle des mots, ce n'était que pour entendre qu'elle n'avait rien à se reprocher, qu'elle était d'une honnêteté sans faille. Cette défense avivait sa colère. Puisqu'elle refuse d'admettre la vérité, se disait Albarède, c'est qu'elle est coupable. Sinon, ça ne lui coûterait rien que d'effacer ses fautes sur l'ardoise afin de repartir à zéro.

Dans leur chambre, les Césarines écoutaient les rumeurs de l'algarade, les larmes aux yeux. Antonia priait pour sa mère et Octavia pour son père. La première trouvait les accusations paternelles bien injustes ; la seconde plaignait les souffrances de son père bien-aimé. Sur ce sujet, les deux sœurs ne se pouvaient accorder, préférant se tenir l'une l'autre sur leurs positions respectives.

Le seul pouvoir d'Augustine était, de guerre lasse, d'aller s'enfermer dans la chambre d'amis pour y trouver un peu de sérénité. Et là, dans le silence de la nuit, elle se reprochait sa passivité. Auberoche mérite-t-il mon sacrifice ? se disait-elle. Mais qu'est-ce qu'une femme de quarante ans peut faire sans argent, dans une ville où l'on ne connaît presque personne ? Et comment le prendraient les filles ? Ne trouveraient-elles pas ma fuite coupable ? Dès lors, toutes les fautes retomberaient sur ma tête…

Le jour ramenait tout le monde à la raison. César à ses occupations. Et Augustine au champ, où la douceur des choses la réconciliait avec elle-même.

Par un pli postal, Palamède Sarazac fit savoir à César qu'il voulait le rencontrer. Se frottant les mains, Albarède se dit : Ça y est ! J'ai gagné la partie. Il descendit à l'écurie pour visiter ses chevaux. Il pouvait livrer quarante têtes de jeunes percherons bien délurés. Julius les avait dressés au travail. Ainsi pouvait-il composer sans délai un lot de choix pour l'armée. Il fit rapidement un état de sa future livraison et demanda même à son domestique de les marquer à la croupe à coups de ciseaux.

Le lendemain, de bonne heure, il fit préparer sa voiture. Rasé de près, il enfila son costume des grandes occasions, les grandes foires aux chevaux qu'il ne manquait jamais : la Saint-Mémoire de Périgueux, la Saint-Loup de Limoges, la Saint-Martin de Bergerac. A l'instant de partir, il trouva ses bottines crottées et n'osa demander à Augustine de les cirer, comme elle en avait l'habitude. Depuis leur dispute, elle ne lui avait plus adressé la parole. Il demanda à Julius de le faire, tout en s'excusant. Ce dernier parut chagriné d'un tel ordre. C'était humiliant en diable, une affaire pareille. Toutes les tâches honorables de la ferme étaient à sa mesure, sauf celles, ménagères, qui relevaient d'une autre catégorie de domestiques.

— Je ne saurais comment m'y prendre, dit-il en détournant les yeux. Chez moi, c'est Naine qui fait cela. Et encore, la semaine des quatre jeudis. Cela fait belle lurette que je ne me suis pas déguisé en bourgeois.

Comme Albarède insistait pour qu'il s'exécutât, Julius

lui proposa d'aller se faire servir par sa femme. Mais la besogne était trop inhabituelle pour qu'il s'y résignât. Nul doute que sa chère Augustine se fût gaussée de lui en apprenant qu'il avait osé demander un tel service à Naine, cette dernière n'étant, à Auberoche, jamais employée aux tâches ménagères.

Furieux, Albarède courut à sa grange et empoigna un torchon qui servait à panser les chevaux et frotta grossièrement ses chaussures. Julius l'écouta fulminer en se roulant une cigarette de gris. Une pipe, comme il disait.

— Oh, César ? cria-t-il. Veux-tu que je t'en roule une ? Ça te calmera.

— Va donc te faire foutre ! répliqua Albarède en jetant fourches, brosses et étrilles à travers la remise.

Ces manifestations de mauvaise humeur n'étaient pas pour le surprendre. Julius avait l'habitude de voir son patron en colère. Et même s'il lui avait juré cent fois de le renvoyer d'Auberoche, cela ne lui faisait ni chaud ni froid. « Qui donc s'occupera des chevaux, des foins, des blés, du maïs ? » disait-il, sûr de son autorité lorsqu'il s'agissait du travail. « Je ne tarderais pas à me relouer », ajoutait-il. Et c'était comme de tourner un couteau dans la plaie, car Jules Lascot jouissait d'une réputation à toute épreuve.

César Albarède mena sa voiture à un train d'enfer. Ce jour-là, il battit un record de vitesse. Il fut à Thiviers vers la midi, non sans avoir risqué de verser à deux reprises sur le chemin vicinal de l'Eymeronie, trop étroit et mal entretenu par ces temps de pluie. César était un adepte des raccourcis, et se risquait parfois sur des passages malaisés pour gagner un peu de temps. Il connaissait les vallons de l'Isle et de l'Auvézère comme sa poche, mais préjugeait de son adresse de voiturier.

Il monta par une ruelle étroite sur la place, où il

attacha son attelage à un des anneaux de l'église. Midi, ce n'était pas le moment de se présenter à son rendez-vous chez les Sarazac. Cela lui laissait deux bonnes heures qu'il comptait utiliser à l'auberge de la Truffe. César commanda une omelette aux cèpes et un pichet de vin de Bergerac. Ensuite, il échangea quelques amabilités avec Bertille, la patronne du restaurant. C'était son habitude d'occuper les hauts de comptoir, à boire quelques apéritifs de noix. Dans ces moments de plaisir, Albarède jouait les visiteurs argentés, même si la pauvre Augustine devait ensuite se saigner aux quatre veines pour faire tourner le quotidien d'Auberoche. Au troisième petit verre d'alcool sirupeux, César avait déjà oublié qu'il n'était pas si riche qu'il voulait bien le paraître et offrait des tournées au moindre pékinois qui se trouvait sur son passage. Et la discussion allait bon train. Toujours la même ritournelle. Les marchés, les foires, la couleur du temps. L'automne avait été riche en cèpes dans les bois d'Eyzerac. Cela avait commencé, timidement, dans les lisières, sous les châtaigniers centenaires. Puis, avec les pluies incessantes d'octobre, le couvert des bois s'était imprégné d'humidité. Et à la nouvelle lune, l'affaire avait éclaté en vingt-quatre heures. Des tonnes de cèpes, des noirs surtout, les plus goûteux d'entre tous. Bien meilleurs que les bordeaux à la barbe vert-jaune.

— Et de par chez vous, il y en a eu des champignons ? questionna un paysan.

On disait « champignons » pour désigner les cèpes, les seuls qui importaient pour cette population du Périgord blanc. Les autres, les girolles, les pieds-de-mouton, les trompettes-de-la-mort, les mousserons, ce n'était rien qui vaille. Ça ne méritait pas même le nom de « champignons ».

— Oui, répondit César, l'œil dans le vague. Mais juste de quoi en goûter.

Les voisins se mirent ensemble à hocher la tête, Cubjac, Sorges, ce n'était tout de même pas le bout du monde. Et pourtant, il n'y avait pas eu de champignons.

— A vrai dire, ajouta Albarède, j'ai point perdu de temps à les chercher.

Et l'assistance fut rassurée par son honnêteté.

— Si on cherche pas... conclut un paysan philosophe, la pipe au bec.

— Je possède un élevage de chevaux, dit César. Et ça me rapporte gros. Si vous voyez ce que je veux dire...

Le paysan philosophe opina du chef. Albarède trouva qu'il avait une bonne tête et lui fit resservir un apéro. Le bonhomme résista un peu pour lui faire comprendre qu'il n'avait pas les moyens de lui remettre la tournée. Mais César insista, et le paysan fut rassuré.

— Je préfère m'occuper de mon élevage, expliqua Albarède. Et lorsque j'ai envie de m'offrir une omelette aux cèpes, alors je viens voir Bertille.

— En un mot, l'ami, conclut le philosophe des campagnes, tu préfères les déguster plutôt que les chercher.

Les gens du café-restaurant éclatèrent de rire.

— Il y en a qui préfèrent les chercher, poursuivit le paysan. Et ensuite, les amener au marché. Moi, je trouve que ça gâte le plaisir.

— Ceux-là préfèrent l'argent aux cèpes, dit César. Comment leur en vouloir ?

La dernière réflexion d'Albarède laissa l'assistance perplexe. Alors, il n'y eut plus qu'un silence de verres qui se cognent. Et lorsque César en eut assez, il fit signe à Bertille de le servir et alla s'installer près de la fenêtre où elle avait dressé son couvert. Ses compagnons de comptoir s'abandonnèrent encore à quelques considérations sur le temps et la lune qui favorisent l'éclosion des champignons, mais, cette fois, le propriétaire d'Auberoche ne répondit pas. La fin de partie était sifflée. Désormais, il n'avait qu'une seule envie, c'était de déguster son omelette, seul, tout entier réservé à sa méditation. Et de boire du vin de Bergerac.

La demeure des Sarazac tenait plus de l'hôtel particulier que de la maison bourgeoise. Elle était située en contrebas de l'église, sur l'emplacement des anciens remparts, de l'époque où Thiviers était une bastide avec ses châteaux forts, encadrant le bourg. Mais il eût fallu beaucoup d'imagination pour se représenter le Thiviers du XVIe siècle, avant que l'on abatte les défenses. De l'ancien triangle de la cité fortifiée demeurait le cœur ancien, avec son église, ses ruelles étroites et ses échoppes. A la première ceinture, les jardins enclos et les maisons bourgeoises. L'hôtel Sarazac faisait partie de la ceinture, en était même une pièce maîtresse, avec une cour intérieure où les anciens fondateurs de la maison avaient planté un palmier. L'architecture datait du début du XIXe siècle. Une sorte de folie, comme on disait en ce temps-là, avec une débauche de styles, dont l'empilement consistait à montrer que les propriétaires avaient de la fortune. Dans le genre, c'était assez réussi. Et sans doute est-ce la raison qui incita vers 1870 les Sarazac à acquérir cette demeure, lorsqu'ils abandonnèrent la forge d'Ans.

César Albarède fit tinter la cloche de bronze avec hésitation. Il éprouvait un mélange de crainte et de jubilation, comme chaque fois qu'un destin se trouve en jeu. Il pouvait gagner gros avec l'intendance militaire, et perdre l'espoir à essuyer un refus. Qui pouvait deviner, à l'avance, ce qui se tramait sous le crâne d'un Palamède ? Lorsque la porte s'entrouvrit, il ôta son chapeau et vint le plaquer contre sa poitrine, avec un air de petit garçon. L'odeur d'encaustique des maisons bourgeoises avait le pouvoir de l'intimider, lui qui d'ordinaire était si volontaire. La servante, une jeune femme en tablier et coiffe blanche, le conduisit dans un vestibule sombre. Sur des étagères étaient disposés des mesures en étain, des pots anciens, des verres en laiton de tailles différentes.

Sarazac ne lui laissa guère le loisir de pousser son observation plus longtemps. Il se retrouva dans le bureau de l'industriel. Palamède portait une veste en tweed anglais avec ses parures de cuir chamoisé, une culotte de cheval, et des bottes de cavalier.

— Comment se portent vos perdrix rouges ? s'écria-t-il.

Un sourire gourmand s'afficha sur le visage de son visiteur. Il n'a point oublié cette glorieuse journée ! se dit-il.

— Il ne tient qu'à vous que nous recommencions, ajouta César.

Palamède prit place derrière sa table de chêne noir et referma un dossier. D'un geste précieux, il l'éloigna de sa vue. Albarède s'était assis dans le fauteuil Napoléon III et attendait, anxieusement, la suite des événements.

— La chasse est un plaisir et l'heure présente exige des activités consciencieuses, releva Sarazac.

César prit un air de circonstance tandis que son hôte le dévisageait avec attention.

— Vous êtes et restez tel que je vous imagine, dit Palamède.

— Comment cela ?

— Versé aux amusements...

Albarède flaira aussitôt où l'industriel voulait le

conduire. Se pourrait-il que ma réputation me portât ombrage ? pensait-il. Ce serait fâcheux. Dans la confrérie des bourgeois, le dilettante n'est guère apprécié et, dès lors, on y réfléchit à deux fois avant de l'investir de grands projets.

— Mon cher Palamède, rectifia César, je passe plus de temps à soigner mes chevaux qu'à courir le Valperdu. Je dispose de quarante têtes, prêtes au labeur.

Sarazac haussa la tête d'admiration. Il avait forcé un peu son étonnement pour se prêter au sérieux de la situation. A la vérité, il se fichait bien que son visiteur disposât d'une telle marchandise. Les chevaux, ça ne manquait pas sur les champs de foire. Tout juste s'agissait-il de répondre à une promesse faite à la légère.

— Vous allez faire un heureux, avança Palamède du bout des lèvres.

César fronça les sourcils.

— Le général Varaignes... ajouta l'industriel.

— Vous l'avez sollicité pour moi ?

— Bien entendu, sourit Sarazac. Notre général ne songe qu'à cela...

— Vous plaisantez, je suppose, releva César.

— Il attend vos chevaux de pied ferme.

Albarède balança la tête, la mine déconfite.

— Oh ! je vois bien que vous vous moquez de moi. Le général a autre chose à penser que mes chevaux, mais une bonne recommandation suffirait à le décider de signer une commande. Ou bien, poursuivit César, malicieusement, à ordonner à son intendance de me choisir parmi ses clients.

Le paysan d'Auberoche comprit à cet instant que son affaire était loin d'être jouée et que Sarazac l'avait reçu simplement pour lui être agréable ou, pire, pour se jouer de lui.

— Je vois que notre marché est loin d'être conclu et que...

Palamède prit l'air le plus sérieux du monde pour asséner d'un ton vif :

— J'ai écrit à notre général. Et j'ai tout lieu de penser qu'il va donner suite. Il ne vous reste plus qu'à attendre la visite d'un courtier. Savez-vous, l'armée dispose d'acheteurs qui visitent les élevages. Et le vôtre est recommandé. Comprenez-vous ce que cela signifie ?

Albarède ne répondit pas. Il baissa la tête, ostensiblement, comme pour montrer à l'industriel qu'il n'était pas dupe. Et ce dernier en ressentit un brin d'agacement. Pourquoi ne le prenait-on pas au sérieux ? Qu'était-ce, au juste, que ce César Albarède, sinon un petit paysan ? Palamède sortit d'un tiroir le double de la lettre qu'il avait adressée au général et le tendit d'une main ferme.

— Et cela, mon bon monsieur, n'est-ce point une preuve ?

César examina la lettre distraitement. Il se pouvait aussi qu'elle ne fût jamais envoyée ou qu'elle contînt des arguments insuffisants.

— Disposez-vous d'une réponse ? questionna César. La réponse, seule, en vérité, m'agréerait. Une réponse ferme, comme il convient en affaires. De la sorte qui indique que le marché va se conclure, sans faute.

Palamède croisa ses doigts devant sa figure allongée comme une lame de couteau. Il se sentait pris à son propre piège par un petit paysan rusé comme un renard.

— Voici une réflexion désobligeante, dit l'industriel. En arriverait-on à me faire regretter ma démarche...

Albarède ne fut guère impressionné par la réflexion de son hôte. Tout au contraire, la désillusion qui avait pris le pas le rendait plus amer qu'il n'aurait voulu. Et il lui importait plus, sur l'instant, que Sarazac le jugeât insolent plutôt que stupide.

— Je n'ai pas votre expérience des affaires, dit César. Mais une parole reste une parole. Et qui s'en détourne me désoblige. Voilà ce que je ressens, monsieur.

Palamède se dressa de son bureau et entreprit quelques pas entre la bibliothèque et le sofa qui occupait un pan de la pièce. Il avait enfoui les mains dans ses poches, ce qui élargissait encore la forme de sa culotte de cheval.

— César, fit-il, César Albarède, vous êtes un sacré personnage. Une graine à part dans notre paysage.

Le paysan ricana, avec toute l'amertume qu'il ressentait d'être traité comme un vassal. Sachant, sans doute, la partie perdue de ce côté-ci, il entendait batailler ferme, pour le principe. Au moins, monsieur Sarazac se souviendra de moi, pensa-t-il en se levant aussi de son siège.

— Je ne crois qu'à l'obstination, monsieur. Et je suis de cette graine qui ne désarme pas. Tôt ou tard, avec ou sans vous, je remporterai le marché des armées. Mais, pour l'heure, je prends acte que vous avez mis peu de zèle à me défendre.

D'un pas décidé, Albarède s'éloigna vers la sortie. Palamède le suivit d'un regard défiant, éleva la main pour le saluer, mû par un réflexe stupide, puis laissa retomber son bras d'un air las.

Dans la pièce voisine, les fils Sarazac n'avaient rien perdu de la conversation. Occupé à une version latine, sur la vie d'Agricola, Julien s'était obligé à conserver la tête baissée sur son pensum pour ne pas croiser le regard jubilatoire de son frère. Emile, dont l'admiration pour son père était sans borne, prisait fort la manière dont le patriarche traitait les petites gens. Que ce fussent les ouvriers de la fabrique ou les paysans, Palamède se jouait d'eux avec la supériorité que lui conféraient son titre et sa fortune. Et il s'était employé à inculquer à ses fils cette morgue indifférente par laquelle s'affirme la véritable puissance.

A peine Albarède effacé, Emile courut au-devant de son père pour le féliciter de la manière dont il s'était joué du présomptueux.

— Que croyait-il, ce cul-terreux, que nous allions lui apporter la bonne fortune sur un plateau ? N'est-ce pas, père ?

L'industriel fixait la porte par laquelle son visiteur s'était évaporé. Il réfléchissait à sa réaction et se disait, dans son for intérieur, que le fameux César d'Auberoche était sacrément audacieux pour un paysan, déterminé comme rarement il l'avait vu chez cette sorte de gens. Et, au fond de lui, Palamède se sentait frustré de son plaisir. Jusqu'au bout, il avait espéré berner le paysan sur sa prétendue démarche, et se railler ainsi, durablement, de lui.

Son garçon insistait en tournant autour de lui, quêtant on ne sait quel acquiescement. Lorsqu'on est élevé dans le culte du père, la moindre faiblesse corrode l'autorité. Et si Emile insistait autant c'était, sans doute, pour obtenir quelque confirmation de celle-ci. Doutait-il qu'elle fût mise à mal ?

— Dites-moi, père, nous l'avons ramené à la raison, cet imbécile ?

Et comme le père persistait dans son silence, Emile ajouta :

— Ce n'est pas parce qu'il nous a invités à tirer

quelques perdrix rouges sur ses terres que nous lui devons quelque chose…

Palamède se mit à rire en caressant l'épaule de son fils.

— Tu as raison, mon petit. Les Sarazac ne se laissent point marcher sur les pieds. Sinon, où irions-nous ?

— A votre place, père, j'aurais agi de même.

Emile hochait la tête en tournant autour du bureau, regardant tour à tour son père et son frère qui ne disait mot.

— Tout de même, fit Palamède. Cet Albarède est coriace en affaires. Et je n'aime point cela. Bon Dieu, non !

— Peut-être que je ne lui aurais pas laissé le loisir de s'interposer, suggéra Emile. Ne croyez-vous pas, père ?

Palamède s'était assis derrière son bureau. C'était là qu'il se sentait le plus fort.

— Avec ce bonhomme, nous avons joué au jeu du chat et de la souris, dit l'industriel. Et pour lui asséner un coup de griffe, encore me fallait-il lui laisser prendre un peu de champ. Sinon, l'estourbir du premier coup. Mais où est le plaisir, grand Dieu ?

Julien referma d'un geste décidé l'ouvrage de Tacite sur lequel il travaillait. Puis il pénétra dans le bureau paternel.

— Sachez, père, que je désapprouve vos méthodes.

Palamède regarda Julien, ébahi. C'était bien la première fois que son cadet se mêlait de ses affaires. D'ordinaire, il s'empêchait d'émettre la moindre opinion. N'était-il pas entendu que, s'agissant de l'avenir des Sarazac, on s'en remettait plutôt à Emile ?

— Ah oui ! répliqua Palamède. Toi, tu aurais aidé cet imbécile en lui apportant le marché sur un plateau ?

— Un peu de générosité ne gâterait guère l'autorité de notre famille.

Sarazac soupira longuement, en caressant la vêture de cuir du bureau.

— Ce César Albarède, reprit Palamède, est un ambitieux aux dents longues. Et il ne sera pas dit que les Sarazac lui serviront de marchepied. Voyons ! s'exclama-t-il, il faut un minimum d'ordre dans notre société. Quelques belles familles règnent sur le monde des affaires en Périgord. La nôtre en fait partie. Cela ne se partage point.

Il eût voulu énumérer les noms des grandes familles dont il partageait la table dans les instances consulaires de Périgueux, mais renonça à l'instant où Julien s'approchait de lui avec ce regard doux qui lui était propre et que le patriarche haïssait en lui, comme une tare.

— Père, vous ne me ferez pas croire qu'aider ce malheureux Albarède flétrirait votre gloire. Il est des flétrissures pires pour votre autorité, l'intransigeance, l'égoïsme, le mépris. Nous sommes haïs pour tous ces défauts que nous traînons à nos basques.

— Nous sommes craints et respectés, défendit Emile. Ce n'est pas la même chose.

Palamède détourna les yeux de son fils rebelle, avec un geste de lassitude. Cela le peinait de devoir répéter indéfiniment les mêmes raisonnements.

— Tu as l'âme d'un curé, fit-il. C'est pourquoi je crains le jour où tu devras gérer notre fabrique.

Julien éclata de rire. Cela faisait bien longtemps que le patriarche n'avait usé de cet argument, sachant sans doute qu'il ne la lui confierait jamais. Mais il n'ignorait point non plus qu'Emile n'était pas l'aigle désiré pour accomplir ce grand destin. Et tant de considérations contradictoires gâtaient la pureté de ses jugements sur l'avenir.

— N'ayez crainte, mon père, je ne m'y risquerais

point. Je sais ce que vous pensez de moi, depuis ma tendre enfance, que je tiens plus des Martigny que des Sarazac. Mais, par chance, les défauts de ma très chère mère ont épargné Emile. Et cela suffit pour combler vos vœux.

Palamède baissa la tête. C'était le genre de vérité qu'il ne pouvait entendre le front haut. Les pères bâtissent un empire et les enfants le défont, c'était ce qu'il craignait le plus au monde et qui lui occupait, nuitamment, l'esprit.

— Approche donc, fit-il à Julien qui se tenait deux pas en avant du bureau, comme s'il existait au cœur de cet empire une frontière que même les fils ne pouvaient franchir sans se brûler les ailes. Je veux te dire une chose, une bonne fois pour toutes...

Emile se détourna vers la fenêtre, mû par une sorte de pudeur qui lui interdisait d'entendre ce que le père avait à dire à son frère. Julien se rapprocha de Palamède jusqu'à venir poser les mains sur le plat du bureau. Le père et le fils n'étaient plus qu'à quelques centimètres, se fixant les yeux dans les yeux.

— Quoi que je décide, sache que je te conserve toute mon affection. Et je ne te reproche rien. Ce que ta mère t'a donné à la naissance est bien, fort bien. Comprends-tu cela ? Et tu ne dois pas en rougir.

Il y eut alors un long silence. Sans doute Palamède attendait-il de Julien une réaction à son aveu, mais il n'en fut rien. Et le patriarche comprit que la fêlure était plus profonde qu'il ne l'avait soupçonné. C'était sa faute, sa très grande faute, que d'avoir laissé entendre, à maintes reprises, et le plus souvent avec une légèreté coupable, que son cadet était indigne d'exercer le pouvoir dans la fabrique d'Ans. Désormais, tout laissait accroire que la blessure, ouverte dès l'enfance et incessamment ravivée par des phrases assassines, ne se refermerait jamais. Pis encore, l'idée avait tracé son chemin dans l'esprit du fils aîné qu'il était né pour cette haute mission, qu'il était, lui, le seul, l'élu, pour accomplir le dessein de ses ancêtres. Ce qui l'avait autorisé, dès lors, à observer son frère d'un œil condescendant.

Julien se recula sur la pointe des pieds en affectant un mouvement de tête. Il avait hâte de retrouver son Tacite et la « défiance de Domitien », sur laquelle il suait sang et eau. Puisqu'on l'estimait indigne de diriger une parcelle de pouvoir des Sarazac, restaient l'étude, le rêve, la contemplation du temps qui passe... Etre utile à soi, telle était sa devise, jusqu'à la conquête du bonheur.

Et comme il s'apprêtait à rejoindre sa table de travail, dans le petit cabinet voisin de celui de son père, Palamède l'interpella :

— Je voudrais te poser une question, dit-il.

Julien roula des yeux étonnés. Ne s'était-on pas tout dit ?

— Je vous en prie, père.

— En quoi le sort de ce César Albarède t'intéresse-t-il ?

Le jeune homme ne sut quoi répondre. Mais Emile, contre toute attente, apporta une réponse :

— Bah ! ce n'est pas le vieux Albarède qui intéresse notre Julien, mais plutôt sa fille... Je devrais dire l'une de ses filles...

Palamède fronça les sourcils.

— Celles que les gens de Cubjac appellent les Césarines, dit-il.

La réflexion du patriarche fit rire Emile. Il n'avait jamais entendu parler des Césarines. Mais qu'elles fussent, les jumelles, des petites César, et que l'opinion les eût nommées ainsi, avait de quoi le ravir. Julien revint vers son père pour se justifier. Il n'était pas supportable que la nouvelle fût, de la sorte, annoncée par son frère, pour qui les relations féminines relevaient d'un commerce insignifiant.

— En effet, admit Julien, j'ai rencontré Antonia au bal d'Excideuil.

— Et alors ? exulta le père. Antonia, répéta-t-il, Antonia... Qu'a-t-elle donc de plus que les autres gamines du voisinage, cette Antonia ? Une fille de paysan, sans éducation. La belle affaire.

Palamède avait déjà croisé les jumelles, à Auberoche et à Cubjac, sans y prêter plus d'attention. Pour qu'il consentît à regarder, avec intérêt, une jeune fille, il fallait qu'elle soit de bonne extraction. Sinon, cela n'en valait guère la peine.

— Mais encore ?... insista le patriarche bourrelé d'inquiétude.

— Mais encore, rien, dit Julien.

— Qu'as-tu à faire dans les bals de campagne ? A t'encanailler ? Cela n'est pas digne de nous.

Emile riait en douce, ravi de son bon coup. Et de voir, ainsi, le père proche de la colère le comblait d'aise.

— Entends-tu, Julien ? Finis les bals de campagne. Désormais, nous ne devrons paraître que dans le monde.

Julien foudroya du regard son traître de frère.

— Occupe-toi de ce qui te regarde !

Palamède balaya d'un revers de main le petit dossier qui trônait sur le coin du bureau.

— Vous ne vous parlez pas de la sorte. Je ne le supporte pas, dit-il.

Le jeune homme inclina la tête pour montrer qu'il avait pris bonne note de la leçon paternelle et se retira en fermant, précautionneusement, la porte sur lui.

4

Défait, brisé, désespéré, César quitta sans délai Thiviers en fouettant nerveusement son attelage. Désormais, il avait horreur de ce bourg, qu'il identifiait à la face méprisante de Sarazac. Au moins, le salopard n'aura pas eu besoin de me jeter à la rue. J'aurai pris les devants. C'était une piètre consolation en vérité. Et son rire nerveux s'interrompit, soudain, lorsqu'il revit, devant ses yeux, les perdrix rouges alignées sur la fougère et Palamède posant triomphalement près du butin. Dire qu'il m'a abusé, moi, César Albarède, comme un enfant de chœur. Et la seule idée de devoir, ensuite, affronter les ricanements d'Augustine lui brisa toute énergie. Dans un geste de colère, il tira sur les brides et arrêta sa voiture sur le bord de la route.

Les bois de Savignac cernaient la voie vicinale, avec ses couleurs d'automne précoce. Les pluies d'août avaient ravivé la nature, contrariant la pente descendante de la végétation, et apportant aux feuillages un second printemps. Il y avait eu ensuite de longues semaines de beau temps, et la nature perdit tout ce qu'elle avait emmagasiné d'eau. Les réserves des sous-bois furent vite épuisées, hormis les lisières, les champs et les prés, où l'herbe tarda à jaunir. Ainsi, les chênes, les châtaigniers et les ormes s'enflammèrent en quelques jours, apportant à la terre cette luxuriance des tapisseries précieuses. Il eût fallu quelques grands vents pour que les arbres fussent dépouillés de leur flamboiement. Mais il n'y en eut point, cette année 1913, et l'automne garda longtemps ses parures.

César quitta son siège pour se soulager la vessie dans un petit chemin qui se faufilait dans le sous-bois. Levant les yeux vers les ramures hautes, il observa longtemps le jeu du soleil dans les feuillages, huma les odeurs de mousse et de pourriture qu'exhalait la terre. Cette féerie lui rendit un brin de sérénité. Faisant quelques pas dans la profondeur du bois, il chercha un endroit où la lumière teintait les fougères d'ocelles d'or, de feu et d'argent, comme eût fait le vitrail d'une église sur le pisé. A chaque nouveau pas, le spectacle se renouvelait devant ses yeux. Ainsi se laissa-t-il conduire plus loin qu'il n'aurait voulu, dans la forêt, par le besoin pressant d'enrichir sa contemplation. Pourtant, ce n'était pas la première fois qu'il traversait une forêt d'automne. Certes. Mais sans doute était-ce la première fois qu'il y attachait autant d'intérêt. Nous vivons dans un paradis et nous ne le voyons pas, se dit-il. L'habitude nous aveugle. Et il suffit que mon âme soit blessée pour que, soudain, tout s'éclaire devant moi. Le reste, Palamède, le général Varaignes, mon orgueil d'homme, perd toute importance. Il suffit de prendre quelque hauteur et de me dire que, tout compte fait, les quarante têtes iront à la Compagnie des chemins de fer. Je n'y gagnerai pas beaucoup. Et ma peine sera bien mal récompensée. Qu'importe. La vie s'offre à mon regard et je n'ai plus d'autre désir que marcher, simplement, dans la forêt, et goûter le silence, les couleurs de l'automne, auxquels tout mon être tend à s'accorder. Il songea à l'autre César, le grand, celui qui conquit les

Gaules et qui, tête ornée de laurier et de gloire, atteignit la sérénité dans Rome retrouvée. Pour un si court sursis, en vérité. Et cela l'amusa, un instant, de penser qu'il était capable, lui aussi, de trouver la sagesse après tant d'humiliation et de disgrâce, et de connaître le bonheur sur ses terres d'Auberoche auxquelles il avait voué toutes ses forces. Tu t'es bâti un paradis où prolifèrent les perdrix rouges, les truffes, les oies grasses, et où batifolent les chevaux. Que peux-tu rêver de mieux ? La terre est prodigue par les saisons sans cesse recommencées. Et tout renaît, indéfiniment, en abondance, contre vents et tempêtes...

En retrouvant sa voiture, un temps délaissée au bord du chemin, Albarède se convainquit de ne pas regagner sur l'heure ses pénates. Il se sentait trop exalté, au fond de lui-même, excité et enthousiaste, pour clôturer prématurément son périple. La terre prodigue attend ton retour, se dit-il, mais plaisir ne sert à trop se hâter. Et, fouettant l'attelage, il fit demi-tour pour trouver à la patte-d'oie de Sorges la route de Périgueux.

Pourtant rien ne l'obligeait au détour, sinon ses plaisirs. Ceux de la rue Limogeanne, où il connaissait tant d'amis dans les estaminets. Et ce n'était rien encore à côté des filles qui hantaient la rue Eguillerie.

Augustine avait longuement réfléchi avant de se décider. A qui donc confierait-elle les secrets du Valperdu ? Octavia ou Antonia ? Antonia ou Octavia ? Ce n'était pas possible de les affranchir toutes deux. Car l'affaire des truffes, c'était comme un pacte de sorcière, une initiation de bouche à oreille, un don surnaturel qui se transmet et face auquel la raison se dédie.

Sans doute, la logique eût prévalu qu'Octavia fût

initiée. Les bonnes raisons étaient légion. Qui, mieux qu'elle, était attachée à Auberoche, à la terre qui l'avait vue grandir ? Elle s'avérait adroite à toutes les tâches, même les plus ingrates, comme le gavage des oies. Et sur l'avenir, elle réservait une opinion tranchée. On ne la verrait jamais mariée tant qu'elle n'aurait pas déniché un homme qui fût plus piqué qu'elle de la ferme. Et de surcroît, obéissant, gouvernable et malléable. Autant dire qu'avec de telles exigences jamais Octavia ne trouverait chaussure à son pied. Sans doute finirait-elle vieille fille comme l'espérait, secrètement, César. Mais, selon Augustine, il lui manquait ce petit quelque chose, insignifiant, certes, mais dont la portée pourrait se mesurer dans le temps, le raffinement sacré pour les choses invisibles. Là-haut, au Valperdu, la terre était plus prodigieuse qu'ailleurs. Il s'en pouvait extraire d'infinies richesses, pourvu que l'on sût y interpréter, patiemment, les secrets grimoires qui en régissaient l'ordre. Et ce serait peine perdue que d'initier Octavia à cet ouvrage de patience, se disait Augustine, tant lui manquent le goût et la subtilité. D'où vient que, sur mille caveurs formés à la science du *Tuber melanosporum*, il n'en est peut-être que trois ou quatre qui trouvent fortune, comme ces chercheurs d'or pour qui la découverte de la pépite sera toujours une énigme ?

Aussi Augustine fondait-elle tous ses espoirs sur Antonia, bien qu'elle n'offrît pas les qualités de sa sœur. Elle n'était pas aussi liée qu'elle à Auberoche. Et à l'opposé d'Octavia, les soupirants qui tenteraient de l'arracher à sa terre ne feraient point défaut. Mais qu'importe. Elle possédait surtout le goût et le flair pour les choses invisibles. Toute son enfance, elle l'avait passée à interroger le ciel, les nuages, les arbres, à traquer l'esprit de la terre et de l'eau. Et c'est là, précisément, dans ce mystère de la matière organique, que se révèlent les signes du Valperdu, pensait Augustine.

A la pointe du jour, Augustine attela la carriole et pressa sa fille de la rejoindre. C'était une aube sans brouillard et venteuse. Alors que les dernières traces roses s'estompaient sur le levant, la voiture allait déjà son petit train sur le chemin des Perchandes. Les deux femmes ne disaient mot, tant la mère était attentive à guider l'attelage. Antonia bâillait son aise, d'avoir dû quitter Auberoche dans la précipitation, sans même avoir bu un bol de café. Le châle rouge de grosse laine qui lui couvrait les épaules contenait à peine le froid qui s'insinuait dans les plis. Son sommeil interrompu ne faisait qu'amplifier cette sensation. Et aux premières fermes du Vignaud, sur le plateau, elle ressentit le besoin de se pelotonner contre sa mère. Augustine se tenait raide sur son siège, le chapeau enfoncé sur la tête, et nulle autre vêture que sa veste de coton noir, aux manches étroites. Elle n'osait repousser sa fille qui, ainsi appuyée contre elle, gênait ses mouvements.

Depuis longtemps, la mère avait cessé de couver ses filles, et souvent leur parlait avec rudesse en leur rappelant qu'elle ne serait pas toujours là pour subvenir à tous les caprices. Octavia s'était affranchie des ailes protectrices la première et avait clamé son goût d'indépendance. Mais Antonia persistait encore, comme une chatte, à quérir la douceur maternelle. Et, seule avec elle, la petite coquine profitait de l'aubaine. Toute à moi, ma petite maman, pensait-elle, les yeux clos sur le vent froid qui lui fouettait le visage.

Augustine conduisit la carriole jusqu'à la cabane, puis libéra le cheval. Et humant l'air en battant des bras, elle se pénétra de toutes les odeurs de la terre. Dans les pins parasols, le vent agitait les ramures hautes. Cela produisait une étrange rumeur de mer lointaine. Le ciel était clair, d'un bleu céruléen, comme après les tempêtes lorsqu'il tarde à s'iriser de nouveau.

Antonia faisait les cent pas dans la clairière, en battant la semelle. Pendant ce temps, la mère se préparait à l'ouvrage, en tirant d'un sac de jute un piochon et une canne de buis au bout ferré.

— Le Valperdu est mon paradis, dit-elle.

— C'est pourquoi tu ne veux jamais qu'on t'y accompagne.

La mère rajusta son chapeau que le vent chahutait, serrant au menton la cordelette.

— Ma terre est sacrée. Et j'enrage lorsque ton père y vient tirer la perdrix. Et j'enrage encore plus lorsqu'il y invite les Sarazac.

— Qu'as-tu contre les Sarazac ?

— Ce sont des rapaces.

Antonia ne songeait plus qu'à Julien, dont elle était sans nouvelles depuis la fameuse soirée. Sur l'instant, elle crut que sa mère avait utilisé ce mot à dessein, sachant peut-être ce qui s'était passé à Excideuil. Pour calmer son esprit, la jeune fille chercha déjà des excuses au garçon. Il se pouvait que Palamède fût un rapace comme le prétendait Augustine, mais certes pas Julien, qui lui semblait la douceur même. Toutefois, le défendre eût été découvrir ses sentiments secrets. Aussi, la jeune fille choisit de conserver le silence, même si elle détestait les cachotteries.

La mère se dirigea vers ses chênes truffiers, ceux qu'elle utilisait comme témoins et dont elle surveillait les alentours. Puis elle vint s'agenouiller à un endroit où le sol était nu. Cela formait un cercle de trois pas de diamètre environ.

— Ici la terre est brûlée, dit-elle en caressant du plat

de la main les petits cailloux blancs qui meublaient l'argile. Ça veut dire que c'est du terrain à truffes.

Antonia s'était agenouillée à côté d'elle. Elle avait déjà entendu parler du « brûlé » dans les conversations, lorsque sa mère s'en revenait du Valperdu et qu'elle disait au père : « Ça brûle partout sous mes chênes. Nous aurons une sacrée récolte... » L'expression, toute singulière qu'elle fût, lui avait toujours paru énigmatique. Malgré ses questions, Augustine avait coutume de répondre par un « tu verras plus tard », comme s'il s'agissait d'un secret de famille.

— C'est donc cela le brûlé ! s'esclaffa-t-elle.

Et Antonia se souvint alors que la terre présentait la même apparence avec d'autres sortes de champignons, comme le mousseron ou le tricholome de la Saint-Georges.

— Ce sont des ronds de sorcière, fit la mère en fouillant à la lisière de la couronne.

Augustine s'abaissa un peu, jusqu'à porter ses narines à fleur de terre. A Cubjac, elle avait la réputation de sentir les truffes, comme un chien ou un cochon de rabassier. A la vérité, elle avait aiguisé son odorat à force de caver. Ce don qu'on lui attribuait aisément au pays n'était rien en comparaison du flair de Sextus. Le braque avait été dressé à les dénicher partout où elles exhalaient leur odeur forte et entêtante. Elle prit une poignée de terre, la huma avec d'infinies précautions, puis la laissa fuser entre ses doigts. Et, aussitôt, en puisa d'autres alentour, répétant son geste, jusqu'à ce qu'elle fût satisfaite. Fixant sa fille dans les yeux, elle pointa un doigt dans la couronne. Antonia lui tendit le piochon. Peut-être que sa mère n'attendait que cela, qu'elle le plantât elle-même dans la terre, mais elle n'osa pas.

— J'ai peur de l'abîmer, dit-elle.

Augustine haussa les épaules.

— Si elle est là, comme je le suppose, il faut dégager la terre sur une main de profondeur.

Alors, Antonia se risqua à creuser un peu, ménageant ses interventions en grattant avec ses ongles. Elle mesura la profondeur et tendit le piochon à sa mère.

— Je crois que ça suffit.

Augustine lui fit signe d'élargir son trou. Il n'était aucune science exacte en la matière. La recherche des truffes relevait du tâtonnement. Alors, Antonia dégagea promptement le pourtour de sa première excavation. Lorsqu'elle disposa d'une cavité d'un bon pied de large, la jeune fille puisa la terre à pleines poignées. Il lui parut même trouver un endroit où elle était plus friable qu'ailleurs. Et, instinctivement, elle creusa en ce lieu jusqu'à ce qu'elle sentît sous ses ongles le fameux trésor.

Antonia poussa les hauts cris en dansant autour de la couronne.

— J'ai trouvé une truffe ! J'ai trouvé une truffe !

Augustine se mit à rire et à crier avec elle, dans un même élan de bonheur. La jeune fille tenait, dressé au-dessus d'elle, le diamant noir qu'elle venait d'extraire du sol. Du bout des doigts, elle effaçait les dernières traces de terre, jusqu'à ce que la truffe eût recouvré sa couleur de jais. Sans doute eût-il fallu en brosser, délicatement, les moindres circonvolutions pour effacer les salissures qui entachaient ses aspérités. Mais c'était suffisant, cette menue toilette, pour qu'elle leur parût dans toute sa majesté de princesse de la nuit, odoriférante à souhait. Augustine s'en approcha pour la flairer jusqu'au creux de la main d'Antonia, qui la maintenait, précieusement, comme un œuf de caille, blottie dans les coussinets de sa chair. Elle faisait deux pouces environ. Une petite truffe. Mais aimablement arrondie, sans défaut. La mère trouva même, en l'effleurant de l'index, qu'elle n'était pas encore à maturité et qu'on l'avait ôtée de la terre prématurément. Antonia s'en défendit, en jurant qu'elle n'était pas tout à fait un bébé truffe. L'expression ravit Augustine, tout autant qu'elle jubilait à voir la passion que sa fille mettait à la cajoler, comme si elle avait été un poussin d'un jour. La passion l'a prise, se disait-elle, le regard riboulant de tendresse. Et jamais plus ne s'en ira. C'était un vœu qu'elle adressait au ciel. Antonia se vouerait, désormais, aux truffes et n'aurait plus, dans sa vie, qu'un seul désir, en trouver des plus belles et des plus grosses, et des plus parfumées. Au Valperdu, et ailleurs. Quitte à inventer d'autres truffières, à apprivoiser l'âme des vieux chênes. C'est d'eux que naît le prodige. Les chênes et leurs divins secrets.

— Je veux que tu deviennes, comme moi, la sorcière... s'écria Augustine dans le vent qui balayait le Valperdu.

C'était une parole qui lui coûtait tellement qu'elle n'avait pu terminer sa phrase. Et Antonia était déjà suspendue à ses lèvres.

— Une sorcière ? releva-t-elle. Tu veux que je devienne une sorcière ?

— La sorcière des truffes ! acheva Augustine, les larmes aux yeux.

La passion était si forte que ses mâchoires tremblaient. Antonia vint se blottir contre elle. C'était la première fois qu'elle voyait pleurer sa mère. Et elle ne parvenait à discerner la nature même de son émotion.

— Oh ! mère, je serai tout ce que tu voudras.

— Tu seras la sorcière des truffes, répéta-t-elle, rassérénée, parce que je le veux. Et que Dieu nous a donné ce don divin qui ne saurait s'éteindre.

Antonia humait sa truffe et la caressait, et la humait encore. Jamais plus elle n'oublierait cet instant. Car elle avait compris la gravité des paroles de sa mère. Elle avait compris qu'Augustine lui transmettait son don de sorcière des truffes. Elle lui avait montré, en la terre brûlée, d'un geste assuré l'endroit. Et elle avait trouvé le trésor. C'était le début d'une longue histoire silencieuse.

— Tout ce que je t'apprendrai des truffes, tu le garderas pour toi, enfermé dans ton cœur. Cent mille voyageurs, braconniers et vandales peuvent s'en venir fouler le Valperdu, et creuser, ici et ailleurs, jamais ils ne trouveront. La terre conserve ses mystères pour qui ne possède le don.

La jeune fille tendit la truffe à sa mère. C'était elle, après tout, qui l'avait dénichée. Elle lui revenait de plein droit. Augustine s'en empara et souffla dessus pour faire tomber les derniers grains de sable. Puis, avec un petit couteau qu'elle portait toujours dans une aumônière accrochée à sa taille, elle coupa une fine tranche. La chair présentait des entrelacs de veines sinueuses, blanchâtres, soulignées de filets châtaigne.

— A peine mûre, jugea-t-elle.

Et Augustine la glissa dans un sac de toile fine qu'elle obtura en tirant sur un lacet.

— Père est-il initié, lui aussi ? questionna Antonia.

La mère éclata de rire. Elle n'eut pas besoin de répondre pour que sa fille comprît ce qu'elle pensait. Ces choses du Valperdu indifféraient César au plus haut point. Les truffes, des histoires de bonnes femmes pour exciter leurs hommes au plaisir de chair. Suffirait-il de les humer, ainsi, intensément, pour qu'elles fissent l'effet d'un philtre d'amour, comme dans les anciennes légendes ? Antonia n'obtint guère de réponse de sa mère. Etait-elle trop prude ? A moins qu'elle ne jugeât le sujet trop sérieux pour s'en railler de la sorte.

— Il est des bourgeois qui donnent des fortunes pour

acquérir nos diamants, dit-elle en marchant entre les chênes. Leur odeur emplit tellement les mets que c'est un ensorcellement. Et ces gourmets ne s'en lassent jamais, en omelette, sous la cendre, ou glissées sous la peau d'une poularde, d'un chapon, dans les entrailles d'un brochet. Que sais-je encore ?

— Nous autres, dit Antonia en battant des mains, nous les préférons sous la cendre.

— Les plus petites rendent ainsi leur fumet, reconnut Augustine. A la condition de les goûter, délicatement, et en les mâchant continûment... Je connais des idiots de par chez nous qui les font cuire à la poêle comme des patates. Cela craint le brûlé. Et c'est un crime de goût. Car la truffe doit être travaillée à rendre toute son exhalaison, sinon elle peut être écœurante et gâter à jamais le palais d'un novice.

Antonia avançait en contournant les couronnes de brûlés. Elle savait ce que cachaient ces fragments de sol calciné par la vigueur acide des myceliums. Toute la richesse du Valperdu était contenue dans les cercles de sorcières, marqués comme par un feu ardent.

— Il te faut comprendre, ma petite, ce qu'est une terre à truffière.

D'un pas agile, Augustine la conduisit à une fondrière. En cet endroit, le sol s'était crevassé sous l'érosion. La terre avait glissé sur les larges plaques de calcaire gris et jaune.

— Le sol d'une bonne truffière est ainsi fait, montra-t-elle. A trente centimètres de profondeur, des « platernes ». Un solide socle de pierre. Et dessus, la terre pauvre composée d'argile et de menus grenailles de pierre. Dans ces sols de causses, l'eau ne s'attarde point. Et cela est bon pour la truffe. Mais aussi pour la vigne. Jadis, il y eut de la vigne au Valperdu. Elle fut arrachée pour y laisser proliférer les chênes. On dit qu'ils sont malades parce que, tels qu'ils nous apparaissent, chétifs et malingres, c'est pitié pour eux. Mais je ne sais au juste s'ils sont aussi malades. Il en est, en certains endroits, qui datent de plus de cinquante ans. Certes, pour un chêne, cinquante ans, c'est à peine l'âge de raison. En tout cas, poursuivit Augustine, nos chênes ne peuvent se développer en profondeur sur les « platernes » qui leur interdisent de profiter aussi aisément qu'au bord de l'Auvézère. Alors, ils se fixent à l'horizontale, dans le peu de terre meuble dont ils disposent. Et c'est là, ma petite, que le miracle s'accomplit. Sur les racines, la truffe se dessine, comme des tumeurs. D'un mal naît le bien. D'une souffrance croît la prospérité. Est-il meilleure illustration, dans la nature, de ce paradoxe ?

Lorsque la propriétaire du Valperdu eut montré à sa fille de quoi était constitué le sol de sa truffière, elle l'invita à observer la végétation qui s'était fait une menue place sous les arbres. Elle l'obligea à en recenser les espèces, à les mesurer, à les décompter. Il y avait des buis sauvages, des genévriers, des petits merisiers ou, plutôt, des Sainte-Lucie, ainsi que les nomma Augustine. En cherchant dans les replis de terrain où la terre paraissait plus généreuse que sur les crêtes, elles dénichèrent de la viorne, de l'épine noire, de l'alisier, du cormier...

— La présence de telles variétés d'arbustes, expliqua Augustine, prouve que nous sommes sur un terrain où la truffe a toutes raisons de prospérer. Il y faut semer nos glands. Ou mieux encore, préparer des plants de chênes et les repiquer à Sainte-Catherine.

Antonia écoutait attentivement les leçons de sa mère, devinant sans doute qu'elle en ferait un jour un grand profit. Il lui était difficile de repérer, parmi les arbustes qu'Augustine lui montrait, la différence entre la viorne et l'alisier. L'un et l'autre présentaient, dans le dénuement de l'hiver, des tiges souples et fines, seuls la couleur et le grain de l'écorce les différenciaient. Devant autant d'ignorance, elle mesura la petitesse de son savoir.

Dans sa petite enfance, Antonia avait passé beaucoup de temps à accompagner son père, à la chasse et aux écuries, à lever les lapins de garenne en fauchant du bâton les épais ronciers et à chevaucher les percherons, mais rien qui fût instructif comme de distinguer les essences d'arbres, de nommer les plantes. Si, aujourd'hui, elle prenait conscience de son ignorance, c'était sans doute parce que sa mère désirait qu'elle devînt aussi initiée qu'elle aux secrets de sa truffière.

Ainsi, Augustine l'assura qu'elle lui montrerait au printemps les plantes dont la présence était nécessaire à l'installation d'une truffière, telles que l'épervière piloselle, le sédum ou la petite fétuque. Lorsque Antonia lui demanda d'où elle détenait l'ensemble de ces connaissances, la mère prit un air songeur. Mais sa fille n'était pas de nature à se décourager aussi vite.

— Cela s'est transmis entre sorciers, lâcha-t-elle, énigmatique.

Le mot « sorcier » fit sourire Antonia, de nouveau. Il n'y avait certes pas beaucoup de sorcellerie dans cette affaire, sinon le comparable hermétisme d'un savoir empirique qui est l'apanage des guérisseurs dans les villages où ils officient. Peut-être était-ce le seul rapprochement qu'on pouvait oser.

— Les truffières se sont développées en Périgord vers 1840, ajouta Augustine, grâce à monsieur Chénier, instituteur à Nadaillac. Et à monsieur de Malet, à Sorges. Ces pionniers ont instruit nombre de gens à la truffe. Et toutes ces observations, ainsi distillées, en petits comités, ont fondé notre art de caveurs. Car il s'agit d'un art, comme tu viens de le voir, dont tous les secrets reposent sur l'observation. L'activité souterraine se manifeste par d'infimes signes qu'il nous faut marquer dès le printemps lorsque le sol bouge sous nos pieds, imperceptiblement, avec des grains d'orge. L'épi balise l'endroit où la truffe va prospérer et où il nous faudra la caver en décembre ou janvier. Et il existe aussi des truffes fleurs, ajouta Augustine, de celles qui se révèlent si proches de la surface du sol qu'elles sont des indices précieux.

— Montre-moi une épervière, demanda Antonia.

— Lorsque la truffe paraît, l'épervière meurt, fit Augustine, sentencieuse. Il s'en trouve dans tous nos bois de chênes sur le causse. Cela ressemble à du pissenlit, mais la feuille est aussi rude que celle du plantain. Et cela fleurit jaune, comme le salsifis des prés.

A grandes enjambées, Augustine amena sa fille vers les nouveaux chênes qu'elle avait plantés deux ans auparavant. En ce lieu, par trop dégarni pour l'instant, les genévriers s'avéraient plus hauts que les chétifs plants que la propriétaire avait introduits. Quand Antonia en fit la remarque, sa mère haussa les épaules.

— Il faut dix ans pour assurer à un chêne truffier sa maturité, répliqua-t-elle. En attendant, le genévrier constitue une protection pour la jeune plantation.

Augustine poursuivit longtemps ses explications. Elle montra comment on devait entretenir les sols pour les aérer avec une charrue vigneronne aux versoirs adaptés afin qu'ils ne détériorent pas les racines, et s'attarda aussi à expliquer l'élagage d'un chêne truffier pour lui rendre sa vigueur perdue.

A mesure que l'horizon se dévêtait de ses brumes, et que le ciel bleuissait de la pleine lumière, un peu de chaleur tombait sur les terres pauvres du Valperdu. Le châle dont Antonia s'était enveloppée frileusement glissait peu à peu de ses épaules et encombrait ses gestes. Elles s'en revinrent à la cabane, et Antonia en profita pour s'en délester. Le cheval, auquel la propriétaire avait ôté le mors, broutait l'herbe sèche autour des buissons noirs. Et lorsqu'il s'y piquait, l'attelage tout entier sursautait sur ses ressorts.

— As-tu parlé de nos truffières à Octavia ? interrogea la jeune fille.

La question lui brûlait les lèvres depuis que sa mère avait évoqué les secrets que le Valperdu renfermait sous sa pierraille d'or et d'argent. Augustine la fixa en silence. Puis se détourna d'elle, en rajustant la fine ceinture de cuir qui lui ceignait la taille.

— Nous allons revenir à Auberoche, dit-elle. Le travail nous attend.

Il y eut encore un long silence d'où perça l'indécision qui la possédait. Cela se voyait à sa manière de tourner autour de l'attelage, de le préparer à reprendre la route, rajustant le mors, resserrant çà et là une boucle du harnais, de la sous-ventrière.

— Ton père est parti depuis deux jours. Et nous ne pouvons abandonner tout le travail à Jules. Maudits soient ces chevaux ! s'écria-t-elle.

Antonia se jucha sur le banc d'un geste décidé. A l'instant où sa mère la rejoignit pour prendre les brides, elle reposa sa question. Augustine baissait la tête. Cela lui déchirait l'âme d'admettre qu'elle l'avait choisie pour s'occuper de la truffière. Toutes les raisons qui l'avaient agitée, des jours durant, s'avéraient inavouables.

— Tu ne lui as rien dit, n'est-ce pas ?

Augustine se retourna vivement vers elle.

— Ta sœur est du côté de ton père. Ils s'entendent trop bien.

Sur l'instant, il parut à Antonia découvrir l'immensité

d'une querelle qu'elle n'avait pas soupçonnée. Se pouvait-il qu'ils fussent pris, ainsi, sans qu'il en parût, d'une adversité rageuse ? Cela se savait, déjà, qu'Augustine détestait les chevaux, et le commerce que l'élevage engendrait, avec ces escapades fréquentes motivées par des foires et des mercuriales de plus en plus lointaines.

— Tu ne peux reprocher à papa de gagner de l'argent. Les affaires vont bon train, n'est-ce pas ?

Augustine hésita à répondre. Certes, Antonia était d'âge à entendre de sévères vérités. Et cela la blessait, profondément, que ses filles fussent traitées comme des princesses insouciantes de l'avenir du trône.

— Ton père dépense plus qu'il ne gagne avec ses maudits chevaux ! asséna-t-elle. S'il n'y avait la truffière, mes élevages d'oies et de canards, et nos noix, mais où irions-nous ? Tout le train de vie d'Auberoche repose sur mes épaules. Voilà la vérité.

— Je ne savais pas, balbutia Antonia.

— J'ai toujours voulu vous tenir en dehors des tracasseries matérielles.

Antonia prit la main de sa mère, qui se déroba. Elle n'entendait pas ajouter la pitié à son aveu. C'était sa religion, celle du courage. Et nul ne pouvait y inscrire le moindre attendrissement sans la rabaisser, fût-ce sa propre fille.

— A cela, poursuivit-elle, il faut ajouter la boisson, les femmes, et la jalousie. Sa maladive jalousie.

Augustine éclata de rire. C'était nerveux, cette manière de se défendre.

— Mais de qui est-il jaloux ? Ma pauvre maman...

Elle fouetta le cheval qui prit le chemin descendant. Dès lors, la mère se ferma dans un silence rythmé par le balancement de la carriole. Antonia observait, intriguée, le visage sévère qui fixait la route.

— Tu ne veux pas me le dire ?

— Faut-il que tu sois sotte pour ne pas l'imaginer...

A la vérité, les hommes n'étaient pas légion dans l'entourage d'Auberoche. Il y avait Julius. Mais Julius, c'était impossible. Restait Firmin Chadeuil. Et soudain, son esprit s'éclaira.

— J'ai deviné ! s'écria-t-elle.

Et Augustine se tourna vers sa fille en hochant la tête, un sourire pincé aux lèvres.

Les escapades de César Albarède étaient le seul remède à son chagrin d'homme, lorsque les choses de la vie ne s'ordonnaient pas telles qu'il les avait souhaitées. C'était dans la peau même de son insatisfaction que logeait sa rage d'en découdre. Il eût tant rêvé être comme ces couleuvres qui font la mue, à tous les printemps, ainsi qu'une vie nouvelle qui recommence. Mais la sienne était d'une nature coriace, tannée par les épreuves, une peau d'homme marquée par le destin.

Avant que l'alcool n'embrume son esprit, il énumérait ses échecs. Un tintamarre de regrets et de remords. Cela sonnait dans sa tête, comme les cloches de la cathédrale Saint-Front. Une marche funèbre au tempo lent, grave et obsédant. J'ai tenu entre mes doigts toutes les ficelles de la fortune et elles m'ont échappé. Que de belles et grandes idées j'ai mises en pratique ! Mais, voilà, l'intendance n'a jamais suivi. Comme aujourd'hui, grand Dieu, avec Palamède Sarazac. A croire qu'une main hostile est suspendue sur ma tête, et qu'elle me suit, pas à pas, dans toutes les entreprises de ma vie. Et à l'instant où il me faut enfin espérer, cette main diabolique me retire l'espérance. Comme dirait Augustine : « Nous avons la malchance sur nous. » Et rien ne sert de tenter la bonne fortune, puisque tout est voué à la ruine. César en arrivait à songer que les prophéties pessimistes d'Augustine ne faisaient qu'amplifier le mal.

Longtemps, Albarède avait espéré que le chemin de fer l'enrichirait. Mais la concurrence joua en sa défaveur. Les ingénieurs n'étaient pas assez stupides pour acheter des chevaux de trait plus qu'ils ne valaient en Normandie ou dans l'Est. Il crut accroître ses chances en menant ses produits de plus en plus loin, sur des foirails réputés, mais où les éleveurs ne manquaient pas d'expérience non plus. Un temps il pallia les inconvénients en se faisant un solide réseau de maquignons. C'était un avantage que de voir venir à lui, à Auberoche, les acheteurs. Là aussi, les promesses se firent attendre. Chacun louait la qualité de ses élevages, et disparaissait sans rien conclure. D'autres achetaient sans vergogne mais se faisaient prier au moment de payer ou pire ne réglaient jamais. César perdait alors du temps à courir après son argent. Dans l'attente de ces rentrées hypothétiques, il empruntait à des bailleurs peu conciliants. Et cette inconfortable situation lui ruinait l'âme, brisait ses espoirs de devenir un jour le maître incontesté d'Auberoche, assis sur un trône d'or.

A la vérité, il rageait de ne pouvoir gagner l'estime de sa femme. L'obligation où il se trouvait de nager toujours entre deux eaux avait fini par briser la patience d'Augustine. « Tu ne seras jamais qu'un faux riche, plein d'illusions ! » s'écriait-elle lorsqu'elle voulait le blesser. Et c'était le pire jugement qu'on pouvait lui adresser.

Demain, après-demain, se promettait-il en regardant son verre vide, il me faudra retourner à Auberoche et avouer, piteusement, que Palamède n'a rien fait pour moi. Déjà, il imaginait la réaction d'Augustine. N'avait-elle point prédit ce qui devait advenir, que les riches ne s'intéressent qu'aux riches, et que le club des pécunieux est le plus fermé qui soit ?

Il y avait foule dans la rue Limogeanne. Les magasins débordaient sur le pavé. Il fallait se faufiler entre les étalages, en bousculant les femmes et les enfants suspendus à leurs bras. Il longea l'hôtel de Méredieu, sans lever la tête. Périgueux n'avait plus de secrets pour lui. Il en connaissait tous les recoins, jusqu'à l'emplacement des anciens coupe-gorge où jadis, au temps de la Fronde, catholiques et protestants s'étaient étripés. En passant devant l'ancienne maison Courtois, les célèbres traiteurs qui mirent à l'honneur les pâtés truffés de Périgueux dont Talleyrand se fit l'ambassadeur en les distribuant comme présents dans toutes les cours d'Europe, il caressa du regard la belle façade cossue avec ses ferrures aux armes du célèbre pâtissier, puis s'engagea dans la rue Eguillerie. Cela le rassurait de s'éloigner de son équipage qui l'attendait sur le quai de l'Isle, où il l'avait abandonné près d'un minot d'avoine. Encore un petit sursis, se promettait-il, avant de reprendre la route du retour.

A l'auberge du Toin, les deux serveuses le virent revenir sans surprise. Cela faisait deux jours qu'il naviguait entre le Vieux Moulin près du pont de Tournepiche et la place du Coderc, écumant tous les estaminets qui se trouvaient sur son chemin.

— V'là César ! s'écria Moiselle Bonnefée. César est de retour. Sonnez trompettes !

Et sa voisine, la petite Anicette, s'empara d'un bigophone et souffla sa ritournelle. C'était une faveur réservée aux bons clients du Toin. Albarède tira sa révérence aux quelques poivrots qui tenaient le bord du zinc. Les filles de la rue Taillefer et de la Petite Miséricorde se mirent à applaudir. Le sein arrogant et la hanche provocante, elles emportèrent le pauvre César dans une brève bourrée. Anicette se débarrassa de son bigophon. Cela n'avait l'air de rien, mais il fallait un sacré souffle pour tenir la distance. Moiselle versa sa tournée. C'était du Quinquina. La patronne en avait à revendre, de ce sirop épais et sucré qui empâtait la langue.

— César paye ! s'écria-t-il. Parce que César est généreux. Profitez ! Profitez ! C'est mon jour de bonté.

Les poivrots tendaient leurs petits verres à pied. Ça versait, versait si sec, que les doigts s'en trouvaient baptisés aussi, gluants comme un papier attrape-mouches. Et reconnaissants, ils vinrent peloter leur bienfaiteur. Ce n'était pas tous les jours qu'on trouvait un richard décidé à rincer le populo. Mais César les repoussa d'un geste énergique.

— J'vous ai ordonné d'trinquer et non de m'flatter l'encolure, mes frères. Allons ! Merde... Un peu de respect. J'pourrais êt' vot'empereur.

Du revers de la main, il releva une mèche rebelle. Et comme elle ne voulait tenir sur le haut de son front, qu'il possédait large et proéminent, il mouilla ses doigts de salive et se mit à l'astiquer. C'était ainsi qu'il imaginait César, le grand César, dans sa posture imposante de tribun. Moiselle amena une couronne d'Epiphanie en métal doré. Cela faisait partie de ses accessoires, les couronnes des princes d'un jour, seigneurs et souverains du Remettez-moi-ça.

— T'voilà empereur, désormais ! cria-t-elle d'une voix nasillarde.

Albarède se sentait floué, d'avoir été, de la sorte, sacré par une donzelle aussi laide qu'un pot de chambre et édentée. Il eût mieux préféré la main potelée de la petite Anicette, parce qu'elle avait vingt ans de moins. Il demanda l'extrême faveur d'être sacré une seconde fois. Mais le chœur des poivrots la lui refusa. Et César se jura alors de le faire lui-même, en toute simplicité. Il prit la couronne, la dressa haut sur sa tête et la reposa, solennellement.

Les types du Toin sifflèrent d'admiration. Le coup, décidément, avait de la gueule. Et pour fêter l'événement, César incita les sénateurs à vider leurs verres. Et ordonna à Moiselle Bonnefée, le pouce vers le sol, de les remplir derechef.

— Que vois-je autour de moi ? fit César en écartant les poivrots.

Il écarquillait ses quinquets pour mieux bigler les donzelles, et allait et venait autour d'elles, fuyantes comme des anguilles.

— Que de voiles, que de voiles, partout, cachant les trésors. Oh, matrones et poltronnes, je vous en conjure, ôtez vos oripeaux. Car je vous veux belles et altières, comme les cariatides de l'Acropole...

Moiselle Bonnefée l'avait saisi par l'encolure. C'était une femme d'ordre, cette maquerelle. Payons d'abord, lutinons ensuite.

— Arrière ! s'écria César en battant l'air de ses bras désemparés. Veux-tu soulever l'Olympe ?

Les filles s'étaient réfugiées près de l'escalier, en rang d'oignons, dans la pâle lumière du bouge infesté de fumée.

Albarède s'en revint au milieu de la pièce en bousculant quelques chaises, agrippant les mains de ses sénateurs.

— Alors, Cinna ? Alors, Cassius ? Alors, Casca ? Et toi, Metellus, Brutus, Ligarius, Trebonius...

Et à chaque nom des conjurés, il élevait la voix. Puis les rires s'avivèrent. Puis le silence, enfin. Pesant silence. César les observait tous, un à un, cherchant dans leurs yeux la réponse qu'il attendait. Et comme rien n'advint, il renonça dans un grand soupir.

— C'est là, à cet instant, qu'on assassine le grand César.

Moiselle Bonnefée et Anicette s'observaient, intriguées. Et cette dernière posa l'index contre sa tempe et le fit pivoter pour signifier que le pauvre César Albarède n'avait plus toute sa raison.

— Et dire, Anicette, que tu aurais pu être ma reine, ajouta-t-il d'une voix contrite. Plus choyée que Calphurnia, plus aimée que Cléopâtre...

Et d'un geste las, il reposa sur le zinc la couronne d'Epiphanie et tira de sa poche ses derniers francs.

En entrant à Auberoche, César Albarède chercha Augustine, en poussant les hauts cris. Les femmes étaient occupées au gavage des oies. Et dans le tintamarre, elles n'entendirent point le maître de maison. Pourtant, c'était tout ce qu'il attendait d'elles, César, qu'elles vinssent l'accueillir tout sourire. Pourtant, il n'y avait pas de quoi plastronner. Il s'en revenait bredouille, marri et floué. Mais gris, tout juste gris, pour qu'il pût tenir encore sur ses deux jambes. Le reste de boisson qui ne s'était pas encore estompé lui prêtait le verbe haut et le geste entreprenant.

César trouva Octavia à la porcherie. Elle distribuait la pitance aux cochons. Il éloigna d'un coup de pied une truie qui entravait le passage. Au couinement de l'animal, la jeune fille se retourna, le visage en sueur. Le brassage de la pâtée de raves et de pommes de terre, renforcée de bonnes poignées de son, l'avait épuisée. Aussitôt, elle fondit dans ses bras. Mais l'haleine avinée qu'il offrait interrompit ses élans.

— Qu'as-tu fait, papa, de ton temps ?

Albarède prit appui contre la porte à claire-voie et baissa la tête.

— J'ai visité quelques amis

— A Thiviers ?

— Périgueux, avoua-t-il.

Et Octavia hocha la tête en signe de reproche. Le maître d'Auberoche ne supportait pas les regards réprobateurs de sa fille. Mais rien ne pouvait le troubler durablement, il savait que sa petite Césarine adorée lui passait toutes ses incartades. Quelques mots, quelques caresses suffisaient à réveiller une affection qui ne lui avait jamais fait défaut.

— Notre mère est au gavage des oies, dit-elle.

Les porcs s'affairaient dans leur auge avec des grognements de satisfaction. Et lorsqu'ils eurent englouti leur pitance, Octavia courut chercher la suite à la chaudière, deux gros seaux de pâtée. César ne daigna pas l'aider. Le spectacle des cochons excités par la bacade le répugnait. Il sortit dans la cour, flâna près de la grange comme en pays étranger. Le domaine d'Augustine, pensa-t-il en scrutant les dépendances où sa femme œuvrait comme un homme. Tout ça n'existerait plus, se dit-il amèrement, si mes chevaux suffisaient à entretenir la ferme. Et en revoyant le visage hautain de Palamède, il en éprouva un haut-le-cœur.

Lorsque Octavia eut achevé sa besogne, elle rejoignit son père.

— Tu as tort, papa, de t'absenter si souvent.

Il vint caresser l'épaule de sa fille. Et, en bonne petite, elle se blottit contre lui.

— J'ai besoin d'escapades. Sinon, peut-être deviendrais-je fou à tourner en rond autour de mes chevaux.

— Pendant tes absences, il s'en passe de belles à Auberoche, poursuivit Octavia.

Et elle lui raconta la sortie de sa mère au Valperdu, avec Antonia, seule.

— Je sais qu'elle lui a donné le secret. Et moi, rien. Dis, père, suis-je une pestiférée ? Pourquoi maman me déteste ?

Assailli de questions, dans l'entrezone douloureuse de son réveil d'ivresse, avec à la clé une barre au front et des brûlures d'estomac, César ne se sentait guère d'attaque pour tenir une longue conversation. Pourtant, il ne pouvait se dérober, lâchement, devant sa fille préférée.

— Je ne sais pas les raisons, fit-il en déambulant vers les jardinets.

En cet endroit, on avait bâti des murets pour former des terrasses de terre. De grands rectangles noirs où poussaient, aux premiers beaux jours, les légumes précoces. C'était la fierté d'Augustine, ces jardins exposés plein sud. Albarède longea le môle de sable qui recouvrait les griffes d'asperges. Puis il descendit vers le potager, là même où la maîtresse des lieux venait puiser ses poireaux et ses choux d'hiver.

Octavia le suivait, pas à pas, comme un petit chien privé de caresses. C'était tout un spectacle de voir cette fille hautaine au visage sévère fondre comme une chatte devant son père. Pour lui plaire, elle eût été capable de toutes les bassesses. Mais il n'était point nécessaire qu'elle se fît prier plus longtemps. Car le père se retourna tendrement vers elle.

— La truffière, tu le sais, Octavia, c'est le domaine réservé de ta mère. Je n'y exerce aucun pouvoir. Ces hectares de causse, ne les a-t-elle pas achetés avec son argent ? A l'époque, je me raillais d'elle. Nous n'aimons guère les moutons. C'est un voisinage déprimant. Aussi avais-je cru qu'Augustine voulait former un troupeau au Valperdu.

Il éclata de rire. César Albarède méprisait tous les éleveurs de brebis du voisinage ; il voyait en eux de bons pasteurs chrétiens. Il n'y avait pas plus mécréant que cet homme-là, avec son vieil adage en bandoulière : ni dieu ni maître...

— Mais lorsqu'elle a commencé à recueillir ses truffes et à les vendre sur les marchés d'Excideuil et de Sorges, des cents et des mille, je me suis dit : Chapeau ! Chapeau ! s'écria-t-il.

Octavia flaira dans le propos de son père un accent d'amertume.

— Un kilo de truffes vaut un de mes chevaux ! Tu te rends compte ?

— J'aurais tant voulu partager son secret, pleura Octavia. Mais c'est ma sœur qu'elle a choisie. Pourquoi ne suis-je pas digne de visiter la truffière ? Avec ses enfants, on doit tout partager, moitié-moitié. Une telle injustice me blesse, papa.

— Je te comprends, fit le père. Moi-même, j'en suis exclu. Tout juste ai-je le droit de piétiner le Valperdu pour y tirer la perdrix. Mais je me suis fait une raison.

— Moi, jamais, protesta Octavia. Et depuis que ma sœur a été initiée, je la sens distante. Comme si elle avait conquis quelque chose que je n'aurais pas.

César prit Octavia par la main, et ils se faufilèrent le long des halliers. Une compagnie de merles dérangée prit son envol avec un bruissement d'ailes.

— Plus tard, dit le père d'un ton sentencieux, tu dirigeras Auberoche. Toi seule, ma petite fille. Et j'en déciderai de la sorte avant de partir. Ta sœur ne saurait accomplir ce grand projet. Tant de mollesse de caractère, tant d'indécision au fond de l'âme, tant d'indifférence à la terre la rendent incapable de diriger Auberoche. Ainsi conservera-t-elle le Valperdu, puisque telle est la volonté de sa mère. Et Augustine est souveraine en ce royaume des chênes truffiers. Mais tu disposeras à ta guise de tout le reste. Tu régneras sur nos terres, d'une main ferme.

Et il posa ses lèvres sur les joues de sa fille. C'était la première fois qu'il plantait ainsi ses grands desseins d'avenir. Il brûlait d'avouer, enfin, que ses prescriptions étaient consignées par-devant notaire à Périgueux. Mais n'était-ce pas prématuré de le dire, au risque d'enflammer les passions sur une succession qui pouvait encore attendre quelques années ?

— Hé ! fit-il comme émergeant d'une grande torpeur, je ne suis pas encore mort. César n'a pas achevé son cycle sur la terre. Bien au contraire. Tant de projets sommeillent dans ma citrouille, ajouta-t-il en se tapotant le front de la pointe de l'index.

Octavia avait retrouvé courage. Les promesses du père n'étaient pas des propos jetés en l'air. Et elle avança d'un pas alerte vers la mare, dispersant les canards de Barbarie qui barbotaient dans les roseaux. César avait peine à suivre sa fille. Le souffle lui manquait et la suée le prenait à la poitrine.

— Tu es ma préférée ! s'écria-t-il. Tu le sais bien, coquine.

Et dans ces secondes de grande fatigue, il se sentait mourir. Il lui paraissait approcher de la fin. Ce doit être ça, songeait-il en s'épongeant le visage d'un mouchoir, une grande fatigue où toutes forces s'amenuisent soudain. Et le tambour qui bat aux tempes, et le cœur qui s'emballe, et la pâleur froide de la lumière qui gagne, qui gagne... Albarède se laissa tomber au sol, sur ses grosses fesses, en poussant un grognement. Ses mains agrippèrent ses chaussures. Tant qu'il demeurait plié sur lui-même, comme un hérisson qui se referme dans sa carapace, il ne pouvait rien lui arriver.

— Ça ne va pas ? demanda sa fille en se rapprochant de lui.

Il dressa la tête avec un large sourire.

— J'abuse des plaisirs, avoua-t-il. Et c'est une mauvaise chose. Mais comment m'en passer ?

Octavia le fixait avec la tendresse de l'indulgence. Elle savait qu'il abusait d'alcools et de bonne chère, et que rien ne pourrait l'en détourner. C'était, tout compte fait, l'image qu'elle se faisait des hommes, des êtres faibles, pétris de vices, et elle se jurait bien de ne jamais lier sa vie à l'un d'eux. Pourtant, l'amour ? Qui sait, un jour, s'il ne viendrait pas la visiter par surprise, dévastateur et impérieux ? J'aurai la force de l'écarter, se jurait-elle. Il me suffirait de penser à mon père...

5

Aux jours d'hiver, Antonia et sa mère reprirent le chemin du Valperdu, avec Sextus sur les talons. Le braque, tenu en laisse, avait compris qu'il était là pour dénicher les truffes et non lever les perdrix rouges. Aussi retrouva-t-il, à peine jeté au bas de la voiture, les réflexes que ses maîtres lui avaient appris. Augustine l'amena aux brûlés. La truffe excitée par les odeurs qui sourdaient de la terre, il se mit à balancer la queue, et commença à gratter. Le chien était malhabile à fouailler parmi les cailloux blancs. Antonia accourut pour l'aider. S'agenouillant, elle voulut retirer la terre avec ses griffes. Mais Sextus grogna pour signifier que c'était là son affaire. Sa mère lui demanda de se reculer.

— Laisse faire Sextus.

— Mais oui ! fit Antonia. Tu es un bon chien. Tu vas nous trouver de beaux diamants noirs, n'est-ce pas ?

Et comme elle voulut joindre des caresses à la parole, Augustine lui ficha un coup de badine sur la main.

— Cesseras-tu tes gamineries ! s'exclama la mère.

Le chien continua à gratter jusqu'à ce qu'il se remît à flairer. Il releva le museau, en attente. La truffe possédait une odeur forte qui, pour un chien, était assez voisine de celle de la sauvagine faisandée. Quant à la matière elle-même, ce lui était indifférent. Sextus eût pris peu de plaisir à broyer cette chose ronde et noire. Rien ne pouvait le satisfaire plus que des os craquant sous les crocs.

Augustine tira sur la laisse pour éloigner le braque du trou qu'il venait de creuser. Aussitôt, Antonia poursuivit l'ouvrage, précautionneusement, avec une gouge. Elle sentit la présence du *tuber*, et poussa un cri. Augustine se demanda si elle allait ainsi vagir de plaisir chaque fois qu'elle rencontrerait une truffe et lui en fit la remarque. Ce n'était rien de dire que sa petite Antonia avait conservé une âme d'enfant. Il n'est que les épreuves de la vie pour endurcir le caractère, se dit-elle. Notre petite, pour l'instant, est restée aussi tendre qu'une pousse de sureau.

Antonia glissa la gouge sous la truffe et la souleva. Puis elle la tendit à sa mère après en avoir ôté la gangue d'argile jaune. Augustine la renifla en hochant la tête.

— C'est mûr à point.

Et elle la glissa dans son paneton d'osier. C'était une belle pièce, de cent grammes au moins. Un peu sèche. Certains caveurs n'hésitaient pas à les faire mariner dans l'eau la veille du marché pour leur apporter un peu de poids. Mais cette pratique n'était pas dans ses habitudes ; elle vouait trop de respect à la truffe pour lui réserver un tel sort. D'autant que le trempage gâtait à la longue sa saveur. Il n'était meilleure conservation qu'au fond d'un pot de terre, recouvert d'un torchon de lin, et placé à la cave, dans ses profondeurs, contre le rocher, comme pour les vins bouchés. Un peu d'humidité, mais pas trop, et surtout la fraîcheur du sous-sol. Ainsi pouvait-elle patienter une quinzaine, guère plus, qu'on lui fît un sort.

La mère récompensa Sextus d'un morceau de

fromage. Aussitôt, le bon chien de rabassier repartit au travail. Fouinant dans les genévriers sauvages qui perturbaient son odorat, et où il croisait la piste des perdreaux et des lapins de garenne, il fallut que sa maîtresse se fâchât. Sextus, obéissant, retourna aussitôt dans les brûlés. En deux heures, les femmes remplirent leur paneton à ras bord. C'était un beau mélange de truffes noires, de grosses et petites tailles, tant l'intermédiaire faisait défaut. Rien qui fût moyen, comme les demandaient les courtiers souvent sur le marché. Les petites étaient mal aimées, et les grosses trop coûteuses.

— Au jugé, dit Augustine, nous en avons cinq kilos.

— Cela nous fera combien ? questionna Antonia.

Augustine ne répondit pas. Le premier marché aux truffes de Sorges avait lieu le 12 décembre. Ce serait l'occasion de voir comment se tiendraient les cours. L'an passé, la truffe du Périgord avait plafonné à cent soixante-dix francs le kilo. Une année plutôt moyenne, à ce qu'il semblait. Pour cette année 1913, l'été et l'arrière-saison avaient été favorables. Tous les espoirs étaient donc permis. Et peut-être les cours s'envoleraient-ils à cent quatre-vingts, voire deux cents francs… Cela faisait des mois et des mois que la maîtresse d'Auberoche comptait et recomptait les fruits de l'hiver. Elle entendait par là non seulement le diamant noir du Valperdu, mais aussi les foies gras de canards et d'oies dont le bénéfice n'était pas négligeable. L'hiver passé, pourvu qu'il fût à la hauteur des espérances, Augustine honorait ses dettes, ou plutôt les dettes de son mari dépensier. Elle compensait la mévente des chevaux, les créances non recouvrées, les bordées de Périgueux, elle comblait ainsi le chemin perdu. Et César ne trouvait pas la moindre parole de gentillesse et d'amabilité pour ce miracle toujours recommencé, année après année. Les gains de sa femme blessaient son amour-propre d'homme. Cela le rongeait intérieurement de ne point parvenir à assurer la prospérité d'Auberoche et de devoir compter sur Augustine pour équilibrer les pertes.

— Tout ce que nous gagnerons là sera immédiatement englouti, expliqua Augustine. Par la faute de ton père...

Antonia ne voulut poursuivre la conversation, sachant sans doute que tant de ressentiment chez sa mère ne produirait que des propos fielleux.

— Je sais, maman, fit-elle en se détournant.

— Les pères et leurs filles... ajouta Augustine.

La mère songeait surtout à Octavia. Elle savait comment le testament était rédigé, et quelle injustice se préparait dans le secret de son âme. Dans ces moments de grande détresse intérieure, elle se jurait de disparaître la première pour ne pas voir cette iniquité.

Les femmes s'installèrent près de la cabane et déballèrent leur panier de victuailles. Il se composait de fromage, de pain, et de petites crêpes. Sextus eut droit à quelques restes de poulet.

— Tu le gâtes, maman, nota Antonia.

— C'est lui qui travaille, fit-elle.

La jeune fille voulut le taquiner en lui tirant un os qu'il avait en gueule. Mais le braque grogna sévèrement.

— Tu ne me mordrais pas, quand même ?

Elle relâcha sa prise. Sextus se mit à remuer la queue, heureux de n'avoir pas dû se servir de ses crocs pour protéger sa pitance.

— Ma pauvre petite, releva la mère, tu seras toujours une gamine.

— Imagine qu'il refuse de nous rendre la truffe qu'il vient de dénicher ? Comme ça, en grognant.

Augustine haussa les épaules.

— Ce n'est pas comme les cochons caveurs. Ceux-là, si on ne les surveille pas, ils en profitent pour les dévorer.

— Tu n'aimes pas les cochons caveurs ? demanda Antonia.

— Non, fit-elle.

— Et pourquoi ? C'est gentil, un cochon.

— C'est goinfre, dit Augustine. Bien que ça les déterre admirablement. Comme ils ne sont pas ferrés au museau, rien ne les arrête. Sinon un coup de badine.

Le vent s'était levé, sur les hauteurs, activant, dans les pins parasols, une rumeur sourde. C'était une bise du nord, glacée, dans la pureté de l'air et le bleu pâle du ciel. Augustine retira le fichu qui lui couvrait la tête et alla chercher dans la voiture un chapeau de feutre noir à large bord. Antonia fit de même. Elles rêvèrent quelques minutes de boissons chaudes. Mais cela était ainsi, sur le Valperdu, une journée austère, un temps de truffe et de froidure. Rien, au juste, ne justifiait qu'il fût aisé de les ramasser. La beauté et la grandeur du diamant noir du Périgord méritaient tous les sacrifices.

Une semaine durant, le trio visita le moindre recoin du Valperdu, faisant grosse provision de truffes. Le cavage avait donné, bien au-delà des espérances, ce qui autorisait enfin Augustine Albarède à reconnaître que nous avions affaire à une excellente année. Une des meilleures de la décennie. Elle n'avait souvenance d'avoir rempli autant de cruches. A vue d'œil, la récolte avoisinait les cinquante kilos. Dans la cave d'Auberoche, non loin des vins bouchés de Bordeaux, Augustine procéda à un premier tri, afin de réserver les plus petites pour les conserver dans le sable. Quant aux autres, elle escomptait en tirer un bon prix au marché de Sorges. Qu'elles fussent petites ou grosses ne changeait pourtant rien au goût et à l'odeur, mais les amateurs de *tuber*, ceux pour qui l'argent à dépenser sur le produit n'avait aucune importance, choisissaient de préférence les gros calibres.

Dans le cellier, la maîtresse de maison avait mis deux truffes en contact avec une douzaine d'œufs, dans la perspective d'en faire une omelette. Une nuit, seule, avait suffi à les imprégner d'une odeur forte, un mélange de sous-bois, d'humus et de champignons secs. C'était ainsi qu'Augustine résumait les fragrances de la truffe noire du Périgord. César, qui ne les aimait guère, utilisait une comparaison moins poétique : « Ça sent les pieds ! » disait-il.

Tandis qu'Augustine battait les œufs au fouet, Antonia humait les coquilles vides.

— Je ne peux pas croire que l'odeur de la truffe traverse la coquille...

— On pourrait même se passer d'en mettre dans la brouillade. Mais c'est plus plaisant ainsi, coupées en lamelles.

La mère l'autorisa à les couper, aussi fines qu'elle pouvait.

Octavia, qui venait d'entrer dans la cuisine, courut à la cuisinière pour éloigner la poêle du feu. Une grosse tranche de lard grésillait en rejetant son jus qui brûlait un peu.

— Toute cette fumée, c'est écœurant, dit-elle.

Antonia ramena le poêlon sur la flamme de la cuisinière et retira le lard racorni. Il avait rendu tout son gras. Il craquait sous la dent, et les deux jumelles se le partagèrent. Augustine versa ses œufs mélangés aux truffes. L'omelette se forma si vite que la maîtresse de maison dut aussitôt ramener les bords vers le centre de la poêle pour que le jaune baveux pût se répandre alentour.

Quand elle la jugea assez cuite, elle la retourna d'un vigoureux coup de poignée.

Seules les femmes se régalèrent. César préféra se découper une tranche de jambon. Depuis l'escapade de Périgueux, le climat restait tendu. Augustine ne lui pardonnait pas ses mensonges : qu'il prétendît avoir vendu douze de ses chevaux alors qu'ils continuaient à batifoler sur les berges de l'Auvézère. « Ça t'apprendra à dérouler le tapis rouge sous les pieds de Sarazac !... » avait-elle dit. Il n'existait pas phrase plus assassine.

Certes, la récolte de truffes se devait d'être vendue intégralement. Augustine autorisait juste une omelette ou deux, une brouillade, voire une cuisson sous la cendre. Dans la cheminée, sous la braise, c'était la meilleure manière de les préparer. Si simple et si sublime. Ainsi rendaient-elles toute leur saveur. Sans doute la pratique en remontait aux temps anciens. Les premiers hommes qui les découvrirent en firent un tel usage pour agrémenter leurs repas.

A la rigueur, César l'eût admise dans une fine Cognac, bien plus pour la fine Cognac que pour la truffe elle-même. Mais, à la vérité, et le maître d'Auberoche ne pouvait prétendre raisonnablement le contraire, elle ne gâtait en rien les meilleurs alcools. Hélas, à Noël, souvent, Augustine utilisait l'alcool pour flamber les volailles, un chapon ou une dinde, avec quelques lames de *tuber* glissées sous la peau. Et la maîtresse femme ne lui pardonnait guère d'en user autrement, tant le breuvage se devait d'être conservé pour la grandeur de la cuisine, et elle seule.

Le Valperdu procurait donc à Augustine un domaine où elle régnait, en souveraine. Et cette idée était devenue insupportable au mari, peu enclin à reconnaître ses talents de rabassière. La truffe et le foie gras lui apportaient une indépendance financière qui le désespérait. César était assez lucide pour entrevoir qu'elle eût pu se passer de lui et de ses chevaux. Et son autonomie lui faisait aussi mal que lorsque Firmin Chadeuil venait tourner autour d'elle. Il s'agissait de la même sorte de jalousie, la même peur, la même souffrance. Les femmes sont si fortes, se disait-il, lorsqu'elles s'ingénient à jouer le rôle des hommes, au point qu'il nous faut, nous autres, pauvres maris, abdiquer ou disparaître. Pourtant, rien ne ressemblait moins à Augustine que l'idée qu'il se faisait d'elle dans ses moments de désespérance. Il la voyait, ainsi, autoritaire, vindicative, pugnace, et oubliant au passage les contrariétés qu'il lui créait sans cesse. La maîtresse d'Auberoche conservait au cœur la nostalgie des premières années de mariage, quand César était encore l'homme attentionné et amoureux qu'elle avait épousé. Ce qui était advenu de lui, par les avatars de la vie, avait tracé une fêlure. Et ce lui était égal qu'il ne sût la réparer, ni la combler, et encore moins la voir pour ce qu'elle était, mais comment admettre qu'il jetât toute la faute sur ses frêles épaules ?

Un soir, César lui reprocha sa préférence pour Antonia.

— Ça m'est resté en travers de la gorge ! s'écria-t-il.

Dans ces instants de colère, Augustine faisait le gros dos. Elle poursuivait ses occupations, comme si de rien n'était.

— Pourquoi, mais pourquoi, fais-tu une différence entre nos jumelles ? Crois-tu qu'Octavia ne se rend pas compte de l'injustice ?

— Tu veux parler de ma truffière ? releva Augustine.

— Le Valperdu est devenu, entre nous, un sujet de discorde.

— Heureusement que ma truffière rapporte. Sinon, où irions-nous, mon pauvre César ? A la débâcle !

Albarède s'empara d'une casserole que sa femme était en train de récurer et la jeta à travers la pièce. Et comme elle la ramassait, sans mot dire, sans le moindre soupir, il recommença avec le reste de la batterie de cuisine, jusqu'aux louches, aux couteaux, aux écumoires. Tout y passa, avec la rage d'en découdre.

Augustine referma la porte de la cuisine, en poussant du pied la vaisselle qui jonchait le carrelage. Ce lui importait plus que tout que les filles n'entendissent pas la scène. Le lendemain, rien n'était plus humiliant pour elle que de s'en expliquer. Le dos appuyé contre la porte, la maîtresse décida de faire front, par la seule force de l'inertie. Cela lui était déjà arrivé qu'elle fût frappée, mais le coup d'éclat avait coûté cher au grand et vénérable César. Augustine ne croyait plus qu'il en fût capable. Aussi le toisa-t-elle, de sa hauteur.

— Oui, le Valperdu m'appartient. Et j'en fais ce que bon me semble. Antonia le gérera lorsque j'aurai quitté ce monde. C'est une décision contre laquelle tu ne peux rien.

— Je ne peux rien. Je ne peux rien, répéta-t-il en la dévisageant d'un regard injecté de sang. Si tu disparais avant moi, alors je ferai tout pour défaire ta promesse. Voilà !

La mère baissa la tête.

— Sans doute, je passerai avant toi. Mais ne t'en réjouis point, mon pauvre César, tout ira à vau-l'eau. Et tu regretteras tes paroles.

César s'effaça aussitôt. Elle demeura immobile près de l'évier, à pleurer en silence. Quelques larmes dévalèrent sur ses joues sans que l'expression générale sur son visage en fût affectée. Elle possédait, ainsi, des chagrins secs.

Tant de force en elle, tant de courage, qu'elle ne pouvait se résoudre à sombrer dans l'exubérance des larmoiements. Armée par cette patience, dont on ne savait au juste d'où elle la tirait, Augustine ramassa les ustensiles de cuisine, un à un. Dans le couloir, elle entendit le mari qui faisait les cent pas, en proie à l'énervement. Après maintes hésitations, il revint entrouvrir la porte, affichant sa bouille ronde dans l'encadrement.

— Pourquoi es-tu devenue aussi dure avec moi ?

— Disparais ! cria-t-elle.

Au 12 décembre, bien avant le jour, Augustine et Antonia montèrent à Sorges par le raccourci de Savignac. Comme il avait gelé à pierre fendre, le chemin de la forêt n'offrait plus les inconvénients habituels avec ses traverses inondées et boueuses. La jumelle trouva que c'était une idée épatante que de voir poindre le jour sur le plateau de Moncouly. Les bois de chênes noirs s'étendaient à perte de vue, avec pour seule perspective la route étroite qui les traversait d'un long trait jaune.

Lorsque le soleil, à peine levé sur l'horizon, se mit à danser entre les branches, Antonia exulta. Son âme de petite fille s'accordait avec la grandeur du paysage. Elle songeait à Julien Sarazac, encore et toujours, bien qu'elle ne l'eût croisé qu'une seule fois, et qu'il ne se fût pas manifesté depuis ce jour. Tout ce qu'elle savait de lui, qu'elle avait appris, à droite et à gauche, par menus détails, suffisait à combler sa curiosité. Et dans le secret de sa chambre, la jeune fille lui avait écrit une dizaine de lettres, sans qu'elle eût l'audace de les lui adresser. Une occupation intime, en somme, où elle trouvait matière à dessiner par les mots et les rêves ce que serait, un jour, un amour sublime.

Au sortir de la forêt, la voiture gagna le causse avec sa végétation chétive. Les fermes étaient basses, les bergeries couvertes de lauzes. Des maisons pour brebis, pensa-t-elle. Antonia imagina que dans ce pays – pourtant il n'était distant de Cubjac que de quelques lieues – les gens étaient de petite taille. Ce lui plaisait fort de croire que la voiture d'Augustine avait couvert un long périple, par la forêt, et que précisément, sur l'autre rivage de cet océan d'arbres dense, il existait un continent étrange où les populations étaient minuscules, rivées à leurs troupeaux de moutons. Ce n'était pourtant rien d'autre, l'étrange pays, que le canton voisin. Il suffisait de franchir l'Isle, comme elles l'avaient fait, une heure plus tôt, sur un pont de bois branlant, et de monter sur le plateau où la terre noire et fertile se fait rare.

— Cette longue traversée de la forêt de Savignac m'a procuré une étrange sensation, dit Antonia à sa mère qui somnolait sur son siège, les brides enroulées autour de ses mains.

Une fois encore, Augustine lui découvrit un esprit fantasque. Ce lui rappela la fameuse maison du docteur Lacroix, dont les hauts murs avaient inspiré tant de crainte et de curiosité que ses jumelles avaient passé leur journée à en parler. Que pouvaient-ils cacher ? Un univers insoupçonné ? Et madame Albarède tapota la main de sa petite fille, avec attendrissement. Comment la vie s'y prendrait-elle, un jour, pour gâter ce bel esprit ? songea-t-elle. Car elle savait, hélas, comment les rêves finissent dans ce monde.

Les premières maisons de Sorges se dessinèrent sur la pâleur du ciel. Le froid avait cette faculté de durcir les teintes, d'alourdir les tons brun-rouge des maisons. Et la lumière couchée et rasante du jour ajoutait de la dureté sur le paysage.

Madame Albarède mena sa carriole près de l'église. Il y avait foule le long de la rue et sur la place. Les paysannes de noir vêtues s'affairaient autour de leur étal : des installations sommaires pour y déposer les paniers garnis de truffes. Pour l'heure, on pouvait deviner ce qu'ils contenaient, puisque tous, ou presque, étaient recouverts d'un tissu, comme si l'on craignait de les montrer avant que la petite cloche eût sonné. A la vérité, les vendeurs obéissaient à une règle communément admise ; il était recommandé de ne pas montrer ses trésors avant le signal afin que les transactions pussent s'opérer dans le même temps.

Augustine et Antonia prirent place, à la suite de leurs devancières. Un petit carré de rue suffisait, juste pour y déposer leurs deux paniers. La Césarine nota qu'il y avait plus de femmes que d'hommes sur ce marché et elle en fit la remarque à sa mère. Elle ne fut guère surprise lorsque Augustine répondit que les truffes étaient affaire de femmes. Battant le sabot sur le pavé, pour se réchauffer un peu, la mère vérifia sa balance. Les acheteurs exigeaient beaucoup de précision sur les poids et mesures. Au tarif du kilo, cinquante ou cent grammes d'écart pouvaient tout fausser.

— Vous connaissez les cours ? demanda Augustine à sa voisine, une petite femme au visage buriné.

Elle lui répondit d'un sourire espiègle :

— Et vous ?

— L'an passé, c'était du cent quatre-vingts francs le kilo, ajouta madame Albarède.

— Nous nous connaissons, je crois ? chercha la petite dame en la dévisageant de ses petits yeux de souris.

Augustine, gênée par autant d'insistance, détourna le regard.

— Vous seriez pas des Albarède ?

La mère hocha la tête.

— La femme de César ?

— Exactement.

— Je vous ai déjà vue, mais je jurerais pas où.

— Sans doute au marché. Ce sont mes seules sorties.

Elle eût voulu ajouter que son mari était plus connu qu'elle, avec ses manies de maquignon, ses bordées incessantes partout où ça commerçait, mais elle préféra rester sur sa réserve.

— Une fille Goursin ? insista la petite femme, chafouine. Ah, que oui, je sais maintenant. Oh, une bien brave famille qui n'a pas eu de chance et...

— Regardez, fit Augustine en montrant les hommes en blouse bleue alignés sur le trottoir d'en face. Il y a foule ! A mon avis, nous aurons tout intérêt à défendre notre bout de gras.

Les courtiers étaient les plus nombreux. Ils étaient reconnaissables à leur chapeau noir et leur blouse bleue ou grise passée sur le costume, comme une chasuble de curé. Parmi eux, beaucoup de curieux, des truffiers aussi, venus s'enquérir des cours pour leur vente prochaine.

— C'est pas bon de se presser, dit la petite dame qui ne tarda pas à décliner son nom, un peu fâchée que sa voisine ne le lui eût point demandé.

C'était une Bouchereau, Naïs Bouchereau, de Coulaures. Le nom ne disait rien à Augustine, qui ne se préoccupait guère du voisinage. Son mari faisait du commerce sur l'Isle, avec sa gabare accostée au pont de Vetz. Un peu de vin, de légumes, de fruits. Il roulait sa misère sur les flots calmes de la rivière. De la pêche aussi, truites et brochets. Et du sandre, fort prisé par les hôteliers de Brantôme et de Périgueux. En quelques minutes, Augustine connut tout de l'existence de sa voisine, sans qu'elle eût à poser la moindre question. Ce déballage n'était pas pour lui plaire, mais madame Bouchereau ne concevait l'existence sans papotages. Ainsi se faisait-elle des connaissances, souvent utiles, et rarement désobligeantes.

Lorsque la cloche se mit à tinter, les conversations s'interrompirent brusquement. Il y eut alors un grand silence. Chacun avait à cœur ce rituel. Il n'y avait pas plus sérieux que le marché aux truffes, à Sorges ou à Excideuil. L'événement drainait des acheteurs bien au-delà des limites de la Dordogne. On venait de Brive, de Limoges, de Bordeaux, pour acquérir le précieux champignon. Et parmi les amateurs, il se trouvait tout autant d'hôteliers et de restaurateurs réputés que d'anonymes bourgeois à la bourse pleine. Mais les courtiers furent, comme à l'habitude, les premiers sur les bons coups. En moins d'une minute, les truffiers furent envahis par la foule bourdonnante, et tel un essaim qui se reconstitue à l'instant de gagner le rucher, des grappes d'hommes s'étaient formées autour des étalages. Mille sept cents... mille sept cent cinquante... mille huit cents... Les prix fusaient des lèvres. Mais les balances restaient le nez en l'air, à attendre. Sans que les truffiers se fussent donné le mot, une connivence s'était établie. Les paysans et les paysannes résistaient à la pression. Chacun avait compris qu'il y avait intérêt commun à faire front, à retarder les transactions. Mais ce premier tour du marché avait permis aux courtiers de repérer les meilleurs lots.

Toutefois, il y avait du dépit et de la colère dans leur manière d'arpenter le pavé. Pour eux qui avaient espéré rafler les deux ou trois tonnes de truffes du marché de Sorges en un tour de main, l'affaire se corsait. Les bouseux faisaient de la résistance.

— Que croyez-vous, ma bonne dame, fit l'un d'eux à Augustine, les cours sont partis à la baisse. A Lalbenque, ça a fait dans les mille six cents. Et là-bas, la truffe, c'est autre chose que celle du Périgord.

Madame Albarède ne répondit rien. Elle se contenta juste de ramener le carré de tissu sur ses paniers. C'était une manière de dire qu'elle ne laisserait pas partir à vil prix sa marchandise.

L'homme s'éloigna, les mains fourrées au fond des poches, et revint à la charge.

— Mille six cent cinquante. Et rien de plus.

Le torchon de lin blanc demeura sur les panetons. Le courtier comprit que pour avoir les belles truffes noires qu'il avait entr'aperçues, il lui faudrait ajouter vingt francs de plus au moins.

— Ici, s'écria-t-il, les truffiers sont bouffés d'orgueil et de suffisance ! Y a de quoi être écœuré ! Bon Dieu, oui, j'en suis dégoûté.

Naïs Bouchereau éclata de rire.

— On les vendra le prix, nos truffes, Gastin, fit-elle.

— Toi, je te parle pas ! Même que je jurerais qu'elles sont pleines de terre, tes truffes. A ce prix, ça fait cher les dix grammes de merde.

— Mange donc, Gastin ! Mal embouché !

Pourtant, ce jour-là, les restaurateurs de Périgueux, les Verdanzon, les Bounaix, les Trélissard, rompirent le pacte des courtiers. La confrérie s'était juré, au terme d'une réunion au café Moinot, qu'ils ne lâcheraient pas un sou au-delà de cent soixante francs le kilo. Mais c'était une bataille perdue d'avance. Il y avait trop de belles truffes odorantes sur le marché, saines et sèches, mûres à point, pour que leurs propriétaires s'en dessaisissent aussi vite. Ainsi, Trélissard, propriétaire du restaurant des Dames, rue Limogeanne, attaqua le premier en portant le cours à cent quatre-vingts. Pour donner du poids à son geste, il ouvrit un grand portefeuille de cuir, d'où il tira une grosse liasse de billets qu'il écarta en éventail comme il eût fait d'un jeu de cartes.

— Voilà un parfum qui vaut celui des truffes ! s'écria madame Bouchereau.

Ses voisins restaurateurs, tous de fins cuisiniers, comme Verdanzon, de l'hôtel de Bourdeilles, ou Bounaix, du Mataguerre à Périgueux, avaient besoin de faire provision pour les fêtes de Noël et du Nouvel An. Ils s'étaient fait une spécialité du ris de veau aux truffes du Périgord, ou de la poularde truffée. Pour les mets les plus nobles, le diamant des gastronomes était plus que jamais nécessaire, même pour parfumer la sauce Périgueux et la teinter de mille éclats noirs.

Verdanzon demanda à Augustine l'autorisation de décoiffer ses paniers. Puis, relevant sa manche de soie ornée d'un bouton de nacre, il s'empara d'une truffe et la porta, délicatement, à ses narines. Trélissard, derrière lui, attendit son jugement. Le patron du Bourdeilles avait la réputation de s'y connaître en truffes. Pour en définir l'arôme, il possédait une batterie d'expressions aussi imagée que celle des œnologues.

— Il y a du laurier, fit le chef cuisinier, du lentisque et du thym.

Trélissard fit un signe courtois à madame Albarède, qui l'autorisa à en puiser une bien ronde dans son panier.

— Du pistachier et du chêne vert, ajouta-t-il.

Le patron du Mataguerre, Henri Bounaix, fit de même et trouva, après en avoir humé un spécimen, le mot de la fin.

— Ça sent la bonne truffe ! Son parfum, mes enfants, est inimitable. Le grand mystère réside dans ce que nous en ferons… Un potage, une garniture de galantine, une purée pour accompagner un sandre, une simple salade. Tout est divin avec la truffe, même le mets le plus simple.

J'ai ouï dire, de mon père, qui fut maître saucier chez Paillard, que certains paysans de Chartrier, en Corrèze, les mangeaient coupées en tranches, comme de vulgaires patates. Oui, vous dis-je, sautées à la poêle, dans la graisse d'oie.

Emilien Verdanzon fit la grimace. Il avait entendu, maintes fois, cette histoire. C'était l'époque où le *Tuber melanosporum* pullulait sur les causses, et où les paysans en mangeaient à satiété, sans mesurer la valeur du produit.

Le chef du Mataguerre l'écorcha d'un coup de canif. Il avait besoin de vérifier sa tenue, sa couleur marbrée. Il se décida aussitôt.

— Je vous les prends pour cent quatre-vingts, fit-il.

— Cent quatre-vingt-dix, répliqua Augustine.

Antonia, qui n'avait rien perdu de ces grandes manœuvres, avec ses valses hésitations, ses déclamations péremptoires, ses foucades outrées, ne comprenait pourquoi sa mère ne cédait pas. Cent soixante-dix, c'était le prix maximum qu'elles s'étaient vendues l'an passé. Et encore, en janvier, où la production de la truffe atteint sa qualité optimale. Mais elle vit, distinctement, qu'Augustine tenait ferme. Par un instinct propre aux meilleurs rabassiers du pays, madame Albarède avait senti que le vent qui soufflait sur Sorges, dans les têtes des acheteurs, était des plus favorables.

— Cent quatre-vingt-dix, dit Trélissard. Je prends.

— Saligaud ! jura Bounaix en flanquant une tape sur l'épaule du chef cuisinier des Dames.

— Combien en voulez-vous ? demanda Augustine.

— Tout, fit Trélissard en jubilant.

Antonia avait compris que les grands cuisiniers joueraient l'affaire en trio et qu'ils se partageraient ensuite le lot. Augustine pesait ses truffes dans les coupelles de cuivre de la Roberval et, chaque fois, les versait dans un sac de toile que les acheteurs portaient en bandoulière.

Pendant ce temps, la nouvelle avait traversé le marché. Cent quatre-vingt-dix francs le kilo. Un coup terrible pour les courtiers qui maudissaient les cuistots venus faire leur marché sans respecter la règle élémentaire qui voulait qu'on se concerte au préalable.

— Ça flambe à Sorges ! criait-on. Qu'en sera-t-il à Excideuil la semaine prochaine ?

Ses panetons vides, Augustine annonça le poids à Trélissard.

— Dix-huit kilos nets, fit-elle. Et bon poids. Ça fait...

— Trois mille quatre cents francs, devança Trélissard.

— Trois mille quatre cent vingt, rectifia Augustine.

— Les vingt francs, releva le chef cuisinier, ce sera pour compenser la terre.

Madame Albarède hocha la tête en souriant.

— Ça ira, admit-elle.

Comme la vente s'était conclue au débotté, Antonia fut autorisée à visiter le marché. La mère avait quelques emplettes à faire, à la quincaillerie, et pour choisir ses articles en toute tranquillité, l'isolement lui convenait à merveille. La Césarine remonta la grande rue de Sorges, avec ses façades jaunes vaporisées du bleu des bouillies bordelaises. Chaque demeure était ornée d'une treille, puisant ses forces dans un étroit jardinet à contre-mur. Au pays, la pierre était soigneusement taillée et jointoyée, même sur les maisons modestes. Il n'y avait de misère que cachée.

Le vent fort obligea la jeune fille à poser la main sur son chapeau pour qu'il tînt en place. Elle portait sur les épaules un châle couleur feu qui mettait en valeur le blanc nacré de sa peau. D'un pas leste, aussi libéré que l'autorisait sa longue robe de velours côtelé, étroite à la cheville, Antonia se faufilait entre les étalages, cueillant au passage quelques impressions sur les tractations en cours. Cela l'amusait fort de voir les attroupements autour des paniers de truffes. Maintenant, on se battait ferme sur les derniers lots. Les cours s'étaient envolés et elle jugea, à voir l'effervescence qui s'était emparée des acheteurs, qu'Augustine avait été trop prompte à lâcher la marchandise.

Près du parvis de l'église, son regard fut attiré par une berline de cuir fauve. Les arêtes des portières, les jantes des roues et des rayons étaient soulignées par un filet doré. Antonia s'intéressait assez peu aux chevaux, surtout à ceux de son père qui étaient des monstres de chair et de muscle bâtis pour les travaux de force, mais le bai brun qui s'impatientait dans les brancards du bel équipage lui fit faire le détour. Elle s'en approcha, prudemment, pour lui caresser les naseaux. C'était la partie la plus agréable au toucher, cette peau de soie fine, noire comme du jais. Comme l'animal se sentait en confiance, Antonia l'approcha pour voir de plus près la manière dont on avait tressé la crinière, en petits bouquets de crins, aussi précieusement qu'une chevelure de femme.

— Miracle ! fit une voix derrière elle. Il ne vous a point mordue ! Ce vilain canasson impétueux comme une ganache de cirque. Oh ! Reculez, jolie demoiselle. Je ne voudrais qu'il vous blesse pour un empire…

Antonia Albarède tenait sa main plaquée sur le chapeau, cachant ainsi une partie de son visage. Le jeune homme portait un macfarlane vert de gris et une casquette de tweed. Il s'approcha pour dévisager Antonia, hésita à lui tendre la main. Dans le monde auquel il appartenait, ce n'était point l'usage de faire le premier geste. Aussi la salua-t-il en touchant la visière de sa casquette. Puis, s'approchant encore, il éclata de rire en reconnaissant la jeune fille.

Antonia était pétrifiée par la surprise. Cela faisait des semaines qu'elle attendait cet instant. Une fois encore, de singulière façon, le destin le jetait sur son passage, ce Julien Sarazac avec lequel elle avait passé une soirée au Fin Chapon.

— Vous, ici ? Quelle heureuse surprise !

Cette fois, il lui prit la main, après s'être déganté.

— J'ai vainement attendu de vos nouvelles, dit Antonia d'un air contrit. J'en déduis donc que vous me retrouvez sans plaisir. A l'art de la comédie, vous êtes parfait.

Julien ôta sa casquette et sa lourde chevelure se mélangea au vent qui soufflait, glacial, sur le parvis de l'église. Les ruelles étroites, formées par les maisons assemblées alentour, en accentuaient la force.

— Oh, quel vilain procès, s'écria-t-il, alors que je vous ai écrit, trois lettres au moins, et que vous n'avez daigné y répondre.

Antonia ouvrit de grands yeux étonnés.

— Vous êtes sérieux ? Vous pensez ce que vous dites ?

— Aussi vrai que je me nomme Sarazac. Certes, je possède bien des défauts, mais j'ignore le mensonge.

La jeune fille avait pris appui contre la portière de la berline, sentant ses jambes se dérober sous elle. Le jeune homme vit son désarroi et voulut lui prendre le bras.

— C'est affreux ! balbutia-t-elle, d'une voix si éteinte que Julien n'entendit pas.

— Voudriez-vous que je vous offre une boisson chaude ? Cela me ferait grand plaisir.

Antonia n'avait plus qu'un seul désir, disparaître au

plus vite de son regard. Julien lui avait paru si sincère qu'elle se reprochait son ton dur. Plus que jamais, elle se jugeait bien vulgaire, pour ne point dire grossière. Décidément, pensa-t-elle, ma propension à l'outrance est digne des Albarède. Je suis bien une Césarine, se reprocha-t-elle, cherchant toujours à imposer le dernier mot. Oh, quelle misérable éducation !

Comme elle faisait mouvement pour le fuir, ainsi qu'une bête traquée, le jeune homme se porta à sa hauteur.

— J'ai bien compris que vous n'êtes jamais entrée en possession de mes lettres. Et j'excuse votre colère.

Julien la tenait par les épaules, tandis qu'elle baissait la tête. Il cherchait son regard, en vain. Mais il n'y eût trouvé que de piteuses larmes. Car Antonia était sans colère, livide, brisée par le dépit.

— J'ai honte, fit-elle.

Sarazac sentait contre ses mains nues la chevelure de la jeune fille qui lui caressait la peau, et les palpitations de sa chair. Il n'avait plus qu'à forcer son geste pour qu'elle fût contre lui, mais il craignait trop de la perdre, ainsi.

— Je vous en prie, ce n'est rien, défendit Julien. Un malentendu. Juste un malentendu.

Antonia se laissa conduire, somnambulique, au café Moinot. Pas un seul instant elle n'avait songé résister à sa proposition, négligeant le risque que sa mère la vît en compagnie d'un homme. Elle n'y songeait même pas, obnubilée par la découverte qu'elle venait de faire. Julien Sarazac lui avait écrit trois missives au moins, et quelqu'un dans son entourage s'était ingénié à les faire disparaître. Un instant sa suspicion se tourna vers Octavia. N'avait-elle pas jalousé sa rencontre au bal d'Excideuil ? Il n'était que de se reporter aux réflexions blessantes qu'elle lui avait adressées au retour :

« Qu'as-tu à attendre de ce garçon ? Ma pauvre petite, il a bien d'autres filles à se mettre sous la dent... » Et la comédie s'était poursuivie le lendemain, en présence de la mère, sur le même ton aigre-doux.

Mais, l'instant après, tandis qu'une serveuse lui apportait une boisson chaude, Antonia abandonna ce soupçon. Elle ne pouvait se résoudre à croire que sa sœur jumelle eût usé d'une telle audace. Qu'elle fût envieuse d'elle, cela se comprenait, mais jusqu'à se corrompre dans une vilenie dépassait l'entendement. Alors, il n'y avait d'autre réponse qu'Augustine, elle-même... Que ma petite mère se soit avilie à intercepter les lettres pour les détruire, et cela à seule fin de ruiner ma relation avec Julien Sarazac, voilà qui est pire que tout... se disait-elle. Ma confiance est perdue à jamais... Pire encore. Notre amour qui faisait de moi sa petite princesse...

Julien Sarazac la fixait, intensément. Le désarroi affiché ne faisait qu'attiser sa curiosité.

— Qu'est-ce donc qui vous trouble à ce point, Antonia ?

Il avait posé sa question d'une voix douce. La jeune fille releva les yeux, bien qu'ils fussent baignés de larmes. Mais elle ne répondit pas.

— Les fameuses lettres ? Ce n'est rien. L'affaire est entendue. Nous trouverons une autre manière de correspondre. Si vous le souhaitez, évidemment.

Antonia ne put s'empêcher de poser sa main sur le bras du jeune homme, comme pour l'encourager à cette extrême amitié qui paraissait s'affermir entre eux, malgré d'évidentes adversités. Elle eût voulu le rassurer de vive voix, plutôt que par un geste ambigu, mais l'émotion lui nouait la gorge.

— Quelqu'un aura intercepté mes lettres, dit-il.

Quelqu'un de votre famille qui ne prise guère notre relation.

Les mots de Julien Sarazac parurent l'apaiser un peu. Il était réconfortant qu'il eût compris enfin ce qui la troublait. Ce garçon, décidément, lui parut plus attentif à sa personne qu'elle ne l'avait cru. Soudain, Antonia retrouva un brin de sérénité.

— Que disaient vos lettres ? Voilà ce qui importe, ne trouvez-vous pas ?

Le jeune homme soupira. Il n'avait conservé aucun brouillon, ni sur le papier ni dans sa tête. Mais il crut en résumer l'esprit en clamant :

— Je voulais vous faire comprendre combien je me sentais proche de vous.

Antonia baissa les yeux. En s'emparant de sa petite cuillère pour agiter le sucre qui s'était déposé au fond de la tasse, elle la laissa échapper entre ses doigts hésitants.

— Vous en parlez au passé, fit-elle.

— Rien n'est changé, au contraire. Je suis attiré par vous. J'ai envie de vous connaître, de partager quelques conversations.

Antonia écarta sa tasse par crainte de la bousculer Cet aveu l'avait émue au point qu'elle ne contrôlait guère ses gestes.

— Et dans la troisième missive, je crois, je me lamentais que vous ne me donniez pas de vos nouvelles. Puis j'ai cessé de vous écrire. Je me disais : Elle n'éprouve rien pour moi, pas même un peu d'amitié...

— Je vous ai écrit aussi, avoua-t-elle. Mais je n'ai pas osé poster mes lettres. Du reste, peut-être était-ce des réflexions intimes. Dans une lettre, il n'est pas correct de dire ce que l'on pense. Ne trouvez-vous pas ?

— Dès lors que la confiance est établie, je crois qu'il faut tout dire. Moi, je puis tout entendre de vous.

Et dans l'effervescence de la conversation, Antonia se jura de les lui faire connaître aussitôt qu'elle aurait rejoint Auberoche. Puis, promenant un regard autour d'elle, la jeune fille prit conscience qu'une foule de gens l'observait. Elle dénicha même quelques figures sévères à son encontre. C'était une vilaine affaire qu'une jeune fille assise au café, en tête à tête avec un homme. Il y avait eu des larmes scabreuses, des sourires de connivence, des gestes appuyés. De quoi attirer l'attention sur soi et suggérer une liaison licencieuse. Pourtant, tout en eux était d'une clarté et d'une pureté d'anges. Un amour naissant. Mais ne valait-il pas un autre décor qu'un café sordide ?

— Il n'est point correct que je demeure ici plus longtemps, dit Antonia en se levant.

Le couple s'engagea dans une ruelle où régnait un vent infernal. Julien lui prit la main et se rapprocha d'elle comme s'il voulait la couvrir de son macfarlane. Antonia parut s'accommoder de cette extrême attention. Au contraire, elle éprouvait un fort désir de se lover contre lui, comme elle l'avait fait, déjà, au bal d'Excideuil. Mais à ce moment-là, il y avait eu plus d'insouciance et de légèreté que de désir.

— Je veux que nous nous voyions souvent, dit-il.

— Ce sera difficile. Ignoreriez-vous que je suis une Albarède ?

— Et alors ?

— Une petite paysanne, fit-elle.

— Que m'importe. Pour moi, vous êtes Antonia. Et cela suffit.

— Nous nous écrirons, jubila-t-elle en joignant les mains.

— Et comment parviendrez-vous à recevoir mes

lettres ? Je crains qu'elles ne suivent le même chemin que les précédentes.

Antonia parut réfléchir. C'était une question qu'elle avait déjà réglée dans sa tête, mais elle ne voulait pas en donner l'impression.

— Connaissez-vous le Valperdu ?

Sarazac sourit en se souvenant des perdrix rouges.

— Bien entendu.

— Il y a une cabane où vous pourriez déposer vos messages. Sous l'évier de pierre, vous trouverez une cavité qui convient parfaitement.

Julien porta la main d'Antonia à ses lèvres.

— Nous pourrions même nous y donner rendez-vous ? suggéra-t-il.

Elle ne répondit pas mais, à son air, il comprit qu'elle acquiesçait à cette solution. Et Julien sentit monter en lui une bouffée de désir. Tu seras à moi, se promit-il, toute à moi...

Avant de monter dans sa berline, Sarazac lui baisa la main de nouveau. Mais, cette fois, Antonia se souvint que sa mère pourrait les surprendre et elle s'écarta vivement.

— Je voudrais que vous sachiez, ma petite Antonia, fit-il en rajustant sa casquette, que je désapprouve l'attitude de mon père.

La jeune fille avait entendu parler du projet de contrat avec l'intendance militaire.

— Cela ne se fera pas ?

— Mon père est un indécrottable homme d'affaires. Et pour lui, César Albarède ne représente rien. C'est dire qu'il ne lèvera pas le petit doigt. Mais je n'ai pas dit mon dernier mot.

Au retour, sur la route d'Auberoche, la Césarine brûla d'envie de questionner sa mère sur les fameuses lettres. Mais elle ne le fit pas. C'eût été avouer qu'elle avait rencontré Julien Sarazac. Et cette liaison nouvelle, Antonia tenait à la contenir dans le plus grand secret. En parler, même en filigrane, eût été la ruiner dans la seconde.

Pourtant, depuis l'instant où s'étaient révélées les manœuvres de sa mère, elle ne la regardait plus de la même façon. Quelque chose s'était brisé en elle. Tu ne m'appelleras plus ta petite princesse, se disait Antonia en l'observant à la dérobée, tirant sur les brides de l'attelage, car je suis devenue reine, désormais. Et j'entends conduire mon destin, sans l'aide de personne. J'aime ce garçon. Qu'il soit un Sarazac ou autre chose ne change rien à l'affaire.

Augustine sentait, confusément, à sa manière distante de se tenir sur le siège de la carriole, de ne point venir s'appuyer contre elle comme une chatte, que sa fille était préoccupée. Mais par quoi ? Loin d'elle l'idée des lettres. Bien sûr, elle les avait éliminées, ainsi qu'on écarte un danger, d'une poigne ferme et résolue. Où a-t-on vu qu'un Sarazac épouse une Albarède ? Un bourgeois avec une paysanne ? Un conte de fées. Elle le savait, dur comme fer, Augustine, que sa petite fille avait l'esprit fantasque. Son enfance avait été bercée de rêves impossibles, autour de la fameuse demeure des Lacroix. En voyant vivre, à l'aise, dans le confort et les jeux, les petites Lacroix, la jeune Antonia s'était juré de conquérir ce bonheur-là dans sa vie. Et tout, désormais, la portait à se mesurer à ces destins. D'où ce Julien Sarazac, sorti d'un chapeau de prestidigitateur. Qu'en ferait-il, de mon Antonia ? Sa maîtresse... Il s'en amuserait, ainsi que les bourgeois encanaillés avec leurs servantes, le plus souvent engrossées et abandonnées.

A la ferme, prétextant une fatigue, Antonia courut s'enfermer dans la chambre. Elle vérifia que sa sœur n'était point dans les parages, même si à cette heure de fin d'après midi elle la savait occupée par les oies. Derrière le fronton de la lingère, elle retira un coffret de bois dans lequel elle cachait ses trésors. Dans ce bric-à-brac, il y avait de menus rubans de soie, des cartes postales, des colifichets, des médailles religieuses, mais surtout un paquet de feuilles noircies d'une écriture élancée. Assise sur son lit, elle relut les fameuses lettres à Julien.

Antonia n'était plus assurée de leur utilité. C'était tout compte fait un embrouillamini de pensées diverses. Tantôt la rédactrice y encensait le sentiment qu'elle éprouvait pour son géant, une dévotion amoureuse, déchirée par l'attente, tantôt elle cédait au larmoiement de ne mériter, en définitive, un tel homme. En somme, Antonia avait décrit les alternances du cœur, lequel s'enflammait et doutait d'une heure à l'autre sur cet amour incertain. Comment accueillerait-il un tel pensum ? se demandait-elle. Avec sévérité. Et j'aurais tout à y perdre. Néanmoins, elle avait promis de lui communiquer ces textes. Une telle défection pouvait apparaître comme une trahison, un manquement à la parole donnée. En amour, le moindre signe ne revêt-il pas une importance capitale ? L'affaire, en l'état, s'avérant tellement risquée, elle décida d'en composer un ultime.

Antonia s'y appliqua jusqu'à ce qu'elle entendît les pas de sa sœur qui escaladait l'escalier. Elle remisa son travail en hâte dans le coffret qu'elle glissa sous le lit.

— Père s'est fâché avec Julius, dit Octavia. De méchante façon. A cause du voisin.

La jumelle ôta prestement son habit gris des jours de peine et enfila un vêtement propre. C'était l'habitude de paraître au repas dans une mise correcte.

— A cause de Chadeuil ? reprit Antonia. Et pourquoi donc ?

— Tu le sais bien. Père est jaloux de maman. Et il a confié à Julius la mission délicate de la surveiller.

— Enfin, tu ne crois pas un traître mot de ces histoires...

Octavia resta songeuse.

— Firmin ne cesse de courir après elle. L'autre jour, il l'a saisie à la taille. Et maman lui a fait une drôle de mine. Mi-figue mi-raisin.

— Tu veux dire qu'elle l'a encouragé ? questionna Antonia.

— Non. Mais les hommes parviennent toujours à leurs fins. A force d'insister. Comme des chiens ! s'écria-t-elle.

— Il est vrai que notre mère est encore fort belle. Tu ne trouves pas ?

La jumelle poussa un cri de gorge. C'était plus qu'elle ne pouvait supporter, que sa sœur pût ironiser sur une affaire aussi grave.

— C'est tout ce que tu trouves à dire ! Moi, je hais ce Chadeuil. Et s'il devait arriver quelque chose d'irréparable, je crois que je trouverais la force de le tuer. Bon Dieu, oui !

Antonia fit asseoir sa sœur à côté d'elle sur le lit. Elle ne supportait plus ses gesticulations au milieu de la chambre, ses imprécations, ses menaces, cette mâle autorité qui déformait les traits de son visage. Et elle se disait : Dire que c'est ma sœur jumelle et que je pourrais lui ressembler. Mon Dieu, oui, merci, merci mille fois, de m'avoir donné le goût d'aimer.

— Pourquoi détestes-tu les hommes ? demanda Antonia.

Sa sœur fixait le tapis d'un regard insensé. Elle pensait à Firmin Chadeuil et à la manière dont elle le tuerait. Elle savait ce qu'était un couteau à saigner les porcs, long et mince comme une dague, et comment il fallait frapper à la jugulaire pour faire jaillir le sang.

— Je ne laisserai pas détruire Auberoche. Si par malheur ce chien de Chadeuil parvenait à séduire maman, ce serait la discorde parmi nous. Et notre père ne s'en remettrait pas.

Antonia s'interrogeait pour éprouver ce que serait, alors, son comportement. Ce lui était facile de réfléchir, sans passion, puisqu'elle ne croyait pas que Firmin pût parvenir à ses fins. Je lui pardonnerais, se dit-elle. Car maman est malheureuse. Et aimer n'est jamais une infortune. Mais elle ne se sentit pas le courage de le dire, ainsi, à Octavia.

6

Le lendemain, la rage au cœur n'avait toujours pas quitté la jumelle. Octavia courait d'une pièce à l'autre, claquant les portes. Et quand ce fut l'heure de saigner les oies, un troupeau entier, de cinquante têtes, elle se porta volontaire. Pourtant, Augustine était aguerrie pour cette besogne. Depuis le temps qu'elle tuait et découpait les volailles, le rituel de décembre lui était devenu indifférent. Mais devant l'insistance de sa fille, elle se résigna à la laisser faire, tout en aiguisant sur le fusil son couteau à fine lame. Et quand elle jugea qu'il était tranchant comme un rasoir, Augustine le lui tendit sans un mot de plus.

Octavia avait compris, dans la raideur du geste, l'acuité du regard, qu'elle ne lui pardonnerait pas le moindre manquement. Ses oies, si patiemment couvées d'attentions, se devaient d'être abattues proprement, ainsi que l'exigeait la règle, et vidées de leur sang, tout leur sang, au risque de gâter les précieux foies.

Dans le cellier, attenant à la cave à vins, Julius avait disposé une longue table sur ses tréteaux. On la sortait, celle-ci, pour les grandes occasions, la préparation des foires grasses d'Excideuil, et la Saint-Cochon. Avant Noël, pour les oies. En février pour le sacrifice des deux porcs. Naine avait recouvert la table d'un drap blanc. On n'était point chiche quand il s'agissait d'honorer les découpes d'une telle viande ; la nappe était celle qui avait servi aux noces anciennes. Dans le tissu, aux quatre coins, une main habile avait brodé les initiales des futurs époux, A et G, entrelacées. C'était en 1889 par un jour d'été. Le vin avait coulé jusqu'à plus soif sur les brochets Lucullus et les canards farcis aux cèpes.

Au-dessus d'une bassine, Octavia commença son œuvre, d'une poigne ferme. Tandis qu'Augustine lui tenait l'oie, la tête en bas, la Césarine l'égorgeait d'un seul coup, en piquant net. Le sang se versait, à flot régulier, puis s'atténuait, jusqu'à se perdre goutte à goutte. L'oie se débattait alors, en agitant les ailes, et, sa force s'amenuisant, on pouvait relâcher prise.

Octavia frappait et frappait avec tellement d'entrain, et de jubilation, que sa sœur prit peur de la voir ainsi excitée par la besogne. Ce n'était pas qu'elle éprouvait la moindre pitié pour les volatiles, mais le spectacle qu'offrait Octavia avait de quoi surprendre, avec ses mains rougies et son tablier éclaboussé. Tandis qu'elle opérait, elle poussait des jurons. « Tiens ! » ou « Te voilà servie » ou encore « Crève donc ! ». Qui donc exécutait-elle ainsi ? Chadeuil ? Sa peur des hommes ? Ou sa propre frayeur de devoir, un jour, aimer ?

Augustine voulut arrêter ce massacre qui se jouait sans application. Mais Octavia lui refusa le couteau.

— Je finirai ce que j'ai commencé.

— Sans énervement, conseilla sa mère. Car tu vas te blesser.

Mais l'oie, pourvu qu'on la tînt fermement, n'était pas d'une espèce rébarbative. Elle avait été gavée jusqu'à la mort. Sa combativité, son agressivité naturelle, s'était dissolue dans le gavage forcé, par l'hypertrophie du foie et l'excès de graisse. En moins de deux heures, le troupeau fut décimé. Dans la bassine de sang flottaient encore quelques brins de duvet, qu'Antonia retirait du bout des doigts. Face à elle, triomphante, sa sœur exultait dans l'incarnat du fleuve qu'elle avait libéré, à coups de couteau répétés. Sur le pisé, les cadavres étaient entassés. Des éclaboussures rouges maculaient le blanc laiteux et le gris cendré des plumages.

Dans la chaudière, Naine avait fait bouillir l'eau pour plumer les volailles. Chacune prit une chaise et s'attela à la tâche. D'une main experte, Augustine et ses filles trempaient les oies dans le bouillon fumant qui expurgeait aussitôt un fumet prégnant de plumaison, à soulever des haut-le-cœur. Du moins, telle était la réaction que cette manœuvre entraînait chez Antonia, de toutes les femmes de la maison Auberoche la plus sensible aux odeurs.

L'ébouillantage avait pour fonction de dilater les pores de la peau et de faciliter la plumée. D'évidence, ce n'était rien que d'enlever les longues plumes aux tuyaux élancés, mais le duvet, qui restait accroché à la dépouille, exigeait des trésors de patience. Antonia et sa mère s'y appliquèrent sans abîmer la peau, si fragile. Plus tard, l'acheteur se fierait à cette apparence extérieure pour jeter son dévolu.

Naine allait et venait, de la chaudière au cellier, portant les seaux d'eau bouillante, s'éclaboussant les mollets, sans pousser le moindre juron. La petite femme de Julius était une abeille, de courage et de soumission. Augustine disait que c'était un plaisir de la commander. Au soir, quand l'ouvrage fut achevé, qu'on eut flambé les pointes de duvet, habillé les cous d'oie d'une collerette de papier et aligné les volatiles sur la table pour qu'ils pussent cailler une nuit durant, les femmes séparèrent les duvets des plumes. Elles en garnirent deux draps entiers noués aux quatre coins. Et Naine transporta les balles au grenier pour que le duvet séchât. C'était une affaire qui intéressait fort les négociants en cuirs et peaux et les fabricants de couettes.

Dans sa grande poêle, Augustine prépara les sanguettes. C'était d'un goût incomparable, le sang d'oie cuit à la graisse, agrémenté d'ail, de persil et de mie de pain. Les femmes s'en firent un festin réparateur. Seuls César et Julius refusèrent d'y goûter.

— Nos hommes sont-y bien bêtes ! s'exclama Naine en les voyant jouer les écœurés.

— Laisse donc, ajouta Augustine. Toute la peine ne fut-elle pas pour nous ?

Depuis que César avait poursuivi, à la fourche, le pauvre Julius, les rapports s'étaient compliqués entre eux. Lorsque Albarède venait à lui parler, son domestique faisait mine de ne pas l'entendre. C'était sa manière de résister à la tyrannie, par le silence. Et au moment où Augustine voulut tenter quelques accordailles, César jeta son assiette au mur.

— Te mêle pas de ça, coquine ! jura-t-il. Tu as acheté sa complicité, avec l'argent des truffes. Ah, la truffière du Valperdu, je vais y foutre le feu. C'est l'antre de l'enfer, cet endroit-là ! Ça sent le soufre et les diableries.

Antonia ne put s'empêcher de rire à l'idée que sa mère avait décrété qu'elle serait, à l'avenir, la sorcière des truffes. Si papa savait... pensa-t-elle. Il me brûlerait aussi... Et César, en voyant sa fille pouffer, insolemment, dans son dos, leva le poing dans sa direction.

— Gare à toi, Finette ! Je pourrais te broyer dans ma main, bon Dieu.

Et, se dressant en bout de table, il s'empara de la bouteille et de son reste de vin et disparut.

La maîtresse de maison ne pouvait croire que tant de fiel se déversait sur elle à cause de Firmin Chadeuil. Certes, la cour éhontée que le voisin lui faisait, jour après jour, n'était pas une vue de l'esprit. Mais rien dans son attitude ne pouvait laisser penser, sérieusement, à une liaison coupable. Il fallait donc chercher ailleurs les raisons de ce déluge de jalousie, cette maladive obstination à dénicher des fautes imaginaires. Augustine n'avait point besoin de se torturer longtemps l'esprit pour comprendre que César était jaloux de sa truffière, des trois mille francs qu'elle avait apportés, tandis que lui, hélas, ne parvenait pas à vendre ses percherons, ses quarante têtes qui lui coûtaient, désormais, plus d'argent qu'elles ne lui rapportaient. Mais qu'y pouvait-elle, la pauvre Augustine ? Ce n'était pas de sa faute si la compagnie du chemin de fer préférait acheter à bas prix en Normandie ou dans les Ardennes. Et si Palamède Sarazac s'était fichu de lui...

Tard dans la nuit, Octavia tint éveillée sa sœur. Elle éprouvait trop d'angoisse pour s'abandonner au sommeil.

— Je crains pour Auberoche, répétait-elle. Notre père devient fou. Fou d'amour et de jalousie...

— Crois-tu que cela ressemble à l'amour, cette scène que nous venons de connaître ? interrogea Antonia.

A cet instant, elle songeait à Julien. Se pourrait-il qu'il me fasse un tel procès ? se demandait-elle. Alors, ce sera la preuve que notre amour sera mort... Mais, la seconde après, la Césarine se jugea bien stupide de s'être ainsi transportée dans le temps. A supposer que nous soyons, un jour, mari et femme... C'était une des flamboyantes facultés du rêve que d'annihiler l'espace et le temps et de combiner les événements selon notre bon vouloir.

— Je voudrais tant que notre père et notre mère s'aiment comme autrefois, disait la seconde Césarine, elle aussi rêvant selon la pente de son désir. Te souvient-il des baignades dans l'Auvézère ? Père nous portait l'une après l'autre sur ses épaules au milieu de la rivière. Et là, il s'enfonçait dans l'eau jusqu'à ce que nous criions de peur. Notre mère aussi se mettait à moitié nue pour nous rejoindre, guettant craintivement que quelqu'un la surprenne. Et notre père s'amusait de ses pudeurs, comme il disait.

Antonia essuyait les larmes qui lui venaient aux yeux. Julien était-il venu chercher la lettre qu'elle avait cachée au Valperdu ? Elle se répétait, en remuant à peine les lèvres, dans le silence de la nuit, les phrases qu'elle lui avait écrites. C'étaient des rêves aussi. De beaux rêves, comme des nuages. Elle les avait élevés jusqu'au bleu du ciel et ils poursuivaient leur chemin, à toute voile. Saurait-il les observer, le guetteur, et y lire les mots d'amour, dans le vent d'hiver ?

Les découpes exigèrent trois nouvelles journées de travail. D'abord, les foies. Il semblait que les volailles avaient été abattues pour qu'on tirât d'elles, en priorité, cette précieuse excroissance. Augustine et Naine furent, seules, autorisées à pratiquer les premières incisions sur le bréchet. Une fois la peau écartée, c'était la surprise. Le foie ferait-il cinq cents ou huit cents grammes ? Il se pouvait qu'une gangue de graisse fît illusion et qu'elle cachât un misérable organe. Mais, le plus souvent, les foies étaient d'un bel effet, jaune Sienne comme la terre du Valperdu, fermes sous le doigt. Les mains exercées des femmes détachaient délicatement le foie de sa cavité où il avait pris toute la place, comme une tumeur. Puis on prenait ensuite grand plaisir à les habiller d'un tulle blanc, et à les assembler à la suite, par ordre de poids, dans les froides profondeurs de la cave.

Les oies vidées étaient enfin livrées à la découpe. Par un stylet tranchant, on dégageait les paletots des carcasses. Une fois partagées en quatre, les viandes roulées sur elles-mêmes seraient vendues telles quelles, prêtes à l'usage, avec les foies. La production d'Augustine était destinée aux marchés gras d'Excideuil et de Thiviers. Il fallait que le travail connût un rapport appréciable pour qu'il se justifiât. Seul ce qui s'avérait le moins présentable à la vente était réservé à la consommation d'Auberoche. Augustine avait acquis l'habitude de fabriquer des pâtés de foie truffés, des cous d'oies farcis, des confits sous la graisse, des frittons, des aiguillettes... Rien ne se perdait, à vrai dire, dans l'économie rurale de ce temps où l'art culinaire avait su tirer richesse de toutes les parties de l'oie – comme de celles du cochon, du reste.

Autant Antonia avait détesté les sacrifices des volailles, l'ingrate plumée, leur éviscération, autant elle se plaisait à la confection des confits et des pâtés de foie truffés C'était une affaire de haute précision que la pesée des ingrédients, de mesurer le sel, le poivre. A côté des boîtes qu'elle remplissait, en vue d'être serties à Cubjac, où le boucher prêtait volontiers sa machine, elle préparait aussi des terrines en croûte dont il fallait surveiller la cuisson avec des attentions de laborantin. L'un était parfumé aux truffes, tandis que l'autre, aux baies de genièvre, recelait une saveur incomparable.

Mais, de l'avis de César, rien ne valait le vrai pâté de Périgueux, le seul qui trouvait grâce à ses yeux, à la perdrix rouge. On y glissait quelques lamelles de truffe pour lui donner un peu de corps, histoire de réveiller son goût de sauvagine, comme il disait. Car à la cuisson la perdrix perd de son fumet, même faisandée à souhait, et seule la truffe noire, par on ne sait quel prodige de la nature, lui redonne cette saveur. C'était ainsi que le pâtissier Courtois, de Périgueux, avait assis sa bonne réputation.

Au samedi d'avant Noël 1913, Augustine partit à la foire grasse de Thiviers avec Octavia. Elle lui devait bien ce bonheur, afin de rééquilibrer les faveurs. On ne pouvait effrontément cultiver les différences sans cris et larmes, et cette fois la seconde Césarine se sentit recouvrer les bonnes grâces de sa mère – qu'elle n'avait du reste jamais perdues. Antonia accueillit la nouvelle avec bonheur.

— Tu ne diras plus que je suis sa préférée, dit la première Césarine. Et tout ce que je te demande, ma bonne petite sœur, c'est de nous ramener à la maison quelques branches de houx fleuri pour décorer la salle à manger.

— Et des cadeaux ! dit Augustine en vérifiant les harnais des chevaux.

— Cela va sans dire ! fit Antonia en claquant des mains.

La mère ne comprenait pas pourquoi il y avait tant d'allégresse en elle.

— Et que vas-tu faire de ta journée ?

La première Césarine parut réfléchir. Il y avait belle lurette qu'elle avait préparé son coup. Elle prit l'air le plus innocent du monde pour dire :

— Je vais monter au Valperdu pour caver quelques truffes.

Augustine haussa des épaules. Le ramassage avait été des plus minutieux. Pas un seul arpent qui n'avait été parcouru. Le moindre brûlé avait été l'objet d'un examen attentif.

— Maintenant, confia la mère, il nous faudra attendre février. Je sais un endroit où elles sont tardives.

Julius avait préparé sa carriole, comme Antonia le lui avait demandé. Au moment de partir, Sextus sauta sur le siège en lui léchant les mains. Sur les dix heures du matin, elle parvint à la cabane. Sans même prendre le temps d'attacher les chevaux à l'un des pins de la clairière, Antonia courut à la cache. Julien Sarazac avait récupéré comme prévu sa longue lettre, dans la cavité sous l'évier. En lieu et place, il y avait glissé son message. C'était une petite feuille quadrillée arrachée à un almanach Hachette.

Ma chère Antonia,

Je pense à vous, sans cesse. Et je brûle du désir de vous voir. J'ai tant de bonnes choses à vous raconter. Et peut-être une solution heureuse pour l'affaire de votre père...

Rejoignez-moi la veille de Noël, à quinze heures précises, à votre cabane du Valperdu. Je vous y attendrai, le cœur battant.

Julien S.

Comme prévu, Augustine et Octavia revinrent à Auberoche avec une brassée de houx fleuri. Un vent de neige soufflait sur le Périgord. C'était plutôt bon pour les affaires. Les Albarède avaient tiré un rapport honorable de leurs produits, grâce à des acheteurs de Limoges, de Périgueux, de Brive. Octavia regrettait même que sa mère n'eût forcé sur les prix, tant la demande était importante. Mais c'était une habitude chez Augustine de ne pas ramener la marchandise à la maison. Il leur eût fallu alors courir, de nouveau, au marché de Périgueux, et perdre deux journées précieuses. « Je ne suis pas comme ton père, moi, avait-elle répliqué, à prendre plaisir dans la fréquentation des mercuriales. » C'était une pierre jetée dans le jardin de sa fille, un coup de griffe de plus dans cette lutte sourde que se livraient les parents Albarède.

Antonia ne pouvait concevoir l'approche de Noël sans décorer la maison. Elle fit d'un genévrier un sapin honorable, et le décora de noix emballées dans du papier à chocolat. Elle ajouta des floques de ouate hydrophile pour figurer un peu de neige. Le houx servit à habiller les murs. Quelques branches par-ci et par-là glissées sous les cadres, autour de la suspension où brûlaient les lampes à huile, et jusque sur les parures d'un vaisselier.

Qu'avait-il de plus que les autres, ce Noël 1913 ? Augustine comprenait de moins en moins pourquoi la première Césarine était tellement excitée par l'approche de la fête. Du moins Octavia ne se laissait pas dissiper par l'événement et trouvait stupides les engouements de sa sœur. Mais comment avouer que l'auteur de cette allégresse s'appelait Julien Sarazac, et qu'elle ne se contenait plus à la perspective de le retrouver enfin au Valperdu ?

Pourtant, le fameux rendez-vous faillit être ruiné par des circonstances extérieures. Trois jours avant, la neige se mit à tomber sur le Périgord. Une petite neige hésitante. Elle couvrit la campagne sans trop s'attarder sur les chemins et les routes. Pour retrouver Julien, Antonia avait déjà inventé un beau prétexte, le ramassage de truffes fraîches pour le repas de Noël. Il lui suffisait ainsi de monter au Valperdu, la veille, et d'en trouver quelques-unes. Mais l'arrivée désobligeante de la neige contrariait ses vues. La Césarine, qui ne priait jamais, se mit à implorer le ciel pour qu'il apportât un peu de redoux. On ne pouvait raisonnablement caver des truffes sous une couche neigeuse, fût-elle mince comme du papier à cigarette.

Et, miracle, un vent d'ouest apporta ce qu'elle attendait.

Julien Sarazac était parvenu au Valperdu une bonne heure à l'avance. Sa berline trônait dans la clairière, comme une grosse boîte noire laquée et décorée de filets d'or. Le vent d'ouest baladait dans le ciel de gros nuages menaçants. Cela lui importait peu ; il n'y avait pas plus confortable que sa voiture. Les sièges de cuir étaient profonds. La capote, qui protégeait le landau, était capitonnée de cuir fauve.

Le jeune homme alla vérifier dans la cabane qu'Antonia avait récupéré son message. Il trouva un petit mot griffonné au crayon gras, par lequel elle l'assurait du rendez-vous. L'écriture en était malhabile et prouvait qu'elle l'avait écrit sur un support de fortune. Enroulé dans son macfarlane, il arpenta la clairière, jusque sous les grands pins qui s'agitaient sous le ciel tourmenté. Il respirait fort, humant l'air chargé des odeurs de l'hiver, avec ses fruits austères. Et comme le temps lui paraissait long, il consulta sa montre gousset. Cela le rassura enfin de découvrir qu'il était en avance, au point nommé, sur les hauts de Cubjac.

En rêve, il avait fait et refait ce trajet, des nuits durant. Le moindre recoin de la clairière lui paraissait familier, plus vaste peut-être, avec ses limites imprécises, sous les arbres verts, et dans le fouillis des chênes aux ramifications sévères. Il marcha jusqu'aux limites, puis s'en revint, et recommença en butant dans la pierraille. Le ciel se chargeait, de minute en minute, mais trop de vent bousculait la menace de pluie. C'était souvent ainsi sur les causses, avec le brouillard qui montait des bas-fonds à l'annonce du soir, rasant le sol et imprégnant les ombres d'une ouate feutrée.

Peu à peu, son oreille de citadin se forma à l'écoute des grands espaces. Trop de vent dans les pins noyait le silence. C'était comme un battement où le cœur du monde s'emballe, soudain, et s'apaise enfin.

Ainsi, l'attelage de la Césarine aborda les derniers degrés sans qu'il soupçonnât son approche. Soudain, entendant les pas du cheval marteler le chemin, il courut vers elle, son macfarlane flottant comme une voile détachée des amarres, sans raison. Antonia suivit des yeux l'ombre folle qui dansait entre les genévriers et les buis, et se mit à battre des mains. Sextus bondit derrière l'intrus, tout excité d'aboiements et de grognements. Mais Julien apaisa instantanément sa colère d'une caresse. Et, se redressant, il prit Antonia dans ses bras, sans mesurer l'audace de son geste, car il ne l'avait jamais fait encore. S'il avait tenté à Sorges, elle s'en était défendue ; cette fois, ils étaient seuls au monde.

La jeune fille portait un grand manteau de laine serré au col et à la taille. Son visage disparaissait sous une coiffe en feutrine rouge. Julien l'invita à monter dans sa berline. Mais il comprit à sa manière de détourner les yeux qu'elle ne pouvait s'y résoudre.

— Nous allons marcher un peu, suggéra-t-elle.

Comme il voulait voir son visage et sa belle chevelure brune flotter au vent, Julien lui demanda de se décoiffer. Ce qu'elle fit d'un seul geste. Le jeune homme sentit son cœur s'emballer. Elle se déshabille un peu, pour moi, pensa-t-il. Il avait grand désir, mais appréhendait plus encore qu'elle eût peur de son envie. L'idée qu'elle dût s'enfermer dans sa voiture, seule avec lui, et se livrer à sa merci, la désemparait.

— Je crois que je t'aime, fit-il.

Elle s'arrêta de marcher, et n'osa le regarder à cet instant.

— Vous êtes... bredouilla-t-elle. Vous êtes...

Et Antonia réalisa la stupidité de sa réaction. Ce voussoiement qu'elle voulait encore mettre entre eux deux n'avait aucun sens.

— Je suis amoureux, dit-il, comme un fou. Tu peux comprendre cela ?

— Oui, balbutia-t-elle, la tête baissée.

Ce n'est pas ainsi qu'une jeune fille accueille une déclaration d'amour, se dit-elle. Cela se doit entendre, les yeux dans les yeux. Cela se doit encourager ou éteindre à jamais.

La Césarine le fixa, enfin, de ses beaux yeux bleus, les joues en feu. Elle respirait fort. Car elle avait envie aussi de lui dire qu'elle l'aimait, qu'elle l'aimait depuis la première seconde où leurs regards s'étaient croisés.

— Je t'ai attendue. J'ai cru que l'attente viendrait à bout de mes désirs. Mais elle n'a fait qu'amplifier ma passion. Je ne sais, Antonia, si tes sentiments sont réciproques. Mais qu'importe, je t'aime. Et si tu ne m'aimes pas, ou ni plus ni moins, alors tant pis. C'est ainsi. Parfois, l'amour est partagé, parfois non.

Il n'osait la reprendre dans ses bras, ainsi qu'il l'avait fait, dans la première seconde, guettant un signe d'elle. Et il se sentait désespérer d'autant de silence. Je lui fais peur, se disait-il. J'aurais dû ménager mes avances, se reprochait-il. A supposer qu'elle ne sache encore quoi penser de moi, je l'aurai froissée, supputait-il.

Mais Antonia lui prit la main.

— Crois-tu que je serais venue vers toi, si je ne...

— Si tu ne m'aimais pas, acheva-t-il.

Julien l'enserra dans ses bras, posant ses lèvres sur les siennes, cherchant ainsi à rompre la froide rigidité qui la possédait. Ainsi qu'une force brisée qui se rompt, elle s'abandonna contre lui. Les mains de Julien cherchèrent, sous l'épais manteau qui l'enveloppait, le corps d'Antonia offert à ses caresses.

Ils marchèrent encore vers la cabane qui avait enfermé leurs secrets. Elle lui dit qu'elle l'avait attendu, qu'elle n'avait vécu que pour ce jour, mais qu'elle craignait que ses rêves ne fussent à la hauteur de ce qu'il désirait d'elle.

La pluie cinglante, qui menaçait l'équilibre du jour, les chassa vers la berline. Julien obtura les hauts de portière par où l'eau entrait, par fines éclaboussures, comme des embruns de mer. Cette pénombre les délivrait de leur peur. Antonia avait ouvert son manteau pour qu'il pût la caresser tout à son aise. Afin d'apporter à la situation un peu plus de commodité, Julien avait tiré sur eux une fourrure. Ainsi, leurs gestes s'opéraient dans les ténèbres du désir, tandis que la pluie battait sur la capote. Fébrilement, Julien cherchait à conquérir sous ses vêtements chaque pouce de chair frémissante. Lorsque ses mains enveloppèrent ses seins, et qu'il eut obtenu d'elle les soupirs qu'il guettait, Antonia s'adossa, de côté, contre la portière, et elle porta ses mains sur son visage.

— Je ne peux rien te donner de plus, murmura-t-elle.

Il approcha ses lèvres de son visage, pour lui assurer qu'il ne demandait rien qu'elle n'eût souhaité. Sa réaction parut la rassurer. Car elle craignait qu'il ne voulût tout d'elle, et ne la méprisât ensuite. Dès lors, leurs caresses s'épuisèrent dans l'inquiétude.

— Nous allons nous voir, souvent... promit Julien. Maintenant, je n'envisage plus de vivre sans toi.

Antonia l'écoutait rêveusement, leurs doigts mélangés. Ils se croisaient et se décroisaient, suivant la pente de leur rêve qui les portait à la contemplation.

— Crois-tu que je puisse, ainsi, me défaire d'Auberoche, et courir avec toi, sur les routes, dans ton carrosse ?

L'image le fit sourire. Elle était déjà une princesse, et ne le savait pas encore.

— J'irai te demander à ton père ?

— Il ne voudra pas, dit-elle.

Puis elle ajouta, dans un soupir :

— Pas encore.

Ces derniers mots figèrent leurs gestes. Ils sonnaient, funestes.

— J'ai dix-huit ans, fit Julien. Et tu es mon grand amour. Est-il homme plus heureux que moi ?

Antonia avait abandonné sa tête contre le dossier capitonné du siège. Elle la balançait mollement, comme si elle chantonnait en silence une vieille comptine.

— Tu ne connais pas César Albarède. Et encore moins ma mère, fit-elle.

— Je saurai les convaincre.

— Et ton père, Palamède...

— J'ai plus d'autorité que tu ne le soupçonnes.

La jeune fille eut un sourire vague, comme les prémices du chagrin. Cela voulait dire : prouve-le-moi...

— Par une de nos secrétaires, j'ai fait taper à la machine à écrire une lettre au nom de mon père. Dans celle-ci, je sollicite le général Varaignes pour qu'il accorde un rendez-vous à César Albarède, éleveur de chevaux. Ensuite, j'ai présenté le texte à mon père pour qu'il le signe. Il a refusé. Et j'ai insisté jusqu'à ce qu'il accepte, enfin. Tu ne peux imaginer, Antonia, toutes les menaces que j'ai dû faire...

— Et crois-tu qu'on puisse obtenir quoi que ce soit par le chantage affectif ? Tu es fou, Julien. Ça n'en valait pas la peine.

— Je l'ai fait pour toi. Et cette première victoire est le début de beaucoup d'autres ! s'exclama-t-il. Tu peux me croire.

La montée du soir rompit le charme de leur conversation. Si Julien Sarazac se sentait libre comme l'air, Antonia s'inquiétait déjà à voir les brumes dévorer l'espace de la clairière. Hâtivement, ils se promirent une prochaine rencontre au Valperdu pour la nouvelle année. Cette promesse rassura le jeune homme.

Cette veille de Noël, la Césarine rentra bredouille. Augustine avait espéré une petite moisson de truffes et ne cachait pas sa déception. Elle avait préparé une dinde et comptait bien glisser sous la peau quelques lamelles fraîches. Tant pis, la famille se contenterait de celles qui macéraient dans la fine Cognac.

— Et qu'as-tu fait de ton temps ? questionna la mère.

— A peine suis-je arrivée au Valperdu que la pluie s'est mise à tomber... répondit-elle en rougissant.

Augustine l'observa avec une attention soutenue. Rien ne peut me trahir, se persuada Antonia. Mais la mère possédait, à n'en point douter, un flair particulier, un instinct aiguisé. Et non seulement pour caver les truffes. Mais aussi pour les émois du cœur.

La veillée de Noël fut funeste, à cause de César qui s'abandonna, une fois encore, au scandale. Pourtant, Octavia avait pris soin de charger la cheminée de grosses bûches de chêne. Il régnait dans la salle à manger un feu d'enfer. Pour ajouter un peu de mystère à l'événement, on avait pris soin d'éteindre les lampes à huile. Les flammes du foyer, seules, apportaient un peu d'éclairage, dorant les meubles d'une patine inhabituelle, et faisant miroiter les cuivres.

Augustine raconta par le détail ce qu'était, autrefois, une veillée de Noël, dans son enfance, à Ladornac, où la famille Goursin s'était établie. Les cochons couraient autour de la maison, à moitié sauvages, parfois coupés de sanglier. Il y avait des glands et des châtaignes en abondance sous les bosquets. La maisonnée était si petite que gens et bêtes vivaient ensemble, seulement séparés par une simple cloison en torchis. Jamais d'argent, et du travail à revendre. La mère ne se souvenait que des Noël blancs, car elle avait oublié les autres. Les Noël de neige et de froid, c'étaient ceux qui l'avaient marquée à jamais, avec les douloureuses engelures aux mains et aux pieds, la faim au ventre et la lune froide qui attisait le chant des loups sur les collines.

César Albarède, qui s'était installé sur une banquette du couloir, éclata de rire.

— Au moins t'ai-je apporté un peu de bonheur ! Tu croupissais dans la misère, entre une grand-mère bigote et un père à moitié fou. Il aura fallu que je te vole à eux pour que tu m'épouses.

— Oui, reconnut Augustine. Je t'en serai éternellement reconnaissante.

— Je t'ai apporté de la terre, à Cubjac, et une maison digne de ce nom. Car si tu étais restée à Ladornac, tu aurais suivi le même chemin que ton frère.

Ce simple rappel éveilla en elle, instantanément, une réaction aussi vive qu'incompréhensible.

— Je ne veux pas que tu parles de ça devant nos enfants.

Contre toute attente, César s'arrêta net. Il avait fait, jadis, une promesse et rien ne l'autorisait à s'en dispenser, ni sa rancœur ni sa jalousie.

— Qu'est-ce donc, mère, cette histoire ? questionna Antonia.

Augustine prit le pique-feu et alla briser de la pointe la souche incandescente. Les flammes redoublèrent de force, et elle en profita pour en ajouter une nouvelle.

— Tu ne nous as jamais parlé de ça ! ajouta Octavia en regardant son père dans l'encadrement de la porte du couloir.

La mère se rassit près du foyer. Le feu éclairait son visage. Rien ne transparaissait de plus, comme si elle avait décidé d'éteindre la curiosité de ses filles par le silence. Lorsque Octavia interrogea de nouveau son père, Augustine prit un air détaché pour dire, d'une voix blanche :

— Nos vies d'enfance ont été rudes, si rudes, que vous ne pourriez les comprendre, mes pauvres petites.

Le père se retira dans sa chambre. Et les Césarines se regardèrent, en silence. Les vies ont des secrets que la mort, seule, emporte. Les filles comprirent, confusément, qu'elles avaient touché là un fragment de leur histoire qu'elles ne connaîtraient peut-être jamais. Si Antonia en voulait déjà à son père d'avoir réveillé une ancienne blessure, sa sœur, par contre, reprochait à sa mère de n'en avoir jamais fait état. Comme si nous étions des étrangères dans cette famille ! se disait-elle.

En retrouvant la tiédeur de son lit, où Augustine avait placé une chaufferette garnie de braises, Antonia reconstitua la scène du Valperdu. Promenant ses doigts agiles sur son corps nu, elle retrouvait les traces de ses caresses. Surtout celles qui s'étaient attardées sur ses seins. Et les plus effrontées, celles qui avaient effleuré son ventre, et auxquelles elle s'était dérobée, si bêtement. Il faudra bien que je me donne à lui ! se dit-elle. Puisqu'il n'est de véritable amour sans que nos corps s'accordent dans un même geste... Elle se demanda, longtemps, comment il s'y prendrait, et quand. Si elle devrait le faire patienter. Ou céder la prochaine fois.

A l'entendre soupirer, Octavia crut qu'elle avait du chagrin. Et, bonne sœur, toujours attentive, elle alla la rejoindre dans le lit étroit.

— Qu'as-tu donc ?

— Je ne sais pas, dit Antonia.

Le vent, au-dehors, faisait claquer les tuiles de la maison. Lorsqu'il haussait d'un ton, c'était un sifflement aigu, comme une plainte du ciel. Puis le silence retombait, par longs intervalles, peuplé du craquement des charpentes.

— Tu penses à cette histoire que notre mère nous a cachée ? insista Octavia.

— Crois-tu que nos parents nous laisseront marier un jour ? fit Antonia.

Sa sœur prit appui sur un coude pour mieux la voir, dans la pénombre.

— Rien ne doit nous séparer, dit Octavia. Aurais-tu oublié notre pacte ? Les jumelles ne se séparent jamais, répéta-t-elle. Et ici, nous avons tant à faire. Tant de bonheur nous habite. Tant de rêves aussi.

Antonia se tourna sur le côté, vers le mur, pour échapper à l'attention qu'elle lui vouait.

— Ce sera triste de traverser la vie sans un homme.

— Un homme ? releva Octavia. Que veux-tu qu'il nous apporte ? Des embêtements. Les disputes de nos parents ne te suffisent donc pas ?

— Un homme qui t'aime d'un pur amour désintéressé, ça doit bien exister.

— Au début, sans doute. Et ensuite, qu'advient-il ? Le sais-tu ?

— Tu n'éprouves jamais ce désir, toi, d'aimer un homme ?

Octavia glissa hors du lit pour rejoindre le sien.

— Non ! fit-elle pour toute réponse. Non et non !

7

A la veille de l'année 14, le cœur d'Antonia balançait entre le pacte des Césarines – celui conclu dans leur petite enfance de ne jamais se quitter – et l'amour de Julien. Si je dois me rendre aux injonctions de ma sœur, se disait-elle, alors il me faut arrêter de suite cette histoire d'amour avant qu'elle ne prenne trop de place dans ma vie. Sinon, rompre la parole donnée, et suivre mon chemin...

Antonia se décida, enfin, à revoir Julien. Pour la dernière fois ! se promit-elle. Puisque tel est mon destin de jumelle, que je ne peux couper les liens qui m'attachent à Octavia.

Mais, une fois devant lui, dans la clairière du Valperdu, la Césarine s'effondra en larmes. Après mille difficultés, Julien obtint l'explication de cette affliction. Un sentiment de révolte s'empara de lui, à l'idée qu'on pût contrarier une passion pour un pacte stupide d'enfants.

— Rien n'est plus fort que mon amour, et tu le piétines, fit-il en la secouant avec force.

Cette volte-face était d'autant plus incompréhensible qu'ils s'étaient quittés, avant Noël, sur un fol espoir. Tout paraissait clair dans leurs têtes. Les mots d'amour, les gestes passionnés avaient concouru à entretenir le feu de cette belle illusion. Certes, la jeune fille lui avait paru hésitante, apeurée peut-être, par un sentiment si fort qui les dépassait tous deux. Mais n'était-ce point la règle, de se laisser emporter par la douceur des choses ?

Antonia demeura sans voix. La force qu'il lui opposait s'avérait aussi impuissante que de vouloir secouer le monde. La jeune fille se tenait prostrée devant lui, sous l'ouragan qu'elle avait fait lever. Pourtant, Antonia n'était pas sans se poser des questions sur son attitude dévastatrice. D'où détenait-elle ce goût maladif pour la douleur qui cheminait en elle ? Et quelle force la hantait pour l'abstraire, ainsi, des violents désirs qui la possédaient ?

— Je veux voir ta sœur, puisqu'elle est un obstacle. Alors, je le renverserai ! cria-t-il en serrant les poings.

La Césarine le supplia de n'en rien faire. Elle détestait l'idée qu'une main étrangère pût, ainsi, bousculer l'ordre d'Auberoche. Si un jour cet ordre devait être brisé, il ne pourrait l'être que de sa propre initiative.

— Et ton père ? Est-il prêt à m'accepter ?

— Parfaitement ! s'écria Sarazac.

— Qu'en sais-tu ?

— Je lui ai dit que je t'aimais.

— Et quelle fut sa réaction ?

Sarazac tarda à répondre. Il détestait le mensonge. Et c'eût été mentir que d'affirmer que la nouvelle l'avait enchanté.

— « Tu me présenteras cette jeune fille. Je veux lui parler. » Voilà ce qu'il a dit.

A la vérité, Palamède avait éclaté de rire. Un rire hautain dont il avait le secret pour vous faire comprendre que la vie ne s'encombre jamais de la sentimentalité. Preuve de faiblesse, s'il en était. Puis il avait pris son

Julien par l'épaule, l'avait promené dans son parc de Thiviers, sous les cèdres centenaires, et lui avait expliqué que l'amour est un noble sentiment pourvu qu'on ne le laisse diriger son existence. Sinon, enfer et petitesse... Mais Julien avait défendu avec toute la fermeté nécessaire sa position. Et Palamède avait senti, à ce moment de leur conversation, qu'il était trop tôt pour infléchir le cours des choses. « Je voudrais bien voir cette jeune fille... » avait-il conclu, avec l'assurance qu'il saurait, le moment venu, trouver les mots pour éloigner l'intruse de son fils.

Blessé dans son amour-propre, le jeune homme comprit qu'il ne parviendrait pas à la raisonner. Et, toute colère éteinte, il se mit à réfléchir. Après tout, ne suis-je pas le premier responsable ? se demanda-t-il. A trop me hâter, à trop brûler les étapes, j'ai brisé notre amour naissant. Bien sûr, je ne suis qu'un jeune bourgeois, arrogant et cynique, tel qu'elle me découvrit au bal d'Excideuil. L'image est demeurée sur moi, comme une tache. Le temps seul saura rétablir la vérité sur mes intentions. Et puisqu'il faut céder, alors retirons-nous. Car l'insistance obstinée ne ferait qu'ajouter au désastre.

Antonia vit s'éloigner la berline avec un serrement de cœur. Voilà, se dit-elle, un drame évité. Ma chère Octavia n'aura pas à batailler contre moi... De toute façon, elle aurait fini par avoir le dernier mot.

Par ces pensées de soumission, elle retournait, ainsi, pas à pas, vers ses rêves. Envolés, le prince et son carrosse... Et nul ne savait quand il reviendrait. Lui ou un autre. Peut-être jamais.

Par une belle journée de février, Augustine et Antonia remontèrent au Valperdu, afin de dénicher les dernières truffes de la saison. La mère avait réservé quelques endroits où elles étaient tardives. Cela tenait surtout à l'exposition des arbres, à la nature du sol et quelque autre singularité de la nature.

Sextus les dénicha aussitôt, noires et odorantes. Le temps sec se prêtait au cavage. Les effluves fusaient de la terre. Rapidement, les femmes remplirent un petit panier d'osier, et profitèrent du soleil pour entreprendre une promenade. Ces balades dans la truffière permettaient à Augustine de repérer les chênes qu'il faudrait élaguer prochainement et de marquer ceux qu'on devrait supprimer. Elle chercha, vers l'est, sa nouvelle plantation. Deux ans plus tôt, elle y avait semé des glands, et désormais, on pouvait voir les jeunes plants se dresser dans la pierraille.

— Il faut guider la nature, dit-elle à sa fille qui l'observait attentivement. Ça se sème en ligne pour faciliter les travaux, à trois mètres de distance.

En grandes enjambées, elles suivirent les rangs qui avaient été ensemencés. Parfois, il manquait un plant et Augustine s'en désolait. Alors, elle piquait un jalon pour se souvenir qu'à cet endroit il lui faudrait installer, sans faute, un jeune chêne, de ceux qu'elle produisait en pot à Auberoche. C'était une technique plus sûre que les semis directs dans la truffière.

— Les chevreuils font des dégâts. Ça dévore les pousses tendres comme de l'herbe.

La mère, qui avait posé un genou à terre, pour regarder l'un de ses arbustes, hésita à se relever, soudain, prise d'un étourdissement. Elle fit signe à Antonia de l'aider.

— Ça ne va pas ?

— Un peu de fatigue, marmonna-t-elle.

La jeune fille sentit, aux tremblements qui agitaient ses membres, qu'Augustine n'avait plus assez de force pour se redresser. Alors, elle la prit par les épaules et tenta de la haler de toutes ses forces. Quand elle fut debout, vacillante sur ses jambes molles, Augustine dut s'appuyer contre sa fille, car elle ne pouvait se mouvoir, toute seule.

— Oh mon Dieu, fit-elle, je me sens prise d'une grande fatigue.

La Césarine la soutenait fermement. Sinon, elle fût retombée aussitôt comme une poupée de chiffons. Ainsi, les femmes s'avancèrent à petits pas vers la carriole. L'attelage était encore loin, et Antonia suggéra de la faire avancer. Mais Augustine s'y refusa en jurant qu'elle parviendrait à elle sans encombre. C'était sans doute préjuger de ses forces. Soudain elle s'affaissa contre un chêne, la tête versée de côté, et perdant à la commissure des lèvres un peu de bave.

— Maman ! maman ! Dis-moi ce qui arrive ! cria Antonia en caressant son visage.

Augustine entrouvrit les yeux. C'était un effort douloureux pour elle, car le monde tourniquait comme une toupie, et il lui paraissait à tout instant qu'elle allait être décrochée de cette froide surface qui la portait encore.

— Je vais chercher la voiture. Tu ne bouges pas, n'est-ce pas ?

Antonia déposa un baiser sur son front moite. Lorsqu'elle revint, Augustine s'était renversée sur le côté, les jambes repliées. Elle voulut lui parler, mais elle ne répondit pas. Alors, elle lui donna quelques tapes sur les joues, effrayée par la pâleur de son teint. Ce l'eût sans doute rassurée qu'elle retrouvât un peu de couleur, mais la mère avait sombré dans une sorte de parésie où nul ne savait si elle pouvait ou non l'entendre. Car Antonia avait tant de questions à lui poser, de mots à lui dire.

— Ne t'en va pas, maman, je t'en supplie, répétait-elle.

Sextus léchait les mains de sa maîtresse, à coups de langue répétés. Et lorsque Antonia le repoussait, le braque se mettait à gémir, puis bientôt à aboyer. Alors, la jeune fille voulut hisser sa mère dans la carriole. Le plateau était trop élevé pour qu'elle y parvînt seule. Mais c'était inutile d'appeler à l'aide dans l'immensité du Valperdu. Et en mesurant autour d'elle sa solitude, et son impuissance à bousculer l'immobilité des choses, Antonia poussa de grands cris.

En désespoir de cause, elle revint auprès de sa mère.

— Je t'en supplie, maman, aide-moi ! Aide-moi !

C'était un appel inutile, seul l'écho lui renvoyait son cri vide de sens. A la seconde où elle perçut un geignement, Antonia approcha l'oreille. Augustine remuait à peine les lèvres. Et c'était pour livrer une sorte de respiration laborieuse, entrecoupée de plaintes. Cette nouvelle manifestation parut lui redonner du courage. Il se pouvait que, la crise passée, elle récupérât ses esprits et, qui sait, un brin de force. Du moins, une étincelle de vie suffisante pour qu'elle pût se hisser sur le plateau de la voiture. C'est alors que, prise d'un coup de frayeur soudain, Antonia s'empara de sa mère, à bras-le-corps, et la traîna au pied de la carriole, la leva jusqu'au marchepied. Prenant elle-même appui sur celui-ci, elle parvint à l'installer, tant bien que mal, dans la voiture. De son manteau, elle lui fit un coussin pour maintenir la tête élevée. C'était tout ce qu'elle pouvait faire de mieux, la petite Antonia. Elle n'en revenait pas d'avoir réussi un exploit pareil. Tant de force mobilisée en elle, dont elle se serait crue incapable…

Le soir même, le docteur Labrune diagnostiqua une congestion cérébrale. Il fit une abondante saignée et demanda à Octavia de maintenir des compresses froides sur la tête d'Augustine et des sinapismes aux jambes.

Dans la cuisine, Julius et Naine étaient aussi désemparés que les filles Albarède. Ils allaient et venaient à travers les pièces, en silence. Nul n'osait poser la moindre question au médecin qui était resté assis près du lit de la malade. Il prenait et reprenait la tension artérielle, sans émettre le moindre jugement. Antonia était assise au fond du lit et contemplait sa mère d'un air attendri. Il lui paraissait qu'elle avait pris dix ans d'un coup.

— Une femme si courageuse, si travailleuse... énumérait Julius sur le pas de porte de la chambre.

Octavia se retourna, vivement.

— Quoi ? Elle n'est pas partie. Vous en parlez comme si elle était partie.

Et le domestique s'effaça prestement. Le médecin fit signe à la seconde Césarine de se taire.

— Elle peut vous entendre, chuchota-t-il. Et ce n'est jamais bon de parler devant un malade.

Les filles sortirent aussi.

— Qu'attend-il, Labrune ? dit Octavia. De la vider de tout son sang ?

— Qu'elle se réveille ? suggéra Antonia.

Naine s'occupait à éplucher des pommes de terre. Elle y mettait une lenteur exagérée, comme si elle craignait, soudain, de n'avoir plus rien à faire.

— Quand je ne fais rien, je pense... dit-elle en reniflant.

Elle coupait ensuite les patates en dés et les jetait dans l'eau d'une marmite où flottaient déjà des poireaux émincés.

— Qui donc mangera de votre soupe de légumes, je

me le demande ? fit Octavia. Cette histoire nous a coupé l'appétit.

Naine haussa les épaules. Elle ne portait pas la seconde Césarine dans son cœur, surtout depuis qu'elle avait pris un peu d'autorité dans la famille. Elle la trouvait dure et rigide, comme son père.

— Mais, quand Augustine se réveillera, un peu de bouillon chaud lui fera le plus grand bien.

— Croyez-vous qu'elle va se réveiller ? fit Octavia en bousculant les épluchures qu'elle avait amassées devant elle. Nous ne rêvons pas, nous autres... Nous avons la tête sur les épaules...

Naine éclata en sanglots en pensant à Augustine. Voilà les enfants que nous mettons au monde, se dit-elle en essuyant ses larmes avec un torchon. Petits, ils sont si beaux, si attendrissants, et avec l'âge ils deviennent des monstres d'égoïsme et de froideur.

Quand le médecin reparut, il fit appeler les jumelles dans la salle à manger. Ce qu'il avait à dire tenait en peu de mots. Il n'y avait plus aucun espoir. Antonia fondit en larmes et courut se réfugier auprès de Naine. Labrune livra ses ultimes recommandations pour la nuit qui commençait, et il se retira sur la pointe des pieds. Le médecin éprouvait une grande estime pour madame Albarède. Il l'avait accouchée de ses filles et, bien des fois, avait accueilli ses confidences sur l'inconduite de son mari. La vie réserve bien des surprises, se dit-il en remontant dans sa voiture, j'aurais parié mille fois que César eût disparu avant sa femme.

Maintenant qu'Octavia avait compris que la maladie de sa mère était sans issue, elle se sentait plus forte que jamais. Une page se tournait, et déjà elle envisageait l'avenir. C'était dans sa nature de combler les vides, pour Auberoche, qu'elle devait sauver coûte que coûte. Peu importe les chagrins, les états d'âme, les regrets, il lui fallait faire front.

Elle pénétra dans la cuisine d'un pas ferme.

— Le cercle des pleureuses ! fit-elle. Croyez-vous que cela va changer quelque chose ?

— Comment peux-tu dire cela ? releva Antonia. Alors que notre mère souffre...

— Notre mère va s'éteindre, d'une heure à l'autre. Et il nous faut, déjà, prendre des décisions. Mais peut-être est-ce trop te demander ? Vous, Naine, rentrez chez vous. Ce sera mieux.

Madame Lascot s'effaça aussitôt, dans les pleurs qui redoublaient. Car elle eût voulu être là, près de sa maîtresse, pour lui fermer les yeux.

— Vous m'appellerez ? supplia-t-elle. Je sais ce qu'elle aurait voulu porter dans le cercueil...

Les filles montèrent dans la chambre d'Augustine. C'était une pièce étroite avec seulement un lit bas à une place et une commode surmontée d'une glace. La maîtresse d'Auberoche s'y réfugiait lorsque César traversait ses crises de jalousie. Octavia ouvrit le tiroir du bas et sortit un portefeuille de cuir. Il contenait l'argent de la truffière. Elle en extirpa les billets et les compta soigneusement.

— Cinq cents francs devront suffire pour l'enterrement.

Antonia l'observait avec effroi. Elle éprouvait un mélange de dégoût et d'admiration. Car on ne pouvait jamais rester indifférent devant Octavia. Ses manières d'agir et de penser appelaient des réactions mitigées.

— Tu ne crois pas que nous avons tout le temps de...

— Je ne peux vivre dans l'incertitude. Toi, tu te fiches de tout. Tu vis hors du temps. Moi, il me faut préparer les lendemains. C'est à ce prix que je recouvre un peu de confiance en moi.

La première Césarine se laissa choir sur le lit, de lassitude et de désespoir. Peut-être est-ce sa façon, en devançant de la sorte le terrible événement, de conjurer le chagrin, pensait-elle. Car Antonia ne pouvait se résoudre à ne voir en sa sœur que des actes négatifs.

— Si j'ai bien compris, tu t'occuperas de tout ?

— Père a dit que je dirigerai Auberoche, un jour.

— Il t'a dit ça ?

— Il m'a dit ça. Et je crois que le moment est venu, parce que nous ne pourrons compter sur personne d'autre.

— Et moi donc ? Ne suis-je rien ?

— Toi ? dit Octavia en éclatant de rire. Tu n'as pas l'autorité suffisante. Un rien te tourneboule l'esprit. Sais-tu seulement ce qu'est diriger une ferme comme la nôtre ? Il faut une forte poigne. Sinon, nous nous ferons dévorer par les voisins. Tout ce qu'a construit notre père attise les convoitises. Et, en premier lieu, de Chadeuil… Le misérable bigle nos terres du Pinsonnet.

Antonia baissa la tête. En cet instant de détresse, il était aisé pour Octavia de jouer la dominatrice. Et puisqu'il n'y avait plus Augustine pour arbitrer, tout lui semblait permis.

— Nous reparlerons de ça avec papa… dit Antonia.

— C'est tout vu, ma petite sœur.

A la nuit tombée, Octavia se rendit à Cubjac, chez le menuisier Bergerin, pour lui commander un cercueil en chêne.

— Sans capiton, fit-elle. Ça ne sert à rien pour aller dans la terre.

— Mais votre mère n'est pas encore passée… s'étonna

le vieil homme. Et vous savez, il ne faut pas plus d'une journée pour en fabriquer un.

Mais la Césarine n'entendait rien à ces préjugés. Au contraire, elle voulut descendre avec lui dans l'atelier pour choisir les bois.

— Du chêne noir, fit-elle. Il résiste mieux au temps.

— C'est plus cher !

— Oui, je sais. Mais notre mère aimait le chêne noir, bien veiné. Et nous lui devons ce respect, monsieur Bergerin.

Pendant ce temps, Antonia veillait sa mère. La respiration paraissait plus mesurée. Elle vint lui prendre la main et la pressa fortement. C'était une idée qui lui était venue, soudain, de lui parler.

— Maman, tu m'entends ? Si tu m'entends, serre donc ma main.

Elle recommença son appel, sans se décourager. Elle avait acquis la certitude qu'Augustine pouvait percevoir sa voix. Et, un instant, il lui parut que ses yeux s'écarquillaient. Alors, elle prit le bougeoir posé sur la table de nuit, et l'amena sur son visage.

— Je crois que tu m'entends, maman. Je le sens. Je voudrais te dire que je t'aime. Tu sais, ajouta-t-elle d'une petite voix brisée, Octavia se prend déjà pour la maîtresse d'Auberoche. Mais ne t'inquiète pas. Quoi qu'il arrive, je saurai lui tenir tête… Et je protégerai ta truffière. Je la ferai prospérer. Ne suis-je pas la sorcière des truffes, comme toi ? C'est un secret entre nous. Un grand secret.

Puis elle se mit à sangloter. Ces mots lui faisaient d'autant plus mal qu'Augustine ne montrait par aucun signe tangible qu'elle pouvait l'entendre. Une impression d'extrême solitude la saisit, comme dans le Valperdu, durant les premiers instants de la crise.

— Je ne veux pas que tu meures, maman. Il faut que tu restes avec moi. Sinon, je serais si seule.

Ses doigts effleurèrent ses paupières. Elle cherchait, sur son visage immobile, un petit cillement, qui eût prouvé que ses paroles avaient traversé la nuit opaque de l'agonie.

— Si seule, ajouta-t-elle. Eperdument seule. Ne m'abandonne pas, maman.

Et Antonia se résigna à retourner sur son siège, et à éloigner la bougie qui apportait un peu de lumière sur ce visage figé.

Dans la pâleur de l'aube, le docteur Labrune réveilla Antonia qui s'était assoupie près de sa mère.

— La nuit a-t-elle été calme ? questionna-t-il en s'emparant du poignet d'Augustine.

Le médecin scruta, fébrilement, le pouls de la malade, sans trouver ce qu'il cherchait. Quelque chose qui ressemblât à une pulsation de vie. Puis il tira de sa poche un petit miroir et le posa contre les lèvres d'Augustine. Aussitôt, Labrune se redressa du lit avec un sourire contrit. Il prit la Césarine dans ses bras, la serra fortement contre lui. Antonia poussa un grand cri. Et ce fut tout.

C'était l'habitude, dans les campagnes, que les gens viennent se recueillir devant les dépouilles. Amis ou ennemis, il n'y avait de trêve que devant la mort, puisque elle était le lot commun de chacun. Du bout des doigts, on agitait un brin de buis séché, consacré aux Rameaux, pour faire tomber sur le corps un peu d'eau bénite. C'étaient les ultimes larmes qu'on adressait au Ciel et qui devaient effacer tous les péchés.

— La mort l'a emportée, telle que nous l'avions installée dans son lit, répétait Antonia.

Et ce lui paraissait être une grande consolation qu'elle n'eût pas souffert.

— Peu de temps avant le jour… complétait-elle.

Elle s'en voulait d'avoir dormi tandis qu'Augustine était emportée. Peut-être m'a-t-elle adressé un ultime geste et je n'ai su le voir, se reprochait-elle de vive voix. Sur ce point, le docteur l'avait pourtant, rassurée : la mort cérébrale précède celle du cœur. Mais c'était une nuance qu'Antonia ne saisissait guère.

Lorsque Firmin Chadeuil se présenta pour une visite, Octavia accourut à ses devants.

— Vous n'êtes pas le bienvenu, monsieur Chadeuil.

Antonia poussa un haut cri. C'était un comble.

— C'est assez ! Notre mère aurait voulu cette visite. Et je t'interdis de t'y opposer.

Firmin hésita à s'avancer. Cela le blessait fort que sa visite pût entraîner des disputes dans la maison d'une morte.

— Qu'avez-vous contre moi, Octavia ? N'ai-je pas toujours été de bon voisinage ?

La seconde Césarine ne répondit pas. Elle réservait ses attaques pour un autre moment. Et Antonia se fit alors un point d'honneur de l'accompagner dans la chambre mortuaire. L'homme s'inclina au pied du lit, sans utiliser le brin de buis qui servait à bénir le corps. Chadeuil n'avait aucune religion et croyait, comme Horace, que la mort est la raison finale de tout.

C'est alors qu'il se redressa pour effleurer de la main le doux visage endormi. Et les larmes lui vinrent, lui qui d'ordinaire était capable de la plus grande indifférence, depuis que son Eugène était né idiot. Il avait pleuré tout son désespoir à ce moment-là, pleuré et crié l'injustice que le destin avait placée sur lui et s'était juré, alors, que rien au monde ne pourrait plus l'atteindre sur ses hauteurs.

— J'ai aimé votre mère, fit-il en prenant la main d'Antonia. Elle possédait tant de courage et de grandeur en elle. Comme c'est triste et injuste, marmonna-t-il.

Et découvrant qu'ils étaient seuls, dans la chambre, Firmin demanda l'autorisation de lui baiser les mains. Antonia acquiesça d'un mouvement de tête. Elle comprit que Chadeuil voulait ainsi faire ses adieux. L'homme sortit aussitôt de la pièce, en grandes enjambées.

— Où est César ? demanda-t-il au moment de quitter la maison.

Naine et Julius se regardèrent en silence. Depuis qu'Octavia avait montré l'autorité dont elle était capable, ils n'osaient plus dire un mot. Antonia prit Chadeuil par le bras.

— Nous ne savons où il est. A Périgueux, peut-être... Cela fait deux jours qu'il est parti.

— N'a-t-il pas dit à Julius où il se rendait ?

— Non. Notre père et Julius ne se parlent plus

— Alors, il n'est aucun moyen de l'avertir ?

Chadeuil réfléchit en se caressant le menton.

— Si je savais où le trouver, je partirais de ce pas.

— Vous êtes fort aimable, mais ce ne sera pas la peine. Octavia a pris toutes les dispositions. Et tant pis si notre père est absent.

Antonia ne faisait que répéter la leçon de sa sœur, que les obsèques se devaient d'être célébrées comme si de rien n'était. Le curé avait opté pour le vendredi au matin, dans l'église de Cubjac. Et avant que le père Lestaing eût quitté Auberoche, Antonia voulut lui demander une faveur. Celui-ci parut embarrassé. Il n'était pas dans ses habitudes d'accorder des faveurs, surtout à une morte qui n'avait guère montré, sa vie durant, un intérêt particulier pour la religion.

— Ma chère enfant, je vous écoute.

— Ma mère aurait tant aimé être enterrée au Valperdu, dans sa truffière. Il ne serait, pour elle, meilleure terre où trouver le repos.

Le père Lestaing n'avait aucune idée de ce que pouvait être le Valperdu. Et ce n'était pas communément admis, sinon pour les protestants, ou les rebelles à la religion catholique, de se faire ensevelir en des terres impies.

— Vous n'y songez pas, mon enfant, répliqua le curé. Sinon, il vous faudrait renoncer à faire entrer votre mère dans notre église.

Octavia trouva l'idée de sa sœur des plus farfelues.

— Nous la mettrons dans le cimetière de Cubjac, auprès de nos grands-parents. Le Valperdu, ajouta-t-elle, ça ne vaut pas un clou ! C'est un endroit sinistre à s'y pendre !

César Albarède revint à Auberoche la veille de l'enterrement. C'est Julius, en défaisant son attelage, qui lui apprit la triste nouvelle. L'homme demeura longtemps, le regard perdu, comme s'il avait peine à comprendre ce qui était advenu pendant son absence. Le domestique apporta quelques précisions sur la mort d'Augustine, mais César le fit taire d'un geste de défense.

— Maintenant, dit-il, j'ai perdu toute raison de vivre. C'est comme une montagne qui me serait tombée sur la tête.

Et tandis qu'il gravissait le chemin vers sa maison, d'un pas las, mille souvenirs se pressaient dans sa tête : le mariage avec les fameux brochets Lucullus, les baignades dans l'Auvézère et l'arrivée de ses filles. Nous avons connu de grands bonheurs, se dit-il. Car il ne pouvait dire, hélas, que sa vie conjugale ait été à elle seule un bonheur au singulier. Sinon de beaux moments, où le couple atteignit la félicité. Tout le reste sera oublié, se dit-il. De la douleur de l'absence naîtront les regrets, et ils me seront à chaque heure une croix à porter. Oui, César, tu n'aurais pas dû faire ça. Oui, César, tu aurais dû dire ça, clamer haut et fort que tu l'aimas tellement qu'elle te fit souffrir. L'amour ne se peut vivre durablement sans l'embrasement des caractères. Tout nous opposait et tout nous rapprochait...

Et au moment de franchir la porte de leur chambre, César vacilla sur ses jambes. Un cri, un cri terrible de bête, sortit de sa gorge. Un cri qui traversa les pièces et qui se porta bien au-delà de sa maison. Ce lui donna la force, cette bestiale prière, de se tenir enfin droit devant le cercueil clos qui trônait sur quatre chaises.

Les Césarines l'encadraient, Octavia à droite et Antonia à gauche. Elles le tenaient fermement, debout, par crainte qu'il ne s'affaissât. Pourtant, c'était tout ce dont il avait envie, César Albarède, de tomber devant Augustine, les bras en croix.

— Que Dieu me foudroie ! beugla-t-il. Car je fus le plus méchant des maris. Le plus injuste. Le plus cruel. Ô moi qui t'ai tant aimée ! Moi qui n'ai su te dire... Trop tard !

Et d'un geste impérieux, il repoussa ses filles qui s'étaient cramponnées à lui, dans la douleur. César n'avait nulle envie de partager avec elles sa détresse.

— Laissez-moi seul avec elle ! Quoi ? Je ne suis pas un enfant. Votre père... Votre père qui vous a mises au monde. Un peu de respect, je vous prie !

Mais les Césarines demeurèrent immobiles, comme des statues, figées dans la crainte.

— Je veux penser, penser à elle, penser au temps où vous n'étiez pas encore de ce monde. En ces jours d'été, où nous étions des amants, beaux comme des dieux. Oh Dieu ! Je l'ai aimée, votre mère, et maintenant tout est foutu. Le monde s'éteint à ma fenêtre. Il va me falloir clore le jour. Car il n'y aura plus jamais de soleil. Tout me deviendra terne, sombre, sans goût. Cette mort me dépossède de mon sang. Regardez ! Je ne suis déjà plus rien.

Et ses bras, immenses, dans la pénombre de la pièce, seulement éclairée par deux bougeoirs posés de part et d'autre du cercueil, étreignirent le chêne noir qui l'enfermait dans sa nuit. César vint à s'allonger sur la bière, la secouant d'une force bestiale. Octavia voulut le retenir. Il y avait quelque chose d'obscène dans ce mouvement de désespoir. Il faisait corps, désormais, avec le bois qu'il griffait rageusement.

— Papa ! je t'en prie ! papa !... criait Antonia.

César se retira dans un rire démoniaque. Il ne songeait plus qu'à ouvrir la boîte et la prendre dans ses bras, une ultime fois.

— Pourquoi l'avez-vous bouclée ? Nom de Dieu ! Sans mon autorisation...

Les filles s'étaient retirées dans l'encadrement de la porte d'entrée.

— C'est ce vieux con de Lestaing qui l'a voulu, ainsi. Ah, celui-là, ça lui presse d'enterrer ses ouailles. Mais, Augustine, elle m'appartient. Ni à Dieu ni à diable. Elle est encore là. Et je veux lui parler, lui dire tout ce que j'ai sur le cœur. Oh, mes enfants, n'ayez crainte, que des choses d'amants. Des paroles intimes. Parce que je n'ai su, par orgueil, par bêtise, ces temps derniers, lui dire, à haute voix, que je l'aimais, et que je ne serai plus rien sans elle, rien. Pas même une mouche.

Dans la grange, César courut chercher un tournevis. Avec rage, il défit les attaches du couvercle et, parvenu à ses fins, le jeta de côté avec grand fracas. Puis, immobile, pétrifié par la stupeur, il la contempla, longuement, sans oser un geste. Elle était sacrée, et ne pouvait aisément se franchir, cette barrière qui séparait les morts des vivants. Mais la passion de César était plus forte que la peur, plus forte que la terreur.

— Oh mon Dieu ! Tu es belle, Augustine, et je veux te prendre dans mes bras, comme je l'ai fait tant de fois, du temps où nous étions des amants.

Les Césarines s'étaient retirées dans le couloir, pour ne plus voir leur père en proie à la fureur. Il leur faisait peur, cet homme, dans ses dévotions, peur avec ses excès de chagrin. César fit ce qu'il avait désiré le plus ardemment, avant que la terre ne la recouvre, la prendre une dernière fois dans ses bras. Et, rageusement, il délivra ses mains du chapelet de nacre noir qui les entortillait.

— Je ne te veux point de ces menottes-là. Des bondieuseries ! Tu ne fus jamais de cette chapelle, à ce que je sache. Car si Dieu était maître en toute chose, il n'aurait point permis de nous séparer sans que je recueille ton dernier souffle. Et s'il existe, alors, qu'il te réveille ! Qu'il te rende à moi. J'ai tant à te dire.

César décida de veiller sa femme toute la nuit. Il la sortit de sa boîte et l'allongea sur le lit. Et il se coucha auprès d'elle, sans lâcher une seconde sa main.

LIVRE DEUXIÈME

L'orage

8

Palamède passait de longues heures à lire les journaux. C'était l'homme le mieux informé du Périgord, autant sur les affaires parisiennes que sur les ragots du pays. Depuis le retour de la belle saison, il s'installait dans son jardin, près des rosiers grimpants qui formaient une tonnelle où les mésanges et les rouges-gorges venaient pépier leur aise. La gouvernante, madame Roberte, apportait un plateau sur lequel rien ne manquait, ni la confiture de fraises dont le maître raffolait, ni les tartines de pain grillé. Croisant les jambes, devant sa pile de journaux, picorant de-ci de-là quelques raisins secs, ou mordant à pleines dents dans les toasts beurrés, il se consolait des malheurs du monde en poussant quelques rires brefs ou en branlant longuement la tête.

Ce mois de mai 1914 ne manquait pas de sel, depuis que madame Caillaux avait assassiné dans son bureau le directeur du *Figaro*. La jeune épouse d'un ministre qui tue un journaliste pour laver l'honneur de son mari, n'est-ce point la plus belle preuve d'amour qu'une femme puisse offrir à l'homme qu'elle aime ?

— Tueriez-vous pour préserver mon honneur ? questionna Palamède en basculant sur son siège.

A deux pas, sa chère épouse, Odette, ôtait les fleurs d'iris séchées dans le massif bordant la terrasse.

— Vous parlez de cette pauvre madame Caillaux ?

— Pauvre madame Caillaux, ricana Palamède... En effet, voilà bien la solidarité féminine.

— Cela ne manque pas de panache. Mais je crains que les jurés ne l'envoient à Cayenne purger sa faute.

Les rires de Palamède redoublèrent d'intensité.

— Nous la verrons sortir du tribunal blanchie et graciée. Ma chère, auriez-vous oublié qu'elle est femme de ministre ? Et pas des moindres, ministre des Finances. On ne touche pas à cette ploutocratie radicale.

Il replia vivement *Le Matin* et le jeta à ses pieds.

— Nous connaissons vos idées, mon ami. Pour vous, il n'est qu'Edouard Drumont qui trouve grâce à vos yeux. Et son ami Barrès, bon Dieu, oui, j'oubliais.

— Pourtant, ma chère, nous devons tellement à ce monsieur Caillaux. Avec son impôt sur le revenu, il va rendre service à la France. A ce titre, il fait partie de la noblesse républicaine.

Lorsqu'il s'agissait de discourir sur la politique, Palamède ne savait être que railleur et grinçant. Cette posture de grand bourgeois l'occupait seulement au moment des journaux, au petit déjeuner. Ensuite, la récréation terminée, il retrouvait ses chères affaires, avec toute la gravité nécessaire.

Palamède feuilleta en hâte *La Petite Gironde*, puis *Le Journal du Périgord* et ses avis de décès. Il n'y trouva rien qui pût capter son attention plus de trente secondes et le flanqua au sol, avec les autres. Odette l'observait, un peu de haut, selon son habitude. Elle portait un grand chapeau de paille orné d'une rose rouge. C'était une jolie femme aux mains lisses, aux lèvres gourmandes. La naissance de ses deux fils lui avait ajouté un peu de hanches et quelques plis au ventre. Ce n'était pourtant pas de sa faute, tant elle avait bataillé pour faire disparaître ces traces disgracieuses. Les cures à Châtelguyon et à Néris n'avaient suffi à en venir à bout, fors le teint, qui était resté de pêche et de soie. Mais, qu'importe, Sarazac l'aimait ainsi, dans ses rondeurs, et n'était-ce pas l'essentiel, puisqu'il prisait son esprit, sa belle humeur.

Roberte attendait dans le salon voisin, en zieutant de temps à autre, l'instant de desservir. C'était l'usage de tout emporter, vivement, l'appétit éteint. Palamède abandonnait aussitôt sa table pour gagner le bureau. Il ne traînait guère dans son jardin, bien qu'il fût déjà fort fourni en fleurs. Odette désespérait de voir son cher mari visiter ses massifs de pivoines rouges et blanches, d'azalées roses et pourprées et d'aubriète parme et bleu. Dans le milieu du jardin, la maîtresse des lieux avait rassemblé une belle collection de tulipes jaunes communes, mais aussi des frangées, des perroquets, des fleurs-de-lis, des Queen of night presque noires... Mais c'eût été trop demander que de le conduire jusqu'aux glycines qui rampaient sur le mur.

En sifflotant, Palamède se dirigea vers l'alcôve, prit son chapeau melon, sa canne à pommeau d'ivoire, et descendit par un escalier dérobé à l'écurie. Il ne pouvait exister dans sa vie de rituels mieux réglés que celui-ci. Le maître n'avait qu'à claquer des doigts pour se faire obéir. Comme Roberte, le cocher guettait l'instant où il lui faudrait mettre en mouvement la voiture, sans perdre la moindre seconde. Sarazac le salua en touchant de l'index la bordure de son chapeau.

Il ne fallut guère plus de vingt minutes pour se rendre à la fabrique, à petit trot. Palamède avait baissé la vitre de sa portière et respirait l'air printanier. La route de Limoges était bordée de grands tilleuls qui exhalaient une odeur doucereuse et miellée. La voiture longea la nouvelle gare des tramways et le Petit Tourin, bar-restaurant du secteur, où ses ouvriers allaient prendre un peu de bon temps. Puis la calèche franchit le portique en arc de cercle sur lequel était peint en lettres rouges *Fabrique Sarazac*. Une pile de dossiers l'attendait sur le bureau du premier étage : les comptes d'exploitation de l'usine de boîtes métalliques de la Forge-d'Ans et de Thiviers.

En 1905, Palamède avait décidé l'ouverture de cette fameuse usine de Thiviers, pour la conserverie locale qui exigeait un mode de conservation plus adapté aux exigences modernes. En effet, pour les conserveurs, c'était un progrès considérable que l'arrivée sur le marché industriel de la boîte en métal ; elle supplantait ainsi le verre, trop fragile pour la production de masse, ou la céramique et le grès, qui avaient connu leurs heures de gloire, et dont la porosité corrompait aisément les denrées. Dès lors, le fer serti mécaniquement garantissait aux aliments une protection sans faille après la stérilisation dans les autoclaves. Dans les premiers temps, certains artisans avaient craint que le métal au contact des acides aminés ne rouille et ne se dégrade en ajoutant à l'aliment conservé un goût détestable. Le fer étamé apportait une réponse à cette interrogation. Après plusieurs essais concluants, la boîte en fer-blanc apparut une solution d'avenir pour les conserveries artisanales qui s'étaient développées dans le Périgord, autour du commerce des oies et canards, du foie gras truffé, et de ses dérivés en pâtisserie salée. Les Sarazac, avec leurs deux fabriques, employant chacune trois cents ouvriers, répondirent à merveille à cette nouvelle demande. La production augmenta, avec un taux de croissance de sept à huit pour cent l'an.

— Agrandir la fabrique de Thiviers ou créer une

nouvelle unité ? Car nous ne satisfaisons plus les commandes... dit Emile à son père qui compulsait les chiffres, le crayon à la main.

— Qu'en pense Germain ? interrogea le père.

Germain Laborit, le chef de fabrication, était d'avis qu'il ne fallait pas engager sur le site de Thiviers de nouveaux ouvriers.

— Laborit craint une grève. Il estime qu'à trop augmenter la charge de travail, en ajoutant de nouvelles machines, on ne peut que compliquer les choses.

Palamède hocha la tête. En vérité, son fils ne lui apprenait rien de nouveau. Même s'il approchait assez peu le chef de fabrication de l'usine de Thiviers, l'ancien maître de forges avait un sens de l'observation aiguisé. Il savait lire sur le visage de ses ouvriers et saisissait à merveille l'humeur qui régnait dans sa fabrique.

— Il nous faudrait avoir recours aux banques, ajouta Palamède. Un endettement nous obligerait à un rendement supérieur de l'usine. Et le reste... soupira-t-il. Des cadences accrues, des salaires comprimés... Pour l'heure, contentons-nous de nos bénéfices. Cela fait vingt ans qu'on engrange. A une moyenne, bon an mal an, de six pour cent. Avec les bonnes années de 1895 à 1900, nous avons pu installer Thiviers et acheter les Decauville. Car c'est là notre salut, mon cher Emile, des machines-outils plus performantes qui suppriment des bras. Les bécanes, elles, ne revendiquent pas, ne font pas grève. Cela exige des ouvriers mieux aguerris. Tant mieux, nous les choisirons. Et nous leur accorderons un peu plus de salaire.

Emile montra, ostensiblement, qu'il ne partageait pas l'opinion de son père. Cela lui paraissait frileux, cette manière d'avancer à tâtons, d'acheter ou de bâtir avec son propre argent. Cherchons des actionnaires, augmentons notre capital, impliquons les banquiers dans notre aventure... Tel était son credo, auquel le vieux Palamède répondait, invariablement, par un grand soupir. Plus nous mettrons de loups dans la bergerie et plus nous verrons notre troupeau décimer... « Je veux que les fabriques Sarazac restent une entreprise familiale. Quand nous devons décider, il nous suffit de nous asseoir autour d'une table », ajoutait-il. Palamède fermait ensuite les yeux, absorbé par une grande réflexion. Ce sera ainsi tant que je vivrai... pensait-il. Mais, sur ce dernier point, il préférait garder le silence.

Le fils Sarazac arpentait le grand bureau d'un pas nerveux. Cet homme-là ne pouvait tenir longtemps assis derrière une table de travail. Il lui fallait bouger, brasser les projets, échafauder des stratégies compliquées. Mais, chaque fois, sa détermination fébrile se heurtait à la figure hiératique du père, bloc immobile sur son fauteuil, défaisant une à une les théories avant-gardistes de son fils.

A la vérité, Emile rêvait de construire une nouvelle fabrique de ses propres mains. Pour ce faire, constituer une société d'actionnaires, avec tout de même un apport majoritaire des Sarazac. Périgueux lui semblait le lieu idéal. Il avait visité les terrains vagues du Toulon et imaginé ce que serait une grande fabrique avec sa voie de chemin de fer dérivée du triage de la gare pour acheminer commodément les matières premières.

Le flanc gauche de la pièce était tout entier vitré et donnait directement sur une partie des ateliers. Les bruits infernaux des machines-outils, coupeuses, emboutissoirs, sertisseuses, parvenaient à peine à traverser les murs, sinon comme un lancinant et lointain cliquètement métallique.

Palamède signait le courrier que la secrétaire avait préparé, à la suite, sans vérifier le moins du monde. Il avait une entière confiance en madame Lubat. Elle avait été de toutes les aventures, lorsqu'il s'était agi de reconvertir la fonderie.

— Et comment se portent nos actions d'Escaut-et-Meuse ? questionna Emile.

— Bien, fit le père.

Il acheva son travail, en hâte. Puis se recula au plus profond de son fauteuil, jambes croisées.

— En 1888, Escaut produisait mille huit cents tonnes, aujourd'hui, l'aciérie a passé trente-trois mille tonnes. Tu peux imaginer la courbe de nos bénéfices. Et cela n'est pas près de s'arrêter. Avec la guerre qui se prépare, on aura besoin de canons.

Palamède ricana.

— Tout tourne à plein, ajouta-t-il, Carmaux, Alès, Commentry, Montluçon, Le Creusot, Montceau…

— Père, je ne vous ai jamais connu aussi cynique…

— Ce n'est pas du cynisme, c'est la réalité. Le pire a été scellé à la conférence d'Algésiras, des ententes boiteuses qui ont divisé l'Europe. Les cris des pacifistes qui se sont rangés derrière Jaurès ne changeront rien. Pourquoi ? Parce que les peuples, accoutumés à la violence, ne croient plus qu'à une solution guerrière. Du reste, les Etats s'y préparent. La France consacre un milliard et demi de francs au budget militaire, tandis que celui de l'instruction publique est de trois cent trente millions. Et monsieur Jaurès, que je ne porte pas dans mon cœur – ni d'ailleurs monsieur Poincaré –, a raison de batailler sur cette question. Quand on veut le bien du peuple, il faut dénoncer les injustices. Nous, notre rôle consiste à accompagner l'effort de guerre. Et que demandent nos ouvriers ? Du travail et des salaires ! Il n'en est aucun qui manifestera pour arrêter cette course folle. Par contre, nous cesserions demain de leur apporter du travail et des salaires, nous les verrions se dresser devant nous. Voilà le singulier dilemme devant lequel nous nous trouvons. Aujourd'hui, les ouvriers fabriquent les armes avec lesquelles ils vont s'entre-tuer demain.

Emile Sarazac n'arrivait pas à croire à l'imminence de la guerre. Dans les milieux aisés de la bourgeoisie, c'était devenu une habitude d'en parler avec légèreté, comme si l'avenir du monde dût se jouer sur un échiquier, sans faire plus de drame que de compromettre des relations diplomatiques. Nul ne voulait voir quelle sorte de massacres, de tueries, d'hécatombes le conflit apporterait inéluctablement. Ailleurs dans le pays, c'était une affaire qui s'envisageait avec optimisme. En un rien de temps. Juste le déplacement de troupes sur un front enfoncé en quelques jours. D'autres croyaient, naïvement, que les armes françaises étaient tellement supérieures qu'elles conduiraient les armées françaises jusqu'à Berlin... Pour l'heure, il suffisait d'un déclic pour que tout s'embrasât. Mais il se pouvait aussi que ce fameux élément déclencheur ne se mît point en marche. C'était l'avis de Julien, que la meilleure manière de n'avoir pas la guerre était encore de n'en point parler.

Madame Louise Lubat, la secrétaire, vint gratter à la porte. Elle émettait sur le bois un signal particulier, reconnaissable entre tous. Emile se précipita pour ouvrir, car les Sarazac avaient l'habitude de tirer le verrou derrière eux.

— Que faisons-nous de la lettre du général ? demanda-t-elle.

— Quel général ? s'étonna Palamède.

Emile éclata de rire en coulissant un regard vers son père.

— Varaignes, précisa Louise.

— Allons, père, vous vous souvenez bien de la

fameuse lettre de Julien qu'il vous fit signer le couteau sous la gorge ?

Palamède prenait un malin plaisir à feindre l'oubli, par complicité avec son aîné. Le chantage de Julien n'avait, en vérité, impressionné que sa mère. Odette avait versé une larme au récit de l'événement, une larme d'attendrissement en découvrant que son petit Julien était amoureux. « Vous ne pouvez comprendre ce que ressentent les mères ! avait dit madame Sarazac à son mari. Vous ne les portez point, vous, les enfants, dans votre chair... »

— Que dit-elle, cette lettre ? demanda Palamède.

Louise ne répondit pas. C'était une affaire qui ne relevait pas de la fabrique Sarazac. Une intervention privée. Et tout ce qui était étranger à l'usine ne la concernait point. Elle tendit la missive à Emile.

— Oh ! Regardez, père ! Le général est prêt à vous accorder ses faveurs.

La réflexion fit sourire l'industriel. Le mot « faveur » lui parut bien exagéré. Il s'agissait plutôt de lui être agréable, et cela le comblait de fierté que, malgré les années, Varaignes lui restât fidèle. Palamède en vérifia, tout de même, le contenu et déposa la lettre devant lui, précautionneusement.

— Louise ? Allez chercher Julien, ordonna-t-il.

Après que la secrétaire eut quitté le cabinet, Emile se rapprocha de son père.

— Jetez donc cette chose à la corbeille, conseilla-t-il. Vous savez bien que Julien n'est plus amoureux de la petite Albarède. Ce fut une toquade. Une brève histoire.

Le père quitta son fauteuil, les mains enfouies au fond de ses poches, et alla à la verrière.

— Je ne connais pas le fond de sa pensée. Mais nous allons le vérifier. Voici une occasion rêvée.

Après un baccalauréat classique le destinant au professorat, Julien se vit contraint de suivre les cours des Arts et Métiers, plutôt que l'Ecole normale supérieure à laquelle il rêvait. C'était la volonté paternelle, impérieuse, que son cadet devînt un des dirigeants de la fabrique Sarazac. Il s'acquitta sans passion de ses études, et revint en Dordogne pour se ranger aux ordres de son père. Emile, par contre, accomplit un trajet sensiblement différent. Moins apte à l'étude que son frère, une première partie de baccalauréat moderne le destina à passer un concours pour les administrations centrales du Commerce et de l'Industrie. Du reste, il fallut que Palamède jouât de ses relations dans le ministère de l'Enseignement public pour que son admission fût imposée.

« Les études sont une chose et les résultats une autre », répétait incessamment Sarazac. En tout état de cause, et malgré ses lacunes, Emile s'avérait avoir plus de qualités que son frère pour diriger l'entreprise. Volontaire, ambitieux, entreprenant, il sut s'imposer aux yeux de son père, gagner sa confiance, tandis que son cadet, perdu dans ses rêveries et ses chimères, produisit sur lui les effets les plus désastreux.

Palamède confia donc à Julien le service commercial. Sa tâche consistait à enregistrer les commandes des clients. Il était d'un abord aimable, accommodant, accort, et cela convenait à merveille pour ce travail. Rien ne pouvait défaire sa belle humeur naturelle, ni les récriminations, ni les caprices ni les extravagances des commanditaires. Il prenait grand soin du courrier et ne cédait jamais à la facilité.

Lorsque la secrétaire vint le chercher, Julien poussa un grand soupir. Ce n'était pas habituel que son père le convoquât. Les réunions se déroulaient ordinairement sans lui, puisqu'il avait demandé à en être déchargé ; le jeune homme n'entendait rien à la stratégie industrielle, aux rendements de l'entreprise, aux distributions des bénéfices. Et il s'était fait un point d'honneur de ne jamais franchir le petit cercle qui gravitait autour de son père.

— Que me veut-on ? Le savez-vous donc, Louise ?

Madame Lubat éprouvait beaucoup d'estime pour Julien. Elle l'avait vu tout petit, traînant ses jouets dans l'usine mère de la Forge-d'Ans, par tous les couloirs, et avait été chargée, bien des fois, de le garder auprès d'elle. Elle avait suivi ses études, elle s'était désespérée quand il avait dû abandonner ses grands rêves et se désespérait encore de le voir se morfondre dans un obscur bureau à remplir des factures et à tenir des comptes.

— Oh, Julien, je crois qu'il va vous falloir faire preuve de prudence...

Cette réponse énigmatique lui fit froncer les sourcils.

— Si l'on veut se défaire de mes services, ce sera avec joie ! fit-il en enfilant son veston.

Palamède vint embrasser son fils sur le front, comme il en avait l'habitude, puis l'obligea à s'asseoir en face de lui. Un grand bureau les séparait et c'était tout un symbole que son père le traitât encore comme un simple contremaître.

— Ta lettre a porté ses fruits, dit-il d'un air ironique.

— Quelle lettre ?

— Celle que tu as adressée, en mon nom, au général Varaignes.

— Cela démontre que vous avez plus d'influence que vous ne le soupçonniez... dit Julien en fixant le porte-encrier en porcelaine qui occupait le haut de la table.

— Que comptes-tu faire ?

Julien ne répondit pas. Il comprenait, enfin, pourquoi Louise lui avait conseillé la méfiance.

— Cela relève de votre libre arbitre, avança-t-il.

Derrière lui, son frère faisait les cent pas. Il le sentait brûlant du désir de se mêler à la conversation.

— Tu es l'initiateur de cette démarche, reprit Palamède. Et je ne ferai rien sans ton avis...

Soudain, Emile s'interposa. Un simple regard du père l'avait autorisé à entrer dans la conversation.

— Notre père veut savoir où en sont tes sentiments envers la fille Albarède.

— Ah oui, s'écria Julien en se dressant devant le bureau, je comprends où vous voulez en venir ! Défendre César Albarède prouverait que j'aime toujours sa fille... C'est cela que vous voudriez savoir. Eh bien oui, grand Dieu, j'aime toujours Antonia. Seulement, elle ne m'aime pas. Ou plutôt, reprit Julien la main sur le cœur, elle refuse de s'engager avec moi parce qu'elle a peur de vous, père, peur de notre famille, de nos usines, de notre argent... Si seulement j'étais un simple petit instituteur, un misérable gratte-papier, ou l'un de vos employés, alors tout serait différent.

Le visage de Sarazac blêmit, se figea comme un masque. D'un geste, il fit signe à Emile de sortir du cabinet. L'aîné s'exécuta sans sourciller. Puis il y eut un long silence. Palamède observait son fils, la gorge nouée. Enfin, il se résolut à abandonner la pose hiératique qu'il avait l'habitude d'occuper, même devant sa famille. Il se leva, bousculant le fauteuil qui lui servait de trône, et s'approcha de son fils afin de scruter les larmes qui s'étaient dessinées sur son visage.

— Je ne savais pas que tu tenais tellement à cette jeune fille. Je croyais que c'était une affaire classée. Me l'as-tu seulement présentée, comme je te l'avais demandé ? Non.

— Elle a refusé. Elle a compris que vous vouliez

l'éconduire avec de bons sentiments. Vous êtes un champion dans cette catégorie. Et je ne pouvais lui donner tort. Il me semblait entendre déjà vos discours : Comment cela ? Mêler le sang des Sarazac à celui des Albarède, quelle folie ! Nous sommes de grands bourgeois, proches de la noblesse républicaine, pour reprendre un bon mot de votre ami Barrès, et notre race ne se corrompt jamais avec la petite paysannerie. Car Antonia n'est qu'une enfant de culs-terreux. Pourtant, vous les admirez, vos paysans, mais à la condition qu'ils demeurent dans leur crasse, enchaînés au labour, les pieds dans la glaise.

Palamède avait porté la main à son front qu'il pétrissait nerveusement.

— Pourquoi m'imputes-tu de telles opinions ? Qu'ai-je pu faire, mon Dieu, pour que tu me juges ainsi ?

— Ne soyez pas hypocrite, père. Rien ne vous y oblige. Et ce serait me faire un grand honneur que de me traiter d'égal à égal.

— Mais, certes oui, Julien, je veux te traiter ainsi. Je veux bien rencontrer Antonia. Et n'aie aucune crainte, ce ne sera pas pour la bafouer. Mon respect pour elle sera égal à l'amour que tu lui portes.

La main paternelle vint effleurer le doux visage de son fils.

— Je ne veux pas que tu me haïsses. C'est un sentiment trop fréquent dans nos familles. Si je peux réparer mes erreurs, alors je suis tout à toi, prêt à suivre tes indications.

— C'est trop tard.

— Il n'est jamais trop tard. Je sais ce qu'est une passion, et il n'est pire condition pour un jeune homme que l'apprentissage du chagrin.

— Il est trop tard, vous dis-je ! hurla Julien en se retirant vers la sortie.

Avant qu'il n'eût posé la main sur la poignée de la porte, Palamède s'interposa.

— Va la chercher, ton Antonia. Je te l'ordonne, te dis-je.

Mais Julien s'était déjà enfui dans le couloir, descendant quatre à quatre l'escalier qui menait aux ateliers. Et lorsqu'il eut atteint le plein soleil de la cour, alors il se laissa emporter par les sanglots.

Quelles que soient les classes sociales auxquelles on appartienne, le chagrin est égal. Les souffrances de César Albarède ressemblaient à celles de Julien Sarazac. L'un parcourait la campagne en se flagellant l'âme, l'autre discourait sans fin sur les malheurs du mal-aimé ; l'un était possédé par le remords, l'autre par les regrets. Et pour tous deux, hélas, rien au monde ne pourrait réparer leur disgrâce.

Depuis que César avait porté sa femme en terre, il n'était plus un jour qui vaille. Il se disait : Quand donc vais-je la rejoindre ? S'il est un paradis quelque part, alors, je la retrouverai... Ses yeux se promenaient sur les rares daguerréotypes qu'il possédait d'elle : le mariage d'août 1889, la naissance de ses jumelles en 1895, et un portrait de famille réalisé au studio Lacroix de Périgueux en 1908. Sur cette dernière photo, Augustine posait à ses côtés, chacun occupant une chaise de salon, et les filles debout derrière les parents.

César passait du temps à examiner le visage de sa femme, à la loupe, cherchant encore ce qui se cachait derrière l'air grave qu'elle arborait. Il aimait par-dessus tout ce cliché, parce que Augustine y était si ressemblante, comme il disait. La sévérité, c'était bien elle, et plus encore le port de tête hautain, l'opulence du chignon, et son regard noir impénétrable. En éloignant de lui la photo souvenir, Albarède se disait : Lorsque, avec le temps, je ne me souviendrai plus du contour de son visage, il me restera en mémoire, à tout jamais, ses yeux noirs et profonds. Tandis que sa voix, déjà, j'en ai perdu le timbre, les inflexions, les intonations. Peut-être conserverai-je plus longtemps que tout l'odeur de ses cheveux lorsqu'elle s'en revenait du Valperdu, et que j'y retrouvais accrochés quelques brins de fougère, de genévrier ou de mousse de chêne...

Le maître d'Auberoche descendait tous les jours à Cubjac pour s'attarder au cimetière. Le temps d'une prière, d'un genre assez personnel. Il lui parlait, la tête inclinée vers la terre, et, c'était plus fort que lui, il fallait tout de même qu'il haussât le ton. L'habitude en somme. Un jour, même, il piqua une crise de jalousie en découvrant sur sa tombe un bouquet de fleurs des champs. Les premières jonquilles de la saison 1914. Il soupçonna Firmin Chadeuil. Et, s'en emparant à pleine poigne, il se mit à les broyer entre ses doigts. « Je sais qu'il ne t'a pas eue, ce salopard ! jura-t-il. Maintenant que tu es sous terre, il voudrait poursuivre son affreuse entreprise. C'est un sacrilège, nom de Dieu. Et je te promets, Augustine, qu'à la première occasion je le corrigerai. » Le vent dans les cyprès sembla chanter ironiquement autour de lui. Et César éprouva une petite honte. Oui, je sais, se dit-il, ça ne ressemble à rien, une jalousie pareille, mais au moins ça soulage. En refermant le portail grinçant du cimetière, César fut prit d'un doute. Après tout, peut-être aurait-elle souhaité, ta chère Augustine, que ce bouquet reste sur sa tombe ? Elle n'était pas si indifférente aux approches de Firmin. La preuve, tu le craignais, ce saligaud, lorsqu'il venait lui tenir compagnie au ramassage des noix...

Le réveil printanier de la nature ajouta à son tourment. Le vert-jaune des tendres feuillages lui serrait le cœur, et encore plus l'éclosion des pâquerettes, des boutons-d'or et des coquelicots dans les champs. C'était toute sa jeunesse qui remontait en surface. A chaque pas, il se disait, et parfois à haute voix, et de plus en plus en poussant des cris de bête blessée : « A quoi bon tout ça, cette beauté, si je ne peux la partager avec toi ! » Et il fixait le ciel, dans un vertige, ses grands bras balayant l'air autour de lui, comme un sémaphore désarticulé.

Cent fois, il descendit à la rivière, aux méandres des Granges, là où l'Auvézère forme une île et où l'eau est si claire et si profonde. Cent fois, il hésita à s'y laisser glisser. Et s'il ne le fit pas, c'est grâce aux Césarines. Une voix lui disait : « Allons, César, pense à tes filles ! Tu crois qu'il n'y a pas eu assez de malheur comme ça ! »

Le chagrin du maître d'Auberoche faisait jaser au pays. « Cette pauvre Augustine, il l'a fait assez souffrir de son vivant, maintenant il peut bien lui porter des fleurs ! » disait-on dans son dos. Lorsqu'il se mettait à geindre, crier, pleurer, dans la campagne, sans retenue, les paysans de Cubjac s'en amusaient. Est-ce le vin qui parle ou le remords ? Ou les cinquante mille francs qu'elle lui rapportait l'an, la brave Augustine ?

L'abbé Lestaing voulut l'entendre en confession. Un homme si malheureux, si repentant, ça cache un secret. Mais César ne voulut jamais franchir la porte du confessionnal. « Je n'ai pas assez de religion en moi. Mais de l'amour, j'en possède à revendre. Car ma douleur, curé, c'est celle d'un homme possédé par la passion. Dieu m'a retiré mon Augustine, prématurément, et je lui revaudrai ça ! » Le père Lestaing retrouva, ainsi, tout l'orgueil des

Albarède, intact, malgré l'affliction. Aucune leçon ne sera assez forte pour le repentir, se dit-il en lui accordant, tout de même, l'absolution. Avant de le laisser repartir en paix, le prêtre de Cubjac, qui était un brave homme proche de ses ouailles, lui conseilla de retenir désormais ses épanchements, car toute la population en faisait des gorges chaudes. Il est des désordres de l'âme, dit-il, qui ruinent la meilleure réputation.

Dès lors que le maître d'Auberoche se désintéressait de sa ferme, de ses élevages de chevaux, la propriété allait à vau-l'eau. Il n'était plus une tête pensante à la poigne ferme pour maîtriser les affaires du domaine. La disparition d'Augustine avait révélé amèrement combien elle avait été au cœur de sa prospérité. Pourtant, Julius faisait tout ce qu'il pouvait pour maintenir le train d'antan. Mais l'argent ne rentrait pas dans l'économie d'Auberoche. Tandis que le troupeau de chevaux croissait, aucun acheteur ne venait à la ferme. Pourtant, César, bien qu'abattu par son immense douleur, ne ratait aucune foire. C'était sacré, cette affaire-là, la visite des estaminets rue Limogeanne, la fréquentation des filles de la rue Eguillerie. César restait fidèle tel qu'en lui-même.

Julius, le premier, tira la sonnette d'alarme. Le domestique, qui en faisait plus que sa part, et pour des récompenses négligeables, demanda à rencontrer les filles. Octavia le renvoya sur les roses. Depuis quand les manouvriers s'occupent-ils des affaires de leurs maîtres ? se dit-elle. Mais Antonia ne fut pas du même avis. Le père l'avait reléguée à un rôle subalterne. Depuis la mort d'Augustine, cette mise à l'écart s'était accentuée. Enfin trouvait-elle une occasion de s'affirmer. Et, contre toute attente, elle obligea sa sœur à écouter le bon Julius.

C'était un jour de mai, où César traînait à Périgueux son ennui. Il avait emporté avec lui les derniers sous qu'Augustine avait économisés. Se sachant pris à la gorge, il escomptait trouver un acheteur pour le Pinsonnet dans l'étude de maître Rinchard.

— Je vous dois bien du respect, fit Julius plié en deux de frousse devant les Césarines, mais il me faut vous dire quelques vérités...

Le domestique avait prudemment préparé ses phrases, afin d'éviter que les mots ne dépassent sa pensée. Il savait Octavia fort susceptible, comme le père du reste, mais escomptait l'amabilité d'Antonia pour réparer les excès de caractère.

— Des vérités, reprit la seconde Césarine. vous voudriez nous asséner des vérités. Et vous profitez de l'absence de notre père...

Le rouge monta aux joues de Julius.

— Mademoiselle Octavia, ce n'est pas la première fois que je dis le fond de ma pensée à votre père. Je crois avoir fait beaucoup à Auberoche pour qu'on m'écoute. D'ailleurs, votre père n'est pas sans tenir compte de mes avis. Certes, il tarde à les accepter, mais finit aussi par s'y ranger...

Antonia prit la main du domestique.

— Nous le savons, Julius. Et ce n'est pas non plus la première fois que nous voyons les effets de vos récriminations.

— J'ai été battu bien des fois. Et je ne m'en suis jamais plaint. Car votre père est un homme plein de bon sens...

Julius se reprit, à contrecœur :

— Je devrais dire : *était* un homme de bon sens. Car la mort de votre mère lui a fait perdre la raison.

Octavia voulut se rebeller contre ces propos qui l'humiliaient jusque dans sa chair. Mais sa sœur la retint, d'un geste autoritaire.

— Oui, poursuivit le domestique, nous ne vendons

aucun cheval. Il ne sert à rien de posséder un tel troupeau. Pourquoi refuse-t-il toutes les propositions de l'ingénieur de la Société des tramways de la Dordogne ? Ces gens ont besoin de chevaux de trait pour le charroi de la pierre.

— En quoi cela vous regarde-t-il ? s'éleva Octavia.

— C'est moi qui assure l'entretien de ces chevaux. Pour l'hiver prochain, il nous faudra faire le double de foin. Qui donc s'en chargera ? Je suis à bout, mesdemoiselles, à bout. Et cela, pour rien. Pour rien, asséna-t-il.

Antonia s'affaissa sur une des chaises de la cuisine.

— Il ne vous paye plus vos journées ? demanda-t-elle.

Julius ne répondit pas. Cela l'embarrassait de devoir demander ses trois mois de salaire, ses trois cents francs.

— Qui donc vous règle, ordinairement ? questionna Octavia.

Le domestique se détourna, saisi par une émotion qui lui nouait la gorge.

— Madame Augustine, dit-il.

— Nous allons vous payer le plus vite possible, dit Octavia d'une voix pincée.

Julius sourit. Il savait que la maison Albarède ne possédait aucun sou d'avance et que ses propriétaires n'avaient rien fait pour qu'il en fût autrement.

— Quand les affaires tournent, dit-il, tout le monde y trouve son compte. Vendez les chevaux et cela vous fera un peu d'argent frais. Il y a douze juments suitées et autant qui ne demandent qu'à pouliner. Avec les beaux jours, nous reconstituerons vite le cheptel.

La seconde Césarine eut un mouvement de tête de dénégation.

— Il n'y a que notre père qui peut décider.

— Mais notre père est-il en état de prendre la moindre décision ? releva Antonia.

Sa sœur la foudroya du regard. La première Césarine comprit qu'il est des affaires qui ne se discutent pas devant les domestiques.

— Votre père n'est plus en état, ajouta Julius. Il passe tout son temps à courir à droite et à gauche, dans la campagne, à parler seul comme un dément, à faire de grands gestes... A insulter les arbres, le ciel, les champs, la rivière... Et lorsqu'il s'en revient, éreinté de courir par monts et par vaux, c'est pour se jeter sur des bouteilles de vin qu'il ingurgite à la suite... Savez-vous qu'il en cache sous la paille, dans les mangeoires des chevaux ? Je ne parviens pas, hélas, à le raisonner.

Octavia se retira aussitôt en claquant des talons. Elle ne pouvait en entendre plus sur ce père qu'elle avait toujours adulé. Voilà donc les vérités de Julius ! se dit-elle. Et nous devons supporter les leçons de nos employés, sans broncher. Il n'est décidément que l'argent qui octroie l'autorité.

Après que Julius fut parti, les Césarines montèrent dans leur chambre. Antonia ouvrit le tiroir de la commode et chercha l'argent du Valperdu.

— Où est-il ? demanda-t-elle.

Octavia tarda à répondre.

— Il n'y a plus rien. Notre père a emporté le dernier centime.

— Oh mon Dieu ! s'écria Antonia. Nous sommes au bord du gouffre.

Elle s'était assise sur le lit, la tête dans les mains. Elle comptait et recomptait en pensée l'argent qu'Augustine avait amassé : trois mille quatre cents francs pour la vente des truffes et mille cinq cents pour les foies. Cela faisait près de cinq mille francs. Et tout avait été englouti en quatre mois. Antonia releva la tête, les traits crispés par la colère.

— Et dire que tu prétendais gérer Auberoche... C'est ainsi que tu mènes notre barque ! Te rends-tu compte, Octavia, que nous ne pouvons pas même régler le salaire de Julius !

— Oh ! s'éleva la seconde Césarine. Julius n'est pas à plaindre. Il jouit de notre potager, de notre cave.

— Jusqu'à quand ?

— Nous avons une soixantaine d'oisillons. Et nous élèverons deux cochons comme par le passé.

— Et demain ? Que fait-on, demain ? Pour les trois cents francs de Julius ?

Octavia vint s'asseoir à côté de sa sœur.

— Notre père veut vendre la noyeraie. Maintenant, ce sera trop lourd, pour nous deux, de l'entretenir.

— Tu veux dire qu'il est parti à Périgueux pour s'acquitter de la vente du Pinsonnet ?

— Oui, fit-elle en baissant la tête.

— Maman tenait tellement à cette plantation...

César avait longuement traîné par les rues de Périgueux avant de se décider à franchir la porte de l'étude de maître Rinchard. Le notaire connaissait parfaitement son client. Il avait établi en son temps les actes pour l'achat des terres basses de la propriété, à l'époque où les Albarède s'étaient lancés dans l'élevage des chevaux. Lorsque César eut déroulé le calque du cadastre d'Auberoche, et montré le Pinsonnet, Rinchard l'observa par-dessus la fine monture de ses lunettes.

— Une noyeraie d'un hectare et demi, ça fait dans les trois mille francs.

Le paysan blêmit de surprise.

— Cinq mille, vous voulez dire ?

Le notaire connaissait comme sa poche ce genre de

personnage. Avant de s'occuper des opérations sur la rénovation des berges de l'Isle, l'essentiel des activités de l'étude se limitait à celles des agriculteurs, des transactions foncières où chaque arpent était l'objet de discussions interminables. Mais depuis que Rinchard avait trouvé mieux à faire, les ventes de parcelles agricoles l'ennuyaient prodigieusement.

— Vous êtes fou ou quoi ? La terre, ce n'est que de la terre, rigola le bonhomme.

C'était une de ses expressions favorites. Le notaire ne croyait qu'en la vente des immeubles de rapport. Et cela ne manquait pas à Périgueux. De beaux hôtels particuliers. On pouvait y installer des commerces, des boutiques, et des appartements luxueux dans les premiers étages. La maison Renaissance, l'hôtel Saint-Astier, la maison Estignard, l'hôtel Eyriaud de Mancy ou Sallegourde ou encore de Langlade...

— Les chevaux, ça ne rapporte pas ? demanda-t-il. Car je pourrais vous trouver de quoi investir dans la pierre, dans la belle pierre. Avec la construction du nouveau pont Tournepiche, c'est tout un quartier qui va se trouver valorisé. Adieu les vieux moulins vétustes et délabrés. Car on n'en finit pas de remodeler ce vieux secteur des quais.

César suivait ces démonstrations, la mine ahurie. Où était-il tombé, dans quelle sorte d'époque ? Bien sûr, qu'il eût voulu acheter des maisons, des hôtels, encaisser les loyers... Mais pour cela il lui eût fallu gagner beaucoup d'argent. Ces beaux projets lui rappelèrent confusément ses rêves de jeunesse, ses promesses non tenues, ses illusions perdues... « Quand nous serons riches », avait-il coutume de dire, autrefois, lorsqu'il croyait encore que la terre d'Auberoche pourrait lui assurer la fortune en quelques années. A la vérité, Augustine n'en avait jamais cru un traître mot. Elle l'avait écouté, César, le grand César, toujours impérieux dans ses rêves de conquête. Mais un paysan reste paysan. C'était ce qu'il avait fini par comprendre, ces derniers jours. Désormais, l'avenir était derrière lui. Nous devons survivre, voilà tout, songeait-il. Et ce ne sera déjà pas si mal si je laisse à mes filles une maison et un peu de terre...

— Maître, je viens vendre et non acheter... Et si je vends, grand Dieu, c'est que j'ai besoin d'argent.

Le notaire croisa les doigts. Il avait espéré, lui aussi, que cet Albarède, si sûr de lui, ferait rapidement de bonnes affaires. Et voilà, après quelques années, il le retrouvait sans un sou, prêt à discuter un petit millier de francs.

— Vous n'avez donc pas réussi dans le commerce des chevaux. Pourtant, il y a de quoi faire. Les armées ? Y avez-vous songé ? Avec la guerre qui approche...

— La guerre ! sursauta César. Quelle guerre ?

— Quoi ? Vous ne suivez pas les actualités ? L'Europe va se déchirer. Nous autres, contre l'Allemagne. On aura besoin de chevaux. Croyez-moi.

— Pour qui me prenez-vous, maître ? Bien sûr que j'y ai songé. Mais sans bonnes relations, rien ne se fait. Vous le savez bien.

Le notaire hocha la tête. Tout ce temps passé à faire le paysan, ça abrutit son homme, pensa-t-il. Et notre bon César Albarède n'est rien d'autre qu'un de ces petits propriétaires sans ambition et à l'esprit borné, à zieuter le lopin du voisin, et à passer à côté des grands projets.

— Trois mille francs, répéta Rinchard. C'est tout ce que ça vaut.

Pour appuyer ses dires, le notaire posa un doigt sur la parcelle du Pinsonnet. Puis il en fit le tour, pour en mesurer la petitesse.

— Une plantation qui donne ses trois tonnes de Cornes. Ça fait du mille cinq cents francs l'an, défendit Albarède.

— Votre acheteur aura amorti sa mise en quatre ou cinq ans. C'est ainsi, les affaires, monsieur Albarède. On ne s'enrichit pas en vendant son patrimoine, sauf pour acquérir des valeurs supérieures.

Rinchard parut réfléchir. Cet homme bouillonnait d'idées. Il n'était pas seulement un fabricant d'actes ; il se voulait aussi homme d'affaires, entremetteur, conseilleur...

— Pourquoi ne vendez-vous pas les bois de votre noyeraie ? Les grumes sont très recherchées pour l'ébénisterie et...

— J'ai besoin de vendre vite. Et l'idée de négocier avec les marchands de bois, bille par bille, m'assomme.

Une semaine plus tard, un clerc vint annoncer à César qu'il avait trouvé un client pour son Pinsonnet. Mais lorsqu'il annonça son nom, César piqua une des plus vives colères de sa vie.

— Chadeuil ! Firmin Chadeuil ! Jamais. Je préfère que les couilles me pèlent ! jura-t-il.

Et le petit clerc dans son costume en coutil sombre repartit, la serviette de cuir sous le bras. Ce n'était pourtant pas faute d'avoir été prévenu. Chadeuil avait été formel : « Si vous obtenez le sous-seing, je me fais évêque... » Le jeune homme retourna voir son preneur. A sa mine déconfite, Firmin comprit que l'affaire avait tourné au vinaigre.

— Qu'est-ce que je vous avais dit ? reprit le paysan. Le mieux serait de voir les filles. Surtout celle qui a un doux visage. Faites attention, elles se ressemblent. Et pour cause, elles sont jumelles. Surtout, évitez l'autre, au regard dur. C'est un mauvais cheval comme le père.

Le clerc revint à la charge, pendant que César cuvait son vin dans la grange à foin. Pas de chance, il tomba nez à nez avec Octavia. Pourtant, elle fut affable, contre toute attente. C'était la première fois qu'il lui était donné de discuter affaire avec un homme de loi. Elle fut conciliante, parce qu'il n'y avait d'autre choix si l'on voulait acquérir au plus vite un peu d'argent frais. Mais quand il avança le nom de Chadeuil, la Césarine tordit le nez.

— Il faut l'accord de mon père.

Le garçon en échappa sa serviette de dépit. Alors, Octavia promit d'obtenir la signature sur le sous-seing privé. C'était ce qu'elle pouvait faire de mieux. Le lendemain, aux aurores, les Césarines tentèrent de convaincre leur père. Les arguments ne manquaient pas. César se sentait malheureux de savoir que ses filles souffraient du manque d'argent. Il fit atteler sa voiture par Julius, et descendit à Cubjac.

C'était jour de marché, sous les platanes bordant l'Auvézère. Les bonnes odeurs flottaient dans l'air surchauffé, celles des primeurs que les paysans menaient à la vente : des petits pois, des pommes de terre nouvelles, des choux-fleurs, et même des asperges. Certains charriaient leurs marchandises par la rivière, sur des barcasses. Ils venaient de Tourtoirac, de Sainte-Eulalie ou de Saint-Pantaly.

A force de flâner au milieu des étalages, César finit par trouver Dubost, le maire de Cubjac. C'était un paysan, comme lui, qui avait fait ses affaires dans le tabac. Toutes ses terres bordaient la rivière vers la Jaumarie. De la terre noire et fertilisée par les crues de l'Auvézère. Albarède le supplia de lui trouver un client pour son Pinsonnet. Dans le café de la place, face à l'église, le maire lui dénicha ce qu'il cherchait, un marchand de vaches qui avait fait ses choux gras en engraissant de vieilles bêtes de réforme.

— Deux mille francs, proposa-t-il.

— Trois mille, renchérit César.

Le maire topa à la place d'Albarède.

— Deux mille cinq cents.

Et pour encourager le nouvel acheteur à céder, Dubost lui fit un clin d'œil. Par ce signe, il lui montrait que l'affaire était une aubaine et qu'il pouvait s'y avancer sans crainte. Car le maire de Cubjac avait compris que la vente des noyers suffirait à rembourser sa mise.

— A la condition de payer à la signature du contrat, exigea César.

Le maquignon haussa la tête. C'est que nous avons besoin de sous, se dit-il. Voilà bien les meilleurs coups, ceux qui se concluent le couteau sous la gorge.

— Tope-là, fit le marchand de vaches.

En remontant à Auberoche, César s'adressait de vifs reproches. Le Pinsonnet vendu pour une bouchée de pain, et tu ne me dis rien ! fit-il, le poing tendu vers le ciel. Et sais-tu pourquoi j'ai accompli cet exploit imbécile ? Pour que Chadeuil ne l'ait pas, ton misérable Pinsonnet, garce ! Et César partit d'un grand rire. C'était sa seule consolation, que le voisin fût floué. L'argent ! l'argent ! Qu'en ai-je à faire, moi qui suis, déjà, plus mort que vivant...

9

Octavia avait retenu la terrible leçon de sa sœur. Enfin, elle avait compris que le destin d'Auberoche reposait sur ses épaules. Le culte de la mère n'était d'aucune utilité. Dans les froides ténèbres, elle ne pouvait plus rien pour les vivants. Sachons faire nôtre sa leçon de courage, disait Octavia en cachant ses portraits dans les tiroirs. Le dimanche, seulement, on se rendait en procession à la messe pour prier et visiter sa tombe. C'était devenu un rituel pesant, un devoir de mémoire.

Les semailles de printemps pointaient enfin dans la terre noire. Les maïs et les blés, favorisés par les giboulées de pluie de mai, tenaient leurs promesses. De même, le jardin étagé. Naine et les Césarines buttèrent les raies des haricots verts pour les protéger de la chaleur, puis ramèrent les soissons. Tout était à point, les premières fraises, les radis, les rattes. Et ceux qui, à Cubjac, avaient parié sur la débâcle d'Auberoche en restèrent sans voix. Chadeuil le premier.

Avec son petit Eugène, il venait souvent flâner aux abords de la propriété. C'était un curieux, cet homme-là, un observateur attentif des affaires agricoles. Et souvent, aussi, un maître conseilleur. Car rien ne pouvait le laisser indifférent : un arbre mal taillé, une vigne négligée, la chlorose sur les maïs ou le mildiou sur les feuilles de pommes de terre. A ces défauts, il jaugeait la valeur d'un paysan. Et pour l'heure, il réservait son jugement sur les Césarines. Elles étaient entreprenantes, vaillantes, courageuses. C'étaient des signes qui auguraient de l'avenir. Mais, là où Augustine avait échoué, comment les filles Albarède pourraient-elles réussir ? Tout le drame venait de César, des vicissitudes du maître. A mesure que l'argent rentrait dans l'économie d'Auberoche, il se chargeait de le dépenser. Une fois les charges communes de la ferme payées, que restait-il en caisse ?

Mais les Césarines possédaient trop de fierté pour accepter le moindre conseil. Chadeuil demeurait, ainsi, prudemment, sur la frontière, n'osant un pas dans la propriété ennemie. Une fois, seulement, il s'était risqué à montrer comment on préparait les semis de melons, en pétrissant une terre fine pour y loger les graines et les recouvrir, ensuite, d'un peu de sable de rivière pour les garder à l'humidité. La démonstration était des plus instructives, mais elle fut vite interrompue par César, veillant sur ses terres, comme un légat romain. « Passe au large, saligaud, ou je vais te tirer un coup de fusil dans le cul ! »

A la vérité, Octavia avait compensé son angoisse par un surcroît de travail. Planter, semer, ensemencer le moindre arpent, c'était tôt ou tard conquérir l'argent suffisant pour qu'Auberoche recouvre sa sécurité. Ainsi avait-elle préconisé de préparer des melonnières. Pourtant, cette culture n'était pas d'usage à Auberoche. Mais les melons de juillet et d'août se vendaient bien sur les marchés d'Excideuil, et cela la tentait fort de réussir ce coup-là. Quant aux asperges, Julius avait expliqué la difficulté de préparer le terrain, en profondeur, et d'adjoindre du sable pour alléger le sol, au risque de perdre les griffes. « Nous gagnerons ce pari l'année prochaine », promit-elle.

Antonia accompagnait tous les gestes de sa sœur, docilement. Elle avait décidé de se ranger sous ses ordres. Puisque le père avait dévolu ce pouvoir à Octavia, et à elle seule, autant obéir. Il y allait de l'avenir de la propriété. Car la douloureuse perte du Pinsonnet avait marqué les esprits. Et pour qu'elle se sentît partie prenante de l'aventure, et qu'il en restât une trace, par-delà son engagement quotidien à la cause d'Auberoche, la première Césarine ouvrit un journal où se trouveraient consignés la couleur du ciel, les sorties du père et ses dépenses dispendieuses de poche et de bouche, les achats ménagers, les travaux aux champs.

Au 9 juin 1914, Antonia nota : *Vente des cerises 86 kilos à 28 francs les 100 kilos, soit 24 francs 08. Vente des petits pois 91 kilos à 20 francs les 100 kilos, soit 18 francs 20.* Et, poursuivant ses annotations, elle ajouta, le lendemain : *Sarclage des soissons à la Rivière. Beau temps. Livraison de la farine à Cubjac, 20 kilos contre cinq tourtes de pain...*

C'était laconique. Ça ne souffrait pas de littérature. Nous étions loin du temps où la petite Antonia racontait des histoires de princesses, dessinait des carrosses, loin encore des lettres passionnées du Valperdu. L'âpreté du quotidien avait réduit ses rêves à des comptes minutieux, des récapitulatifs fastidieux. Le travail journalier, répétitif et éreintant, avait fait d'elle une petite paysanne aux traits tirés, à la mine hâve. Seule Octavia semblait se fortifier à ces épreuves. Elle voulait devenir l'homme qui manquait à la maison Albarède. Cela l'amusait de prendre un vieux pantalon de son père, une paire de sabots de bois, pour faire les foins et tirer à la faux son carré d'herbe. Les larges bretelles, qui se croisaient sur sa poitrine, faisaient ressortir ses seins opulents et fermes sous la chemise de toile. Sa sœur trouvait qu'il y avait, dans cette manie de porter des tenues d'homme, une singulière ambiguïté.

A l'évidence, Octavia n'avait aucun souci de plaire. Les garçons de Cubjac, qui venaient parfois donner la main dans les grandes occasions, l'observaient avec défiance. Ils préféraient les jupons d'Antonia, ses robes décolletées, et sa taille amincie par une large ceinture de cuir fin. Dans l'effort, la petite Césarine faisait pitié, surtout à Chadeuil, qui craignait à tout instant qu'elle ne se cassât comme une poupée de porcelaine. Lorsqu'il la trouvait, ainsi, près de la rivière, à tirer le râteau, des heures durant, pour rassembler le foin, il ne pouvait s'empêcher de la couver de ses grands bras robustes. Il l'aidait, discrètement, à finir son ouvrage, et lui apportait un peu d'eau fraîche dans un bidon à lait en fer-blanc. Antonia s'aspergeait le visage pour éteindre la brûlure du soleil.

— Tu vas prendre une insolation, petite.

Elle se mit à rire aux éclats.

— Qui va nourrir les bêtes cet hiver ?

— Il n'y a que les chevaux d'heureux dans cette famille, ajouta Chadeuil. Et ton père, précisa-t-il d'un ton perfide.

— Papa n'est pas ce que vous croyez, monsieur Firmin. Depuis le départ de notre mère, la douleur ne le quitte pas. C'est une épreuve, pour nous, de l'entendre, toutes les nuits, gémir et pleurer.

Eugène râtelait aussi les rouleaux de foin, avec application, tel que son père le lui avait appris. Il y mettait tant de force et de cœur que l'ouvrage avançait à pas de géant. Lorsqu'il reprenait son souffle, les griffes du râteau dressées vers le ciel, plumant de la main les brins de foin qui s'étaient accrochés à elles, Eugène fixait Antonia, les yeux riboulant de désir. Cela le troublait de voir palpiter, sous le fin tissu de la robe blanche, ses seins. L'eau dont elle s'était aspergée et qui avait mouillé le tissu faisait jaillir les pointes durcies des aréoles. Au moment où la jeune fille s'abandonna sur un tas de foin pour prendre un peu de repos, Eugène vit, en un éclair, les cuisses s'ouvrir et se fermer comme des ciseaux. Machinalement, l'idiot porta la main à sa braguette. Et comme il le faisait souvent, en toute innocence, sa main s'insinua dans le pantalon. Antonia détourna les yeux, pudiquement. C'était mieux ainsi, qu'elle ne s'en offusquât point, sachant le garçon des Chadeuil fort porté à ces jeux innocents. Elle l'avait surpris, une fois ou deux, en train de se masturber, aussi naturellement qu'un chien se léchant l'arrière-train, et elle avait fait mine de n'avoir rien vu. C'est la nature qui parle, se disait-elle. Le simple d'esprit a du désir comme les autres hommes, mais se livre sans retenue, puisque ne sachant, hélas, où est le mal.

Mais, craignant qu'il ne s'exhibât, Firmin lui intima l'ordre de reprendre l'ouvrage. D'un sourire chagrin, Antonia lui fit comprendre qu'il n'y avait pas à s'offusquer.

— Il me cause grand souci, confia Chadeuil. Pourtant, c'est une bonne pâte.

— Moi, ben chaud, fit Eugène en dégrafant sa chemise sur son torse poilu. Ben chaud ! Mierde ! Mierde ! Mierde ! Tona é ben belle, p'pa. Dis ? Dis ?

Un peu de bave s'amassait sur ses lèvres, tant sa langue malhabile barattait dans la bouche les mots qu'il ne pouvait articuler.

— Antonia est une belle fille, fit Chadeuil pour lui montrer qu'il avait compris sa phrase et ainsi, peut-être, éteindre le charabia qui se bousculait dans sa tête.

En effet, Eugène parut satisfait.

— Voilà, dit Firmin. Il est content, maintenant qu'il a fait sa déclaration.

— Toi aussi, Eugène, ajouta Antonia, tu es un beau garçon. Et si fort !

Eugène éclata de rire et, jetant le râteau sur le pré, se frappa la poitrine avec ses poings.

— Tu as fait de lui un garçon heureux, dit Firmin, la larme à l'œil. Il lui faut si peu de chose pour le mettre en accord avec le monde. Car le pire, pour mon Eugène, est de sentir l'hostilité des gens à son égard.

— Comment peut-on être si méchant ? s'étonna Antonia.

— L'idiot fait peur parce qu'il nous désigne, crûment, toute la détresse du monde, dit Chadeuil.

Sur les trois derniers mois, César vendit trois chevaux, qui lui rapportèrent mille deux cents francs. Sur son journal, Antonia inscrivit, triomphalement, la somme. Cela augurait-il des jours meilleurs ?

Sur cette question, les Césarines n'osaient un pronostic. La tombée du jour effaçait tous les espoirs. C'était l'heure triste entre toutes, l'heure où César s'en revenait vers sa chambre pour cuver son vin, dans d'affreux borborygmes, des grognements d'animal repu.

— Il y a de plus en plus de bouteilles, dénonçait Julius. Je ne sais où il les pêche. Du vin bouché. A un franc.

— Occupez-vous à panser les chevaux ! répliquait Octavia.

Seule Antonia exigeait que le domestique la tînt au courant des abus journaliers de César. Elle avait compris que tous les bénéfices s'en allaient ainsi, en dépenses inconsidérées. L'économie d'Auberoche ressemblait au tonneau des Danaïdes. Souvent, pour échapper à la morosité ambiante, elle montait au Valperdu.

Là-haut, Antonia retrouvait l'âme de sa mère, dans le

chant du vent, les coulées céladon de la lumière solaire, et le bruissement des arbres. A chacune de ses visites, elle déposait un petit bouquet de fleurs des champs à l'endroit même où Augustine s'était écroulée. Le lieu était devenu sacré à ses yeux, plus que sa tombe de Cubjac, puisque c'était là, en définitive, qu'elle avait prononcé ses derniers mots. Si, comme on le dit, les esprits des morts s'en reviennent, de temps en temps, errer parmi les vivants, ce doit être sur cette terre simple qui respire la beauté, pensait-elle en se signant.

Antonia s'abandonnait volontiers à ces croyances, depuis que sa mère l'avait baptisée sorcière des truffes. Parfois, elle sentait confusément une présence, se retournait vivement pour ne caresser à bras tendus que l'air vibrant d'insectes.

Tout le mois d'avril, elle l'avait passé à travailler le sol à la houe, superficiellement, comme sa mère le lui avait appris, sans brusquer la couche de pierrailles. Ainsi s'était-elle employée, avec courage, à éliminer les plantes nuisibles, telles que les épervières, les fétuques. Ce lui fut l'occasion de bien connaître la géographie de la truffière, de repérer les zones actives et celles en sommeil. Elle n'avait rien perdu de ce que sa mère lui avait montré. Antonia apporta aussi un soin particulier à la pépinière. Les plants avaient besoin d'espace défriché pour s'épandre librement, et là, elle s'employa à détruire les genévriers, les faux merisiers, les viornes, qui les étouffaient.

L'immensité du Valperdu avait de quoi la décourager. Son travail de fourmi paraissait dérisoire, car elle œuvrait de-ci de-là, à l'instinct, sans continuité. C'était une affaire qui eût requis l'emploi de cinq hommes au moins, un mois durant. Mais elle était seule, et ne pouvait s'adjoindre l'aide de Julius. Car Octavia ne l'eût pas autorisé à quitter les chevaux. Il y avait tant à faire de ce côté-ci d'Auberoche que l'exploitation de la truffière paraissait un luxe inutile. Sur ce point, la seconde Césarine partageait l'opinion de son père, que le Valperdu était un coin de terre aride et sauvage, tout juste bon à y faire paître les chèvres et les moutons.

Au début des grandes chaleurs, César Albarède montra des signes d'épuisement. L'insolation, disait-il. Tout se trouvait ainsi expliqué par l'insolation, ses évanouissements éthyliques, ses désordres de mémoire, ses diarrhées verbales, ses débâcles intestinales. Il allait ainsi, d'un pas hésitant, de l'ombre de sa grange, où les bouteilles l'attendaient, à la pénombre de sa chambre. Il ne savait plus si le jour commençait ou s'il finissait. Dès lors, il s'empêtrait dans la grande fatigue où les forces s'amenuisent.

Le docteur Labrune apporta quelques médications. Des plâtrages d'estomac. Des vitamines. De quoi restaurer, un peu, la machine. César Albarède était solide, le cœur surtout. C'était une affaire de famille. Un point fort des Albarède, le cœur. L'animal retrouva, une semaine ou deux, durant les journées de juillet, un semblant de rémission et de lucidité. Octavia en profita pour mettre cartes sur table. Les fonds d'Auberoche étaient en baisse. De nouveau, on ne payait plus Julius. Les jumelles hésitaient à descendre à Cubjac, à cause des ardoises chez l'épicier et le quincaillier. De nouveau, le déshonneur des Albarède s'affichait au grand jour.

— Alors, s'écria César, la tête enrubannée d'une serviette humide, il ne nous reste plus qu'à vendre le Valperdu. Ce sale endroit, nous en tirerons bien mille francs.

A ces mots, Antonia poussa un grand cri.

— Jamais !

Albarède éclata de rire. Il ressemblait à un gros mamelouk avec sa coiffe de fortune imbibée d'eau glacée. Il avait remplacé les bains de pieds d'Augustine par les compresses à la tête. Il n'y avait plus que Naine pour en rire dans son dos, tandis que les filles craignaient ses réactions violentes. La fureur qui l'habitait toujours s'était transportée contre Antonia, le souffre-douleur. Car il distinguait en elle l'esprit rebelle et frondeur de sa pauvre Augustine.

— Quoi ? fit César.

— C'est la truffière de maman. Je ne tolérerai pas que tu y touches.

Antonia tournait autour de son père, comme une guêpe. C'était une affaire qui lui tenait tellement à cœur qu'elle se montrait plus agressive qu'elle ne l'aurait voulu.

— Je ferai ce que je dois. Nom de Dieu ! Qui commande ici ?

Octavia se tenait à deux pas, le visage fermé, les lèvres pincées. Il n'était pas nécessaire qu'elle vole au secours de son père ; c'était une tâche dont il s'acquittait sans peine. Mille francs pour un sol de causse, c'était bien payé. Un sursis supplémentaire. De quoi attendre l'hiver, sans dettes. Et le temps enfin où l'argent des oies grasses apporterait un peu de trésorerie.

Antonia échappa de peu à la grosse main de César, lancée vers elle, avec la force du désespoir. Celle-là, nous n'en ferons jamais rien, pensait-il. Que n'ai-je su appliquer le fouet plus tôt ?

— Le Valperdu ne t'appartient pas.

— Que veux-tu dire, petite ? reprit Albarède, l'œil noir.

— La terre appartenait à notre mère. Et avant de partir, elle me l'a donnée.

César ricana en défaisant la serviette qui lui ceignait le front. D'un geste rageur, il la jeta au milieu de la cuisine.

— Tout ce que possédait votre pauvre mère est mien, désormais. C'est la loi.

— Maman m'a confié la truffière en me faisant jurer de la faire prospérer. Et si je dois la perdre, par ta faute, père, alors je préfère mourir.

Un sourire vague se dessina sur le visage d'Octavia. Mais il ne s'y éternisa point, car elle reprit sa posture figée qui lui convenait si bien. Ma chère sœur est une excellente comédienne, se dit-elle. Pour un peu, nous verserions quelques larmes.

— Où donc est son testament par lequel elle te lègue le Valperdu ? Je ne vois rien qui puisse confirmer tes propos.

— Oh, père, fit Antonia le visage blessé, je ne demande rien d'autre dans le partage. Que le Valperdu soit mien. C'est tout.

Albarède n'était pas d'humeur à envisager Auberoche après lui. Surtout depuis que le médecin l'avait averti des risques encourus à force de téter la dive bouteille... Sa mort, il la voyait éloignée dans le temps, dans une zone étrangère du calendrier. Il se donnait bien, généreusement, trente, voire quarante ans. Il avait besoin de ce sursis pour bâtir l'empire qu'il projetait toujours, dans ses nuits d'insomnie. Plus les affres ennemies de ses turpitudes s'approchaient de lui, et plus il s'allouait de répit. C'était sa seule religion, tenir haut et bravement. Et la disparition de sa chère Augustine n'avait fait que le conforter dans cette voie. Et s'il disait souvent que, désormais, sans sa femme, la vie n'avait plus d'importance, nul ne le croyait à Cubjac. Chacun savait que cet homme-là avait les pieds bien vissés dans sa terre.

Comédie ! Comédie ! répétait-on devant ses crises de désespérance.

— Je suis et reste le maître.

— Je ne conteste pas, bredouilla la jeune fille.

Antonia était malheureuse que son père eût pu penser, un seul instant, qu'elle souhaitait son départ. C'était le Valperdu qu'elle voulait protéger de la mort. Le vendre à des étrangers, n'était-ce pas faire mourir Augustine une deuxième fois ?

— Ta mère aimait cet endroit. Parce qu'elle avait la passion des truffes. Moi, les truffes, je m'en fous. C'est de la petite besogne. Un Albarède a d'autres ambitions chevillées au corps.

Et César fixait Octavia pour lui faire comprendre qu'elle était, celle-là, de son sang, de ses rêves, de ses espérances.

— Je veux le Valperdu pour moi. C'est une terre prodigue. Je saurai la faire fructifier. Et tu seras surpris de l'argent qu'elle nous rapportera.

Albarède se traîna jusqu'au seuil de sa maison, la patte lourde. Du dehors, un air de fournaise le fit reculer. Il avait envie de descendre à la grange pour se consoler. Mais, du regard, il mesura le chemin poudré de chaleur blanche, et en ressentit un haut-le-cœur. Il n'y avait plus une goutte de vin dans la maison depuis que les filles avaient fait le ménage pour le préserver du vice.

— Je sais pourquoi tu désires cette terre, dit César. Pour des raisons sentimentales.

Antonia pleurait, doucement.

— Mais je me fiche de ces sensibleries de petite fille. Il est temps de grandir, nom de Dieu. Et de voir la vie telle qu'elle est, poursuivit-il.

Ce n'étaient pas de pauvres larmes qui pouvaient le faire varier. Le manque l'accaparait trop vivement pour qu'il pût se trouver, quelque part, au fond de son âme, un brin d'affection. En vérité, l'alcool avait dévoré, en lui, ce qui demeurait d'humain. Désormais, quelle souffrance pouvait l'apitoyer plus que la sienne ?

— Si tu me voles mon Valperdu, s'écria encore Antonia en s'accrochant à son père, alors je m'en irai de cette maison !

Le père se dégagea d'un geste éperdu. Il ne possédait plus assez de force en lui pour achever cette conversation. Et à tout craindre, mieux valait encore risquer la fournaise du dehors.

Antonia le suivit du regard, longtemps, jusqu'à ce qu'il eût disparu au creux du chemin. Les trajets du père se limitaient à l'essentiel. La cuisine, la chambre, la grange... De l'orgie du boire au sommeil réparateur. « Maintenant, répétait-il, mes rêves sont plus grands que mes jours. »

Octavia approcha aussi du seuil de la maison, inondée de soleil, la main posée sur l'épaule de sa sœur. Mais celle-ci lui refusa aussitôt l'apitoiement qu'Octavia attendait d'elle.

— Tu me croiras si tu veux, dit Antonia, mais je n'arrive pas à le plaindre.

La dernière semaine de juillet, le petit clerc de notaire revint à Auberoche avec un arpenteur pour mesurer le Valperdu. Contre toute attente, Antonia demeura sans voix. Elle avait dépassé le seuil de la colère. Tant de prières jetées au vent avaient suffi à sa résignation. Puisque le signe attendu ne s'était pas manifesté, peut-être qu'Augustine se moquait bien de l'affaire...

Les blés avaient mûri avec un peu d'avance. A trop tarder à les couper, on risquait de les perdre. Une fois encore, Firmin avait été de bon conseil, en broyant un épi entre ses doigts.

— Lorsque le grain se détache aisément, il est trop tard. Ça ne fait plus que le bonheur des pigeons.

Eugène avait une autre méthode pour mesurer leur maturité. Il croquait les grains, et les mâchonnait avec des mouvements de tête.

— Ça bon, p'pa. Ça bien bon, Tona !

Et le jour même, de grand soleil, les filles attaquèrent à la faux. Octavia coupait et Antonia liait les javelles. A la fin du jour, Julius s'avançait vers les moissonneuses avec sa charrette attelée de deux percherons pour monter les gerbes à la grange. Il ne se passait pas un jour sans que l'orage menace. En général, il se perdait vers la rivière, en donnant force éclairs et coups de tonnerre.

— Cette année nous avons de la chance, pronostiquait Firmin, les orages sont secs.

A la longue, les Césarines avaient fini par s'habituer aux menaces du ciel. Ça tournait autour d'Auberoche, sans éclat. Ça se perdait dans les vallées de l'Isle. Des coups de vent se dressaient, soudain, bousculant les armées de nuages, comme un couvercle de bronze, lourd et chaud. Et ça se défaisait dans une brume grise.

— Il passe à côté, disait Firmin.

Et lorsque l'éclair venait à frapper l'Auvézère, il comptait mentalement les secondes, jusqu'au craquement.

— Cinq kilomètres, disait-il en pointant le doigt vers Sarliac. Là-bas, les pauvres diables, ils écopent comme des pestiférés.

On sentait la fraîcheur des pluies qui montaient des vallées. Et parfois, aussi, quelques gouttes perdues à ses lisières. Car les averses voisines agitaient les vents de brume jusque sur les collines jaunies par la sécheresse.

— Pourtant, un peu d'eau ne nous ferait pas de mal, disait Octavia.

— Seulement après la moisson, revendiquait Firmin d'un sourire malicieux.

Lui, il avait rentré tout son blé, en un temps record. Maintenant, il pouvait prêter la main à ses voisines. Ça lui faisait plaisir de jouer de la faux dans les pièces pentues, là où la moissonneuse mécanique ne pouvait passer. A la longue, Chadeuil s'était résigné à prêter sa machine, puisque les petites Albarède n'avaient rien que leurs bras pour abattre la besogne.

En six jours, la tâche fut conclue. Il ne restait plus à moissonner que quelques maigres arpents autour des arbres. Sous l'ombre des pruniers, les filles attaquèrent à la faucille les ultimes javelles. C'était une affaire gagnée, enfin. Une belle œuvre. Car trente sacs de grains, c'était le pain garanti pour toute l'année.

Avant de se rendre à Périgueux, pour signer l'acte de vente, César Albarède monta au Valperdu. Il voulait visiter la terre d'Augustine avant qu'elle ne change de mains. Lorsqu'il trouva près des pépinières un bouquet de fleurs séchées posé contre un tronc de chêne, il comprit ce que signifiait cette présence. Cela le brûla de chagrin de penser que sa petite Antonia vouait à la mémoire de sa mère une si grande dévotion. César en ressentit une pointe de jalousie. Me sera-t-elle aussi fidèle, après ma mort ? se demanda-t-il. Il douta que sa disparition entraînerait quelque affliction. De son autre fille, il supposa aussi que la peine serait de brève durée. Octavia, se dit-il, l'ai-je vue pleurer une seule fois ? Et ce fut l'instant sublime, entre tous, sous le vent qui menait les nuages vers le couchant, chaud et lourd, où il commença à s'apitoyer sur son misérable destin. Même les plus grands empereurs ont eu de tels instants de désespoir, pensa-t-il. Car tout destin se révèle dans la solitude, devant l'absurdité de toute entreprise humaine. Il nous faut travailler à de grands projets. On s'y livre sans retenue, alors que le temps s'en va, perfidement. Et on se réveille enfin au crépuscule de sa vie pour découvrir que rien n'est abouti de tous les vastes rêves qu'on croyait à notre mesure.

Etendu à même la pierraille et l'herbe sèche, Albarède s'abandonna à son désespoir. Ses mains griffaient la terre, une terre étrangère à ses ambitions, puisqu'il n'avait jamais su l'apprivoiser. Il comprit enfin le lien charnel qui unissait Antonia au Valperdu.

Un cortège de nuages bronze obturait, peu à peu, la lumière du ciel. C'était une modification atmosphérique propice au vent. Sur le causse, été comme hiver, rien ne pouvait entraver sa fureur. Et dans cet instant du jour, César sentit que son âme s'accordait bien à cette pâleur menaçante qui se propageait dans l'espace. Il trouva un peu d'apaisement à l'odeur boisée qui montait du sol. Cela lui rappela la saveur des petits vins qu'il tirait de ses premières vignes, avant que le Valperdu ne devienne une truffière. Il en restait encore de vieilles repousses dans les recoins, des sarments rampants sous les viornes. Mais il avait défait cela aussi, pour la conquête de plus nobles ambitions. Ma chère Augustine voulait sa *tartuffière*, marmonna-t-il. Et j'ai accédé à ses désirs. Que pouvais-je dire ? Il éclata de rire. N'as-tu point fait tout ce que tu désirais… Jusqu'à venir ici, finir, comme une reine, dans tes terres arides, sèches, épineuses. Ça allait bien avec ton caractère, ô misère de moi. Que n'ai-je eu à en souffrir ? Tandis que tout nous opposait, comme l'eau et le feu. Moi l'eau, ou le vin, dirais-je, et toi, diablesse, le feu. Ça te consumait de l'intérieur, cette force irradiante. Et la langue ensablée par la fatigue, ses derniers mots s'évanouirent dans un ronflement de gorge.

Tapi contre un chêne, César fit une longue sieste. C'était devenu monnaie courante, l'engourdissement du sommeil. Et sa vie, désormais, se trouvait ainsi partagée en deux : l'ivrognerie et la torpeur. Il passait des furies de la boisson à l'abrutissement. Cela l'intriguait encore, du reste, de se voir chuter. Il avait conservé la lucidité intacte de l'homme fort et puissant qu'il était autrefois. Quelquefois, une étrange sensation le submergeait. Il marchait à côté de lui, s'admonestait de sévères remontrances, s'injuriait. C'était indigne d'un César qu'une telle fin sur le théâtre du monde. Nulles pleureuses pour implorer les dieux du Capitole. Tes os partiront par la caisse commune, de bois blanc, dans la terre noire, se disait-il. Et le fossoyeur achèvera la besogne à coups de pelle bien cadencés. Dans ce pays, on a perdu l'habitude de plaindre les morts. Un César a trop d'ennemis pour mériter les larmes. Tout juste les sarcasmes des bigotes, dont l'haleine pue la vieille cave…

Le vent avait poussé les nuages vers l'Isle, comme à l'habitude. Et sur les basses collines embrumées, le tonnerre rôdait dans ses profondeurs. Des éclairs enluminaient le ciel. C'était l'orage ordinaire des fins de jour. Albarède avait remonté sa capote en tirant sur les arceaux rouillés de la voiture. De grosses gouttes frappaient la toile, comme mille doigts sur une peau de tambour.

César prit le chemin de la Boissière, par Grattelouve. Une idée fixe le taraudait : trouver un peu de viatique à l'auberge de Marijeanne. C'était le seul endroit sur l'Auvézère où on lui ferait crédit, car il était sans sous. Un sacré farceur aux poches percées. Peut-être qu'au bout du compte il trouverait quelques boit-tout de son espèce qui lui offriraient le verre de l'amitié. C'était couru d'avance. Chez Marijeanne, ça ne manquait pas, les sybarites.

Comme la pluie redoublait, Albarède força l'allure de sa voiture. Le chemin était des plus malaisés, inondé en certains endroits. La bête qui tirait l'attelage rechignait à forcer l'allure malgré ses coups de fouet. Tant d'eau, tant d'eau, ça me tue ! maugréait-il en traversant des rideaux d'averses diaprés comme une écharpe d'iris. Il entra enfin dans les vastes bois de Pigerou. Le chemin était à l'étroit sous les chênes. Moiré de brume, l'espace alentour semblait se rétrécir. César, arc-bouté sur ses brides, cherchait la fameuse patte-d'oie qui conduisait à la Boissière par la Peyssonie. Il craignait de la rater dans ce maelström de vent, d'eau et de brume.

Il crut enfin l'apercevoir et vira sec. Le cheval hésita à son commandement devant un épais rideau d'arbres. Il se cabra, recula de travers et versa la carriole dans le fossé. Le choc fut si brutal que la roue droite se brisa net. Mais César, qui n'avait aucune envie de mettre pied à terre, fouetta son cheval pour qu'il repartît. Le moyeu laboura le bas-côté comme un soc de charrue. Perdant son équilibre, Albarède bascula sur le chemin. Il vit son attelage poursuivre son chemin, brinquebalant et désarticulé, quelques pas encore.

— Ho ! Ho ! Ho ! cria-t-il.

Mais le percheron avait pris peur et se cabrait, furieusement. César se releva, avec peine. Il portait une longue estafilade au front. Sa tête avait heurté les pierres du chemin, dans la chute. Le sang inondait son visage. Je pisse le vin comme une outre percée, dit-il. Saloperie. J'ai plus que du vin dans mes entrailles. Et il se mit à rigoler, à psalmodier, selon son habitude, jurant contre Dieu et diable.

Parvenu à son cheval, César le libéra de ses harnais, en tranchant le cuir à coups de couteau rageurs.

— Fous le camp ! Ganache ! Dégage !

Et pour lui donner de l'élan, Albarède lui piqua la croupe de la pointe de son canif.

Désormais, la pluie tombait dru, en colonnes épaisses. César était si pauvrement vêtu qu'il se trouvait mouillé jusqu'aux os. Il gagna le sous-bois. C'était le bruit de rivière qui l'avait intrigué. A grandes enjambées, il traversa les fougères, écartant de la main les ramures basses gorgées de pluie. Et il vint buter à l'Auvézère. Elle coulait, majestueuse, sur son lit de pavés ronds. A cet endroit, on ne pouvait se risquer à la traverser. Les pluies d'orage des derniers jours avaient accru son courant paisible. La Boissière était sur l'autre berge, à un bon kilomètre seulement. Il comprit qu'il lui fallait remonter un peu la rive pour trouver le fameux pont de bois qu'il avait raté.

La grêle se mit aussi de la partie, frappant le feuillage avec une vigueur démoniaque. César courut jusqu'à un gros chêne. Là, il se pelotonna pour donner le moins de prise possible aux fureurs du ciel.

Marijeanne me prêtera des vêtements secs, se dit-il. Et un petit remontant. Une gnôle de prune. Ou une poire. Ah une poire, c'est divin, nom de Dieu !

Albarède n'entendit pas le grésillement qui titillait l'air. Car aussitôt la flèche fondit sur lui. L'arbre qui le protégeait, un géant centenaire, partit en charpie dans l'odeur lourde et âcre de soufre.

Le jour de l'enterrement de César Albarède, il se passa un événement à Cubjac, comme partout en France d'ailleurs, un événement qui bouleversa l'histoire du siècle commençant, et dont nul, à la seconde, ne put mesurer l'extrême gravité. Cela tenait sur une affiche placardée à la mairie, ornée de deux drapeaux croisés bleu-blanc-rouge...

Et bien après que le maître d'Auberoche fut rendu au cimetière, les cloches sonnèrent, et sonnèrent, à la volée, un sinistre tocsin. Si bien que l'ensevelissement de César Albarède se confondait avec l'événement. Certains n'en croyaient pas leurs yeux, non point qu'Albarède fût mort, foudroyé par un orage, sur le bord de l'Auvézère, mais que la guerre vînt d'éclater. Pourtant, sur l'affiche, c'était écrit en grosses lettres noires : ORDRE DE MOBILISATION GÉNÉRALE...

Jules Dubost, le maire de Cubjac, flanqué de son tambour, lut le message de la déclaration de guerre avec l'Allemagne, à l'usage des illettrés. Il y avait foule devant l'entrée de la mairie, un mélange d'hommes endimanchés, de femmes en voilette et chapeau de paille noire et d'enfants incrédules. Dubost relut une seconde fois le contenu de la déclaration signée par le président de la République, pour les retardataires et pour ceux, aussi, qui n'avaient pas encore compris. Le médecin et le curé se tenaient côte à côte, la mine sévère, un peu en retrait du troupeau qui s'agglutinait devant son maire. Ça questionnait. Ça criaillait. Ça fulminait. Ça riait. Ça pleurait.

Le docteur Labrune avait croisé les bras sur sa poitrine, écoutant religieusement le décret que Dubost ânonnait en détachant les mots.

— Mon Dieu ! fit le curé Lestaing en tombant à genoux, mains jointes. Tant de nos chers enfants vont devoir partir. Et sans confession.

— Je le savais, fit Labrune. Mais j'espérais tellement que...

Sa réflexion se perdit dans un soupir.

— Vous saviez quoi, docteur ? demanda le prêtre en se relevant.

— L'imminence de la guerre. On a commencé à tuer l'archiduc d'Autriche à Sarajevo. Premier acte. Et puis, Jaurès. Second acte.

— Jaurès ? Le député socialiste ?

— Hier même. N'avez-vous point lu les journaux ?

— Je ne lis point ça, docteur.

— Alors, je vous le dis en vérité, l'Europe va s'embraser. Nous n'aurons pas su arrêter les bras vengeurs, les esprits belliqueux. Jaurès, peut-être, y serait parvenu ? Par la grève générale en France et en Allemagne. Oh oui, c'eût été une belle victoire. Mais le destin ne l'a point voulu. Malheur à nous.

Labrune ajusta son chapeau et se retira, d'un pas las, longeant les maisons baignées de lumière. Il pensait à César Albarède. Lui, au moins, il ne verra pas ces horreurs. Un bienheureux mort.

A Cubjac, la petite mairie n'était qu'à deux pas de l'église. Et tout ce que le village comptait d'activités se tenait ainsi concentré dans un étroit périmètre, les demeures adossées l'une à l'autre, serrées comme des moutons. Il fallait franchir le pont de pierre pour atteindre la place aux bestiaux et les maisons bourgeoises fermées derrière leurs hauts murs, et jouir ainsi de la tranquillité de l'air, sous les ombrages des tilleuls, des marronniers et des platanes, qui ornaient ce décor paisible d'août 14.

Labrune retournait à son cabinet de travail. Il l'avait quitté au milieu de l'après-midi pour accompagner Albarède au cimetière, et là, soudain, l'orage. Sans crier gare. Sous la forme d'une simple proclamation rythmée d'un rantanplan de tambour. Moi aussi, pensa-t-il, je vais me mettre à la disposition des autorités. Mais auparavant, il me faut accomplir la tournée du soir. Trois ou quatre malades à visiter à la Sudrie, au Change, au Moulin-de-Rozier. Le train-train habituel.

Les cloches de Cubjac se remirent à sonner, à la demande de Dubost. C'était une des consignes de la sous-préfecture, alerter la population par le tocsin en attendant que la gendarmerie s'en vienne préparer la mobilisation. Les Césarines, qui s'étaient attardées au cimetière, après la dispersion du cortège, trouvèrent que, décidément, le curé en faisait trop.

— Papa n'était guère versé de ce côté ! fit Octavia en poussant du pied vers le trou béant un paquet de terre.

Le choc sur le bois du cercueil vernissé produisit un étrange son caverneux. Antonia se recula, vivement.

— C'est ta manière de lui dire adieu ?

— Je ne peux croire qu'on sonne ainsi pour lui.

Le fossoyeur se tenait à l'entrée du cimetière, appuyé contre la grille de fer. Il fumait une cigarette de tabac gris.

— Tu as de quoi le payer ? demanda Octavia.

Sa sœur ne répondit pas. Il y avait des mots qu'elle ne pouvait prononcer. Cela lui paraissait bien cruel que le fossoyeur réclamât son dû pour refermer la fosse. Mais Gadot était ainsi fait, d'une rusticité naturelle. Les morts, les vivants, c'était tout un pour lui. Une affaire simple. Le vieux bonhomme s'acquittait de sa tâche avec indifférence, rangeant les ossements dans les caveaux comme s'il se fût agi de vieilleries de grenier ou de cave, lorsqu'il fallait faire de la place pour un nouvel arrivant. Son truc, c'était de se jeter un petit coup de gnôle avant l'ouvrage.

— Ah ! mesdemoiselles, fit-il en levant son béret, ce sera quand même une belle journée.

Antonia ouvrit son aumônière et tira, une à une, les

pièces qu'elle lui devait. Il les fit sonner dans le creux de sa main terreuse, et s'inclina avec un sourire forcé.

— J'vas de ce pas refermer le trou. C'est bien mieux. Oh oui. Un mort, ça a droit à sa bonne terre. Et ici, ça conserve bien. P't-êt' que c'est une consolation de savoir que la terre est bonne et généreuse.

Les jumelles reprirent le chemin du retour, dans les stridulations des grillons excités par la chaleur. Leurs habits noirs collaient à la peau, car elles n'avaient trouvé mieux, pour la circonstance, que des robes mi-saison, dans lesquelles elles se sentaient engoncées comme des duègnes. Pour un peu, Antonia se fût vêtue d'une parure légère, mais sa sœur avait eu raison de ses idées excentriques. Désormais, elle s'amusait fort d'Octavia, soufflant et pestant contre la chaleur qui lui donnait un teint de tomate.

Des garçons attendaient au café, à l'ombre d'un tilleul, en sirotant des verres de vin rosé, fraîchi au puits. En reconnaissant Antonia, Maxime Verdois courut vers elle.

— Tu ne sais pas ? C'est la guerre.

— Quelle guerre ?

— Contre les Allemands.

Les jumelles se regardèrent, ébahies. Et à l'instant, elles comprirent pourquoi on faisait sonner le tocsin.

— J'ai appris pour ton père, fit Verdois.

Antonia eut un sourire contrit. Cela faisait une heure au moins qu'elle serrait des mains, essuyait des accolades compatissantes et toutes sortes de paroles apaisantes.

— Tu vas partir ? Toi ?

— A Périgueux, d'abord pour l'affectation. Et après, je ne sais où.

L'un des compagnons de Maxime approcha, levant haut le verre.

— Ça sera une affaire vite réglée, ma jolie.

Et comme il voulut l'embrasser, Antonia se recula vivement.

— Tu ne peux pas refuser ça à un piou-piou !

La jeune fille s'y résigna, sous le regard amusé de Verdois.

— Je pourrais t'écrire.

Antonia éclata de rire. Mais le garçon conservait l'air le plus sérieux du monde.

— Ça se fait, dit-il.

Un éclair de tristesse lui traversa le regard. Maintenant que ses heures de liberté étaient comptées, sa petite personne placée sous l'autorité militaire, Maxime éprouvait quelque angoisse. Bien vite, se dit-il, je me souviendrai de cet instant, comme d'un rare moment de bonheur.

— Oui, tu pourras m'écrire, si tu le veux, concéda Antonia.

Le garçon fixait l'entrée de la mairie. A l'intérieur, trois gendarmes préparaient les fascicules de mobilisation. C'était simple comme bonjour. Un nom, un numéro de matricule, une affectation, une signature. Et un coup de tampon. L'affaire était réglée.

Octavia s'était réfugiée sous la tonnelle du café, attendant que sa sœur se décide enfin à la rejoindre. Elle avait suivi la conversation, discrètement. Au fond d'elle-même, elle éprouvait du soulagement à l'idée que cette guerre allait éloigner tous les garçons du village en âge de se marier. C'était ce qu'elle craignait le plus, que sa chère sœur quitte Auberoche et l'abandonne à son sort.

10

Août 14 fut caniculaire en Périgord. L'Auvézère s'amenuisa à son plus bas niveau. Et à chaque fin de jour, l'orage s'en revenait rôder sur les plaines. La grêle fusilla les tabacs parvenus à pleine feuille, les vignes aussi. Mais ces aléas météorologiques parurent bien dérisoires en comparaison des nouvelles qui parvenaient du front.

Aux premiers jours de la guerre, l'habitude fut prise par les édiles municipaux d'afficher les communiqués militaires. L'ennemi repoussé au-delà des frontières, comme il fut dit et écrit, partout, parut dans l'instant une bien pâle défense, alors qu'on avait juré et répété que les troupes françaises entreraient dans Berlin en quelques semaines. Il fallait éplucher les journaux, décrypter les communiqués contradictoires, pour comprendre enfin que l'engagement des troupes du généralissime Joffre ne se combinait pas comme prévu. Après de premiers succès éphémères, la cavalerie de Castelnau s'était brisée contre l'artillerie allemande. Première désillusion, suivie de celle de Charleroi, où la 5e armée de Lanrezac dut battre en retraite avec de lourdes pertes.

Après le 19 août, il n'y eut plus sur la porte de la mairie de Cubjac le moindre communiqué. Seul le docteur Labrune, observateur acharné, commentateur impénitent, colportait, jour après jour, ses lumières au café, sur la place, et jusque dans les familles. Il passait à Auberoche deux à trois fois par semaine pour saluer les demoiselles, comme il disait. Et, chaque fois, s'étonnait que l'état-major n'eût requis ses services. A croire que cette guerre se faisait sans blessés. Pourtant, le médecin avait adressé trois lettres au commandant du 50e régiment d'infanterie de Périgueux pour qu'on le convoquât enfin. Sans effet.

Octavia ne comprenait pas le sens d'un tel acharnement.

— Nous avons besoin de vous, ici. Tant de gens malades qui vous réclament... Qu'iriez-vous faire dans cette guerre ? Y risquer votre vie, si précieuse pour nous tous.

— J'ai été un ardent adversaire de ce conflit, répondit-il, mais puisque Viviani n'a su éviter la catastrophe, alors le patriotisme avant tout !

Seule Antonia trouvait que l'attitude du médecin de Cubjac était pleine de panache. Car elles ne faisaient point défaut, les suppliques au préfet quémandant l'ajournement. Ainsi, Firmin Chadeuil avait passé au travers des mailles du filet au prétexte qu'il lui fallait subvenir à sa famille et, surtout, à son malheureux Eugène, tandis qu'une trentaine de jeunes de Cubjac étaient déjà au front, dispersés entre Lille et Epinal. C'était autant de bras qui faisaient défaut dans les fermes. Il n'y restait plus que les vieux, les enfants et les mères. Et si, d'aventure, un homme en âge de se battre s'y trouvait encore, cela faisait mauvais genre. On avait déjà recensé le fils du maire, un solide gaillard, et quelques autres privilégiés dont le moindre déplacement dans le village suscitait des commentaires enfiévrés.

Lorsque la première lettre du soldat Verdois parvint à

Auberoche, Antonia s'en amusa cruellement. Le jeune homme usait d'un français approximatif et d'une orthographe fantaisiste. Loin du front où mouraient tant de jeunes gens, la vie paraissait décidément bien insouciante pour une jeune fille. Aussi, la Césarine n'y décela point l'étendue de la détresse qu'elle contenait. Et si Maxime lui faisait une déclaration d'amour, c'était sans doute parce qu'il avait besoin de se raccrocher à quelque sentiment vrai, désormais que son existence était en péril. Antonia jugea que celle-ci arrivait un peu tard. Toute flattée qu'elle fût, elle affecta de s'en moquer. Elle lui envoya sur-le-champ d'un trait de plume une réponse qui ne laissait augurer aucune suite.

La Césarine songeait plutôt à Julien Sarazac ; elle se demandait où la tourmente de la guerre avait bien pu l'emporter, dans quel secteur du front. Mais c'était une interrogation hautement intime, qu'elle n'eût désiré partager avec quiconque, par crainte qu'elle ne finît par atteindre les oreilles d'Octavia. Sans doute eût-il été facile de s'en inquiéter auprès du docteur Labrune. Ce dernier, de par son activité qui s'étendait jusqu'à Thiviers, connaissait toutes les nouvelles du pays. Et le destin des Sarazac, grande famille estimée dans la contrée, ne pouvait le laisser indifférent.

L'arrivée de la guerre avait ainsi réveillé cet amour en sommeil. L'idée que Julien Sarazac pût exposer sa vie, et qu'elle risquât d'apprendre un jour sa disparition, son effacement définitif, lui était devenue insupportable. Mon Dieu, faites que je puisse le voir une dernière fois ! Mais rien ne pouvait exaucer son vœu sans engager un peu de sa personne. Il te faut courir à Thiviers, faire le siège de sa demeure, ou tout simplement lui écrire une petite lettre. Qui sait ? Peut-être qu'il te répondra, malgré les anciennes lâchetés...

Antonia balançait entre diverses décisions, sans en accomplir une seule. L'orgueil, qui la possédait tout entière, et qu'elle avait sans doute hérité de son père, paralysait ses décisions. Tu ne peux ainsi revenir sur tes pas. Ce qui est dit est dit. Sinon, que penserait-il de toi ? Que tu n'es qu'une capricieuse, à l'esprit velléitaire.

Tant d'atermoiements trouvaient leur origine dans la prise de pouvoir d'Octavia. Depuis la mort de César, la sœur élue, par la volonté du maître, avait posé ses conditions. « Nous garderons Auberoche, toutes deux, à la condition que nous restions inséparables, aussi unies que les doigts de la main. Ainsi resterons-nous célibataires jusqu'à notre mort… »

Antonia avait noté cette dernière petite phrase dans son carnet, en y ajoutant plusieurs points d'exclamation. Cela voulait-il dire que le prix à payer pour la terre d'Auberoche était au-dessus de ses moyens, ou qu'elle trouvait l'exigence d'Octavia hors de propos ? Un jour que l'amour passera à ma portée, saurai-je lui résister ? se demandait-elle, tant la vie est emplie d'imprévisibles chemins. Et à côté de ces considérations intimes, elle inscrivit dans l'ordre les dernières tâches accomplies pour la grandeur du domaine : *Avons fait le battage de notre blé. En tout, vingt sacs. Fauchage des luzernes et du regain dans la plaine…*

Dans les premiers jours de septembre, le docteur Labrune vint annoncer quelques mauvaises nouvelles du front.

— La défaite est proche ! s'écria-t-il. Les troupes allemandes ne sont plus qu'à vingt kilomètres de Paris. Le gouvernement s'est retiré à Bordeaux. Ce serait un comble qu'il tombe entre les mains de l'ennemi.

Octavia retira en hâte son tablier maculé de terre et

invita le médecin à entrer dans la cuisine. Il accepta de prendre un grand verre d'eau fraîche.

— Vous croyez qu'ils viendront jusque chez nous ? demanda Antonia.

— Ne parlez pas de malheur. Nous possédons encore des forces intactes. Et Joffre n'espère qu'en une stratégie, la contre-offensive. Certains prétendent même que nos troupes n'ont battu la retraite que dans cette seule perspective.

Les Césarines, assises devant le médecin, l'air grave, cédèrent à un long silence. Le balancier de la pendule égrenait les secondes. L'air fleurait bon l'ail frais. Les volets clos préservaient de la chaleur extérieure.

— Je n'entends rien à ces choses, avoua Octavia.

— Cela ne peut laisser indifférent, déplora Antonia.

Labrune sourit en les observant tour à tour. Les Césarines ressemblaient à l'ancienne époque, avec leurs beaux visages apprêtés, leurs cheveux soigneusement tressés. Il flottait dans la maison une odeur de bonheur.

— Comme je vous envie, fit-il en se reculant sur sa chaise qui grinça sur le carrelage rougeron.

Octavia fronça les sourcils. La réflexion n'était pas de son goût.

— Vous savez, docteur, nous travaillons durement. Et l'argent fait cruellement défaut.

Antonia balança la tête.

— Le docteur Labrune veut dire qu'il y a plus malheureux que nous. Songe donc à tous nos jeunes qui souffrent et qui meurent.

Mais Octavia ne pouvait s'apitoyer sur autre qu'elle-même. Et, au juste, cela lui paraissait abstrait, la guerre qui se livrait dans les plaines de l'Oise et de la Marne. A chacun son combat, se disait-elle. Le nôtre se livre contre les créanciers qui réclament leur dû, contre la sécheresse qui épuise les jardins. Que cette guerre soit gagnée ou perdue n'effacera pas, pour autant, les ardoises.

Labrune n'était pas des plus surpris par tellement d'égoïsme. A Cubjac, comme ailleurs, on ne priait que pour les siens. Et, singulièrement, l'annonce des morts pour la France, chez le voisin, sonnait comme un soulagement. Puisqu'il fallait des morts sur le tableau du champ d'honneur, autant que ce fût les autres. Mais à Auberoche, il n'y avait aucun fils ni père pour lequel prier. Alors, la vie pouvait s'écouler au rythme ordinaire.

Deux jours plus tard, le médecin s'en revint. Cette fois avec le sourire aux lèvres, car les nouvelles étaient bonnes.

— Ça y est ! La contre-offensive est engagée dans la Marne. Toutes nos forces sont mobilisées. Il paraît qu'à Paris, on a même réquisitionné les taxis pour transporter les troupes...

Et Labrune, cette fois, refusa le verre d'eau fraîche. Il avait hâte de terminer sa tournée et de courir aux nouvelles. Pourtant, ces propos enfiévrés laissèrent les Césarines sans réaction. Elles ne comprenaient rien à la stratégie militaire qui consistait à battre en retraite pour recomposer un plan d'attaque. Antonia retint seulement que Cubjac resterait français, et que le feu et le fer qui s'abattaient sur les terres du Nord et de l'Est étaient bien loin du Périgord.

Aux premiers jours d'octobre, Julius commença les labours dans la plaine afin d'ensemencer le blé. Un vent du nord, froid et sec, courait la campagne. Les Césarines suivaient la charrue, le pas dans le sillon pour redresser la terre fine qui croulait dans le rang. Du revers de la houe, elles brisaient les grosses mottes récalcitrantes et, parfois, ôtaient une pierre que le soc avait levée.

Les deux sœurs ne s'adressaient plus la parole, depuis une semaine au moins. Les domestiques servaient de médiateurs dans cette fronde épique. La querelle avait pris naissance un soir, à l'heure des comptes, lorsque Octavia avait suggéré la vente de la truffière pour assurer un peu d'argent jusqu'à l'hiver.

« Ça y est, s'était écriée Antonia, c'est reparti !

— Ce que père n'a pas eu le courage d'accomplir, je le ferai ! »

Et puis, silence.

Dans son mutisme, Antonia préparait un plan de défense. Le notaire de Périgueux n'avait pas encore établi la succession, partagé les terres. Elle savait qu'Octavia ne pouvait vendre le moindre arpent sans son accord.

Lorsque Julius eut terminé l'ouvrage, les filles Albarède s'occupèrent de herser. C'était dans leur goût que de rendre la terre noire propice à accueillir le grain à la volée. Et comme le vent séchait la terre, on ne tarda guère à la besogne. L'une sema d'un côté tandis que l'autre fit de même à l'opposé. Et lorsqu'elles vinrent à se croiser, il n'y eut pas un seul regard, sinon une poignée de blé qu'elles se jetèrent en plein visage. Le vieux César a donné du caractère à revendre à ses deux filles. Mais qui l'emportera ? Bon Dieu, oui ! Qui de l'une ou de l'autre baissera la première pavillon ?

A la brume du soir, les Césarines s'en revinrent en guidant les chevaux. Elles avaient laissé les herses pour les terres du Faure, car Julius leur avait promis qu'à l'aube il s'en reviendrait les labourer, d'un seul tenant. On avait décidé d'y faire trente sacs de blé au moins, et dix sacs d'orge.

Antonia avait pris les devants d'un pas décidé,

distançant sa sœur qui soufflait son aise dans les derniers degrés d'Auberoche. Que le diable l'étouffe ! pensait-elle. A la vérité, elle songeait à sa mère. Chaque fois qu'il était question de la truffière, le souvenir d'Augustine s'en revenait. Son âme errait là-haut, parmi les chênes, semant sur la terre grise les ronds de sorcières. Elle avait repéré en quelques endroits une activité croissante de brûlés. Et quelques truffes fleurs avaient donné des signes encourageants. Tu es là, maman, je te sens, disait-elle souvent en griffant le sol pour y venir enfouir son nez. Car l'odeur était partout, s'exhalant des racines, chauffant la terre.

Après avoir rendu la liberté à son cheval, la Césarine sentit derrière elle une présence. Elle se retourna, vivement, en saisissant son fouet. Il cingla l'air, à deux pas de la longue physionomie qui se tenait à l'appui de la barrière.

— Qui est là ?

Le garçon portait un chapeau melon et une longue redingote noire. Ce pouvait être un clerc. Un commis de notaire. Un triste oiseau, en somme. Mais Antonia perçut enfin le visage du visiteur qui avait échappé de peu à la morsure du fouet. Un revenant, se dit-elle en portant les mains sur sa poitrine. Rien ne pouvait plus arrêter le cœur qui s'emballait sous sa chemise en toile de lin.

— Vous ? s'écria-t-elle. Vous, mon Dieu, mais que faites-vous là ?

Julien Sarazac avait ôté son chapeau.

— Fouettez-moi si vous voulez ! Car je le mérite, sans doute.

Antonia dégrafa sa capeline qu'elle jeta de côté et fit de même avec le fichu qui nouait ses cheveux.

— Pourquoi revenez-vous ? fit-elle. Maintenant que je vous ai oublié... C'est trop de tourment, tout de même.

Julien effleura son visage du revers de son chapeau. Il n'osait la toucher, lui prendre la main, par exemple. Ce qu'elle venait de lui dire était terrible. Et la douleur qu'il ressentit lui fit bien plus mal qu'un coup de fouet. Au moins, c'eût été humain, cette défense brutale. Tandis que là, par les mots, Antonia reprenait leur histoire où elle s'était interrompue.

— Mais je vous aime toujours...

— Vous m'aimez, vous m'aimez... Oui, sans doute, à votre façon. Comme une fille de ferme. Allons, beau comme vous êtes, élégant, ça ne vous manque pas, les filles, n'est-ce pas ?

Sarazac étendit ses grands bras, comme un oiseau de nuit s'apprêtant à prendre son envol lourd. La redingote ouverte flottait dans le vent du soir. Et Antonia l'observait, à distance, sans s'interroger plus que d'ordinaire.

— J'ai appris pour votre père, dit-il.

Mais il ne sut alors ce qu'il fallait dire de plus. Larmoyer, s'apitoyer, comme les conventions l'exigeaient en pareil cas, lui parut superfétatoire. Antonia hocha la tête en le dévisageant. Elle s'était rapprochée de lui. Son cœur battait toujours la chamade. Et elle se dit : Pauvre Antonia, s'il vient te prendre dans ses bras, tu seras emportée comme un fétu de paille. Mais il demeura, sage, à côté d'elle, un peu idiot de ne deviner ce qu'elle éprouvait.

— Rien, désormais, ne s'oppose à ce que nous nous aimions, fit-il d'une voix blanche.

— Hier non plus, Julien...

— Comment cela ?

Antonia baissait la tête. Le vent bousculait ses longues mèches brunes. Elle aimait ainsi lui offrir cette figure de folle.

— Vous pensiez que mon père s'opposait à notre

liaison ? questionna-t-elle. Bien au contraire. Il eût été fier qu'une de ses filles épousât un Sarazac.

— Alors, pourquoi tout ce temps perdu ?

— C'était moi qui ne voulais pas, fit-elle. A cause de Palamède.

— Et maintenant ? Puis-je espérer ? Un tout petit peu espérer...

Antonia conserva le silence. Cela l'ennuyait fort de devoir répéter que sa vie tout entière était asservie à Auberoche et que jamais sa sœur ne consentirait à cette union.

D'un pas nonchalant, ils parvinrent à la maison. Octavia avait allumé les falots extérieurs, malgré le vent. Des ombres flottaient sur la façade. Soudain, la sœur parut dans l'entrebâillement de la porte.

— Qui est-ce ?

— Julien Sarazac, dit Antonia.

Octavia rentra aussitôt dans la cuisine. Le visiteur s'avança jusque dans le salon pour lui serrer une main qui se voulait récalcitrante.

— J'ai une bonne nouvelle pour vous, dit-il.

La sœur le regarda, incrédule. Cette figure grise, pâle, mal rasée, ne lui disait rien qui vaille.

— Ah oui ! fit-elle en éloignant de la table des papiers dispersés.

— Vos chevaux...

— Que voulez-vous à nos chevaux ? répliqua Octavia.

— L'armée va vous les acheter.

Antonia partit d'un fou rire.

— Cela fait deux ans que nous cherchons à les vendre un bon prix. Et notre père a désespéré de les négocier, dit Octavia. Même la Société des tramways de la Dordogne. Rien. Rien de rien.

— Votre prix sera le mien, dit Julien.

Octavia lui fit signe de s'asseoir. Puis elle fit de même. Pas Antonia, qu'un rire nerveux avait entraînée contre le vaisselier.

— Vas-tu arrêter de te conduire comme une dinde ! lança Octavia. Pardonnez-lui, mais c'est plus fort qu'elle. Je ne vois pas ce qu'il y a de risible. Notre père avait fondé de grands espoirs dans son élevage, expliqua la Césarine. Mais, au pays, on se ligua contre lui, par jalousie. Et cette affaire nous coûta, monsieur, plus d'argent qu'elle ne nous en rapporta.

— Mais ne vois-tu pas qu'il se moque de nous, ce cher Sarazac ? s'écria Antonia. Pourquoi nous achèterait-il nos chevaux ? N'est-ce point votre père, précisément, qui refusa d'intercéder auprès des autorités militaires ?

— Je vous ai dit, alors, expliqua Julien, que j'étais intervenu pour vous. Et l'accord était conclu. Il suffisait de traiter l'affaire avec l'intendance de Périgueux.

— Il suffisait, il suffisait, répéta Antonia. Mais l'affaire ne se fit pas. Et nous autres, les Albarède, nous avons notre honneur...

Octavia haussa les épaules.

— Achetez ! Achetez-les tous, mon bon monsieur, si bon vous semble. Je me fiche des raisons qui dictent votre décision. Car nous avons besoin d'argent.

— Comment peux-tu dire cela ? hurla Antonia. Devant lui ?...

Et elle disparut dans le couloir, le feu aux joues, de colère et de honte.

Comme promis, Julien Sarazac revint le lendemain avec un commissaire militaire, chargé des achats. Le bonhomme avait reçu des ordres de ses supérieurs, car il ne discuta pas les prix. Et c'est Antonia, elle-même, qui fixa le marché, faisant de la surenchère sur les propositions de sa propre sœur.

La conduite de l'affaire blessa Julien, profondément. Faut-il qu'elle me haïsse pour m'opposer un tel camouflet, se dit-il. Avant de quitter Auberoche, avec les convoyeurs militaires, le jeune homme demanda à la voir.

— Je ne savais pas que vous étiez dans l'intendance, persifla Antonia. De toute évidence, cela est moins risqué que l'infanterie.

La Césarine avait évoqué l'infanterie, plutôt que l'artillerie ou les chasseurs, puisque c'était le seul mot qu'elle connaissait en matière militaire. Maxime Verdois était dans l'infanterie, dans le 50e de Périgueux, et ses lettres ne manquaient pas de relater l'enfer du front.

— Ah ! vous vous étonnez que je ne sois point en première ligne ? Mais, ma chère, ça ne saurait tarder. Que croyez-vous ? Il n'est pas un enfant de France qui ne risquera sa vie pour la patrie.

Julien prononça cette dernière phrase avec amertume. Antonia sentit qu'elle avait fait preuve d'une insolence inhabituelle. Mais n'était-ce pas trop tard pour réparer ? Du moins, Sarazac rabattit son chapeau de feutre sur le nez et refréna son aigreur.

A la vérité, sans s'en douter le moins du monde, Antonia avait posé le doigt sur la plaie. Il n'y avait rien qui le déchirait plus au monde que d'être épargné. Car Palamède avait joué de ses influences auprès de ses amis politiques en poste à Paris pour que les noms de ses deux fils fussent oubliés. Deux ajournés de plus ou de moins, cela ne changerait rien à l'affaire.

L'industriel avait donc jugé que la présence de ses fils serait plus profitable à la France dans l'usine que sur le champ de bataille. Car l'entreprise Sarazac s'était rapidement convertie à la production militaire. Les poudreries de Bergerac réclamaient des étuis d'obus, et les dernières machines-outils de la fabrique s'adaptaient parfaitement à la nouvelle fabrication. Emile et Julien s'étaient attelés à la tâche, formant en quelques semaines une armée de femmes à la manipulation des machines, puisque tous les ouvriers des usines de Thiviers et de la Forge-d'Ans se trouvaient mobilisés.

De son côté, Palamède s'était retiré dans sa demeure, jugeant que cette guerre qu'il n'avait pas souhaitée ne le concernait guère. Le descendant des maîtres de forges de l'Auvézère se donna donc une retraite prématurée, ne quittant guère plus le jardin où Odette cultivait ses roseraies. Au soir, ses fils le retrouvaient, avec consigne absolue de ne jamais évoquer les événements du front. « Toute cette boucherie inutile pour satisfaire les ambitions de Guillaume II, ce piètre empereur », disait-il souvent, la mort dans l'âme.

La victoire de la Marne avait rendu quelques espoirs, bien vite démentis par l'arrivée des premiers télégrammes du front, annonçant aux familles les tristes nouvelles : la mort d'un fils, d'un père... Palamède se tint informé par les autorités du malheur des familles. Le patron autoritaire, cynique et méprisant qu'il avait été dans la paix se mua dans l'épreuve de la guerre en homme de compassion. Bientôt, la liste de ses ouvriers morts au champ d'honneur s'allongea devant ses yeux mouillés de larmes. Et par sa secrétaire, madame Lubat, il s'attacha à faire verser quelques aides aux veuves.

— Croyez-vous que vos oboles suffisent à réparer les horreurs ? disait Odette.

— Cela m'aide à avoir l'âme en paix. Car j'ai vu venir cette guerre, en songeant qu'elle nous enrichirait.

L'argent, l'argent, ce fut toujours pour moi, ma chère Odette, comme une revanche. Avoir de l'argent, toujours plus d'argent, en gagner sans limite, pour laver l'affront de nos faillites anciennes. J'ai vu pleurer mon père sur les décombres de sa forge, lorsqu'il fallut nous rendre à la raison que nos petites fonderies n'avaient plus d'avenir Alors, j'ai travaillé à bâtir notre fabrique d'Ans, puis celle de Thiviers.

— Vous fûtes l'un des plus acharnés, Palamède, au sein de la Chambre de commerce de Périgueux. Et sans pitié pour vos rivaux. Et sans cœur pour les canards boiteux. Vous souvient-il comment vous avez exécuté ce pauvre Monteville ? Avec quelle hargne ! Jusqu'à lui ôter ses derniers appuis dans la banque. Ce ne fut guère chrétien, votre façon d'agir. Alors, aujourd'hui, mon cher Palamède, vous m'étonnez avec vos ouvriers... Que vous importe qu'ils meurent au front, puisque vous employez leurs veuves...

— Ils me furent fidèles, et je leur dois ce que je suis. Aussi me permettrez-vous de ne point les oublier, ces malheureux. C'est tout mon honneur. Et je n'en fais guère de réclame, comme vous le savez.

— Jusqu'à ce César Albarède, que vous avez haï...

Palamède eut un sourire contrit.

— Il se prenait pour un petit empereur, cet homme-là. Et l'orage le foudroya comme un dignitaire romain. Mon Dieu, quel destin !

— Ah ! nos paysans, ce sont vos bêtes noires. Vous n'avez jamais supporté le peu de terre qu'ils exploitent. Comme si cela enlevait un brin de votre puissance.

— Nos paysans, ajouta Palamède rêveusement, ils payent un lourd tribut à la guerre. Si elle s'éternise, il ne nous restera plus un bras valide pour travailler la terre.

Pourtant, devant ses fils, le vieux Sarazac arborait une

tout autre posture. Ce l'eût contrarié d'employer de tels arguments. Il s'obligeait à plus d'indifférence qu'il n'eût souhaité, puisque Emile et Julien étaient devenus de dignes patrons, assurés de leur puissance à la tête de la fabrique. Et Odette se demandait, souvent, si son Palamède n'avait pas choisi de se retirer volontairement des affaires pour cultiver ses états d'âme sans qu'ils portassent ombrage à l'entreprise.

Madame Sarazac, en bonne chrétienne, se porta, lorsque le moment fut venu, aux bonnes œuvres. Elles ne manquaient pas, ces associations, dans le sillage des églises, où l'on apportait ses oboles pour les colis des combattants, des prisonniers, pour les veuves de guerre. Il y avait même des souscriptions pour soutenir l'effort militaire de la France. Tantôt on donnait pour réparer les malheurs, tantôt pour fourbir de nouvelles armes destructrices. Ainsi, les jeudis, Odette se rendait à l'hôtel de ville, dans une salle voisine du dispensaire, pour écrire des cartes postales aux valeureux combattants, histoire de leur apporter, en quelques mots, un peu de courage. Il y avait trois ou quatre formules qui servaient alternativement à tous les courriers. « Je fais mes cent lignes », disait-elle, en s'absentant. C'était une maigre punition, un petit pensum charitable. Et l'occasion, aussi, de tenir cercle dans le petit monde bourgeois de la cité.

Un soir, Julien annonça à son père son intention de partir pour le front.

— J'en ai assez, assez, cria-t-il, de me faire traiter d'embusqué !

Le père repoussa l'assiette en porcelaine qui trônait devant lui.

— Non ! Je ne donnerai pas mon autorisation, fit-il.

Sa main chercha celle d'Emile.

— Votre place, à tous deux, est à la tête de la fabrique.

— Père, s'éleva Julien, je comprends que vous vouliez nous épargner, mais cela n'est pas digne de nous. Pas digne des Sarazac.

Palamède se dressa d'un bond. Odette se leva à son tour pour l'implorer de se rasseoir. Mais il la repoussa, vivement.

— Ce sont des préjugés stupides. Depuis quand un Sarazac se préoccupe-t-il de la vox populi ?

Emile suivait son père des yeux sans désemparer. Il le couvait, l'admirait, l'adulait, et n'éprouvait pour son frère qu'un vague sentiment filial. Surtout depuis que Julien avait pris le pli de s'opposer au grand capitaine d'industrie.

Odette revint à la charge, malgré la main exaspérée qui l'avait rejetée, et enfin le reconduisit à sa place, en tête de tablée.

— Tu ne veux pas nous faire mourir de chagrin, Julien ? lança-t-elle, la voix brisée par l'émotion. As-tu vu le dernier *Illustration* ? Celui qui décrit la bataille de la Marne... Il est des photos terribles, avec tous ces soldats dans la fumée des canons. Et les morts, tous ces morts, répandus dans les champs...

Palamède avait porté la main à son front, un doigt pianotant sur l'arcade sourcilière. Les propos d'Odette l'agaçaient tout autant que la figure fermée de Julien.

— Je désapprouve ces réclames. Il n'est rien de plus démoralisant que de montrer la guerre aux familles, cette image de la guerre, reprit-il. C'est obscène.

— Mais, père, la guerre est obscène par nature. Et il n'est pire situation où l'homme est contraint de tuer son semblable.

Le visage de Palamède se redressa, enfin, éclairé par un sourire.

— Oui ! j'aime te l'entendre dire, mon petit. Cette

guerre est une abomination. Pourquoi t'en mêler, alors que personne ne te le demande ? J'ai plus d'estime pour les pacifistes qui s'organisent en Suisse afin de dénoncer la boucherie européenne. Et je comprendrais que tu rallies leur camp. Il est de jeunes bourgeois éclairés, des Français, des Allemands, des Russes, des Italiens, qui fraternisent à Zurich pour que la guerre cesse. Car le mal vient de nos frontières, derrière lesquelles de misérables Etats se sont fortifiés de nationalisme : l'Italie contre la Cyrénaïque, l'Autriche contre la Bosnie, la Serbie et la Bulgarie contre la Turquie...

Julien traçait sur la nappe blanche ces fameuses frontières de la pointe de son couteau.

— Je sais tout cela, père. Et bien plus encore. Car nous avons, aussi, hélas, notre part de responsabilité. Les Krupp, les Schneider, et tous les autres trusts, unis dans une même convoitise avec un gigantesque gâteau à partager sur le sang des peuples, qu'en faites-vous ? Nos actions au Creusot servent à financer les canons. Et nous fabriquons des obus, jour et nuit. Père, cet argent nous étouffe.

Emile fixait son père, intensément, guettant la seconde où il relèverait le gant. Mais Palamède ne répondit pas.

— Nous jouons notre carte. Qui peut nous le reprocher ? dit Emile. Sûrement pas les familles que nous faisons vivre. Et nos ouvrières, pour tout dire, sont admirables. Il n'est pas un jour sans qu'elles baptisent nos obus d'un virulent « Pour les Boches ». Si nos gens mettent autant d'acharnement à produire, c'est qu'ils savent, eux, que nos troupes ont besoin de munitions pour contenir les assauts allemands.

Julien éclata de rire. Il avait vu, lui aussi, ce qu'on inscrivait à la craie sur les caisses de munitions, en partance pour le front. Et sans doute en faisait-on de même de l'autre côté du Rhin. Mêmes imprécations haineuses. Mêmes jurons guerriers.

— Alors, mon cher père, reprit Julien, il me faut aller défendre notre pauvre pays. Ai-je le choix ? Emile à la tête de notre fabrique. Et moi en première ligne. Voici des rôles bien distribués. Et vous ne pourrez rien dire, au risque de vous ridiculiser. Le pacifisme, c'était une belle idée d'avant-guerre. Mais, aujourd'hui, cela fleure la désertion. Car nous ne pouvons nous défiler, nous autres les Sarazac, au risque de passer pour des lâches, des anti-patriotes. Ce serait honteux, tout de même, d'accepter l'idée que seuls les pauvres doivent risquer leur vie. Du moins ne le puis-je. Et si je renonçais à accomplir mon devoir, je ne pourrais plus me regarder dans une glace.

Palamède jeta sa serviette au sol et quitta la table.

Un matin de novembre, les habitants de Cubjac menèrent Maxime Verdois au cimetière. Le maire fit un petit discours devant la tombe ouverte, rappela le sacrifice des enfants de France. C'était devenu un rituel. Et les mots, les phrases, étaient toujours les mêmes. Les pleurs, aussi. Et les insultes, enfin, contre les embusqués.

Julien Sarazac était descendu, ce jour-là, dans le petit village pour y retrouver Antonia. Lorsqu'il traversa la place, des femmes vinrent lui cracher au visage. Une autre, plus hardie, lui lança un coup de poing qui vint se perdre contre sa canne. Le jeune homme monta aussitôt dans sa voiture. La petite Albarède hésita à le rejoindre. Elle pensait à Maxime, à leurs jeux d'enfance sur l'Auvézère, et à sa dernière lettre, dont elle s'était moquée.

— Traînée ! Putain ! cria une vieille.

La Césarine s'installa sur le siège, sans un mot, sans

une larme. Julien fouetta ses chevaux et la berline disparut après le pont, dans un nuage de poussière.

— J'ai demandé mon affectation, dit-il d'une voix blanche.

Et comme Antonia ne disait mot, il lui prit la main. Son regard gris se tourna vers lui. Il portait le chapeau enfoncé jusqu'aux oreilles, et sur ses joues pâles quelques larmes coulaient sans qu'il en parût.

— Pourquoi ce silence ?

— J'ai peur, dit-elle.

— Peur de quoi ?

— De te perdre.

D'un geste rageur, Julien défit l'écharpe de soie blanche qui lui serrait la gorge, et l'abandonna au vent qui passait. Les longues allées de platanes et de tilleuls bordant la route pavée flambaient sous le soleil d'automne. Et pourtant, il suffisait d'une grande bourrasque pour que les parures cramoisi, or et argent s'abandonnent à la terre. Présentement, cette nature flamboyante leur était devenue indifférente. Rien ne pouvait les distraire de leurs sombres pensées.

— Dans un mois, je serai au front, parmi les miens.

— La vie de Maxime Verdois ne leur suffit donc pas, murmura-t-elle.

— La mienne importe peu. Pas plus que celle d'un petit paysan. Et ce serait justice...

— Tais-toi donc ! dit-elle en venant se serrer contre lui.

Aujourd'hui, Antonia n'aurait guère pu expliquer davantage sa réaction effrontée qu'elle n'eût su justifier, hier, son éloignement. Le grand chambardement de la guerre avait sans doute apporté mille nouvelles raisons de s'abandonner à ses envies. Rien, pour l'heure, ne lui paraissait plus urgent que de se livrer aux sentiments qui passent, par crainte que des jours funestes ne vinssent y mettre un terme.

A la vérité, le retour en grâce de Julien Sarazac s'était opéré en deux temps. D'abord, la défiance, la froideur, lorsque le jeune homme était revenu à Auberoche pour apporter sur un plateau l'achat des chevaux, et ensuite, l'espérance, de nouveau, comme un feu qui se rallume dans les cendres anciennes.

— Me reprocherais-tu mon départ ?

— Je m'en veux de t'y avoir incité. Comme je pouvais être stupide ! En cet instant, je voudrais te garder près de moi, égoïstement.

Le jeune homme ressentit une sorte de satisfaction dérisoire. Cette jolie fille que tu as tellement désirée, elle est à toi, enfin, et te voici prêt à l'abandonner pour une mission douteuse. Ne vaut-il pas mieux courir au bonheur, plutôt qu'à la guerre ? Mais pouvait-il renoncer à son dessein, après le discours prononcé devant son père ? N'était-ce pas se couvrir de ridicule ? Et Julien avait appris durant ses humanités, chez les Grecs et les Latins, que l'homme n'est libre de ses choix que dans l'honneur et le courage. *Eteins le désir, sois maître de ton âme*, disait Marc Aurèle. Il ne se séparait jamais des *Pensées* de l'empereur philosophe, et en ces heures difficiles, il n'y avait meilleur guide. En vérité, son engagement était réglé. Par une simple lettre au général Varaignes. Il lui demandait la faveur de rejoindre le front avant Noël. Cette supplique contredisait ainsi une démarche de son père pour qu'il fût, au pire, versé dans un bureau à l'arrière. Mais, de la protection, de l'avantage, de la recommandation, il n'en voulait point. Rien n'était plus indigne, à ses yeux, que tirer profit de sa naissance et de son nom pour échapper à la conscription. C'était entendu. Il irait où le commandement le jugerait utile, dans le troupeau des combattants sans nom et sans gloire. Ainsi, si le destin le veut, je porterai en moi une parcelle de la victoire et de l'honneur, lorsque les armes se tairont.

La berline suivait les méandres de l'Auvézère, en cet endroit où la rivière paresse sur ses domaines, vers Mombayol et la Boissière. Cette promenade sans but était comme une reconnaissance en terre d'enfance. Il suffisait d'enjamber un pont, de croiser une digue, pour que les souvenirs s'en reviennent. Tendant un bras au-dehors de la voiture, il montrait à Antonia où, jadis, les enfants de la Forge prenaient les truites à la main sous les souches des chênes et des ormes.

La petite Albarède était triste à pleurer. Tant de distractions, d'étonnements enfantins manifestés à chaque instant les détournaient des mots d'amour dont elle avait soif. Elle eût cent fois préféré monter au Valperdu, et se promener autour de la cabane qui avait abrité, un temps, leurs premiers secrets. Mais Julien Sarazac avait l'insouciance de son âge, n'écoutant que son bon plaisir. Il lui suffisait qu'elle fût près de lui pour qu'il fût heureux. Sans doute avait-il trop souffert de l'éloignement qu'elle lui avait imposé et dont il tenait, par on ne sait quel faux jugement, César Albarède responsable. Le seul fait qu'ils fussent de nouveau rapprochés relevait à ses yeux du miracle. Un prodige dont il ne pouvait parler que par des sanglots dans la voix. Les souffrances de la séparation avaient marqué en profondeur Julien Sarazac, l'avaient empli d'amertume contre les femmes, les pères, les familles, et toutes autres variétés d'entraves.

Le jeune homme n'eût, du reste, rien compris aux liens qui unissaient les Césarines, la force de leur gémellité.

Antonia ne se risquait point à l'évoquer, tant elle relevait d'un état intime qu'elles étaient seules à concevoir.

— Mon cœur n'a cessé une seule seconde de battre pour toi, dit-elle pour réveiller la torpeur qui les entourait.

— Même durant les heures où tu étais si loin de moi...

Antonia hésita à répondre. C'était blessant tout de même que le jeune homme ne sût taire ses larmes passées, maintenant qu'elle lui avait ouvert son cœur.

— Il faut oublier.

Julien fit la moue.

— Je crois que tu es sincère. Et pour l'heure tout nous sourit. Mais de quoi demain sera fait ?

D'évidence, il ne pensait pas à la guerre. Il songeait qu'elle pourrait, de nouveau, s'éloigner de lui, sans autre explication, comme elle l'avait fait.

— Respirons l'instant présent. Sans nous poser de questions.

Sa main vint serrer celle du jeune homme. Il la prit alors dans ses bras et l'embrassa à pleine bouche. Ils s'abandonnèrent ainsi aux cahots de la voiture. Les deux bais menaient la berline à petit trot, rasant parfois les bas-côtés du chemin. Les branches basses des chênes et des châtaigniers griffaient la toile.

A la Boissière, la voiture prit la direction de Barsac, par un chemin de terre qui évitait la Forge-d'Ans. Ils traversèrent des champs de terre noire, découpés au cordeau. Par-delà, quelques fermes perdues se dressaient en sentinelle. On avait raboté les haies anciennes pour occuper le plus d'espace possible. Seuls les chemins vicinaux balisaient les propriétés avec quelques noyers esseulés. En montant vers Coderc, les bois coiffaient les crêtes des collines. L'automne persistant avait aquarellé des taches mauves et jaunes parmi le vert des pins. Sarazac mena sa voiture dans un chemin étroit. Antonia comprit alors ce qu'il désirait d'elle, et avant qu'il n'eût serré les freins, se rencogna sous la capote.

Une preuve d'amour, pensa-t-il, je veux une preuve d'amour d'elle, sinon... Mais le garçon n'était pas des plus adroits à ce jeu. Pendant qu'il glissait, fébrilement, ses mains sous les tissus, elle se débattait avec son corset agrafé à l'arrière.

— Sais-tu ce que tu veux au juste ? demanda-t-elle en le fixant dans les yeux.

Il eût voulu dire, simplement, « faire l'amour » ; après tout c'était une perspective naturelle entre deux êtres qui s'aiment. Mais, quand le jeune homme eut enfin caressé ses seins, emprisonnés dans le carcan du corset, fourré ses doigts dans les jupons, il sentit en elle une réticence.

— Tu ne me désires pas ?

Antonia prit dans ses mains le visage du jeune homme et du pouce caressa ses beaux yeux gris.

— Que serai-je pour toi, ensuite ?

— Comment peux-tu encore douter de moi ?

Et la petite Albarède s'en voulut d'être ainsi timorée. De qui tenait-elle cette sorte de peur ? D'Octavia, sans doute, qui n'avait cessé de lui seriner à l'oreille des vilenies sur les hommes. Alors, elle ferma les yeux pour l'accueillir. Ce fut un peu douloureux, comme elle l'avait prévu. Elle aspira un grand coup et poussa un cri. Julien fut tendre, heureusement, tendre et attentif. Il est peut-être un homme, un seul, sur cette terre, qui soit capable de m'aimer, pensa-t-elle. Et ce serait hautement miraculeux que ce soit lui mon seigneur, mon mentor, mon géant. Lui, et nul autre.

De retour à Auberoche, Antonia regrettait d'avoir cédé aisément. L'usage voulait, tout de même, qu'on mît plus de temps à s'offrir l'un à l'autre. Et pour tout dire, Antonia eût sans doute préféré que Julien Sarazac se fût contenté de quelques caresses. Je me suis donnée comme une fille facile, se reprocha-t-elle en notant dans son carnet le jour et l'heure où elle était devenue une femme.

La mélancolie n'étant pas son état naturel, Octavia finit par comprendre qu'un événement grave était survenu dans la vie de sa chère sœur. Il n'était point sorcier de deviner qu'il ne pouvait s'agir que d'amour. Depuis la réapparition du fils Sarazac, ses soupçons avaient repris du poil de la bête. Et elle en eut confirmation en surprenant Antonia en train de savonner une culotte d'où s'écoulait un peu de sang dilué. L'une et l'autre se connaissaient si intimement qu'elles partageaient tous leurs secrets.

Tandis qu'elle étendait son linge à un fil du jardin, Octavia la rejoignit pour lui tirer les vers du nez.

— Alors, il a fini par t'avoir ? lança-t-elle d'un ton pincé.

Antonia ne daigna pas se retourner. Elle connaissait son opinion sur les hommes et sur les sentiments amoureux en général. Mais la réflexion de sa sœur, si cruelle, lui porta un coup si vigoureux qu'elle s'en mordit les lèvres.

— J'espère que tu as pris tes précautions... insista Octavia.

Antonia ajusta ses dernières pinces à linge, en prenant tout le temps nécessaire. Cela la troublait fort que sa sœur vînt à s'occuper de ses affaires, comme l'eût fait, sans doute, Augustine.

— En quoi cela te regarde-t-il ? Je suis adulte, à ce que

je sache. Et le fait que nous soyons sœurs ne te donne aucun droit.

Octavia fit le tour du mât qui soutenait l'étendoir, pour venir se placer, résolument, dans le champ de son regard. Elle la surprit, rougissante.

— Il t'a déflorée, ton Julien, fit Octavia en lui prenant le coude. Deux rendez-vous ont suffi pour que tu t'étendes...

Et d'une main leste, Octavia lui prit la chevelure et la secoua. Antonia se défendit d'une gifle vigoureuse.

— Je l'aime ! cria-t-elle. Et que fait une femme lorsqu'elle aime un homme ? Ce n'est pas si déshonorant que ça en a l'air !

— Tu me dégoûtes !

— Ça ne risque pas de t'arriver, bécasse !

Les filles Albarède se boudèrent des heures durant, l'une au gavage des oies avec Naine, l'autre dans sa chambre où elle s'était enfermée. A l'heure du dîner, Antonia ne daigna pas descendre aux cuisines. C'était une attitude rarissime chez elle, un signe de révolte manifeste. Aussi, Octavia prit peur, surtout lorsqu'elle se rendit au bas de l'escalier, et qu'elle l'entendit faire les cent pas dans la chambre, ouvrir et fermer les portes grinçantes des armoires. Cette pauvre idiote serait bien capable de faire ses bagages, et de disparaître. A supposer que son Sarazac lui ait soufflé l'idée d'aller vivre avec lui. Les hommes possèdent toutes les diableries pour accomplir en toute liberté leurs vilaines affaires.

Et le long silence du soir, dans une cuisine désertée, seulement troublé par le tic-tac de la pendule, lui fit toucher du doigt ce que serait sa vie à Auberoche, après le départ d'Antonia. Une angoisse s'empara d'elle. Octavia se trouvait si forte, si maître de son jeu, habile à maîtriser les événements, à la condition qu'il y eût une intelligence à laquelle se mesurer. La solitude n'est qu'un face à face avec soi-même, où se dilue l'énergie dans l'immensité du vide.

A force de broyer du noir, elle finit par se trouver les défauts que l'autorité masque d'ordinaire. Octavia céda soudain. Courant à la porte de sa sœur, elle jura à travers l'huis qui les séparait tous ses regrets. Il y eut encore une longue attente. La Césarine se remit à gratter le bois, poussant des larmes de repentance. Derrière, le silence. Comme si Antonia avait déjà pris la poudre d'escampette. Mais c'était une peur irraisonnée, car tout laissait accroire que la coquine se jouait d'elle, à faire la morte.

— J'ai été méchante, et odieuse, encore une fois, pleura Octavia, les lèvres appliquées à la serrure. Mais, je te le jure, Antonia, je ne recommencerai pas. Tu peux aimer qui bon te semble. Après tout, tu es ainsi faite, et je me résous à t'accepter telle que tu es. Oh, ma chatte ! Ouvre-moi donc. Tu m'as fait assez souffrir, maintenant. Ça y est, la cause est entendue...

La porte s'ouvrit brutalement, et les Césarines s'étreignirent en mille pleurnicheries.

— C'est arrivé après l'enterrement de Maxime Verdois, dit Antonia, la tête posée sur l'épaule de sa sœur. Je ne voulais pas que ça se fasse ainsi. Mais j'étais triste en imaginant le pauvre garçon couché dans son cercueil, sous la terre. Et je me reprochais le petit mot d'amitié que je lui ai refusé. Je me suis trouvée bêtement cruelle, égoïste. Nous sommes là, à vivre heureuses, comme si de rien n'était, alors que la guerre fauche tous nos garçons. Tous ceux avec lesquels nous avons ri et dansé. Et plus tard, lorsque Julien m'a annoncé qu'il allait partir au front, j'ai ressenti la même sorte de culpabilité. Je me suis dit : Tu ne peux rien lui refuser. Sinon, ce sera aussi cruel qu'avec Maxime...

Octavia lui tapotait le dos pour étouffer les sanglots qui la secouaient.

— Notre sursis sera si bref. Et peut-être que je ne le reverrai plus... Mon pauvre Julien, mon bel amour...

Sa sœur tenta de la raisonner. Ce n'était rien, au juste, de lui accorder l'absolution pour ce péché d'amour. Encore fallait-il la rassurer sur un avenir incertain. Après la crise, Octavia l'aida à ranger ses affaires qu'elle avait dispersées sur le lit.

C'était bien vrai qu'Antonia avait préparé son départ, en vidant les étagères des armoires. Mais au moment de remplir la valise, elle s'était ravisée. Partir, certes, partir, mais où ? Les soldats qui montent au front ne se laissent pas accompagner. C'est une mâle besogne, la guerre, une affaire d'hommes.

Antonia suivait les allées et venues de sa sœur avec un sentiment amer de défaite. Chaque pile de vêtements reconstituée sonnait le glas de ses rêves. Décidément, c'était son destin de demeurer à Auberoche, enchaînée au domaine.

Par contre, Octavia dissimulait à peine sa jubilation de la voir ainsi brisée, devant un amour impossible. Décidément, songeait-elle, la guerre me sauve. Ma petite sœur va rester à mes côtés. Il n'y a rien au monde que je désire plus...

— Allons, ma belle, il faut te ressaisir ! lança-t-elle.

Elle éprouvait de l'agacement à la voir céder à l'affliction. Une attitude indigne d'une Albarède.

— Demain, ajouta-t-elle pour la rassurer, nous monterons au Valperdu.

Antonia dressa la tête.

— Au Valperdu ? Tu n'as plus l'intention de vendre ? Voici qui est nouveau.

Octavia éclata de rire. C'était sa dernière trouvaille, le

renoncement à ce projet. Un gage de bonne volonté, afin de montrer à sa chère petite sœur qu'elle pouvait bien, au reste, lui faire ce cadeau.

— Tu m'offres une preuve d'amour à peu de frais, releva Antonia. Sans mon accord, tu ne pouvais rien contre la truffière.

Le lendemain, Antonia monta au Valperdu, dans une brise d'automne qui préparait les prochaines pluies. Elle avait emporté avec elle le fusil du père, dans l'espoir de tirer quelques perdrix rouges. L'odeur de poudre qui se trouvait rassemblée dans sa gibecière, une collection de cartouches de 12 en petits plombs, désorientait Sextus. Chassait-on le perdreau ou la truffe ? Le braque courait en tous sens, excité de renouer avec l'ancienne tradition. Cela faisait des mois et des mois qu'il n'avait fourré sa truffe dans un roncier. En un rien de temps, il leva une compagnie de perdreaux. Mais la Césarine tarda trop à ajuster son tir et les deux volées de plombs de 7 se perdirent dans la nature. Le chien s'en revint vers elle, en grognant. Cela le frustrait de ne pouvoir prendre dans sa gueule une belle proie, à l'odeur de plumes, de mâchonner entre ses crocs le duvet excitant d'une perdrix rouge. Antonia lui prodigua quelques caresses. Mais le chien d'arrêt était trop impatient d'en découdre pour se ranger à ces agaceries de femme. Il repartit aussitôt en chasse, décrivant des allers-retours compliqués entre les chênes. Sans doute estimait-il que sa maîtresse n'avançait pas assez vite, car il vint à deux reprises lui mordiller les talons.

Cette fois, Antonia ne se laissa pas prendre au dépourvu. Elle releva les chiens en protégeant de la main les gâchettes qui eussent pu se déclencher accidentellement en croisant une ronce ou une ramure basse. Un bruissement d'ailes attira son attention et elle vit, distinctement, quatre perdrix qui rasaient un couple de genévriers. Elle tira ses deux coups à la suite. Une perdrix chuta dans l'allée des chênes truffiers. Sextus fondit sur la proie qui tressaillait encore dans l'herbe sèche. Antonia lui fit humer, lécher le gibier, comme elle l'avait vu faire à son père.

— Fini de jouer ! s'exclama la Césarine. Occupons-nous de nos truffes.

En mai, Antonia avait repéré quelques endroits où l'activité des mycorhizes était intense et les avait repérés par des grains d'orge. Désormais, il suffisait de retrouver les bouquets d'épis pour extraire la truffe parvenue à maturité. Mais ce procédé n'avait pas été le seul utilisé par la petite Albarède. Durant l'été, après les pluies d'orage, elle avait aussi recensé les fractures du sol, d'infimes soulèvements de la terre, le plus souvent craquelée en forme de patte-d'oie, sous lesquels se cachaient les truffes fleurs, trop précoces pour posséder le moindre arôme. Mais c'était là encore un des signes d'activité de la truffière.

Antonia amena Sextus directement sur les zones repérées. En deux heures, elle ramassa son petit panier. Certaines truffes présentaient un aspect plus rougeâtre qu'elle ne l'eût souhaité. Pas assez mûres ! semblait lui dire Augustine dans le silence de la truffière. Mais la Césarine ne voulut guère pousser son cavage plus avant. C'était une première investigation, comme pour se rassurer sur la saison à venir. Une voix parlait en elle, une voix d'outre-tombe, car toute la mémoire de sa mère était là, dans ce périmètre prodigue, dans les pierres, les arbres, le vent, les odeurs. Il lui suffisait d'observer l'ordre du monde autour d'elle pour pénétrer, enfin, le secret du Valperdu. Ce ne sera pas une si bonne année, pensa-t-elle. Un frôlement d'ombre l'affermit dans cette certitude. N'est-ce pas, mère, que notre affaire ne se présente pas aussi bien que prévu ?

Elle courut à l'endroit où Augustine était tombée, près de la jeune truffière. Antonia y avait porté un soin particulier en remuant le sol afin que les pluies d'été s'y infiltrent. C'était une condition impérieuse pour que la saison fût bonne, un arrosage régulier au moment des chaleurs. Mais elle savait que la jeune truffière ne donnerait pas avant dix ans au moins. D'un sourire, elle en mesura la distance dans le temps. Dix ans ! Ce lui parut si loin. Où seras-tu dans dix ans ? se demanda-t-elle. Avec ou sans Julien ? Les plus belles amours meurent ainsi qu'un soupir. Il n'est que l'ennui et la force des regrets qui subsistent.

Avant de quitter le Valperdu, Antonia se rendit à la cabane. Son intrusion leva quelques palombes qui s'étaient installées dans les pins. Sextus humait l'air sans attacher guère d'importance au remue-ménage. Les ramiers, ce n'était pas son affaire. Celle d'Antonia non plus. Avec un peu d'application, elle en eût aisément tué deux ou trois. Mais elle laissa son fusil au repos. César non plus ne s'intéressait guère aux palombes. Pas assez goûteuses ! se dit-elle. Trop dures à cuire. Et, sur la seconde, elle songea qu'elle ne faisait que répéter les mots de son père, ceux dont il usait fréquemment en pareille situation. Chez les Albarède, on n'aimait chasser que la perdrix rouge. Et nul autre gibier.

11

La Césarine attendit en vain une lettre, un message, un simple signe, de Julien. A mesure que les jours passaient, l'inquiétude grandissait. Octavia, elle-même, avait fini par ne plus poser de questions. Tels sont les hommes une fois qu'ils ont obtenu ce qu'ils désirent, pensait-elle dans son for intérieur. Mais Antonia ne l'entendait pas ainsi. C'était plus qu'une lâcheté, ce silence, une trahison.

Et à bout de patience, la petite Albarède se risqua à écrire une lettre. Elle en fit trois ou quatre versions, passant du style laconique à l'emphase passionnée. Finalement, elle opta pour un genre intermédiaire. Antonia s'étonnait, simplement, de n'avoir plus de nouvelles, après tant de belles résolutions. Est-ce ainsi l'amour, écrivit-elle, un vent d'inconstance qui souffle au gré du bon plaisir ?

Trois jours plus tard, dans le milieu de décembre, le facteur apporta une enveloppe de petit format. Antonia la déchira fébrilement. C'était un simple petit bristol sur lequel Palamède Sarazac avait noté une date, une heure et un lieu de rendez-vous. Tant d'hypothèses contradictoires l'envahirent qu'elle ne sut plus quoi penser. Dès lors, la Césarine s'enferma dans un long mutisme. J'écris à mon amant et c'est son père qui me répond. A quoi cela ressemble-t-il ? A un cauchemar.

Le 20 décembre, Julius conduisit Antonia à la petite gare de Sarliac. Le jour n'était pas encore levé lorsqu'elle monta dans le tramway de 6 h 58. Le wagon où Antonia prit place était encombré de cageots et de paniers. C'était jour de foire à Excideuil. Les paysannes endimanchées s'y rendaient pour vendre leurs volailles. Il y avait autant d'oies, de canards et de poules vivantes que de viandes préparées. Les foies emballés dans des serviettes de coton blanc allaient faire le régal des acheteurs pour les fêtes prochaines. Antonia se trouva une petite place contre la vitre et, enroulée dans son châle de laine rouge, elle essaya de somnoler un peu pour ne pas prendre part aux conversations qui s'animaient d'un banc à l'autre.

A Savignac, il monta deux jeunes soldats, la musette rebondie. Sur le revers du col, Antonia nota qu'ils appartenaient au 50e RI. Elle connaissait assez de vocabulaire militaire pour comprendre que les garçons étaient rattachés à un régiment d'infanterie de Périgueux. Sans doute, la permission terminée, s'en retournaient-ils vers le front. A moins qu'ils ne fussent fraîchement incorporés. Mais leur tenue fripée, tachée, indiquait plutôt qu'ils avaient connu l'épreuve du feu.

La petite Albarède les observait, souvent, à la dérobée. Sans y mettre la moindre insistance. C'eût été inconvenant que de les contempler plus que de raison. L'un d'eux portait une fine moustache. A deux reprises, leurs regards se croisèrent. Le garçon paraissait plus effronté que son voisin, un bon bougre à l'air accablé. Antonia trouva même que le jeune soldat ressemblait à Julien. Même allure, même prestance, même port de tête.

Lorsque le train parvint à la gare d'Excideuil, à 8 heures, Antonia dut enjamber les paniers dans le cahotement de la voiture. Le soldat la suivit des yeux avec insistance. Et à l'instant où leurs regards se rencontrèrent, il lui fit un sourire où se lisait la détresse. Antonia s'arrêta à sa hauteur et lui rendit son sourire en y mettant un peu de tristesse aussi. C'était sa manière de lui faire comprendre qu'elle partageait son infortune.

A Excideuil, Antonia dut attendre deux heures l'omnibus Brive-Thiviers. La gare était si exiguë qu'il ne se trouvait un endroit où se poser. Les deux banquettes réservées à l'attente étaient occupées par des couples de paysans. Elle sortit sur la route qui conduisait au bourg, à l'ombre du château majestueux qui dressait ses hautes murailles dans le brouillard. Plutôt qu'attendre dans le froid, elle préférait ainsi cheminer vers la cité, prendre un café ou une tisane chaude. Elle longea l'usine à bois et monta d'un pas alerte les premiers degrés qui dominent la vallée de la Loue.

Tout en trottant sur le bas-côté, elle songeait encore au sourire du jeune soldat. Qu'il ressemblât à son Julien, n'était-ce point une vue de l'esprit, une fantasmagorie ? Tant ils se ressemblaient tous, désormais, unis dans le même malheur. Car les dernières nouvelles du front n'étaient pas rassurantes. *Le Journal du Périgord* faisait état, autant que la censure le lui permît, d'une offensive allemande contenue après la victoire de la Marne. La guerre de tranchées se préparait donc, aussi durable qu'épuisante pour les troupes, d'Arras à Reims, de Verdun à Belfort. Ainsi pouvait-elle durer, cette guerre, de longs mois, des années peut-être, jusqu'à l'épuisement des réserves humaines. Un jour, cette source pourrait tarir, d'hommes, de chevaux, et de machines, et ne laisser à l'histoire qu'un immense désert de boue, de sang, de chair et d'os.

Antonia s'attarda autour des étals du marché et vit que les premières truffes ne se vendaient guère. Cette constatation lui occupa assez peu l'esprit, car elle avait hâte de se rendre à Thiviers. Un vent de défiance et de peur en l'avenir soufflait sur la tête des gens. Et l'on ne se pressait guère à marchander et acheter. Il semblait que les événements tragiques avaient fini par mordre aussi jusque dans les cités de l'arrière. Et dans les cafés, on ne parlait que de cela, la guerre. La mort rôdait dans les esprits. C'étaient des noms d'enfants, égrenés comme des litanies. Et sur les portes de l'église et de la mairie, la liste des sacrifiés s'étalait, longue et provisoire.

La petite Albarède réalisa alors que les derniers mois de guerre, elle les avait vécus dans une sorte d'insouciance. Hormis Maxime Verdois, rien ne laissait prévoir que mille visages communs qui avaient traversé sa vie, elle ne les reverrait plus jamais, et qu'il lui faudrait du temps pour comprendre enfin tout ce que les tragiques combats avaient emporté dans le fer et le feu.

A 10 h 01, l'omnibus Brive-Thiviers entra dans la gare d'Excideuil en s'époumonant, ajoutant au brouillard son panache de fumée gris. Il ne lui fallut guère plus de quarante minutes pour rallier le terminus.

— Alors, c'est donc vous, Antonia ? fit Palamède assis derrière son bureau.

Il portait des lorgnons sur l'arête du nez, et la dévisageait par-dessus ceux-ci, avec une insolente insistance. Cette manière de bigler ses invités avait de quoi surprendre. On se sentait, soudain, devenu un objet de curiosité. Mais la petite Albarède ne ressentit guère cette désagréable impression. Retrouver Julien, au plus vite, lui tenaillait l'estomac.

— Approchez, que je vous voie mieux, ordonna-t-il.

La jeune fille était restée au garde-à-vous, près de la porte d'entrée du bureau. Elle ne fit pas les quelques pas en avant qu'il attendait d'elle. Cet homme, à force d'insister, la glaçait d'effroi.

— Je suis Antonia Albarède, dit-elle. Et je me rends à vous comme vous l'avez souhaité, monsieur.

La petite phrase hésitante, hors de propos, le « je me rends à vous » le fit sourire. Même ses ouvriers les plus serviles n'employaient pas de telles formules. Ça se voulait si obéissant qu'il en fut gêné.

— Comprenez-vous, mademoiselle, je veux voir votre visage. De près, s'entend. Et ici, la lumière est basse. Avec ces jours d'hiver qui n'en finissent plus...

Il contourna sa table de travail et lui fit signe de s'asseoir dans un des grands fauteuils qui occupaient le devant. Puis il s'installa aussi, près d'elle. La lampe à pétrole qui trônait au centre du bureau se trouvait entre eux deux, désormais, et apportait assez de lumière pour satisfaire sa curiosité.

— Oh oui, je comprends, fit Palamède. Vous êtes fort jolie, mademoiselle.

Et son regard s'attarda sur elle, insolemment. Suis-je à vendre, ou quoi ? se demanda-t-elle. A la vérité, Palamède était impatient de connaître enfin la jeune fille dont son fils était tombé si vivement amoureux.

— Merci, monsieur, dit-elle en forçant un sourire.

Il régnait dans la pièce une douce chaleur, et rapidement elle sentit le feu lui monter aux joues. Ce détail n'échappa au maître de maison, qui fit aussitôt appeler sa gouvernante afin qu'elle délestât son invitée du châle rouge qui lui enveloppait les épaules.

— J'éprouve grand plaisir à vous connaître, repartit Palamède d'un ton enjoué. Et je regrette de ne l'avoir fait plus tôt. Mais cela n'est pas de mon fait. Mon fils n'a guère montré d'empressement à vous présenter à moi.

Antonia baissa la tête. Elle jouait avec ses doigts, les croisant, les décroisant. Pendant ce temps, Sarazac poursuivait son examen. Cet homme avait le goût de la science morphologique. Pour lui, la forme d'un visage, le dessin d'une épaule, la finesse des attaches d'un poignet ou d'une cheville en indiquaient plus sur la personnalité d'un individu qu'un long discours.

— J'ai bien connu votre pauvre père. J'ai même partagé avec lui une plaisante journée à traquer la perdrix rouge. Certes, son intérêt pour la civilisation romaine avait de quoi agacer un pur latiniste, mais enfin, il possédait une personnalité hors du commun.

— Pour un paysan, ironisa Antonia. N'est-ce pas ce que vous vouliez dire, monsieur ?

La Césarine vit, soudain, passer dans son regard un éclair d'irritation. Mais l'orage fut de courte durée, et la placidité des gens supérieurs s'en revint derechef.

— Je n'ai rien contre nos paysans. Et encore moins contre votre famille. Mais, pour l'heure, c'est vous qui m'intéressez. Vous, forcément…

Il hésita. Palamède n'était pourtant pas à court de mots. Mais s'agissant d'une fille de César Albarède, racée autant qu'on pouvait l'être, au point de se prénommer Césarine, il ne fallait point se risquer à froisser sa susceptibilité. L'entrevue exigeait du doigté, pour une première fois. Tant de malentendus bourgeonnent au premier abouchement qu'il n'est guère loisible ensuite de les raturer.

— Puisque vous êtes au mieux avec mon fils.

Le rouge monta aux joues d'Antonia, instantanément. Palamède se hasarda à lui prendre la main, comme pour la rassurer. C'était un geste chaleureux qui valait mille mots.

— Oui, il se trouve que j'aime Julien, dit-elle d'une petite voix. Mais tant de choses nous séparent.

De sa main, elle balaya l'espace autour d'elle. Les cuivres, les lustres, les tableaux, les dorures, les passementeries, les meubles de collection, les tapis persans... Elle prenait, ainsi, tous ces objets à témoin pour lui montrer, par leur richesse, qu'ils n'appartenaient pas à son monde, et qu'elle ne les convoitait pas.

— Qu'importe les choses ! se récria Palamède. Ce sont les sentiments qui comptent. Même dans notre monde. Et Julien se fiche de toutes ces vieilleries. C'est un garçon idéaliste. Seules les idées ont de l'importance, à ses yeux. Des idées, parfois, surannées sur les valeurs anciennes, parfois aussi des idées nouvelles, étrangement subversives et singulièrement stimulées ces derniers temps où il vous fut si proche. A croire, Antonia, que vous avez exercé sur lui une certaine influence. Mais je ne vous en tiens pas rigueur. Pensez donc ! L'amour est un révélateur. Il excite en nous des sensations et des désirs qui s'en viennent battre en brèche les conventions. C'est ainsi, depuis que le monde est monde. Regardez. Toute notre littérature baigne dans cette illusion sentimentale. Mais le temps, hélas, rectifie, malgré nous, ces divins embrasements de l'âme.

Elle l'écoutait, tête inclinée vers le tapis, incommodée par la lampe qui lui tapait en pleine face. Tant de paroles généreuses, méditées peut-être, n'étaient point distillées sans raison. Au détour de chacune de ses phrases, elle guettait l'instant où monsieur Sarazac quitterait, enfin, l'amabilité mielleuse qui l'habitait.

Palamède respira un grand coup, tout en redressant la poitrine. D'un geste bref, sa main effaça du bout du nez les lorgnons. C'était devenu un objet inutile maintenant qu'il l'avait observée tout à son aise.

— Pourquoi vous entretiens-je de l'idéalisme de mon fils ? Ah, vous ne devinez pas ! Pourtant, vous ne tarderez pas à comprendre. Il y a l'amour, et enfin l'honneur, l'honneur et ses grands principes. Les deux rives opposées où l'idéalisme tend ses rets. Combien de garçons, de l'âge de mon fils, sont tombés dans ce piège-là. Mon Dieu !

Antonia vit se dessiner, sous les paupières, les traces humides d'une larme réfrénée. Elle n'eût pas cru qu'une telle chose fût possible chez un tel homme, capitaine d'industrie à la réputation féroce. Ce lui fit même une telle impression qu'elle détourna le regard. Par pudeur. Certes, elle avait déjà vu un homme pleurer, son propre père, ne sachant du reste s'il n'y avait pas eu un peu de comédie. C'était au moment de la disparition d'Augustine. Mais en cette seconde, les larmes ne pouvaient mentir. Palamède était fort affecté, bien plus qu'il ne le laissait paraître.

— Me direz-vous clairement ce qui vous désespère ? releva Antonia. Il se peut que notre histoire d'amour vous déplaise, monsieur, alors, il n'en faut point faire un drame. Si vous me le demandez, et si ces sentiments font tort à votre fils, sachez que je puis m'effacer, sans bruit. Cela est arrivé la première fois. Mais votre fils est venu me relancer.

Palamède prit son visage dans les mains, comme pour en effacer les traces de chagrin.

— Les pièges de l'amour ne sont rien à côté de ceux de l'honneur. Car mon Julien a préféré s'engager dans la guerre, plutôt que conduire la passion que vous avez fait naître. Voilà un choix insupportable. J'eusse tant aimé qu'il continue à vous voir. Ainsi ne se serait-il point fourré dans ce guêpier.

Antonia poussa un grand soupir. Et aussitôt parut rassurée par ce qu'elle venait d'entendre.

— Vous ne m'apprenez rien, monsieur. Julien m'a informée de son intention de partir pour le front. C'est une obsession incompréhensible. Car je connais à Cubjac tant de jeunes gens qui auraient voulu être exemptés. Je vous prie, faites jouer votre autorité pour qu'il n'en fasse rien. Car là-bas, on y meurt une fois sur deux. Et si l'on ne s'y fait pas tuer, cela ne vaut guère mieux. Les horreurs de la guerre vous changent un homme, irrémédiablement. Je crains qu'à son retour, nous ne reconnaissions plus le garçon qu'il fut avant son départ.

L'industriel hocha la tête devant autant de bon sens.

— Hélas, il est trop tard, dit Palamède en se prenant la tête dans les mains. Trop tard.

— Vous voulez dire qu'il est parti ?

Palamède ne répondit pas. Mais, à son silence, Antonia comprit que Julien avait rallié le front, sans lui laisser la chance de la revoir, une ultime fois. Alors, elle poussa un grand cri. Et l'industriel la prit dans ses bras pour étouffer cette douleur qui rejaillissait sur lui.

— Nous n'avons aucune nouvelle, dit-il.

— Moi non plus. Je ne comprends pas qu'il soit parti sans m'écrire.

— Sa décision était prise. Tout le reste lui paraissait être des entraves inutiles.

Antonia réalisa enfin le sens de la démarche de Palamède Sarazac. Il l'avait fait venir à Thiviers pour lui annoncer la terrible nouvelle. Et c'était tout. Désormais, elle pouvait s'en retourner à Auberoche.

Palamède l'invita à prendre un thé au salon. Antonia refusa. Il insista pour qu'Odette pût la voir aussi. La visite fut brève. Quelques paroles de politesse. Et des larmes, aussi. Les mères et les amantes ont des chagrins identiques. La peur qui les nouait, toutes deux, était comme une démangeaison sur tout le corps, une douleur d'attente. Elles en parlèrent à mots couverts. Et lorsque la gouvernante vint servir le thé dans les tasses en porcelaine, elles émirent un vœu, à l'unisson.

— Vous êtes celle qu'il aime le plus après moi, confia Odette.

Antonia jugea la réflexion fort ambiguë. Elle ne pouvait se trouver juchée sur le même piédestal, par la seule force du sentiment.

— Rien n'égale l'amour d'une mère, rectifia Antonia.

— Tout de même. Un grand amour...

— Pas si grand, rétorqua Antonia d'un ton amer. Puisque je n'ai su le retenir. A vous, il a désiré vous montrer son courage, pour que vous l'aimiez encore plus. Mais à moi, rien. Sinon l'abandon.

Pendant cette conversation, Palamède se tint près de la fenêtre donnant sur le jardin. Il écoutait ces profondes évidences, la gorge nouée. Peu de femmes m'ont fait une telle impression, songeait-il. Cette petite Antonia a une qualité d'âme singulière. Comment cela se peut-il lorsqu'on naît dans un tel milieu, où la force de survivre tient lieu de morale ? C'était plus fort que lui, le besoin de juger le monde selon les castes, les classes, les familles. Il avait été élevé, formé, instruit à cette règle qui veut que l'existence d'un bourgeois vaut dix ou cent fois celle d'un paysan ou d'un ouvrier. Sans doute jugeait-il le sacrifice de son fils à la patrie tel un gaspillage préjudiciable à la société tout entière. C'était le sens, du reste, de sa supplique adressée à l'état-major militaire, qu'un Sarazac était plus indispensable à la tête de son usine que sur un champ de bataille. Pour la besogne ordinaire, le sang versé, il se trouverait toujours assez de pauvres diables dans les petites classes de la société. Précisément, tourner le dos à cette évidence sociale relevait d'un pur idéalisme. C'était justement de cette sorte d'idéalisme dont était pétri Julien, que les riches et les pauvres, les puissants et les misérables, devaient accomplir à l'unisson le même devoir moral.

A l'instant de partir, Palamède accompagna Antonia jusqu'à la porte de sa demeure. Par des contours de langage, il lui fit comprendre qu'elle serait toujours la bienvenue dans sa maison. Puis il fit appeler son cocher afin que sa voiture ramenât la jeune femme à Auberoche.

— Donnez-moi de ses nouvelles ? supplia-t-elle.

L'industriel confirma sa demande d'un mouvement de tête.

— N'ayez crainte, dit-il. Dans cette affaire, vous êtes ma meilleure alliée.

Elle parut ne point saisir ce qu'il voulait dire, et se rapprocha de lui. Il précisa :

— S'il se dégoûte du front, comme je l'espère, alors il reviendra vers vous...

Ses doigts effleurèrent la jolie frimousse de la petite Albarède.

— Sacrée Césarine, marmonna-t-il.

Le 13 novembre 14, Julien Sarazac avait pris congé de sa famille subrepticement. Il était monté embrasser sa mère à l'heure où elle paressait encore au lit.

— Je pars pour Bordeaux, fit-il.

— Pour quoi faire ?

— J'ai envie de me changer les idées. De vieux copains à saluer...

Odette n'avait point paru inquiétée par ce projet.

Après tout, son Julien avait fait ses humanités au cours Pasteur et avait conservé dans la ville des amitiés solides.

De la petite gare d'Orléans à la caserne Niel, il n'y avait qu'un pas. Mais Julien disposait d'assez de temps pour flâner sur le quai des Queyris, au bord de la Garonne, d'où se découvraient, dans la lumière blanche de l'automne, le pont de pierre, les hôtels particuliers des Chartrons, les deux flèches de la cathédrale Saint-André. C'était une sorte d'adieu qu'il adressait ainsi à la cité de son adolescence. Cette flânerie lui avait procuré un grand ravissement, bien qu'il eût sans doute souhaité pousser sa promenade jusqu'à la Bourse, et les allées de Tourny, où s'étaient déroulées les heures glorieuses de sa vie d'étudiant. Mais cette reconnaissance lui avait paru désormais un luxe inutile, au moment où un devoir impérieux se présentait à lui.

Dans son bureau de commandement de Niel, le général Varaignes avait toisé de haut ce petit-bourgeois venu quémander sa part d'héroïsme. A vrai dire, les deux courriers contradictoires, du père et du fils, l'avaient contrarié. Un officier supérieur, par ce temps de chien, avait autre chose à faire que s'occuper des états d'âme de la famille Sarazac.

— Que savez-vous faire, jeune homme ?

Et Julien avait étalé ses diplômes : latin, grec, philosophie… Sur l'art militaire, rien.

— Un boulot de gratte-papier, cela vous irait-il ?

A sa moue de dénégation, le général avait souri.

— Alors quoi ? Grand Dieu !

— Je veux servir, comme tous les enfants de France.

— Mais on peut servir à la victoire en remplissant des registres.

— Ce n'est pas l'idée que je me fais du service par ce temps de guerre.

Varaignes avait éclaté de rire, offrant une rangée de dents gâtées par l'abus de tabac.

— La bataille, alors ! Vous voulez la bataille !

Et d'un geste, il avait désigné une gravure de la bataille de Borodino qui figurait au-dessus de son bureau. Le général était un admirateur de Napoléon, de la puissante stratégie par laquelle on agrège, par le mouvement savant des troupes, des victoires impossibles.

— Dois-je satisfaire les vœux de votre père ou les vôtres ? Car j'ai une lettre de sa main où il me supplie de vous nommer à l'intendance. Disons tout net, à l'arrière.

— J'ai l'âge où un homme sait prendre ses décisions.

Le général avait souri, de nouveau.

— J'ai peu de temps à vous consacrer. Aussi, je vous verse immédiatement au 144e hussards. Dans trois jours, vous serez à Nancy, à pied d'œuvre.

Ainsi s'était déroulé le départ de Julien Sarazac pour le front. De la manière la plus expéditive. Et sans laisser la moindre trace derrière lui.

Le jeune homme imagina longtemps qu'on lui en voudrait, autant du côté de sa famille que du côté d'Auberoche. Mais, qu'importe, cette méthode lui évitait les longues explications, les douloureux adieux. Puisque les temps nouveaux exigeaient de l'héroïsme et de l'abnégation, autant l'être jusqu'au bout des ongles.

A Nancy, l'autorité militaire le versa au service du colonel Varraux, après un bref interrogatoire. La nouvelle recrue savait rédiger des lettres, des rapports, une aubaine pour un officier dont les mérites n'étaient pas étendus en cet endroit. Le cavalier Sarazac trouva son chef plutôt avenant. La fonction militaire n'avait pas gommé totalement le civil en lui. Alentour, cela ne manquait guère, les carnassiers galonnés, intraitables, butés, obéissants jusqu'à l'absurde.

Le colonel avait élu domicile dans un des immeubles de la place Stanislas, proche de la rue des Dominicains. La grande offensive de septembre avait mis la ville sens dessus dessous, chassant la population vers l'arrière. Et lorsque la 2e armée de Castelnau repoussa les troupes allemandes vers Metz, les états-majors s'en vinrent prendre possession des immeubles vides pour installer leurs bureaux.

— Tout se jouera à Verdun, mon petit, fit le colonel.

Il portait de fières bacchantes, à la gauloise, comme le général Sarrail. Et ce l'occupait fort, dans ses moments de réflexion, ses moustaches, qu'il roulait entre ses doigts comme il eût fait d'une cigarette. Julien dressa la tête par-dessus sa machine à écrire, une Remington si nerveuse que les caractères découpaient le papier, surtout les pelures de mauvaise qualité dont les secrétariats étaient pourvus pour la petite besogne.

— L'histoire se répète, dit Sarazac. Déjà en 1792, lorsque l'armée prussienne est venue l'occuper. Et en 1870, contre les troupes du prince de Saxe.

Le colonel traversa le bureau en faisant claquer ses talons de bottes sur le parquet. Il passa devant les cartes punaisées au mur, marquées par de grands traits rouges et bleus. En y regardant de plus près, on pouvait apercevoir les anciennes traces, à peine gommées, de la contre-offensive de la Marne. Une bataille en effaçait une autre, sur les cartes, et sur le sol français. Des noms inscrits au crayon apparaissaient au milieu des localités, des routes, des chemins, des étangs, des rivières, des voies ferrées : Maunoury, French, Franchet d'Esperey, Langle de Cary, Sarrail, Castelnau... Les fameux généraux qui avaient commandé.

— Regardez, jeune homme, Verdun est un éperon dans le front. D'Avocourt aux Eparges, nous tenons les hauts de la Meuse avec les forts de Douaumont et de Vaux.

L'attention du colonel fut vite détournée par l'arrivée de deux lieutenants. D'un geste, il fit signe à son secrétaire d'aller faire un tour. C'était l'habitude de congédier le civil, pour les messes basses. Les chefs passaient beaucoup de temps à se consulter, à échanger les nouvelles, les ordres et les contrordres. Ce climat de conciliabules permanents avait de quoi décevoir Julien Sarazac, qui s'était figuré que la guerre n'était qu'une affaire de fraternité d'armes.

Les mains en poche, le jeune cavalier descendit à la cave. C'était là que traînaient les gens de son peloton. Sur des tables disparates de récupération, on jouait aux cartes pour tromper l'attente. Le peloton du lieutenant Lavert se préparait à monter aux Eparges pour relever une escouade.

— Tiens, v'là notre petit Sara, fit un soldat qui bricolait à faire un briquet avec une douille de 12,7.

— Not' planqué, les gars !

Une douzaine de types se mirent à rigoler.

— Là t'exagères, Artus, s'interposa l'un des types, qui tirait sur une pipe. Sara aurait tout aussi bien pu s'les rouler à l'arrière. C'est un fils de bourges, les gars. Et moi, j'vous l'dis, si j'étais dans son cas, à c't'heure, je me ferais dorer au soleil.

Julien n'avait guère envie de participer à cette conversation.

— Tu fayotes avec le gus. Des fois qu'il te décrocherait une perme auprès du colon, reprit Artus.

— Pierrot ! t'es qu'un con, fit le soldat à la pipe. Tu d'vrais savoir que les permes sont ajournées. On est de relève.

— Laisse donc, Maupas, dit Julien en touchant l'épaule de son défenseur.

Maupas se redressa en grognant, et fit signe à Sarazac de le suivre.

— Ramenez-nous du pinard ! dit Pierrot.

— Tu crois que je vais te rincer, con comme tu es, rigola Maupas.

Le fond de l'air sentait le salpêtre et la vieille cave. Cela montait des entrailles de l'immeuble soumis à l'hébergement des troupes. Ça défilait, jour et nuit, des grabats de fortune à la rue, avec ses crasses, ses urines, ses vomissures, ses huiles rances. Des troupes, des escouades, des sections, à la queue leu leu, s'enfouissaient dans les caves des maisons comme des rats. Pourtant, c'était des vacances, pour les soldats au repos, après ce qu'ils venaient de vivre sur les lignes du front, un paradis, une villégiature de rêve. Sur la place, le régiment de cavalerie avait garé à la va-comme-je-te-pousse ses camions aux bâches brunes, ses automobiles souillées de terre jaune. Une odeur de caoutchouc brûlé flottait dans l'air. Les mécanos en profitaient pour réparer les véhicules, au milieu des flaques d'huile qui maculaient le pavé. Une équipe de types avait éventré un moteur et tripatouillait la mécanique. D'autres installaient un canon sur une autochenille. Un 35 de campagne. Près de l'hôtel de ville, des fantassins somnolaient, les uns contre les autres, sous le porche d'entrée. Ils ressemblaient à des soldats morts. Et à quelques pas, deux troufions surveillaient les fusils disposés en faisceaux, d'un pas nonchalant.

— Passe encore de faire la guerre, dit Maupas, mais avec des cons, en plus, c'est l'enfer.

Sarazac se mit à rire.

— J'ai tout quitté pour vivre ça. Et on me cantonne aux écritures.

— Plains-toi, animal !

— Je veux monter aux Eparges. Au moins, j'aurai l'impression de servir à quelque chose. Tu comprends ça, Silvaire ?

— Non, dit-il.

Ils se dirigèrent vers la cathédrale. C'était leur seule passe-temps, à la tombée du jour, que d'aller faire un tour vers la rue des Chanoines. Il y avait une enfilade de bars, tous plus ou moins envahis par les soldats en attente. Cette clientèle, peu fortunée mais attirée par le vin rouge, les gnôles fortes, et les filles, genre cantinières ou marraines de régiment, débordait jusque sur le pavé. Dès la nuit tombée, des lumignons rouges flamboyaient aux façades. Des musiques tonitruantes traversaient les murs, à base d'accordéons, de bandonéons, de banjos ou de guitares. Les chansons étaient émaillées de prières patriotiques dans lesquelles on promettait aux fridolins les supplices de l'enfer.

Maupas et Sarazac avaient leurs habitudes à l'Ane Gris. On y vendait un mauvais vin à un franc la bouteille, et des verres d'eau-de-vie à cinquante centimes. Le soldat pouvait s'y griser sans se ruiner pour oublier la dureté des temps.

— Je ne comprends pas que tu ne lui aies pas encore écrit… fit Silvaire.

— Quoi lui dire ?

— La vérité. Que tu l'aimes comme un fou. Et que tu t'ennuies d'elle. Moi, j'ai toujours fait comme ça avec les femmes.

Sarazac payait largement. C'était son tempérament d'arroser. Il savait que la plupart de ses compagnons d'infortune manquaient d'argent. Lui, il possédait un compte en banque bien garni. Parfois, il se demandait s'il ne quitterait pas cette terre avant d'en venir à bout. Dépensons, dépensons gaiement, chantait-il à la cantonade, car le lendemain est incertain. Et ce ne serait pas d'un bon goût d'en laisser trop au croque-mort...

— Mais je n'ai rien promis. J'ai préféré partir avant qu'il ne soit trop tard.

— Et lorsque tu reviendras, la place sera prise. Présentement, si elle t'aime autant que tu le dis, elle t'attendra. Il est plus de femmes qu'on croit, dans cette disposition d'esprit. Ce n'est pas parce que nous courtisons de viles catins qu'elles se ressemblent toutes.

Dans ces moments, Julien s'en voulait de n'avoir choisi des compagnons plus futés pour partager ses derniers beaux jours. Mais la guerre avait jeté pêle-mêle, dans le même troupeau, les pauvres d'esprit, les innocents aux mains pleines, les crapules et les crétins, les belles âmes et les petites frappes. Ainsi s'en allaient-ils vers la mort, par le même tuyau. Et toutes chairs et toutes âmes se mélangeaient dans la tuerie organisée. Dans ses cauchemars, Julien revoyait incessamment la vie comme un pressoir, avec sa vendange d'hommes broyés jusqu'au dernier jus.

Julien Sarazac haussa les épaules. Il y avait du vrai dans les propos de Maupas, comme on dit qu'il y a de la vérité dans toute parole de bon sens. Mais n'est-ce pas se faire trop d'illusion sur soi-même que de croire qu'il y aura une vie après la guerre ? Dans son for intérieur, le jeune homme ne croyait pas qu'il pût en réchapper. Dès lors, l'avenir de la petite Antonia devrait se jouer sans lui. C'était le moindre des respects qu'il lui devait, la laisser libre de vivre son destin de femme.

— Moi, à ta place... insistait Silvaire.

— Mais tu n'es pas à ma place. Et si tu désires que

nous restions bons amis, alors bois donc ce verre en silence. Ta sollicitude m'ennuie.

Antonia courut les marchés de Noël pour y vendre ses truffes, ses foies d'oie et ses brins de houx. Elle monta à Thiviers, descendit à Périgueux, infatigablement. Mais le cœur n'était pas à la fête. Au contraire, les événements avaient désespéré même les plus fortunés. Les cours flanchèrent bien au-dessous des pires prévisions. Mais comment se plaindre, alors que les deuils se propageaient dans les familles ? La moindre conversation se teintait de larmes et de soupirs. Il n'était plus une seule colère qui fût salutaire. La haine de l'Allemand laissait place, peu à peu, à la résignation. S'il se trouvait quelques fous, de-ci de-là, pour hurler, jusque sous les porches des églises : « Ne voyez-vous pas qu'on tue vos enfants, un à un ? Faisons cesser le carnage ! », il ne s'élevait aucune protestation à l'instant où les gendarmes s'en venaient écarter les perturbateurs.

Dans ses longs moments d'angoisse, Antonia se demandait s'il en était de même du côté de l'ennemi, s'il n'y avait pas, aussi, quelques esprits lucides pour se rebeller contre le Kronprinz. Elle en voulait à Julien de son engagement. Elle lui reprochait d'avoir cédé, comme les autres, à l'appel de la guerre. Et pire, il ne lui écrivait rien qui pût la rassurer sur son état d'esprit. Dans ses rêves, elle le voyait ainsi qu'un ange exterminateur se jetant sur le serpent teuton, la baïonnette fouaillant dans le ventre fécond. Au-dessus de lui, flottaient dans un ciel tourmenté d'orage les oriflammes tricolores. Telles étaient les allégories d'Epinal en ce temps-là. On les vendait aux marraines des soldats pour qu'elles les adressent aux malheureux du front. Ces images peuplant les journaux revêtaient le portrait de son Julien lorsqu'elle voulait se rappeler qu'il avait été si doux et si aimant.

Dans les premiers mois, Antonia écrivit à Palamède. L'industriel répondait chaque fois par un carton poli. Rien à signaler. Pas de nouvelles, bonnes nouvelles. C'était l'esprit du temps. On se résignait à l'attente, haïssant l'ombre du facteur annonciatrice de drames. Tant qu'il est vivant, je puis encore espérer, se répétait-elle. Mais espérer quoi ? Puisque leur amour n'avait pas été assez fort pour étouffer l'appel des armes, pourquoi le serait-il après l'orage ?

Un matin, Antonia prit son courage à deux mains pour annoncer à sa sœur une nouvelle terrible. Cela se passait à l'écurie, où l'on élevait encore des chevaux pour les armées.

— Je ne vois plus, dit-elle.

Octavia la considéra sans comprendre.

— Tu ne vois plus...

Elle parut réfléchir au sens énigmatique de cette phrase. Sans doute en avait-elle déjà soupçonné la signification profonde, mais n'osait l'imaginer une seule seconde.

— Tu veux dire que...

— Oui, confirma Antonia. Je suis enceinte.

— De qui ?

Antonia éclata de rire. Un rire nerveux. Un rire de larmes.

— De qui veux-tu donc que je sois enceinte ? De lui, bien entendu. De lui. De mon fantôme.

— De Sarazac, dit Octavia d'une voix blanche. Tu portes son enfant, alors que tu ne sais pas s'il reviendra.

Octavia se laissa choir sur le tas de paille entre deux poulains qu'elle voulait mener aux mères.

— Mais c'est affreux ! Un polichinelle...

— Tais-toi donc. Tu n'as pas le droit de l'insulter. C'est un innocent, lui !

— Il faut le faire passer ! Tu dois le faire passer.

La sœur se redressa avec colère et vint gifler Antonia, puis revint à la charge pour lui saisir la chevelure à pleines poignes. Et ainsi, avec la vigueur dont elle était capable dans ses moments de fureur incontrôlés, elle la traîna dans l'écurie, au milieu des chevaux, qui piétinaient de crainte. Antonia tenta de se défendre en bourrant Octavia de coups de poing. Mais la furie ne lâchait prise, décidée à accomplir ce que César eût fait, sans doute, en pareille situation.

Julius accourut pour séparer les jumelles. Comme Octavia voulait quand même revenir à la charge, les lèvres écumant des mots orduriers, le domestique prit un fouet. Il le fit claquer en l'air à trois reprises.

— Je te tuerai. Et je tuerai ton polichinelle. Je ne veux pas du déshonneur sur Auberoche. Plutôt te crever, chienne, traînée !...

Le fouet de Julius maintint Octavia à distance, tandis qu'Antonia rampait au sol en gémissant. Elle portait au visage des griffures sanguinolentes. Hâve, elle sortit de l'écurie, maculée de poussière et de boue.

Naine, qui avait entendu les cris et les hurlements, aida Antonia à faire un peu de toilette. Mais elle n'osa lui poser la moindre question.

L'événement, aussi terrible qu'il fût, se passait de commentaires. Après la mort du maître, Octavia avait repris le flambeau et imposait sur Auberoche une mâle autorité. A la différence de César, il ne se trouvait, en elle, aucune grâce possible, aucune rémission à son pouvoir. Elle punissait d'une main ferme, sans pardon ni miséricorde. Naine disait souvent qu'il y avait chez cette maîtresse fille un tempérament diabolique.

Après qu'elle eut recouvré un peu de sérénité, Antonia alla, selon son habitude, se réfugier dans sa chambre. C'était son seul havre, où elle s'enfermait à double tour, sachant que sa sœur n'oserait l'en déloger. Devant son miroir, elle se redonna avec application une figure présentable. C'était la première fois que sa sœur portait la main sur elle avec une telle cruauté. Les gifles, les crêpages de chignons étaient monnaie courante, mais point cet acharnement qui eût pu mettre sa vie en péril. Pourtant, Antonia n'en voulait guère à sa sœur. Comme elle doit être malheureuse, pensait-elle, pour faire preuve d'autant de méchanceté… Pire encore, elle lui trouvait des circonstances atténuantes. N'ai-je point mérité ma punition ? Me voici enceinte de Julien Sarazac. C'est une conduite intolérable. Une faute d'une gravité extrême !

Longtemps, elle s'abandonna à son apitoiement, prenant même un chagrin plaisir à se noircir l'âme, et à se jurer que, désormais, sa vie serait exemplaire, exempte des passions incontrôlables.

Octavia n'avait guère apprécié que Julius se mêlât de l'affaire. Surtout lorsqu'elle lui ordonna de poser le fouet, il fronda comme avec César, autrefois. Cette désobéissance ne l'empêcha pas de se jeter sur lui, telle une furie. Mais le domestique avait assez de force pour contenir la Césarine. Lui neutralisant les mains, il la plaqua contre un portique. Son intention était juste de briser en elle la folie qui la possédait encore, et de la relâcher une fois qu'elle aurait recouvré un peu de raison. Il la sentit mollir sous sa poigne, tandis que le rythme de sa respiration s'accroissait. Julius desserra son étreinte. C'est alors qu'elle profita de ce répit pour lui planter les crocs dans l'avant-bras. Eu égard aux bons soins que lui avait toujours prodigués Augustine, il se retint de la gifler à la volée.

— Vous êtes une petite peste, mademoiselle Albarède ! Et vous ne méritez pas qu'on travaille pour vous.

— Prends ton congé, Julius. Et disparais. A jamais ! lança-t-elle en brandissant le poing.

Plus tard, la petite furie se retrouva bien seule dans sa cuisine, à tourner en rond. Elle avait signifié son congé au seul domestique de la maison, et à Naine, aussi, forcément. C'était une sale affaire. Car elle ne serait pas assez forte pour tenir Auberoche toute seule. Les truffes s'étaient vendues à cinquante francs le kilo, c'est-à-dire trois fois moins que l'année passée. Et de même les foies d'oies et de canards. Une misère. Par contre, les œufs, le lait, la farine connaissaient une flambée propre aux périodes de crise. L'argent des acheteurs passait donc à acquérir les denrées de base, tandis que les produits de luxe, les extras de fête, ne trouvaient preneur. De même, les réquisitions des chevaux pour l'armée fournirent peu de bénéfices à l'entreprise d'Auberoche. Les commissaires payaient avec des bons qu'il fallait ensuite se faire rembourser au Trésor, dans les deux ou trois mois.

Le domaine d'Auberoche traversait une de ses périodes les plus noires. Il n'y avait plus d'argent dont disposer. Et rien à vendre. Sinon les meubles. Seuls les propriétaires qui avaient su constituer un bas de laine en prévision des événements tiraient encore leur épingle du jeu. Chez ceux-ci, on pouvait attendre des jours meilleurs en se nourrissant sur le commun, la basse-cour, le potager. Mais tel n'était pas le cas des Albarède. Les Césarines avaient vendu à perte toute leur production pour s'assurer un peu de trésorerie. Il fallait sortir la paye de Julius, régler les dettes d'épicerie, de quincaillerie. C'était un temps où l'on ne faisait plus crédit. Même le pain, il fallait le régler en kilos de farine.

A Auberoche, la fête de Noël se déroula dans un climat

délétère. Octavia ne savait encore si Julius préparait son baluchon, et si Antonia allait enfin se résoudre à quitter sa chambre. Il fallut trois jours de plus pour qu'un peu de sérénité gagnât les esprits. Octavia se résolut à présenter ses excuses à Julius et Antonia reparut, habitée par une froide indifférence. Ce qu'elle venait de vivre avait forgé en elle une terrible résolution, celle de garder coûte que coûte l'enfant qu'elle portait. Elle annonça sa décision d'une voix ferme :

— Je le garderai pour la mémoire de maman !

— Tu oses évoquer la mémoire de notre mère pour justifier une telle vilenie ?

— Je le garderai, reprit Antonia, parce qu'il est aussi l'enfant de Julien.

— Sarazac ? Où est-il donc ? Le sais-tu ?

— Au front, comme tous les Français courageux.

— En as-tu la certitude ?

— Je le garderai, répéta Antonia, parce que m'en défaire est un crime. Et ça porterait malheur au père.

— Alors, il faut en parler à Palamède. N'est-il pas redevable aussi des frasques de son fils ?

Antonia soupira profondément.

— Je puis tout te pardonner, Octavia... Ta méchanceté...

Octavia poussa les hauts cris. C'était un jugement qu'elle n'avait point envie d'entendre. Car elle se jugeait plutôt généreuse dans la vie et appliquée dans sa tâche. Après tout, elle portait le domaine à bout de bras, et l'affaire pour elle était presque une question d'honneur. César n'en avait-il pas fait sa légataire privilégiée ? Et si, aujourd'hui, on jugeait aussi durement ses actes, c'était parce qu'elle accomplissait sa charge avec ferveur.

— Ta méchanceté, reprit Antonia, car tu es méchante, et que Dieu te pardonne aussi. Mais je t'interdis de prendre des décisions à ma place. Cet enfant, j'entends l'élever seule. Il n'y faut point mêler Palamède Sarazac. A aucun prix !

Octavia l'écoutait, les lèvres pincées. Elle ne pouvait imaginer, raisonnablement, ce que serait l'avenir avec l'enfant. Mais elle avait compris qu'il n'était plus possible, désormais, de faire un pas en arrière, de la contraindre à visiter une faiseuse d'anges.

— Je veux que tu me jures de garder le silence.

La Césarine hocha la tête. Elle se sentait vaincue, quelque part, dans ses rêves d'ordre et de discipline dont elle avait fait son credo. Et elle s'en voulait de n'avoir su écarter l'amour qui avait bouleversé l'existence de sa sœur jumelle. Il avait fallu qu'un homme passe pour que la belle entente des Albarède s'en trouvât affectée. Et s'il était une prière à prononcer, c'était bien celle-ci, une sorte de pardon au père. Car de là-haut, il nous voit et nous juge, songeait-elle. Et dit : Comment as-tu pu, ma pauvre Octavia, laisser fondre sur nous un tel drame ? Face à une telle interrogation, elle avait envie de tomber à genoux et promettre à César : Je suis la première fautive, car je n'ai su chasser ce méchant profiteur qui abusa de notre sœur. Désormais, ô mon cher père, tu peux compter sur ma vigilance...

12

Quand le vent du nord se mit de la partie, le mercure chuta dans le thermomètre. De cinq à dix degrés au-dessous de zéro. Ce n'était pas si courant en Périgord, où les hivers ne connaissent guère les longues froidures. Aussi, les paysans avaient pris l'habitude de marquer d'une croix ces années-là sur leur calendrier. Il y faudrait ajouter l'année 15.

Julius, qui avait l'œil attentif, prévint dès novembre qu'il n'y aurait pas assez de bois pour passer la saison en toute tranquillité. Mais les Césarines ne l'écoutèrent point, occupées à leurs soucis. Il n'est qu'à observer les pelures des oignons, insistait le domestique, ça annonce un froid durable. Et ce lui était aisé d'en arracher trois couches au moins, pour étayer sa prophétie. Une telle démonstration avait avivé plus de rire et de scepticisme que d'alerte. Pourtant, on y était enfin, dans le pétrin.

Lorsqu'il fallut économiser le bois, n'utiliser pour tout chauffage que trois brandons dans la cheminée et n'allumer la cuisinière qu'à la préparation des repas, et la laisser s'éteindre ensuite, les demoiselles Albarède décidèrent de courir aux réserves. En vérité, il ne manquait pas, le bois de chauffage, autour des fondrières du Valperdu. Il suffisait de le couper, le fendre, et le transporter sous le hangar. Certes, ce ne serait pas si grave qu'il fût un peu mouillé, parce que le chêne du causse était de tous le meilleur pour tenir la braise. Et les dernières semaines de froid sec avaient passablement essuyé l'humidité.

Dès janvier, les Césarines montèrent au Valperdu, avec leurs outils, bien affûtés. Des cognées et des haches passées à la meule. Un passe-partout aux dents limées. Des masses et des coins de toute taille. Julius se jura de leur prêter main-forte. La première visite fut pour les chênes malades, à demi racinés, effondrés par la vieillesse. On ébrancha à la hachette ce qui était à main, afin de faire des fagots. Puis on en vint aux billes, celles qui se pouvaient poser sur la chèvre. Les demoiselles les attaquèrent à la scie, formant des sections de cinquante. Le bois était dur à la coupe, aussi fallait-il passer souvent la couenne de cochon sur la lame pour qu'elle mordît à plein. On mesurait l'épreuve à la couleur de la sciure qui tombait au pied du chevalet ; grise ou noire, c'était un chêne noueux qui méritait l'effort, et blanche rien qui vaille.

Les Césarines amenèrent au hangar trois chariots de rondins et de fagots. De quoi pallier le plus pressé. Puis, elles s'attaquèrent aux grands chênes des fondrières que Julius avait marqués à l'écorce de deux coups de hache. C'était une grosse affaire pour quelqu'un d'inexpérimenté, et de fort dangereux. Ces arbres étaient à moitié déchaussés, tant la terre alentour avait glissé sur les « platernes » de calcaire. Les vents d'orage les avaient passablement secoués, ébranlés, sans qu'ils eussent versé néanmoins. Mais il n'était pas un seul bûcheron alentour qui eût parié sa chemise pour dire de quel côté ils tomberaient.

Octavia planta sa cognée, un coup par le haut, un coup

par le bas, afin de former une grande entaille. Le geste mal assuré, elle fractionnait en autant de copeaux ce qui eût dû sauter d'un coup. L'ouvrage lui coûtait donc plus de force qu'il n'en fallait.

— Allons chercher Julius, proposa Antonia. Il nous préparera l'entame.

— C'est l'expérience qui nous fait défaut ! jugea Octavia en épongeant la sueur qui lui collait les cheveux sur le front.

Puis sa sœur se proposa pour continuer la tâche. Octavia lui tendit la cognée avec un sourire grimaçant.

— Dans ton état ?

Antonia la repoussa d'un geste d'agacement. Il ne se passait une journée sans qu'elle vînt lui rappeler sa grossesse.

— Ça te ferait bien plaisir que je le perde…

Octavia se recula pour juger de sa force. Et, poussant des « han », la Césarine s'acharna avec courage. Sans grande efficacité. A peine fit-elle pénétrer la lame d'un pouce dans le tronc.

— Essaye donc par l'autre côté, ricana Octavia. Ça sera autant de gagné.

L'autre face du tronc donnait sur la fondrière. Jeter ainsi la cognée, avec pour tout appui un sol instable, était pure folie. Antonia mesura la déclivité avec effarement. Instinctivement, elle porta les mains à son ventre. Ne t'inquiète pas, petit bébé, je ne veux pas qu'il t'arrive malheur, se dit-elle. Car la méchante sœur nous voudrait bien, tous deux, en péril.

Elle lui rendit la hache et s'écarta aussitôt.

— On aurait pu commencer par un chêne plus facile, dit-elle.

— Il faut tous les abattre. Celui-ci comme les autres.

Octavia s'acharna une heure durant à ouvrir une

entaille convenable jusqu'à l'aubier. Elle présenta ensuite le passe-partout. Les Césarines s'installèrent de part et d'autre du tronc, et firent aller et venir la lame qui chantait dans le bois dur. Mais les sœurs ne s'entendaient guère à cette besogne, l'une forçait, tandis que l'autre tirait de travers. Il semblait même qu'Octavia prenait un malin plaisir à fatiguer sa sœur. Au bout d'une heure, elles décidèrent de prendre un peu de repos. Le tronc était scié à moitié. Mais l'arbre demeurait immobile sur son assise.

— C'est du genre à partir d'un seul coup ! jugea Octavia avec ravissement. Et au premier signe, il nous faudra dégager, petite.

Antonia but un peu de vin à la régalade. C'était une piquette aigre de fin de tonneau. Mais ça donnait du cœur au ventre. Puis elle passa la gourde à sa sœur. Octavia s'abreuva en poussant un cri de bête sauvage dont l'écho se répercuta dans les vallons.

— Par moments, dit Antonia, je me demande si tu n'es pas devenue un peu folle.

— J'aime ça, répliqua-t-elle. Cette force en nous qui nous pousse à entreprendre des choses impossibles.

Sa sœur l'observa avec attention. Elle avait un peu de duvet au menton, et négligeait de s'épiler. Cette inattention ne la surprenait guère, puisqu'elle n'avait aucune envie de plaire. Les hommes, elle les repoussait par des postures masculines, comme de poser les mains sur ses hanches et de bomber le torse, ou de ne jamais porter de soutien-gorge, préférant écraser ses seins sous une large bande de coton serrée dans le dos.

— Comme tu as changé, dit Antonia. On voit que tu es devenue l'homme de la famille.

— Pourtant, nous sommes jumelles. Et si je suis laide, ma petite, tu l'es aussi.

— J'ai réussi au moins à me faire aimer d'un homme.

— Un homme que tu n'as su retenir. Sinon prendre dans tes rets…

Elle éclata de rire en soulevant ses jupons jusqu'aux cuisses, d'une seule brassée, comme pour mimer la prostituée qui se détrousse devant l'homme médusé.

— Je veux parler de la laideur que tu portes dans ta tête, répliqua Antonia. Celle-ci m'est étrangère, à ce que je crois.

— Tu es comme moi, ma petite, une paysanne sans charme, aux mains calleuses. A trop fréquenter les bêtes, nous leur ressemblons. Il y a de la vache, de la truie, de la chèvre, en nous. Et nous fleurons le lait caillé, le suint de bourrin, la bouse et le crottin.

Antonia détourna les yeux aux grimaces de sa sœur, qu'elle aimait à dessiner sur son visage. Elle s'abandonna aux fougères sèches qui tapissaient la terre. La dureté du sol, qui lui calait le dos, apporta un peu de réconfort à ses douleurs. Yeux clos, elle promena ses mains sur son ventre pour mesurer les rondeurs qui se développaient jour après jour. Elle faisait corps avec lui, avec ce petit être qui commençait à se manifester par de délicats tressaillements. Ses seins aussi étaient devenus fermes et durs. Lorsqu'elle s'employait ainsi à caresser son ventre, cela finissait par ses seins, dont elle aimait flatter les aréoles.

— C'est obscène ! s'écria Octavia. Tu as des jeux détestables.

— Ne dis-tu pas, ma chère petite sœur, que nous sommes des bêtes. Permets-moi de me conduire ainsi qu'un animal ! Car j'aime le sentir en moi. Il me parle. Je comprends ce qu'il veut, ce petit être fragile.

Octavia revint au manchon du passe-partout. Et elle se

mit à tirer nerveusement sur la lame qui flottait dans sa fente.

— Il faut être deux, ma chère, pour abattre ce géant, ricana Antonia.

Lorsque l'ouvrage fut assez avancé, Octavia prit l'initiative de placer un coin dans l'ouverture béante. A la masse, elle l'enfonça de trois pouces.

— C'est malin, dit Antonia. Maintenant, nous ne pouvons plus ôter le passe-partout.

— Idiote, il finira l'ouvrage ou il restera planté à jamais.

Un premier craquement se fit entendre. Et le chêne tout entier fut secoué de la base au sommet. Octavia se retira promptement. Sa sœur, dans la précipitation, perdit l'équilibre et se laissa choir sur le côté, en poussant un cri. Instinctivement, elle porta les mains à son ventre. Comme tu as eu peur ! marmonna-t-elle.

Octavia revint à la charge. En trois coups de masse, elle poussa le coin plus avant. Mais l'arbre se refusait à tomber.

— Ce putain ne veut pas y aller ! s'écria Octavia.

Elle cracha dans ses mains, avant de reprendre la poignée du passe-partout. Puis elle attendit, patiemment, que la sœur s'y collât aussi.

— Non non non ! Je ne veux plus, dit Antonia. Trop dangereux.

— Quoi ? Tu as peur pour ton polichinelle !

— Cesse donc de parler ainsi. Tu t'avilis. Tu te déshonores. Même une vache éprouve de l'instinct pour un petit veau. Un instinct protecteur.

Octavia éclata de rire.

— Ne te souviens-tu pas de cette jument qui a massacré un poulain sous le sabot ?

— Mais ce n'était pas son poulain, maugréa Antonia.

Et cette jument était folle. Si folle, que notre père l'a conduite à l'abattoir. Je me refuse à croire que tu es devenue aussi folle que cette haridelle.

Antonia essuya d'un revers de manche les larmes qui coulaient sur ses joues.

— Pourquoi prends-tu plaisir à me dire des choses aussi terribles ? ajouta-t-elle.

Octavia la contemplait avec une froide distance. De plus en plus, elle cultivait cette sévérité avec son entourage. Sans doute lui plaisait-il fort qu'on la trouvât hautaine, indifférente, voire méprisante. Cette attitude intriguait Antonia. Se peut-il qu'il y ait un mot, un sourire, un geste, qui puisse l'attendrir ? se demandait-elle. Qu'est-ce donc qui lui a gâté, de la sorte, le caractère ? Son pouvoir sur Auberoche, la jalousie, la peur d'aimer... Antonia pouvait égrener les raisons, sans se fixer sur une réponse qui fût satisfaisante.

Les demoiselles Albarède achevèrent leur besogne avant la nuit. L'arbre partit de travers, dans un craquement sinistre, vrilla sur lui-même, avant de s'abattre. Antonia se recula, vivement, à quatre pattes dans les fougères et les cailloux, tandis que sa sœur s'amusait de sa frayeur.

— Tu l'as échappé belle ! fit-elle.

— Nous l'avons échappé belle ! rectifia Antonia.

Cette année-là sur l'éperon des Eparges, il n'y eut pas une seule fleur de pissenlit, de pâquerette, de bouton-d'or ou de jonquille pour célébrer le printemps. Seulement la terre ocre, incessamment remodelée par le fer et le feu. Des belles forêts de Senoux, du Bois-Haut ou de Saint-Rémy, il ne restait qu'une multitude de moignons, dressés comme des bouchots sur la marée descendante.

Une fourmilière d'hommes, étirée à l'infini, pataugeait dans la tranchée de Calonne, face aux lignes allemandes. Les artilleurs avaient installé, dès mars 1915, des pièces de marine de 140 destinées à tirer à douze kilomètres par-dessus Les Eparges, à l'intérieur des positions ennemies. Sous les feux nourris de cette artillerie lourde, allaient et venaient des marées de soldats, montant et descendant par escouades, sous le volcan de feu qui embrasait le plateau. Au fil des jours, le relief changeait de visage, et le soleil et la pluie n'y faisaient rien, sinon rendre à la terre ses couleurs changeantes.

Julien était monté aux Eparges aux premiers jours d'avril, avec son régiment, et celui des chasseurs alpins. Du village, il restait encore quelques maisons debout, le long de la grande rue, et alentour des squelettes d'arbres. Le lieutenant Lavert avait fait garer les camions bâchés près du cimetière, et avait ordonné à ses hommes de véhiculer, à bras, les canons de 75 vers la redoute de la côte 346. Cette ligne de front se déployait entre le ravin d'Hadirnel et celui des Quenottes. L'opération prit du temps, surtout lorsqu'il fallut traverser le ruisseau du Longueau. Les territoriaux avaient reconstruit un pont de fortune sur lequel les camions ne pouvaient s'aventurer, au risque de verser dans les marécages qui bordaient la rivière et infestaient le secteur. Les sous-officiers attelèrent leurs hommes, par grappes, aux cordes de traction. Une vingtaine de pièces passèrent sans encombre, sous les cris des chefs harcelant la troupe pour qu'elle pressât la manœuvre. Les roues des canons s'enfonçaient dans la boue et les hommes peinaient à les sortir de la fange glaiseuse. Le piétinement répété des soldats rendait l'opération plus difficile dans cette terre incessamment malaxée.

Les premières gerbes de feu s'abattirent sur le convoi,

précédées d'un long sifflement. Julien, qui tirait une des pièces d'artillerie, la vit soudain se soulever de terre et verser sur les hommes qui l'entouraient. Il se précipita dans un entonnoir de mine gorgé d'eau. Pour le soldat, c'était devenu une réaction instinctive que de se coucher derrière le moindre abri, dès le commencement de la sinistre musique. Avec un peu de chance, on pouvait espérer que les éclats se disperseraient sans toucher, où que l'obus tomberait assez loin. Sarazac se pelotonna dans son trou jusqu'à ce que la sérénade se calme. Une odeur prégnante le sortit de sa torpeur. L'endroit n'était pas des plus hospitaliers. On y avait oublié quelques cadavres qui pourrissaient dans leur jus. Il voulut remonter sur la route en s'accrochant à la terre grasse, mais la canonnade reprit, fauchant comme des marguerites les types qui s'en retournaient vers le village. C'était sans doute une protection illusoire que de courir, ainsi, sous le bombardement, car les murailles défaites des maisons n'offraient guère plus de sécurité.

Le margis Artus plongea, lui aussi, dans le marigot.

— C'est joyeux, gars ! fit-il.

Il riait à pleines dents.

— L'ennemi est à cinq cents mètres, dit Julien en montrant l'éperon des Eparges. Paraît qu'il faut prendre la colline.

Artus s'était renversé sur le dos et fixait la lumière blanche du ciel. Parfois, un nuage de fumée passait dans un grondement. Parfois, une pluie de terre et de pierrailles s'en venait les réveiller.

— Faut descendre vers le village, marmonna Sarazac.

— Attends, p'tit con. Tu vas t'faire ratatiner.

Julien osa un regard au bord de l'entonnoir. Les pièces de 75, abandonnées sur la route, avaient subi des dégâts.

— C'est la déroute, fit Sarazac. Varraux va pas nous féliciter.

— On aurait pu faire ça de nuit, ajouta Artus.

Sarazac songeait à Maupas, et priait pour qu'il fût sauf. Aux premières salves d'obus, les soldats s'étaient repliés vers l'arrière, sachant qu'il restait cinq cents mètres au moins avant d'atteindre le village, sous le feu nourri. A coup sûr, pensa Julien, la moitié de nos hommes ont péri. C'était le plus désespérant de la guerre, de voir tomber, jour après jour, des visages familiers.

Le silence revint enfin, et avec lui la clarté du ciel. Les deux hommes sortirent prudemment en rampant jusqu'au bord de l'entonnoir. Il y avait des morts de part et d'autre de la route. Pierrot avait perdu ses jambes, un autre la moitié du visage... Puis ils marchèrent, la tête haute, pour ne plus voir la boucherie autour d'eux, fixant les ruines du village, et la colonne de fumée qui montait, noire, près du cimetière.

Maupas s'était replié au cimetière, avec le lieutenant et une vingtaine de cavaliers. Il y avait aussi une partie de l'escouade des chasseurs alpins. Ça parlait, caquetait, riait, jurait, gueulait. Le lieutenant Lavert s'était installé dans la maison éventrée, avec ses sous-officiers, une carte d'état-major étalée sur des caisses de munitions.

— Cinq camions ont brûlé. Et nous avons perdu vingt hommes au moins. Les pièces de 75, je ne sais pas, mais il faut continuer la besogne, nom de Dieu.

Les types rajustaient leurs casques, le fourniment de campagne. Tout était fin prêt pour le départ. Sarazac contemplait les toitures brisées des maisons et leurs ossatures dressées dans le ciel. Maupas marchait au milieu du cimetière, parmi les croix renversées. Il s'amusait à lire quelques noms gravés sur les plaques émaillées. C'était un petit cimetière de pauvres, sans monument d'importance, une nécropole de paysans aux tombes serrées les unes contre les autres.

Lorsqu'ils s'en revinrent sur la route de Trésauvaux, les brancardiers avaient achevé le travail. Les morts, seuls, pouvaient attendre. On les avait traînés sur les talus pour dégager le passage.

Sarazac et Maupas avançaient nonchalamment derrière l'escouade reformée des chasseurs.

— Ça va recommencer, fit Silvaire en humant l'odeur de poudre qui flottait dans l'air.

Autour d'eux, on pouvait dénombrer les trous d'obus, au milieu des arbres hachés à hauteur d'homme. Cela s'étendait sur un kilomètre au moins de part et d'autre de la route. L'artillerie allemande avait concentré ses tirs sur le secteur pour empêcher la manœuvre des pièces de 75.

Au signal du lieutenant, les cavaliers reprirent pied autour des canons et, redressant ceux qui étaient versés, les remirent en marche vers les lignes du point C.

Mus par la peur, les soldats accomplirent des prouesses en tirant les pièces jusqu'à la redoute où on avait prévu de les installer. Certes, dans le dernier kilomètre, la canonnade reprit, mais si mal ajustée, cette fois, qu'elle fut sans effet.

Silvaire et Julien descendirent dans une casemate où se reposait une section de fantassins. Le visage gris, les traits tirés, ce n'était plus que des ombres d'homme. En une semaine, ils étaient montés douze fois au feu, affronter les shrapnells, les tirs croisés des mitrailleuses, les marmites et les mines.

— Je voudrais te demander un service, dit Sarazac.

Maupas grattait la boue collée à ses chaussures avec la pointe de sa baïonnette.

— J'aime pas ça ! maugréa-t-il. Parce que je serai tué avant toi.

Julien éclata de rire.

— On peut ouvrir les paris. Mais…

— Tais-toi donc !

En longeant l'observatoire de la redoute, ils avaient vu les corps des malheureux dans le labyrinthe de barbelés. Des centaines de morts qui séchaient au soleil, écartelés, démembrés, éventrés, décapités. Et les blessés, râlant dans le silence du soir, plus malchanceux que leurs voisins. Dans la seconde, Julien avait compris que sa vie s'achèverait ici, sur la colline dominant la plaine de la Woëvre.

— Je voudrais te confier une lettre au cas où…

— J'ai compris, dit Silvaire en plantant furieusement sa baïonnette dans la glaise.

Sarazac dégrafa sa vareuse et sortit la fameuse lettre en papier gris. Il la lui tendit, mais Silvaire ne la prit pas.

— Je ne voudrais pas faire ce sale boulot, déplora-t-il, la tête baissée.

La nuit s'était infiltrée dans la casemate. On entendait juste le ronflement de quelques types, dans les entrailles du boyau, et le suintement de l'eau qui s'épanchait lentement entre les renforts de bouleau et les sacs de terre.

— Tu le feras par amitié, insista Julien.

D'un geste rageur, Maupas s'en empara. Il alluma son briquet et lut le nom que l'enveloppe portait d'une écriture large.

— Tes derniers mots seront pour elle, fit-il. Décidément.

— Je lui dois ça.

Maupas haussa les épaules et se renversa sur le côté, comme pour s'apprêter à dormir un peu.

— Faut-il que tu l'aimes, cette femme ! Bon Dieu oui ! Et dire que tu as fait cette connerie… C'est un monde ça !

— Quelle connerie ?
— Venir traîner tes guêtres dans cet enfer…

En mai, Antonia mit au monde son enfant dans la cuisine. Le vieux docteur Pergne, de Coulaures, avait repris du service, en l'absence de Labrune versé aux armées, avec le grade d'aide-major. Malgré un âge avancé, le médecin s'en acquitta sans difficulté. Et lorsqu'il présenta à la mère le bébé, il s'écria :

— C'est un garçon, Antonia ! Espérons que le siècle qu'il va connaître sera plein d'espérance.

La jeune mère l'accueillit sur son sein, en pleurant toutes les larmes de son corps. Elle eut encore la force de le soulever au-dessus d'elle, pour mieux contempler ce prodige. Puis elle le rapprocha de ses lèvres.

— Ton père ne sait pas que tu existes, mon petit Simon, mais si Dieu le veut, il le saura un jour. Et cet instant sera le plus grand bonheur de sa vie…

Antonia avait opté pour deux prénoms : Garance pour une fille, et Simon pour un garçon. Ce serait donc Simon. Simon Albarède… En attendant mieux.

Durant l'accouchement, Octavia préféra rester dans le jardin, à sarcler les petits pois, semer les melons, cueillir les premières laitues… Et lorsque Naine courut la chercher, elle releva à peine la tête.

— Ça y est, Octavia. C'est un garçon. Un beau garçon !

— Ça nous changera des filles, marmonna-t-elle.

Et elle reprit sa besogne.

— Mais tu ne viens pas le voir ? insista Naine.

— J'ai mieux à faire, répliqua-t-elle.

Ce n'est qu'à la nuit tombante que la sœur condescendit enfin à entrer dans la chambre.

— Tu ne peux savoir comme je suis heureuse, dit la mère.

Octavia se pencha sur Simon, et d'un doigt lui effleura la joue. Ce fut tout.

— J'ai beaucoup souffert, mais ça en valait la peine, ajouta Antonia.

La sœur prit une chaise et se rapprocha du lit.

— As-tu songé qu'il sera une charge supplémentaire, ce petit garçon, alors que notre ferme connaît les pires difficultés ?

— Un enfant, c'est un bonheur. Rien qu'un bonheur. Et voilà que tu viens rappeler des choses désagréables. Ça n'aurait pas pu attendre, non ?

Octavia s'était emparée de l'angle du couvre-lit et pétrissait le tissu entre ses doigts.

— Il est nécessaire de ne pas perdre de vue l'essentiel...

— Ma priorité sera l'enfant, dit Antonia en tournant la tête vers le mur pour ne plus voir le visage grave de sa sœur.

— J'avais pensé que...

Octavia hésita à poursuivre sa phrase.

— Quoi donc ?

— J'attendrai pour t'en parler. Repose-toi pour l'instant.

— Non ! fit Antonia en se redressant dans le lit. Je ne suis pas fatiguée. Et si tu dois me dire quelque chose, autant que ce soit tout de suite.

La Césarine quitta sa chaise, fit le tour de la chambre, ramassant de ci de là une serviette, un gant de toilette, une chemisette...

— L'enfant n'a pas de père légitime.

— Mais c'est Julien. Tu le sais bien. A quoi te sert-il de faire l'idiote ?

— En attendant, il nous faut subvenir aux besoins de son fils. Et la famille Sarazac, bon sang, ce n'est pas rien. C'est plein de sous. Le grand-père sera disposé, j'en suis sûre, à s'en occuper, fit-elle. Encore faudrait-il qu'il sache que…

Instinctivement, Antonia prit l'enfant contre elle.

— Nous avons déjà eu cette conversation, releva-t-elle. Et mon opinion n'a pas varié. J'élèverai seule Simon, jusqu'à ce que son père revienne.

— Et s'il ne revient pas ?

Antonia éclata en larmes. Depuis que Julien était parti au front, il ne se passait une semaine sans qu'elle allât allumer un cierge dans l'église de Cubjac. C'était tout ce qu'elle pouvait faire pour lui. Les événements l'avaient rendue superstitieuse et un brin dévote, bien qu'elle eût été élevée loin des préceptes religieux. Mais ses offrandes à la Vierge avaient le pouvoir de la rassurer sur l'avenir.

— Il reviendra. Je sais qu'il reviendra, jura-t-elle.

Le cri proféré eut pour conséquence de réveiller l'enfant blotti contre sa mère. Octavia parut déconcertée. Elle voulut aider Antonia à calmer Simon, mais la mère la repoussa.

— Tu n'es pas capable de lui donner un peu d'amour. Retire-toi donc.

Antonia posa le bébé sur sa poitrine, et il se calma, instantanément.

— Je n'ai pas fait cette proposition pour te blesser, dit Octavia. Mais nous sommes dans la panade. Sans argent, Auberoche ne pourra survivre. Ou alors, il nous faudra vendre des terres.

— Le Valperdu ? murmura Antonia. Comme par hasard.

La Césarine faisait les cent pas au pied du lit. Le fait que Palamède puisse attribuer une rente à Antonia pour qu'elle élève son fils était une idée fixe. Cela la turlupinait depuis des semaines. Certes, il ne suffirait pas que la somme soit importante, mais un peu d'argent régulier mettrait du beurre dans les épinards. Tout le reste, cette détermination à refuser l'aide, n'était qu'un trait d'orgueil stupide. Quand on est dans la misère, il n'est plus aucun principe qui vaille, pensait-elle.

— Il est vrai que le rapport de la truffière a été catastrophique.

Antonia se redressa de nouveau contre le bois de lit.

— Les truffes et le reste, dit-elle. Ce n'est pas mieux avec les chevaux. La réquisition est payée à prix coûtant. Tu le sais bien. Pourquoi affectes-tu de n'en rien comprendre ?

— Nous gagnerons un peu avec les primeurs. Et les melons, si le soleil se met de la partie.

— Les asperges donnent à plein, ajouta Antonia. Julius a raison lorsqu'il dit qu'il nous faut les vendre aux restaurateurs de Périgueux.

— Et où trouverais-je le temps de descendre à Périgueux ? Qui s'occupera, pendant ce temps, de sarcler les pommes de terre, de ramer les petits pois ?

Antonia soupira profondément. Il y avait un brin de vérité dans ses propos. Les deux derniers mois de sa grossesse, elle les avait passés en menus bricolages. Et cette défection avait porté ombrage aux activités de printemps.

— Une fois sur pied, dans deux ou trois jours, j'irai à Périgueux.

Octavia ricana en agitant les bras.

— Et qui donc s'occupera du bébé ? Ça, ma petite, ne compte pas sur moi.

— Alors, me faut-il l'abandonner à l'assistance publique ?

Sa sœur lui jeta un regard allusif. Tout, invariablement, ramenait à la solution de la rente des Sarazac. Mais Octavia avait compris qu'elle ne s'y résoudrait jamais. Et que le harcèlement ne changerait rien, sinon la conforter encore plus dans un refus.

Dès qu'Antonia fut en état de reprendre le travail, elle s'occupa à ramasser les petits pois. C'était une tâche qui exigeait peu d'effort, comme de sarcler l'herbe ou butter les pommes de terre et les haricots verts. Le petit Simon la suivait dans toutes ses activités. Julius avait confectionné un berceau avec des lattis de châtaignier. Et la mère s'arrangeait, chaque fois, pour qu'il fût à l'ombre d'un prunier, suspendu à une branche basse. Toutes les trois heures, elle lui donnait le sein. Chaque fois, Octavia s'éloignait, tant l'allaitement la répugnait. Cette crainte amusait Naine.

— Ce n'est pas demain que nous la verrons convoler en justes noces.

— Diable non, osait Julius. Faudrait qu'il soit sacrément courageux, l'homme qui l'entreprendrait !

Cet épisode ne se pouvait réaliser, dès lors où Octavia avait acquis dans le pays une rude réputation de fille autoritaire, vindicative. Pire que César, répétait-on à l'envi. Par contre, les gens de Cubjac se gaussaient des mésaventures de l'autre Césarine, celle qui s'était fait engrosser par un bourgeois. Lorsqu'elle descendait à l'église pour allumer un cierge, le dimanche de préférence, les langues allaient bon train. On ne la plaignait guère. On disait : « Les Albarède, ça pète plus haut que le cul ! » On disait encore : « C'est la faute de César, à trop vouloir élever ses filles dans le goût du luxe et de l'argent. » Mais les villageois n'ignoraient pas les difficultés d'Auberoche. Il n'y avait pas que les commerçants qui s'étaient chargés de répandre la nouvelle, avec les notes impayées, mais aussi les fermiers voisins, qui jugeaient sévèrement la méthode de travail des filles Albarède. Seul Chadeuil prenait encore leur défense, parce qu'il avait éprouvé, lui aussi, en son temps, la médisance, avec son petit Eugène.

Fort heureusement, Antonia n'attachait guère d'attention à ces dénigrements. Dès l'enfance, César avait préparé ses filles à l'adversité, à la mesquinerie. « Vous êtes des Albarède, et c'est un nom qui ne se porte sans dresser la jalousie sur son chemin », avait-il répété. Sans doute le vieux César avait-il exagéré l'importance de sa destinée sur la terre périgourdine, du moins avait-il vécu dans le sentiment qu'il était né pour accomplir de grandes choses. Et la haine accumulée durant sa vie avait rejailli sur les Césarines. Aussi, elles ne pouvaient plus entreprendre le moindre ouvrage sans encourir la critique et la défiance. On attendait les ventes de terre, les faillites et les saisies, avec impatience. On surveillait la visite des huissiers, des clercs de notaire. Lorsque ça ne venait point, on les inventait si nécessaire. Et souvent, les gens mal intentionnés interrogeaient Julius sur l'état de la ferme, s'inquiétaient de ses émoluments, ou le plaignaient de posséder de si mauvaises patronnes. Mais le domestique était trop rusé, et respectueux de la mémoire de César, pour se risquer sur ce terrain. Rien n'était plus frustrant pour les détracteurs des Albarède – qui formaient une petite confrérie, désormais – de ne trouver matière à leur commerce.

Antonia descendit à Périgueux pour la foire de juillet avec un chargement de cerises et de melons. Elle décida que Julius l'accompagnerait pour la manutention. Cette sortie se fit contre l'avis de sa sœur. « Seras-tu capable de tenir les cours ? » s'inquiéta-t-elle. Pourtant, Antonia avait fait ses preuves, bien des fois, et non seulement avec les truffes – qui étaient sa partie en somme – mais aussi avec les asperges, dont elle avait supervisé les ventes.

Le marché aux fruits et légumes se tenait à proximité de la cathédrale Saint-Front, sous les belles façades de la place du Coderc. Antonia avait eu l'occasion de découvrir au bras de son père les beaux quartiers anciens de Périgueux, avec l'îlot Daumesnil et la maison Lapeyre nantie d'une tourelle coiffée par une cloche d'ardoises, la rue Limogeanne avec sa fameuse maison Estignard et l'hôtel de Méredieu, l'escalier Renaissance de la rue de la Sagesse, la Petite Miséricorde...

En jouant d'autorité, la demoiselle Albarède parvint à installer son étal près de la pharmacie Lapeyre. Cela lui parut un endroit assez stratégique avec le flot de gens descendant de la rue Limogeanne. Dès le point du jour, les mannequins de melons et les manettes de cerises furent alignés sur le pavé. Antonia se campa derrière sa marchandise, guettant ses premiers clients, qui furetaient de droite à gauche, s'informant du prix au kilo. Elle avait consulté ses voisines afin que les cours fussent dictés à l'unisson. C'était la seule complicité qu'on pouvait espérer. Le marché, c'était chacun pour soi. Et ce qui pouvait décider l'acheteur c'était une marchandise mieux coiffée qu'une autre, un sourire, un appel du regard.

Le domestique se tenait en retrait, prêt à accompagner la manœuvre : emplir un sac de cerises, peser une corbeille. Les melons exigeaient moins d'attention, puisqu'ils se vendaient à la pièce.

A vrai dire, Julius était intimidé, comme chaque fois qu'il allait à la ville. Et ce ne lui était pas arrivé bien souvent dans sa vie. Il n'avait rien à vendre qui fût à lui, sinon sa force de travail. Aussi, les grandes escapades à Périgueux ne lui eussent rien apporté, sinon de l'argent à dépenser.

Comme il se trouvait peu de melons sur le marché du Coderc, les mannes furent vite épuisées. Ce qui avait de quoi réjouir la demoiselle Albarède, car elle les vendit selon son bon plaisir, en imposant son prix. Les cerises, par contre, ne manquaient guère. Il y en avait de toutes espèces, des bigarreaux, de la Madriaque, de la Reine Hortense, et des plus rares, aussi, la Belle de Choisy.

A la première heure, les merciers s'en vinrent remplir leurs carrioles. C'étaient des clients difficiles, rudes à la négociation. Et Antonia dut céder plus souvent qu'elle ne l'eût souhaité, par crainte que la marchandise ne lui reste sur le dos. Néanmoins, la vente la plus fructueuse s'amorça vers le milieu de la matinée, quand les habitants des beaux quartiers descendirent faire leur marché. Ça ne discutait guère le prix. Ça choisissait sur la couleur, la grosseur, le goût. Et à ce moment, Antonia regretta d'avoir vendu hâtivement ses clayettes de bigarreaux aux épiciers.

Au moment où Julius se préparait à remballer la vannerie, un homme vint l'alpaguer d'un ton un peu hautain. Le visiteur portait un sombre habit et un chapeau haut de forme. Il paraissait sortir tout droit d'une soirée à la Maison des Consuls, où se tenaient les bals mondains en ce temps-là. Au revers de la boutonnière, un camélia ajoutait une tache nacrée au costume qui se confondait avec l'écharpe de soie jetée négligemment autour du col. Il pointa sa canne vers la dernière claie de cerises qui restait encore sur le pavé.

— Je prends, fit-il d'un ton autoritaire.

Julius toucha l'épaule d'Antonia, occupée à la conversation avec une paysanne. Le domestique s'était fait un point d'honneur à ne rien discuter, puisque la marchandise ne lui appartenait pas. La demoiselle Albarède salua d'un mouvement de tête son acheteur. Et l'homme ôta aussitôt son chapeau et ses gants pour lui parler.

— Faites donc emballer ces bigarreaux et aussi ces Belles de Choisy, fit-il en les désignant de la pointe de sa canne.

Antonia annonça un prix. L'homme lui sourit.

— Peu me chaut, répondit-il.

— Ce sont des Belles de Choisy, expliqua la jeune femme pour justifier la somme qu'elle lui demandait.

— Mais je sais ce que sont les Belles de Choisy. C'est une cerise précieuse, et dont la production est si peu importante qu'elle demeure quasiment introuvable sur les marchés. Regardez, fit-il.

Et il en prit une entre ses doigts, la caressa, la moira contre la paume de sa main.

— Sa peau est d'un jaune ambré, marbrée de rose. C'est admirable. Et au goût ?

Il la prit dans sa bouche.

— Un peu acidulée, croquante. C'est un bonheur pour mes pensionnaires. Tous des gens qui savent la valeur des choses.

Antonia éclata de rire. Ce côté extravagant avait de quoi la séduire, après tant d'agitation autour de son étal où ses clients avaient acheté sans faire grand cas de ses fruits.

— Pourquoi riez-vous ?

— Vous parlez si bien de mes cerises que vous auriez pu m'en faire la réclame.

Tandis que Julius remplissait le sac de toile qu'on lui avait présenté, le visiteur ajouta avec un clin d'œil en direction de la jeune femme :

— Les bigarreaux ne m'intéressent guère. Je vous les

prends aussi pour vous débarrasser. J'en ferai bien quelque chose. Au sirop, sans doute.

L'homme tendit un billet de cinquante francs. Et pendant qu'Antonia préparait sa monnaie, il l'observa attentivement, de pied en cap.

— C'est la première fois que je vous vois sur ce marché, dit-il.

— En effet. Ce n'est pas habituel.

— Vous voulez dire que je n'aurai plus le plaisir de vous acheter des cerises, ou autre chose, forcément ?

— Je ne sais pas, répondit-elle en baissant le regard.

L'homme avait passé la cinquantaine et portait une moustache taillée à l'espagnole.

— Je ne puis croire, madame…

— Mademoiselle, rectifia-t-elle.

— Mademoiselle, poursuivit-il, que vous soyez une paysanne ?

— Pourquoi donc ?

— Vous n'avez point ce maintien gauche, aisément repérable…

Il se racla la gorge, hésitant à poursuivre son explication un peu vasouillarde.

— Je suis ce que vous craigniez, monsieur.

Le visiteur parut décontenancé.

— Loin de moi l'intention de vous blesser, mais tant de charme, tant d'attrait, se trouve rarement sous l'habit de nos campagnardes.

L'homme refusa sa monnaie d'un geste large. Mais la Césarine insista, jusqu'à ce qu'il s'y résignât.

— Je me nomme Verneilh. Rodolphe Verneilh. Mon métier, c'est l'hôtellerie. La grande hôtellerie, précisa-t-il. Et vous ?

Antonia jeta un regard dans la direction de Julius. La conversation avec ce visiteur à la belle prestance l'embarrassait en présence du domestique. C'était scabreux en diable, bien qu'elle restât persuadée qu'il n'y avait plus muet que Julius sur terre.

— Antonia Albarède, fit-elle. Ma sœur et moi, nous tenons une ferme à Auberoche.

Verneilh sourit, en rajustant son haut-de-forme.

— Alors, mademoiselle, je saurai où vous trouver. En tout bien, tout honneur, précisa-t-il.

A l'instant de partir avec ses deux sacs de cerises, il se ravisa.

— Tenez, dit-il, ma carte.

Il lui tendit un bristol. Antonia la glissa dans sa poche, furtivement. L'homme disparut d'un pas rapide, en jouant de sa canne sur le pavé, comme un dandy parisien.

— Vous rendez-vous compte, Julius, de l'effronterie de cet homme ?

La noria des Berliet, cheminant à la file, dans l'infernal ronronnement des moteurs, s'en venait interrompre leur voyage, sur la voie sacrée, à Verdun. Ils entraient dans la ville par la porte de France, et, place de la Gare, déchargeaient les compagnies d'infanterie. C'était une marée d'hommes écrasés par le fourniment de campagne. Depuis le 20 février 16, trois corps d'armée s'en étaient allés par le même chemin, à raison de trois mille cinq cents camions par semaine. Lorsque les renforts se trouvaient versés aux ordres de leurs commandants, et dirigés à marche forcée sur les routes incertaines de Fleury, d'Etain, de Bras, ou d'Avocourt, le convoiement se poursuivait, sans interruption, de jour comme de nuit, déversant chevaux, canons, mitrailleuses, munitions et poudre de mines.

Le colonel Varraux et ses hussards avaient pris position à Verdun, dans l'attente de monter au front, dans une maison de la rue de la Belle-Vierge. Les hommes, éreintés par les combats de soutien aux Eparges, avaient gagné le droit de s'en revenir à l'arrière. Depuis une semaine, les cavaliers erraient autour des roulantes pour remplir leurs gamelles avec, au programme, le sempiternel mouton aux haricots. Seuls, le pinard et la gnôle apportaient un peu de consolation aux escouades fourbues. Puis les hussards se dispersaient dans les maisons abandonnées, à la recherche d'une chambrée pour taper la manille.

Dès l'arrivée de Varraux, Sarazac avait été appelé pour dactylographier des documents secrets sur la position des troupes françaises, des pièces d'artillerie, et des redoutes, afin que l'état-major pût vérifier l'état de préparation des défenses sur les rives de la Meuse.

Une offensive allemande semblait imminente. Toutes les informations glanées dans les lignes ennemies par les photos aériennes faisaient état de mouvements actifs de troupes sur Samogneux, Beaumont et Orne.

— Vaux, Douaumont, et la côte du Poivre, fit le colonel devant ses officiers, en portant la pointe de son stick sur la carte punaisée au mur. Voilà nos positions. Au-delà, point de salut. C'est dire, messieurs, qu'il faudra que nos hommes se fassent tuer sur place plutôt que reculer. Du reste, l'artillerie a reçu ses ordres. Tirs longs, tirs courts. Tirs longs, résuma-t-il, pour l'ennemi, tirs courts pour les défaitistes, les reculards, les traîtres.

Julien Sarazac se sentait de trop dans cette assemblée, bien que se faisant le plus discret possible. Les officiers le regardaient de travers. Un planqué, ce petit cavalier, dont le seul titre de gloire était de savoir se servir d'une Remington et de maîtriser impeccablement la langue française. On disait même qu'il rédigeait les discours aux troupes de son colonel. Un comble. Dans la communauté militaire, c'était connu que le civil ne jouissait guère d'une haute estime. Le cavalier Sarazac, qu'était-il d'autre, au juste, qu'un misérable civil habillé en hussard ? Pire encore, un soldat inutile, qui ne savait pas tenir plus de trois minutes sur la selle d'un cheval.

A peine la réunion achevée, les bombardements reprirent sur Verdun. Julien profita de l'occasion pour s'éclipser par l'escalier de service. Les officiers avaient ménagé un abri dans les caves. Et ils n'étaient pas les derniers à se carapater. Il descendit les marches quatre à quatre. La porte de l'immeuble avait été soufflée par l'explosion d'une bombe dans la rue. Une poussière grise, infernale, envahissait insensiblement la cage de l'immeuble. Il approcha de la sortie, pour respirer un peu. Et hésita à traverser la rue. Ça ne s'est jamais vu, pensa-t-il, qu'une deuxième bombe tombe au même endroit.

Il courut vers un muret, près duquel une voiture à cheval avait été frappée par les éclats. Les passagers, trois chasseurs, étaient morts. L'un d'eux était tombé à cheval sur les brancards et se vidait de tout son sang. Les autres, hachés menu sur le siège. L'un des chevaux s'agitait encore dans ses harnais, le poitrail ouvert et la tripe répandue sur le pavé.

Julien poussa un cri d'horreur. Puis il extirpa son pistolet de l'étui qu'il portait à la ceinture et acheva l'animal d'une balle dans la tête. Le silence retomba sur ses épaules, et il respira un grand coup.

De nouvelles explosions retentirent vers la citadelle, trois ou quatre, presque en continu, et une longue colonne de fumée monta dans le ciel gris d'hiver. Julien sauta par-dessus le muret et traversa le jardin de l'évêché en courant. C'était une idée fixe, que de vouloir gagner au plus vite la cathédrale avec ses deux tours carrées.

Une section de chasseurs occupait la maison de l'évêché. Il courut par le couloir qui puait la viande grillée.

— Y a d'quoi bouffer dans la rue ! cria un soldat.

Sans doute parlaient-ils des chevaux dont les quartiers arrière feraient un bon festin. Une fois sur la terrasse, qui donnait sur le canal des Augustins, Julien vit distinctement les dégâts infligés à la ville basse. Les bombes avaient achevé les dernières maisons.

A quoi me sert-il de courir ainsi ? Il n'est rien de sûr où se cacher efficacement. La mort peut frapper à tout instant et en tout lieu. Il s'affaissa contre le mur du cloître en pensant à Antonia. Ce lui fut douloureux d'imaginer une terre où la guerre n'avait encore semé la désolation. Il songea au vent dans les pins du Valperdu, à la petite cabane de pierre où il cachait ses messages d'amour.

Deux bombes éclaboussèrent de feu le pont Sainte-Croix.

— Beau feu d'artifice, fit un chasseur qui marchait d'un pas nonchalant sur la pelouse.

Il fumait une pipe de Perlot.

— T'veux en rouler une, camarade ?

Julien tremblait de peur.

— Ça tire sur la Meuse, dit-il.

Deux nouvelles explosions retentirent sur la ville basse. Instinctivement, le chasseur se jeta au sol, et vint bouler contre le mur du cloître.

— Nom d'Dieu, ça canarde, fit-il.

— Ce sont des avions qui lâchent ces saloperies ? demanda Julien.

Le chasseur parut réfléchir, comme pris par une longue absence.

— Des obus de 420. C'est pire encore.

— Je ne fais pas de différence.

— Moi, si, mon p'tit loup.

Il lui tendit son paquet de Perlot.

— Faut que je t'la roule, si je comprends bien ?

Le soldat fouilla dans sa capote et sortit un étui de papier à cigarettes.

— T'es un z'hussard, à ce que je vois ?

— 144e, répondit Julien.

— Des planqués, quoi ! s'amusa le chasseur.

— Je descends juste des Eparges. La redoute du point C.

Le type siffla dans sa moustache.

— Ça, c'est dur ! s'exclama-t-il. Main'nant, mon gars, peut plus rien t'arriver. T'as vu l'enfer. Et le diable en personne.

Julien caressait le cuir de ses guêtres.

— J'oublierai jamais. Je crois même que ça me rendra fou, cette boucherie. A la longue...

— On s'y fait, à patauger dans la barbaque et les macabs. Le pire, c'est l'odeur. Cette faisanderie. Et ces putains de mouches bleues. Et ces putains de rats. Et ces putains de totos, fit-il en se grattant la tête.

Julien aspira longuement la première bouffée de la cigarette que le chasseur venait de lui rouler.

— J'ai même recousu le ventre d'un copain, fit Julien en reniflant. Ça sortait de partout. Il me suppliait de l'achever. Tu l'aurais fait, toi ?

— Je sais pas, dit le chasseur.

— Il s'appelait Artus. Je crois qu'il avait une femme et deux enfants. J'ai ramené sa plaque au lieut'. Chacun son boulot. Je me vois pas en train de lui écrire, à cette pauvre femme.

— C'est comme moi, fit le chasseur, j'ai perdu tous mes copains à la bataille de la Marne, en septembre 14. On se faisait dégommer comme des perdreaux avec nos culottes rouges. Ça faisait drôle sur le plateau de Chambry. On aurait dit des champs de coquelicots.

— C'est pas tout, mais il faut que je retourne auprès de mon colonel.

— T'joues les nounous d'un colon, mon p'tit z'hussard ? s'étonna le chasseur.

Julien se mit à rire, tandis que ça bombardait sec sur la porte Chaussée. Des gerbes de feu trouaient les fumées lourdes. Et le bruit de la canonnade roulait comme un tambour, à percer les tympans.

— Je suis le seul à savoir taper à la machine à écrire. Alors, ça me fait une petite planque.

Julien serra la main de son voisin, et disparut vers la cathédrale. En longeant l'édifice, au pas de charge, il vit que la toiture de la nef avait dégusté aussi. Puis il retrouva la rue de la Belle-Vierge. Et, à l'instant où il voulut s'engouffrer dans l'immeuble du quartier général, un souffle le souleva du sol. Ce fut si rapide et inattendu qu'il ne vit pas la façade vaciller sur ses bases et s'abattre sur la chaussée comme un château de cartes.

Les cris d'Odette traversèrent toutes les pièces de l'hôtel particulier, comme une sirène d'alarme. C'était plus qu'il ne pouvait supporter, ce père affligé par la douleur. A sa manière, lui aussi, il courut aux abris. Son cabinet de travail était un refuge idéal, avec ses portes capitonnées. Palamède avait besoin de silence, et il comptait s'y livrer, longtemps, sans retenue. Si je dois larmoyer, mon Dieu, qu'il en soit ainsi, mais sans témoin. Ainsi qu'un animal qui se cache pour mourir.

Dans la main, l'industriel tenait encore le télégramme des Armées. C'était bref, stupidement concis, comme un coup de marteau d'un commissaire-priseur. Pourtant, le mot *disparu* avait de quoi surprendre. Dans la vie ordinaire, on pouvait être mort ou vivant, mais disparu ?... Quelle signification cela avait-il ? Palamède ébaucha une longue réflexion sur la question. Mon Julien n'est ni mort, ni vivant. L'absence de corps tient lieu de doute. Se peut-il renaître ? Se peut-il mourir de nouveau, ou entièrement ? Tant que la preuve de sa mort ne m'est point apportée sur un plateau, alors il est permis d'espérer. Mais combien de temps ? Car les jours, les mois, les années, désormais, jouent contre moi. S'il ne revient jamais, alors, il nous faudra bien conclure que le disparu est disparu à jamais, corps et biens, sans nulle preuve inscrite sur un registre ou close dans la bière d'un caveau scellé. Voilà l'enfer, se dit-il, lorsque la vie oscille indéfiniment entre l'espoir et la désespérance.

Palamède tira d'un placard les dernières photos de Julien. C'était un fouillis indescriptible de clichés. A les étaler, un à un, ainsi pouvait-on reconstruire l'histoire d'une vie. Cette occupation l'accapara une bonne heure. Son goût pour l'ordre chronologique le porta à placer les photos selon le déroulement de sa courte vie. Lorsqu'il fut arrivé à la dernière, un portrait de famille où il posait à côté de son frère, tiré au mois de septembre 14, Palamède s'écroula en larmes. D'un geste de rage, il balaya les documents, comme pour faire place nette.

Sans doute me serait-il plus commode d'imaginer que mon pauvre Julien n'a jamais existé, pensa-t-il, en extirpant de ma mémoire son visage, ainsi qu'un coup de bistouri qui ampute un organe dont l'utilité n'est point fondée pour continuer à vivre... A la vérité, son absence est comme un organe vital précocement ôté. J'en crèverai assurément. Ce sera mérité, puisque je n'ai su l'empêcher de courir à sa perte. Voilà une responsabilité lourde à assumer, désormais. Lui qui se voulait héros, pour l'honneur de notre famille, nous voici bien servis. Nous aurons une médaille posthume à montrer, lorsque la question de la guerre s'en reviendra dans les conversations. Un Sarazac au champ d'honneur !... Qu'en ai-je à faire, moi, de l'honneur ? Car compter sur la liste des morts pour la France dans cette guerre stupide où l'Europe s'est vautrée ne vaut guère pour la lignée d'industriels que nous sommes. C'est une perte inutile. Un gâchis sans nom. J'en eusse fait un capitaine d'industrie, un dirigeant hors pair, un bienfaiteur de la productivité, un zélé descendant des maîtres de forges que nous fûmes. Et que me reste-t-il de lui ? Des photos, des lettres, des souvenirs, des rires et des pleurs...

Palamède courut à la sonnette pour faire descendre les domestiques. Il y avait deux cuisinières, une gouvernante, une secrétaire, une chambrière, un cocher. Dans l'heure, ils se présentèrent devant le maître, au garde-à-vous, alignés comme pour une revue de détail. Ça se voulait militaire, cette affaire-là, pour demeurer dans l'esprit du temps. Dans cet excès d'autorité, Palamède voulait ainsi sublimer la douleur qui le possédait, faire sentir à la valetaille que les Sarazac demeuraient front haut dans le malheur.

Il arpenta le salon, devant eux, sans les regarder le moins du monde. Cela se voyait, sans doute, à ses paupières rougies qu'il avait pleuré son soûl, mais les stigmates disparaîtraient aussi vite.

— La maison Sarazac est en deuil, de ce jour même où

je viens d'apprendre la terrible nouvelle, attaqua Palamède d'une voix forte.

Soudain, la respiration lui fit défaut. C'était un coup terrible que de laisser apparaître devant la domesticité l'humiliante faiblesse par où l'homme de pouvoir perd son autorité. Mais il se ressaisit, aussitôt, en cambrant le torse. Les femmes larmoyaient déjà, avant même qu'il n'eût annoncé la nouvelle. Palamède leur jeta un noir regard de reproche.

— Par un télégramme des Armées, poursuivit-il, il m'est annoncé, en termes laconiques, que mon fils, Julien, est porté disparu. J'ai tout lieu de croire qu'il est mort au combat, quelque part sur le front. Le mot « disparu » est un euphémisme que pratique abusivement la rhétorique militaire. Mais cela ne peut guère encourager nos illusions, ni absoudre notre chagrin. Ainsi, je vous demanderai d'observer durant une semaine le deuil, sans nous marquer la moindre affectation, ni mièvrerie, propres à ce genre de situation. Pas de condoléances, ni de marques affectives. Rien. Le silence. Voilà. Le silence, seul, est réparateur.

D'un geste, Palamède ordonna à ses employés de maison de se retirer. Seule, sa secrétaire demeura près de la porte d'entrée du salon.

— Que puis-je faire pour vous ? demanda Louise Lubat.

— Rien, dit Palamède.

L'industriel traversa la pièce d'un pas rapide.

— Je voudrais vous dire...

Palamède se retourna, vivement.

— Quoi donc ?

— J'avais beaucoup d'affection pour votre Julien et...

— Je vous en prie, releva l'industriel. La vie continue.

Le lendemain, Odette obtint de son mari l'autorisation de faire célébrer une messe dans l'église de Thiviers. Celle-ci ne lui fut pas accordée sans peine, car Palamède restait toujours accroché à l'idée que Julien fût encore vivant. La nuit, il avait longuement réfléchi à l'hypothèse, les registres militaires étant si mal tenus, dans les désordres de la guerre, qu'on eût pu inscrire son nom sans une vérification sérieuse.

— Une messe des morts ? Ma pauvre Odette, que savons-nous au juste ? Que notre Julien est porté disparu. Et s'il est vivant ? Blessé, peut-être ? Ce serait une horrible chose que l'enterrer aussi vite.

Le visage boursouflé par le chagrin, Odette poussa de nouveau son cri rauque de bête. Palamède s'en vint vivement la secouer.

— Cessez donc de pleurer ! C'est affligeant. Essayez donc de vous raisonner !

— S'il est mort, le pauvre enfant, et qu'il paraisse devant Dieu sans notre amour. Il nous faut aider son âme à s'élever, à se purifier de ses péchés.

— Voilà bien le doute pascalien, fit Palamède. Et comment pourrais-je ne point m'y ranger, moi aussi ?

Mais à peine eut-il donné son accord pour la messe des morts qu'il annonça ne pas vouloir y participer. Odette repartit aussitôt dans les cris et les larmes.

— Je veux prier à ma façon. Voilà tout. Et ne point me donner en spectacle.

Odette se retira aussitôt en claquant la porte. Puis elle remonta dans sa chambre pour commander la cérémonie, préparer les invitations. L'instinct mondain s'en revenait, même par les plus grandes douleurs. Il fallait que tout fût parfait, les cantiques et repons en latin, l'homélie du prêtre.

Seul Emile consentit à lui prêter la main. Le frère de

Julien, du reste, n'offrit guère dans l'épreuve le visage tourmenté qu'on eût pu espérer. Certes, il ne vouait pas à son frère une grande affection. En cela, Palamède portait sa part de responsabilité, à force de répéter que son cadet n'était pas le plus apte à diriger les entreprises Sarazac. Il avait fini par le persuader de son incompétence, et, plus grave, à les opposer dans le clan familial. Sans doute Emile estimait-il déjà que la disparition de Julien ne porterait guère ombrage à la gestion des usines...

Au début du mois de juin, le facteur apporta une lettre qui laissa Palamède sans voix. Sa lecture le foudroya sur place. Dès lors, il entra dans le deuil, résolument, au point d'exiger de ses domestiques que toute trace de son fils fût effacée dans la maison de Thiviers. Il relégua les fameuses photos à un coffre qu'il n'ouvrait jamais et qui contenait, entre autres, ses actes de propriété. Les vêtements, les livres, les diplômes, furent incinérés. Selon lui, cette décision relevait d'un acte courageux, mais sans doute s'agissait-il là d'une forme d'expiation qu'il s'imposait. Il vivra dans ma mémoire, répétait-il. N'est-ce pas l'essentiel ?

Lorsque Palamède eut achevé sa tâche, il ordonna à son cocher de porter un pli à Antonia Albarède, par lequel il la convoquait à se rendre au plus vite à Thiviers.

La jeune femme se présenta deux jours plus tard, au milieu de l'après-midi. Palamède l'introduisit aussitôt dans son cabinet. Sans détour, ni précaution oratoire, il lui tendit le télégramme des armées. Antonia le parcourut avec effarement, se dressa d'un bond, mue par une frayeur qui la submergea tout entière. Puis, elle s'écroula sur le tapis, en poussant des gémissements de douleur. Palamède resta impavide, derrière son bureau. Il attendit que la crise décrût, selon sa pente naturelle, pour se manifester enfin :

— Vous l'aimiez tellement, ma pauvre enfant. Cela est fâcheux, pour nous tous, une vie si précocement sacrifiée.

— Mais disparu, disparu, répéta-t-elle, la bouche empâtée par la douleur et le flot des larmes. Ça ne veut pas dire qu'il est mort ? Disparu... Il peut nous revenir, n'est-ce pas ? Vous, qui êtes son père, vous ne croyez pas qu'il est encore vivant ? Il faut chercher, chercher, sans relâche. Vous avez de l'argent. Et l'argent peut tout, tout, tout ! hurlait-elle.

Les questions que la petite Albarède se posait, il en avait fait le tour, douloureusement, les avait étudiées une à une. Il avait imaginé aussi, comme Antonia, engager un enquêteur pour reconstituer les dernières heures de la vie de Julien. Mais la lettre, la fameuse lettre, lui était parvenue le 6 juin, et tout s'était écroulé, d'un coup.

Palamède attendit, patiemment, que la jeune femme reprenne ses esprits. Car ce qu'il avait à dire, désormais, était d'une nature qui exigeait du discernement, ou à tout le moins de la clairvoyance.

— J'ai tellement cru qu'il reviendrait, dit Antonia d'une voix lasse. Alors, j'attendais. Si bien que tous les actes de ma vie à Auberoche se trouvaient suspendus à ce retour. Peut-être était-ce me faire beaucoup d'illusions ? Vous savez combien nous sommes stupides, nous autres, femmes, avec nos rêves de petite fille. Et il aurait fini par m'oublier. Mais c'eût été son libre arbitre. Je m'y serais rendue, sans rechigner.

— Je ne crois pas qu'il ait cessé de penser à vous, Antonia. Je suis même persuadé que son dernier rêve fut pour vous.

La jeune femme vit dans le regard papillotant de Palamède les traces d'une émotion profonde et sincère. Certes, la situation présente avait de quoi ébranler, même le plus indifférent des hommes. En son temps, l'industriel avait beaucoup aimé, lui aussi, et il lui était resté une sensation aigre-douce de ces heures perdues.

— Ce n'est pas tout, fit Palamède en relevant la tête vers Antonia.

Ses lèvres tremblaient et il hésitait à ouvrir son tiroir.

— Que voulez-vous me dire ?

Elle se haussa vers le bureau qui les séparait, le regard fixé à celui de Palamède.

— Julien possédait un ami dans le même régiment de hussards. Cet homme se nomme Silvaire Maupas. Il m'a adressé un mot pour confirmer ce qui était advenu à mon fils. Julien se trouvait à Verdun dans les fameuses journées de février où se produisit l'attaque allemande qui devait contraindre l'armée française à reculer au-delà de la Meuse. Le 25 février, précisément, l'offensive allemande débute par un violent bombardement sur Verdun. C'est une stratégie militaire bien connue que celle qui consiste à opérer en deux temps : d'abord, une violente attaque d'artillerie, ensuite, l'assaut des troupes d'infanterie pour conquérir le territoire face à une armée démoralisée par les canonnades incessantes. Julien se trouvait donc à Verdun au moment des bombardements, après avoir participé en février aux combats sur l'éperon des Eparges. Silvaire Maupas raconte que mon fils était attaché aux services du colonel Varraux. Et dans le milieu de la journée du 25 février, une maison ou un immeuble s'est écroulé sur lui. Son corps n'a pu être identifié. C'est pourquoi il fut porté disparu sur les registres. J'ai tout lieu de croire que Maupas nous dit la vérité. Et qu'il ne nous faut point, ma chère enfant, échafauder des hypothèses incertaines.

Antonia appuya son front sur le bord de la table. Elle avait tellement pleuré qu'elle ne pouvait plus tirer la moindre larme de son corps. Son chagrin, désormais, s'épanchait en spasmes nerveux qui l'ébranlaient tout entière.

— Maintenant, ajouta Palamède, je vais vous demander de faire preuve d'un peu de courage...

Antonia se recula dans son fauteuil en fronçant les sourcils. L'industriel tenait une lettre entre ses doigts. La jeune femme reconnut sur l'enveloppe l'écriture de Julien.

— Dans la crainte d'être tué, Julien vous avait écrit un message. Et il avait chargé son ami, précisément, de vous la communiquer. Voici ! fit-il en la lui tendant.

La main de Palamède tremblait, et Antonia hésita à s'en emparer. Elle fit pourtant un geste dans sa direction, et se ravisa.

— Je ne sais pas si je vais pouvoir la lire, dit-elle. A vrai dire, je crois ne pas pouvoir le faire.

Palamède insista :

— Ma chère enfant, il vous faut aller jusqu'au bout. Ainsi pourrez-vous, ensuite, comprendre l'absurdité de cette situation. J'ai fait, moi aussi, ce long chemin. Désormais, il me faut m'éloigner de lui, insensiblement. Car les vivants ne peuvent coexister avec les morts.

D'un geste résigné, Antonia s'en empara et la glissa dans sa poche.

— Je la lirai plus tard.

Palamède se leva de son siège et quitta sa table de travail.

— Je comprends que vous ayez envie de la lire sans témoin. Je puis vous laisser, seule, ici, le temps qu'il faudra.

Antonia hocha la tête. L'industriel se retira, aussitôt.

Fébrilement, la jeune femme ouvrit l'enveloppe.

Ma petite Antonia,

Quand tu recevras cette lettre, je serai mort. C'est un destin commun pour un enfant du siècle. Car nous montons au feu comme un troupeau qui marche à l'abattoir, et bien peu en redescendent. Je fais désormais partie de la grande armée des enfants sacrifiés.

Mais cessons donc de nous apitoyer. Car là où je suis, les mots, les cris, les révoltes, n'ont plus aucune signification.

Il me faut donc parler de toi qui vas vivre dans la beauté des choses, dans le cycle des saisons, sans cesse renouvelées. L'avenir te sera doux, je crois, parce que tant de bonté en toi attire cette douceur. C'est elle, encore, qui m'a donné la force, jusqu'au bout, d'affronter l'horreur des jours présents.

J'aurais voulu t'aimer longtemps, partager ta vie, mais le destin en a décidé autrement. Rien ne m'obligeait à mourir pour mon pays, mais rien ne m'obligeait à vivre à genoux. J'ai donc choisi le chemin le plus difficile, celui qui me sépare de toi. Aujourd'hui, il te faut tenter de vivre, seule, la tête haute. Et s'il est un monde des morts qui observe celui des vivants, alors sache que mon regard bienveillant accompagne chacun de tes pas.

Ma petite Antonia, je t'ai aimée au premier regard. Et cet amour n'a point fléchi, malgré les malentendus, les silences, les éloignements. Je t'ai aimée à la folie, jusqu'à la dernière seconde. L'ultime message que je t'adresse en reste la preuve éternelle.

Julien

LIVRE TROISIÈME

La résurrection

13

Un dimanche de novembre 1918, pour fêter la victoire et la paix retrouvées, les Césarines décidèrent de monter au Valperdu. Le petit Simon les accompagnait, en trottinant, dans les allées de chênes truffiers. Julius se tenait dix pas en avant, avec son fusil cassé sur le bras.

— Nous mangerions bien trois ou quatre perdrix rouges, suggéra Antonia.

— Continuez à faire du vacarme, scélérates ! répliqua le domestique.

Les sœurs éclatèrent de rire. Il n'y avait pire tireur que Julius. Même à deux mètres, il eût manqué un sanglier. Cela s'était déjà vu au temps de César, quand les hardes remontaient les rives de l'Auvézère pour piller les champs de pommes de terre et de topinambours. Mais, en ce temps-là, avant guerre – maintenant on pouvait dire, fièrement, *avant guerre* –, les paysans tuaient les cochons sauvages pour s'en débarrasser.

En effet, la crainte des sœurs se vérifia. Une compagnie de perdrix fusa de tous côtés et se fondit dans la nature avant que Julius eût épaulé.

— Tant pis, déplora Octavia, nous tuerons une oie maigre pour Noël, et nous la bourrerons de châtaignes blanchies.

— Oh non ! releva Antonia. De truffes. Rien que de truffes.

Octavia bouscula sa sœur d'un coup d'épaule.

— Ah ! celle-là, avec ses truffes. Nous en aurons entendu parler des truffes du Valperdu. Mais depuis que Sextus est mort, tu n'es pas fichue de nous en dégoter une.

Antonia poursuivait son chemin en faisant fi des réflexions de sa sœur. Sa démarche hautaine, indifférente, finit par excéder la Césarine.

— Tu n'entends pas ce que je dis ?

— Bien sûr que si. Mais tout cela n'est que billevesées.

— Oh ! C'est que nous parlons comme à Périgueux.

— Périgueux ?

— A force de fréquenter la bonne bourgeoisie du Coderc et de la rue Limogeanne...

Antonia accusa un peu de rouge aux joues qui n'était pour déplaire à sa sœur. Elle fit vite diversion, en s'abaissant sur une zone de brûlé, qu'elle avait repérée d'aussi loin qu'elle venait.

— Là, il y a de la truffe.

Octavia hochait la tête.

— Tu ne changeras pas.

— Maman a fait de moi une sorcière des truffes. Et je vais te le montrer céans.

D'un geste, elle fit éloigner sa sœur et le petit Simon, qui était pendu à sa main.

— Maman est une sorcière ? demanda-t-il.

— Ne l'écoute pas, mon petit. Ce sont des bêtises.

— Comme celle qui est méchante avec Blanche-Neige ? insista Simon.

— Oh, tu sais, il en est des bonnes et des mauvaises. Je crois que ta petite maman est une bonne sorcière.

Antonia s'était allongée sur la terre, face au rayon de

soleil qui traversait, rasant, les ramures dépouillées des chênes. Elle tourna la tête vers Octavia et son fils et leur intima de se taire par un chuintement des lèvres.

— Et toi, questionna Simon à voix basse, tu es une bonne ou une mauvaise ?

— Mais, moi, mon petit coquin, je ne suis pas une sorcière.

— Qu'est-ce que tu es, alors ?

— Ta tante, Simon.

— Non ! releva l'enfant en fronçant le nez. Tu es ma seconde maman.

Octavia se baissa pour l'embrasser sur les joues.

— Tu es bien mignon. Deux mamans, tu en as de la chance.

Désormais, l'attention était fixée sur la Césarine allongée sur son carré de terre grisâtre. A bras tendu, elle promenait à quelques centimètres du sol une fine tige de millepertuis séchée. Elle avançait prudemment en prenant soin de balayer le moindre pouce de terrain. Soudain, son geste s'immobilisa.

— Ça y est, fit-elle. La mouche s'est envolée.

— Quelle mouche ? demanda Octavia, incrédule. Il y a des mouches ici ?

Une fois replacée à croupetons, Antonia commença à gratter. Elle ressemblait à un chien de caveur, et ce mimétisme amusa Simon. Puis elle se retourna vers sa sœur.

— L'*helomiza*, ignorante. Elle est attirée par l'odeur du *tuber* pour y pondre ses œufs. Et voilà, s'écria-t-elle, qui trouve la mouche, trouve la truffe !

Antonia élargit ses recherches alentour, et la sentit enfin sous les doigts. Délicatement, elle la déterra en pestant contre ses ongles qui n'offraient pas les mêmes garanties que ceux d'un chien.

— Bravo ! fit Octavia en battant des mains.

Simon aussi imita sa tante, en riant et piétinant sur place.

— Sens donc, mon enfant, fit Antonia en lui présentant la truffe.

Le petit garçon l'huma, et voulut la porter à sa bouche.

— Nous en ferons un rabassier aussi. Bon sang ne saurait mentir. Car le don ne doit pas se perdre chez les Albarède.

Octavia rajusta sa pelisse sur ses épaules. Le soleil était si bas sur l'horizon, dorant en rase-mottes les arbres de la truffière, étirant les ombres sur la terre blanche.

— Et tu comptes t'y prendre de cette façon pour les ramasser ? A la mouche ?

Antonia caressait le diamant noir avec une délicatesse infinie. De temps à autre, elle le portait à ses narines.

— J'ai commencé à dresser un petit cochon, avoua-t-elle.

Julius, qui s'était rapproché, ajouta :

— Et pour les perdrix rouges, saura-t-il les lever aussi bien que Sextus ?

Les Césarines rirent en imaginant un petit cochonnet en train de gambader au milieu des genévriers, et levant par surprise quelques colonies de perdreaux.

— Notre mère n'aimait pas la technique du cochon, dit Octavia.

— Je sais, reconnut Antonia. Mais, moi, j'ai ma méthode aussi. Toute personnelle.

Elles suivirent le sentier qui menait à la nouvelle plantation d'Augustine. Les chênes avaient profité, les ronces et les buissons noirs aussi.

— Notre truffière est à l'abandon, admit Antonia. C'est pourquoi elle ne donne rien. Et je reconnais que je n'ai pas été à la hauteur.

— Toutes les truffières du Périgord sont dans cet état, ajouta Octavia pour la rassurer. Même à Sorges, le marché s'est écroulé, faute d'acheteurs.

— Il faudrait de la main-d'œuvre pour remettre tout ça en état. Tous les hommes sont partis. Et combien sont revenus ?

Antonia déambulait au milieu des îlots de ronces enchevêtrés dans les genévriers. Le petit Simon trottinait à côté d'elle, évitant les griffures des épineux. De temps à autre, il relevait la tête pour observer sa maman, et ne comprenait pas pourquoi elle était si triste.

— C'est un travail de Romain, comme aurait dit papa, s'écria Octavia.

Soudain, Antonia s'arrêta net, devant un chêne centenaire.

— Tiens, dit la Césarine, c'est là que maman a perdu connaissance.

Octavia s'arrêta aussi pour fixer le petit mètre de terre, comme elle eût fait devant une tombe.

— Je ne suis jamais venue, dit-elle. Pourquoi ?

Antonia prit sa sœur par l'épaule.

— Chaque fois, je déposais un petit bouquet de fleurs. C'est plus gai qu'au cimetière, tu ne trouves pas ?

Octavia ne répondit pas. Simon partit d'un pas hésitant dans l'herbe haute, vers la nouvelle truffière.

— Regarde, Octavia, c'est notre mère qui l'a plantée. Et je n'ai jamais su la rendre productive.

— Il n'est jamais trop tard, la rassura sa sœur.

— Tu as raison. Ici, nous allons faire des prodiges. Car maman n'a pas pu se tromper.

Antonia s'y engagea pour rejoindre son fils. Furetant sous les arbres, elle chercha les traces de brûlés, sans succès.

— Cette jeune truffière est asphyxiée, jugea-t-elle. Il

faudrait la débarrasser de toutes les plantes nuisibles, puis y faire un petit labour pour réactiver le sol.

Julius, qui avait renoncé à tirer la moindre perdrix, portait déjà le fusil à l'épaule.

— Je vois qu'on pense à moi, dit-il. Des fois que je manquerais de besogne…

— Tu es le seul homme dont nous disposons, ajouta Octavia. Et cette affaire-là, c'est un travail d'homme.

Durant les années de guerre, à Auberoche, la fête de Noël fut mise en pointillés. C'était une règle bien répandue dans les foyers de France, qu'il ne fallait consommer la joie et l'allégresse alors que le pays pleurait ses morts. La paix revenue, malgré les peines et les souffrances, on se remit à fêter la naissance de Jésus. Les familles avaient besoin de se retrouver enfin dans l'espérance de jours meilleurs.

Les Albarède avaient une raison supplémentaire de célébrer Noël, le petit Simon. Du reste, il participa activement à la décoration du sapin, à l'installation de la crèche. Naine en profita pour lui donner quelques leçons de catéchisme, en disposant les santons autour du divin enfant.

Octavia tua la fameuse oie maigre, qu'on garnit, selon les souhaits d'Antonia, de belles truffes. Lorsqu'il fut l'heure de se mettre à table, Naine prononça le bénédicité. La domestique était dévote, bien plus que ses patronnes, qui n'entendaient rien aux prières. Néanmoins, toute la tablée se dressa pour joindre les mains. On évoqua la mémoire des disparus : Augustine, César… Une larme dévala les joues d'Antonia qui ne pensait qu'à Julien, dont la lettre testamentaire ne la quittait plus, et qu'elle connaissait par cœur. Mais nul n'osa associer sa mémoire dans la liste des êtres chers. C'était une affaire dont Octavia ne voulait pas entendre parler. Une affaire occultée.

La tragique nouvelle de sa disparition avait notablement modifié les rapports entre les deux sœurs. Tout ce qui, hier, était devenu objet de discorde, la naissance du petit Simon par exemple, ne faisait, présentement, que les rapprocher. Un esprit objectif eût sans doute noté cette singularité et voulu en comprendre les raisons. Mais il n'y avait pas à Auberoche d'observateur neutre. Même les domestiques participaient, et souvent à leur corps défendant, à cette valse des sentiments. A vrai dire, Octavia avait été soulagée par l'effacement de ce redoutable rival qu'était Julien Sarazac, et, dès lors, elle ne pouvait plus craindre que sa sœur ne quitte le domaine pour un mariage d'amour. La guerre, du moins, lui avait apporté cette certitude, défaisant du même coup la suspicion qui empoisonnait leurs relations.

Antonia avait accueilli cette nouvelle sollicitude comme un signe de bonne volonté. Le temps, peut-être, avait réussi ce prodige, abonnir le caractère d'Octavia. Ce lui fut un grand soulagement dans le chagrin qui la dévorait, au point qu'elle lui témoigna un regain d'affection, qu'elle s'était juré, hier, de ne jamais plus lui réserver. Tels sont les esprits, changeants et trompeurs, lorsque l'apparence des choses tourne à leur avantage. Et l'on adore ce que l'on a renié pour l'ombre de la proie. Ainsi Antonia s'enfonçait-elle dans une artificieuse illusion, en se raccrochant au pacte ancien qui voulait que les Césarines fussent unies à jamais pour Auberoche.

Certes, Octavia était aux anges, et se répétait sans fin, au fond d'elle-même : « Désormais, ma chère petite sœur me sera fidèle jusqu'à la mort. Elle a aimé. Elle a perdu cet amour. Elle aura compris qu'elle n'est point douée pour la vie de couple. »

Tranchant la volaille d'un geste assuré, distribuant les morceaux, dispersant les truffes, elle se trouvait enfin au cœur de son rôle, tel que César l'avait désiré, en son temps. La maîtresse femme incarnée.

Sur l'oie généreuse, on but un petit vin clairet qui délia les langues. Octavia se tenait en bout de table, à la place dévolue autrefois à César, et Antonia occupait celle d'Augustine. Ainsi, les rôles se retrouvaient distribués. Seul Julius nota ce détail amusant. Le petit Simon s'endormit bien vite sur les genoux de sa mère. Il s'était juré d'attendre toute la nuit la bonne fée qui emplirait ses chaussures de jouets. Mais il était dit aussi, dans la légende, que la bonne fée ne se montre jamais aux enfants.

Au matin, lorsqu'il descendit à la cheminée pour voir les cadeaux qu'elle avait déposés, il battit des mains de joie. Il y avait là deux oranges, une flûte que Julius avait taillée dans une section de bambou, et un jeu de quilles en beau bois de hêtre ripoliné.

La table contenait encore les reliefs du banquet, parmi les brins de houx qui avaient servi à la décorer.

— Tu l'as vue, la bonne fée ? demanda-t-il à Octavia qui était déjà sur pied pour nourrir les porcs.

— Oh non ! fit-elle. Elle a attendu que nous soyons endormis.

L'enfant courut à l'âtre pour chercher les traces de son passage. Il voulait savoir ce qu'était un pas de bonne fée dessiné dans la cendre froide. Mais il ne vit rien et s'en revint déçu dans les bras de sa tante.

— Les fées, expliqua-t-elle, ce sont des fantômes bienfaisants, aussi invisibles que le vent.

L'enfant se mit à jouer avec sa flûte, faisant courir ses

petits doigts sur les trous, et se désespéra de tirer un son qui lui fût agréable à l'oreille.

— Les fées sont comme mon papa, dit Simon d'une petite voix.

Octavia échappa la casserole qu'elle tenait à la main. La chute de l'objet produisit un tel vacarme que l'enfant poussa un cri.

— Que dis-tu là, Simon ?

Il la regarda en penchant la tête sur le côté.

— Tu peux répéter ce que tu viens de dire ? insista Octavia.

— C'est maman qui m'a parlé de mon papa.

— Ah oui. Et que t'a-t-elle dit ?

— Que mon papa était un esprit.

— Un esprit ? Sais-tu ce qu'est un esprit ?

— Tu viens de le dire. Comme le vent.

La Césarine le prit sur ses genoux et lui caressa ses boucles blondes.

— Ton papa n'existe pas, dit Octavia.

Simon la fixa, gravement.

— Tu mens. Mon papa existe. Mais il ne ressemble pas à tous les autres papas. C'est un esprit. Il veille sur maman et moi. Parfois, il est assis à côté de nous. Et on ne le sait pas. Ou alors, il faudrait être très attentif pour le voir.

Octavia s'activa à allumer le feu dans la cheminée. Au-dehors, le vent soufflait en bourrasques. Et la fumée se répandit dans la pièce. Alors, la Césarine ajouta du papier pour activer la flamme sous le fagotin. Puis elle prépara le petit déjeuner de Simon. Il n'aimait pas que le lait fût chaud. Tout juste tiède, comme au sortir du pis de la vache, là où il aimait le boire, à l'étable, mousseux.

Antonia avait passé un châle de laine sur sa robe de

chambre, et faisait son lit, lorsque sa sœur vint taper à sa porte.

— Je voudrais te parler, dit-elle.

— De si bon matin…

— Oui. C'est à propos de Simon. Et de son père.

— Tu ne crois pas que tu te mêles de quelque chose qui ne te regarde pas ? dit Antonia en se rapprochant de la fenêtre.

Elle écarta le rideau de coton brodé. Le vent promenait sur le pavage de la cour des brindilles de paille et de fougère. Les fétus allaient et venaient, sous la bourrasque, dans un flux et reflux continu.

— Vas-tu donc cesser de lui mettre des idées pareilles en tête ? Son père n'existe pas. Voilà ce que tu devrais lui expliquer, au lieu de lui faire croire des calembredaines. Ce n'est pas sain, ma petite, pas sain du tout. De telles images peuvent le perturber. Après tout, ce n'est pas de sa faute si…

Octavia s'interrompit au milieu de sa phrase.

— Si son père est mort, acheva Antonia. Mais n'est-ce pas la vérité ? A quatre ans, il comprend qu'il n'est pas comme les autres enfants. Il cherche son père, il s'interroge. Je me dois de lui donner une réponse. Une réponse adoucie, certes, mais une réponse, quand même. Il me parle souvent de lui. Et lorsque je pleure, il comprend ce que cela signifie.

— Ça ne te passera donc jamais ! jura Octavia.

— Un amour, un grand amour, jamais ne meurt, fit-elle.

Et elle toucha le colifichet qu'elle portait au cou et qui renfermait la lettre de Julien. C'était son porte-bonheur, son fétiche, et tout ce qui restait de lui sur la terre. La prière ultime, qu'il lui avait adressée, elle était seule à en connaître les mots, et ceux-ci, croyait-elle, naviguaient du monde des vivants au monde des morts.

Après qu'Octavia eut quitté la chambre, elle s'habilla en hâte et descendit dans la cour. Elle avait envie d'écouter le vent, d'observer la sarabande d'hiver sur les lisières de la chênaie. Et de parler à Julien peut-être ? Des mots illisibles pour le commun des mortels. Car les songes qui lient les êtres, par-delà la mort, sont des plus intimes qui existent.

A force de patience, avec son petit cochon en laisse, Antonia dénicha trois kilos de truffes. Pourtant, elle ne fut guère satisfaite de sa quête. C'était une pauvre récolte. Mais qu'importe. Elle lui avait permis de renouer avec le Valperdu, de visiter les moindres recoins de sa truffière, et d'établir un état des lieux. Tout ce dont elle avait envie, présentement, c'était de tracer des plans sur l'avenir.

Au deuxième voyage, Julius l'accompagna dans la carriole. Elle lui montra les parcelles qu'il fallait retourner par un petit labour.

— Juste en surface, précisa-t-elle. Car les racines des chênes truffiers doivent être préservées.

— Ce n'est pas courant, mademoiselle, ce que vous me demandez là. J'aurais trop peur d'accrocher les racines vitales. Les socs de charrue ne sont point appropriés à ce travail.

— Alors, demandons au forgeron de nous les adapter.

Julius hocha la tête. C'était un trait de caractère commun chez les Albarède, de père en filles, que d'avoir réponse à tout. Mais le jeu en valait-il la chandelle ? En ce temps-là, les propriétaires de truffières se contentaient juste d'un défrichage. On n'osait travailler le sol, de peur de bousculer l'alchimie secrète qui préparait, en silence, l'éclosion des *tuber*. Julius développa à peu près ces arguments, qu'il détenait, du reste, des trufficulteurs de Sorges. Ces derniers jouissaient d'une noble réputation, et peu osaient les contredire. Leurs secrets ne remontaient-ils pas aux siècles d'Apicius et d'Avicenne, d'un temps où l'on croyait que la truffe était, en sa souterraine cache, le fruit du diable ?

— Mon pauvre Julius, nous ne savons encore rien sur les truffes. Et il faut faire fi des superstitions. J'ai même entendu dire qu'autrefois, on croyait qu'elles étaient produites par les mouches qui s'en venaient pondre sur les racines des chênes. Aujourd'hui, nous savons que la mouche ne sert qu'à les vicier. Et si nous avons la chance de les dénicher avant elles, alors elles sont sauvées. Sinon, elles pourrissent dans le sol, comme n'importe quel champignon. Telle est la vérité. Pour ma part, je crois qu'il faut aérer le sol par un petit labour. Ainsi, en brisant la surface, on ne risque que d'activer la production.

Il fut entendu qu'au printemps le domestique travaillerait la nouvelle truffière d'Augustine.

— Elle servira de témoin de ce que j'avance, mon bon Julius. Et nous fêterons ensemble, en janvier, la résurrection du Valperdu.

Avant de retourner à Auberoche, Antonia lui fit jurer de n'en rien dire à Octavia.

— Vous le savez bien, Julius, elle n'a jamais admis l'existence du Valperdu. Et si je ne l'avais empêchée, elle l'aurait vendu cent fois.

Julius rajusta son chapeau de feutre à bord évasé que le vent chahutait.

— Mademoiselle Octavia a beaucoup changé. Et en bien, je vous le confirme.

Un sourire courut sur les lèvres de la jeune femme.

— Méfions-nous de l'eau qui dort.

— Vous en douteriez ?

— Je crois qu'elle poursuit un dessein personnel. Et tout ce qui se met en travers est farouchement combattu. Et tout ce qui l'en rapproche est l'objet de flatterie. J'ai connu les deux saisons, alternativement. Et je crains qu'il n'en existe une de tempérée, qui allierait les deux.

Julius feignit de ne pas saisir ces subtilités, tant il craignait au juste de devoir prendre parti pour l'une ou l'autre des Césarines.

— Au temps de votre père, ajouta-t-il, les choses étaient plus simples. Nous avions là un homme qui pouvait passer de la pire des colères à la plus agréable des gentillesses. Et toute querelle se vidait dans les silences. Il semblait que le bon esprit guidait ses pas. Il n'y avait que sa terre et ses chevaux qui comptaient.

— Et pour ma sœur, l'argent.

— Je ne dirais pas cela, mais...

— Je vous en prie, Julius, l'argent, seul, importe, l'argent qui sauvera Auberoche. Et rien d'autre.

— Et vous, qu'en pensez-vous ?

— Je crois que l'amour, seul, sauvera Auberoche.

Julius éclata de rire.

— Vous plaisantez ?

— Les forces de l'amour, Julius, c'est ce qui nous rend meilleurs.

— A bien des égards, vous ressemblez à votre mère. Augustine aurait pu dire une telle phrase.

— En tout cas, mon père faisait peu de cas de l'argent. Il le dépensait sans compter, comme un seigneur. Quant à l'amour, je ne sais s'il ne le découvrit pas trop tard.

L'approche d'Auberoche éteignit leur conversation. C'était un signe qui démontrait, une fois encore, l'autorité dont jouissait Octavia sur le domaine, au point d'imposer silence à la seule vue des murs où elle régnait.

Le panier de truffes la laissa indifférente. Elle savait que les cours étaient au plus bas, et qu'il valait mieux des douzaines d'œufs, de belles volailles, et quelques lapins engraissés sur le marché. Pourtant, Antonia voulut risquer le coup, à Périgueux, le samedi suivant.

La Césarine monta dans le train de 9 heures, à Sarliac, avec son panier de truffes soigneusement coiffé d'une serviette en coton brodé. C'était presque un voyage d'agrément, comme elle n'en avait fait depuis longtemps. Sa dernière sortie dans la capitale périgourdine remontait à l'année 15. Aussi put-elle mesurer en posant le pied au terminus, place Francheville, de la différence. Les drapeaux tricolores de la victoire pavoisaient encore les fenêtres. Et par les rues et les places, il régnait une ambiance bon enfant. Les soldats suscitaient des attroupements. On les interrogeait sur leur guerre. Les troupiers hagards ne pouvaient encore croire à leur chance, d'avoir passé au travers de la plus grande tuerie de l'histoire. Les marchands de marrons chauds vendaient leurs cornets garnis, façonnés dans du papier journal, en chantant leur litanie : « Chauds, chauds, chauds, les marrons chauds !... » A deux pas, une marchande de colliers et bracelets offrait ses bijoux de pacotille aux coquettes qui passaient devant le petit étal, si minuscule que toute sa richesse eût pu tenir dans un mouchoir de poche. Plus loin, sur la place de la tour Mataguerre, la foule s'insinuait autour des camelots. Les fripiers avaient déballé leurs vêtements d'occasion, rangés en bon ordre, culottes brodées à l'ancienne, nuisettes à dentelles, camisoles de lin grossier, corsets pour femmes fortes, robes en coton et cadis, chaussures des villes et sabots des champs, chapeaux, casquettes et bérets, entassés l'un sur l'autre et formant colonnes branlantes. A côté, assis sur une chaise basse, un rétameur actionnait son soufflet monté sur une potence pour réparer bidons, casseroles et poêlons. La démonstration faisait recette, devant une grappe de badauds, qui refluait parfois lorsque des escarbilles de charbon jaillissaient en étincelles. L'artisan chantait de temps à autre sa ritournelle qui faisait rire les galopins en culottes courtes : « Tam tam, tam, c'est moi qui rétame, même le macadam… »

Antonia décida d'aller boire un café Chez Blaise, à l'angle du cours Fénelon et de la rue Mataguerre. Cet univers d'hommes lui plaisait fort. Bien qu'elle fût la seule femme, non accompagnée, à fouler cet antre, elle n'attacha guère d'importance aux regards qui se posaient sur elle. Autrefois, elle eût sans doute hésité à entrer. Désormais, elle se sentait assez forte pour vivre selon son bon plaisir. Rien ne pouvait être pire, sans doute, que d'être fille mère à Cubjac, où l'opinion villageoise l'avait reléguée dans la catégorie des femmes perdues, de celles qui ne trouveront jamais maris assez bêtes pour élever l'enfant d'un autre. Et il lui suffisait de toucher, du bout des doigts, le colifichet porté en sautoir, pour recouvrer la force d'affronter la société. Sans doute eût-elle pu mentir, et dire qu'elle était au fond une veuve de héros, comme il s'en trouvait beaucoup, mais l'absence d'alliance au doigt faisait la différence. Et à bien y regarder, il s'en trouvait, sans doute, par la foule, des Antonia Albarède qui avaient rencontré l'amour dans les heures folles de la guerre et qui avaient perdu, comme elle, le droit d'aimer. Peut-être se cachaient-elles dans l'ombre du malheur, à méditer sur ces temps barbares.

Peut-être se refusaient-elles au souvenir, préférant le chemin transversal de l'oubli.

Flanquée au comptoir, au milieu des hommes, le panier de truffes à ses pieds, Antonia dégusta son café avec des manières de petite princesse, qu'elle avait rêvé être dans son enfance. De solides gaillards la bravaient du regard, où le désir saillait insolemment. Ça cherchait la fille à soldat. Ça quêtait la veuve esseulée. Tant de cœurs et de corps à prendre, après une si longue absence des plaisirs.

Place du Coderc, elle trouva une petite place au débouché de la rue de la Sagesse, pour y déposer son panier. Quelques visiteurs se hasardèrent à lui demander ce que cachait le coton brodé. Et, chaque fois, délicatement, elle découvrait ses truffes, comme s'il s'était agi d'un trésor. Mais, hélas, on ne s'intéressait qu'à leur parfum, sans oser quémander le prix. Bourses plates ! pensait-elle. Il n'y a que bourses plates… Antonia ne fut pas longue à voir, autour d'elle, que les paysannes ne faisaient guère fortune avec leurs paletots d'oie, leurs châtaignes blanchies et leurs cageots de noix. Il n'y avait que les poireaux, les navets et les raves qui trouvaient preneur. Durant les jours de misère, c'est bien connu, on consomme des soupes mitonnées. Et le pays s'était mis aux bouillons. Du reste, on en vendait à la louche, au pied de la cathédrale, une petite soupe grasse dont le fumet attirait les curieux. Et pour deux sous la bolée, on se réchauffait un peu l'estomac.

Antonia comprit qu'elle était mal placée pour vendre ses trésors. A l'instant où elle voulut se rendre rue Limogeanne, où les pâtissiers réputés avaient sorti sur le pavé leurs terrines de foie gras truffé, Rodolphe Verneilh sortit de la foule, drapé dans une longue cape noire.

— Vous ? s'écria-t-il en ouvrant les bras. Je vous ai cherchée, savez-vous.

Antonia resta de marbre. Le bonhomme comprit qu'il lui fallait rectifier son attitude, un brin familière. Monsieur joue les grands seigneurs parce que ça possède une petite fortune au soleil. Mais, nous autres, gens de peu, il nous reste la dignité... Et elle lui livra un air hautain qui le désarçonna.

— Que vendez-vous, au juste ?

Il considéra le panier à ses pieds, esseulé au milieu des cageots voisins qui encombraient le pavé. Le contraste était un rien ridicule, mais le visiteur comprit qu'il s'agissait de diamants noirs. Cela ne courait pas les rues par ces temps difficiles où le pays avait le plus grand mal à se remettre de la guerre et de ses privations.

— Des truffes. Vous êtes mademoiselle Antonia Albarède et vous possédez une ferme à Cubjac. Voyez ! J'ai bonne mémoire.

Antonia se souvint alors que l'homme lui avait confié un petit bristol sur lequel était imprimée son adresse, et qu'elle l'avait jeté sans même le lire.

— Et vous, mademoiselle, je parie que vous avez oublié mon nom ?

Elle eût été en peine de répondre, mais, au juste, rien ne l'obligeait à se souvenir de tous ses clients. Il le rappela, en précisant son état de propriétaire d'une belle hôtellerie à Périgueux. Antonia n'eut pas pour autant la curiosité de lui demander de plus amples renseignements sur ce fameux hôtel. Verneilh se sentit ulcéré. Mais l'homme avait de quoi rebondir en toutes situations. Il prit une truffe, une des plus mûres, et la flaira d'un bord à l'autre du nez.

— Je vous les achète, se décida-t-il. Au tarif d'avant guerre.

Il éclata de rire.

— C'était vingt au kilo, dit Antonia.

Rodolphe Verneilh hocha la tête d'un air dubitatif. Mais il lui plut assez qu'elle osât faire une telle offre. Après tout, c'est bien fait pour moi, se dit-il. A vouloir jouer les généreux... Et il donna ses soixante francs sans discuter.

— Pour le prix, je puis garder le panier, et le joli mouchoir en prime ?

Antonia lui tendit le tout, qu'il accrocha à son bras.

— J'ai même une proposition à vous faire. Et honnête, précisa-t-il.

La jeune femme prit son air sévère en le considérant un peu en dessous.

— Consentiriez-vous à partager avec moi ces belles truffes, au cours d'un festin, dans ma maison ? Je possède un maître cuisinier de haut vol, un artiste, pour qui le diamant noir n'a plus de secret.

Antonia fixa les yeux gris de Verneilh pour y lire ce que cachait cette soudaine invite.

— Dans votre hôtel ?

— Bien entendu. *A la table courtoise.* C'est le nom de mon établissement, 7, rue Limogeanne. A une date de votre convenance.

Il ajouta avec un air de malice :

— Assez proche, cependant, si nous voulons que les truffes gardent leur parfum.

Comme elle tardait à se décider, Rodolphe l'invita à faire quelques pas sur la place du Coderc, dans la direction de la cathédrale.

— Je ne vous connais pas. Et...

— Le monde est peuplé de gens qui ne se connaissent pas. Précisément, n'est-ce pas le sel de la vie que de lier des contacts ? Mon existence fut ainsi jusqu'au sommet de ma cinquantaine, remplie d'amitié, de franche camaraderie, au fil de mes voyages. Aujourd'hui, j'ai traversé le

Coderc et je vous ai croisée. C'est un événement précieux pour moi. Je suis un goûteur de présent. Le passé, l'avenir, cela m'indiffère. Mais le présent exige d'infinies attentions. Il ne faut rien rater des êtres qui passent, car la vie est comme un fleuve qui s'égare. Et jamais, au grand jamais, la même eau ne s'écoule deux fois.

Antonia buvait ses paroles en songeant à Julien. Son amour, son bel amour, aussi perdu et anéanti qu'il fût, ne l'obligeait-il pas, précisément, à vivre dans le passé, si faiblement éclairé, et dont le doute étouffait la flamme. Un doute dont elle ne parvenait à se défaire. Si Julien était revenu du front, intact, que serait-il advenu de leur passion ? Et eût-il honoré le message qu'il lui avait adressé par-delà la mort ?

En l'observant à la dérobée, Rodolphe soupçonna que le mutisme de la jeune femme cachait une fêlure profonde. Il avait acquis assez de connaissance sur l'âme humaine pour y déceler les secrètes blessures. Au reste, cela lui importait assez peu de connaître le passé de mademoiselle Albarède, par crainte d'y devoir jouer quelque rôle réparateur. C'était un rôle dont il ne risquait guère d'endosser les oripeaux.

— Pourquoi vous intéressez-vous à moi ? demanda Antonia. Je ne suis rien qui vaille pour un homme comme vous. Une paysanne un peu fantasque.

Rodolphe Verneilh fit sonner un rire clair. Dans ces instants, son beau visage à la barbe poivre et sel s'éclairait d'une bienveillance extrême.

— Vous êtes une jolie femme, et surtout intelligente. Cela m'intrigue.

— Intelligente ! Qu'en savez-vous ?

— Il n'est qu'à vous observer, mademoiselle Albarède, pour s'en persuader.

Il se passa un court silence. Et il ajouta :

— Après tout, vous n'avez rien à me prouver. Mon jugement est sûr. Je dirais même qu'il fonctionne à l'instinct. C'est ainsi, dans ma vie, je n'ai jamais su agir que par intuition.

L'homme avait vécu d'innommables aventures, à ce qu'il paraissait, sans que son âme en fût marquée par d'indélébiles aigreurs qui peuplent la vie des gens ordinaires. Tel, il lui apparut, dans cette esquisse de vivant. Et cela, au juste, la troublait et l'apeurait à la fois. Elle se sentait attirée comme par un aimant, et se défiait de cette force qui l'enveloppait.

Certes, songeait-elle, ce Rodolphe Verneilh, il me désire, et après qu'il m'aura séduite, sans doute passera-t-il son chemin.

Elle marchait à côté de lui, d'un pas à l'unisson. Cela la chagrina qu'il fût aussi près d'elle, docilement au pas, à cheminer comme un bon mari auprès de son épousée. Une telle habitude ne se force guère.

— Etes-vous marié, monsieur Verneilh ? questionna-t-elle, rougissante.

— Non, fit-il.

Elle s'en voulut de son audace. Mais l'homme n'en parut guère affecté.

— Alors, reprit-il, puis-je espérer une réponse favorable ?

— Je crois que oui. Mais ne vous méprenez point sur mon compte.

Verneilh hocha la tête pour la rassurer.

— Dimanche, à 11 heures, fit-il. Je viendrais vous chercher chez vous...

Antonia hésita à confirmer le lieu du rendez-vous, à cause d'Octavia. Mais, aussitôt, elle trouva sa prévention ridicule.

Durant les deux dernières années de guerre, les relations quotidiennes s'étaient améliorées entre les deux sœurs. Désormais, on pouvait pronostiquer, sans risque, qu'elles allaient en se détériorant. Octavia avait fini par admettre l'existence du petit Simon, et lui témoignait à mesure qu'il grandissait une affection accrue. Mais il ne fallait évoquer le seul nom du père, et encore moins son souvenir, sans qu'elle entrât en transe. Maintes fois, elle avait essayé de convaincre Antonia de l'effacer à jamais de sa mémoire, et de tenir l'enfant dans l'ignorance de ses origines paternelles. Cela ne se pouvait réaliser, forcément, à mesure que Simon grandissait. Ses questions se firent pressantes lorsqu'il comprit, enfin, qu'une famille se compose d'une mère et d'un père, et non point de deux mamans, comme on avait essayé de l'en persuader.

De nouveaux sujets de discorde virent le jour. La truffière, encore et toujours, à jamais maudite. Octavia avait voulu s'en accommoder tant que sa sœur jouait la partition qu'elle dirigeait. Dès qu'Antonia se remit en tête quelque velléité d'indépendance, la guerre reprit de plus belle. C'était sur l'avenir du Valperdu que la Césarine pouvait porter ses meilleurs coups, fourbir ses menaces, décocher ses flèches. Une terre sensible, un crève-cœur... Et enfin, l'irruption d'une nouvelle menace, aussi brutale qu'inattendue, et d'une scélérate traîtrise, Rodolphe Verneilh...

— Cinquante ans ! Te rends-tu compte ? Un vieux barbon.

Antonia pouffait de rire. Elle le lui avait décrit sans concession, avec de la barbe, du poil gris, et des manières extravagantes de riche.

— Il pourrait être ton père. Comment peux-tu t'exhiber avec un dépravé ? Car ce doit être un dépravé, ce Verneilh, d'accepter de s'afficher dans la rue avec une jeune femme. Mon Dieu ! Voici encore un déshonneur de plus sur notre maison. Un déshonneur de trop. Et lui as-tu dit que tu possédais un fils ? Ah non ! Je vois bien que tu t'en es gardée, coquine. J'imagine qu'il aurait pris aussitôt la poudre d'escampette. Une fille mère, cela n'est guère flatteur, même pour un vieux vicieux. A moins qu'il ne paye tes services. Ça se fait, ma petite. Les parties de jambes en l'air chez ces dépravés. Un petit repas fin. Une liqueur. Et hop, l'affaire est jouée.

Pour la sempiternelle fois, Antonia eût pu tenter d'expliquer qu'elle avait atteint l'âge de raison, et qu'elle n'avait de compte à rendre à personne, sinon à sa conscience. Mais tant de remontrances, sur le ton vigoureux de l'hystérie galopante, ne se pouvait combattre que par le mépris. Aussi choisit-elle, Antonia, de rester sur ses eaux calmes. Et la voir ainsi résister à ses piques ne faisait qu'amplifier la colère d'Octavia.

Autrefois, elle l'eût sans doute claquée en plein visage, ou traînée à terre. Mais elle avait compris, à la longue, que le retour d'une telle violence ne ferait que l'éloigner d'Auberoche. Elle avait opté pour le langage de la morale, comme une mère préventive distillant ses conseils. C'était d'un ridicule affligeant. Antonia n'était plus l'adolescente possédée par des rêves d'amours impossibles. Mais une fille mère, ainsi qu'elle le lui avait rappelé cruellement.

— Rodolphe Verneilh n'est pas ce que tu crois, dit Antonia. C'est un homme distingué. Et je ne lui accorderai pas toutes les faveurs que tu imagines dans ton cerveau de petite jalouse.

— Moi, jalouse ! Elle est bien bonne, celle-là.

— Oui, jalouse, insista Antonia. Tu es envieuse parce que tu ne connais pas les mêmes succès avec les hommes. Et ce n'est pas de ma faute. Tu fais tout pour les éloigner. Tant de rancœur en toi, de défiance, leur saute aux yeux. Et ils te négligent, ma chère Octavia. Cela était vrai, déjà, au temps de notre enfance, lorsque tu refusais de parler aux garçons de Cubjac. Il s'en trouvait bien, pourtant, un ou deux, qui auraient pu te plaire, mais...

— Je n'ai jamais voulu plaire, avoua Octavia. Et les hommes m'indiffèrent.

— Je ne crois pas.

— Ah oui ! Tu veux me juger, maintenant ?

Antonia avait compris qu'il lui fallait, désormais, pour se préserver, attaquer sans vergogne, et faire mouche de préférence aux endroits vulnérables, dans ce repli étroit de la carapace où se logent l'orgueil et la suffisance.

— Je te juge parce que tu me juges. Il n'y a pas de raison pour que je t'épargne. Et je crois farouchement que les hommes t'intéressent, mais que tu as peur de t'engager. Pour aimer un homme, il faut faire fi de son orgueil, accepter l'image qu'il renvoie de soi-même, se mettre en danger, risquer l'humiliation, le chagrin, l'attente vaine, et parfois souffrir et parfois mourir.

Octavia avait croisé les bras sur sa poitrine, et, le pied en avant, faisait front à la bourrasque qui s'abattait sur elle.

— Comment pourrais-je entreprendre avec eux l'affreux commerce qui, pour une minute de bonheur, annonce cinquante ans de tourment ?

— Une minute de bonheur en vaut quand même la peine...

— Non.

— Alors tu ne connaîtras jamais ce qu'est l'amour véritable. Moi, je l'ai connu, puis je l'ai perdu. Peut-être le retrouverai-je un jour chez un autre homme ? Ce moment sublime où le cœur bat la chamade dans la poitrine. Cet instant où on ne s'appartient plus, où on perd la raison. Voilà l'amour. Le dernier message de Julien. Et sa pâle figure dans tous mes rêves. Il s'en revient des ombres avec toujours le même sourire blessé aux lèvres. Comme s'il voulait se faire pardonner de n'être plus à moi. Et désormais, dissous comme un nuage.

Et, pour la première fois dans l'histoire des Césarines, Octavia battit en retraite. Cette première victoire en annonçait d'autres. Il faudra bien qu'elle m'accepte, telle que je suis, aimante et passionnée, se dit Antonia en la voyant s'éloigner vers sa cuisine au pas de charge. Et du dehors de la maison, où la conversation s'était enchaînée, elle entendit le bruit de la vaisselle entrechoquée, et se mit à sourire en se souvenant de sa bêtise d'autrefois, lorsqu'elle se refusait à Julien par crainte de trahir le pacte, d'abandonner Auberoche, et dont sa seule récompense fut, en définitive, des heures volées à son amant, des heures perdues à jamais.

14

Vingt ans de sa vie, Rodolphe Verneilh avait fait le commerce des épices dans les colonies françaises. Et cette activité aventureuse l'avait conduit jusqu'à Sainte-Marie de Madagascar pour acquérir girofle et muscade, et à Cayenne en Guyane pour le poivre. Fortune faite, il s'en était revenu à Périgueux, berceau de sa famille, pour acheter l'ancienne maison Courtois et y fonder une hôtellerie de luxe.

De sa grande famille, hormis les cousins qui pullulaient entre Brantôme et Mareuil et qu'il ne fréquentait pas, il ne restait plus qu'un frère, Louis, avocat inscrit au barreau de Périgueux. Ses autres frères et sœurs avaient connu des destins divers avant de disparaître, mariage raté, suicide, accident violent, maladie incurable. Du bel arbre généalogique du temps jadis, il ne demeurait que ses deux seuls rameaux inféconds.

L'avocat avait le goût prononcé pour les particules et s'en était offert une pour améliorer sa carte de visite. Louis de Verneilh. Cela sonnait un peu pompeux mais lui ressemblait bien. Par contre, Rodolphe s'en amusait assez, lui qui avait couru le monde, connu les pires misères, les famines africaines, les tueries malgaches, les guerres tribales de Nossi-Bé, les prostituées de Cayenne.

Il avait acquis de ses aventures une philosophie sur l'âme humaine teintée de fatalisme oriental et de panthéisme chrétien. Rien ne pouvait ébranler ce bel esprit. La misère, la richesse, ce ne pouvait être un critère de jugement. En cela, il différait de l'esprit général qui régnait dans la bourgeoisie périgourdine. Rien ne l'effarait plus que l'hypocrisie. Maçons, protestants, catholiques – et des plus acharnés, comme ceux de l'Action française – avaient trouvé dans la fortune un terrain d'entente. Les querelles d'idées ou de spiritualité cessaient lorsqu'il s'agissait de réaliser une bonne opération immobilière ou financière. Toute ambition passait au crible des réseaux, les cercles républicains et monarchistes, et convergeait vers l'hôtel de ville.

Rodolphe Verneilh n'était pas des plus acharnés à fourbir ses armes dans les arcanes des officines secrètes de Périgueux. Il y naviguait en grand seigneur, montrant juste, lorsque c'était nécessaire, la couleur de son argent. Puis il se repliait sur ses terres intérieures, celles où les souvenirs tenaient lieu de paysage de fantaisie.

Telle était sa disposition d'esprit lorsqu'il croisa la belle Antonia. A ce moment-là, monsieur Rodolphe se trouvait libre de toutes attaches, disposé à une aventure. Et désœuvré aussi. Car ses affaires, qui avaient été mises sous l'éteignoir durant la guerre, retrouvaient avec la victoire des perspectives florissantes.

Au volant de sa Vauxhall Prince Henry, un monstre de puissance et d'élégance, dont il eût pu parler des heures, il s'arrêta sur la place de Cubjac, une fois le pont franchi sur l'Auvézère. L'épicière le renseigna pour la route d'Auberoche. C'était un chemin vicinal que les paysans entretenaient assez régulièrement, tout revêtu de pierres blanches concassées. Comme il n'avait pas plu depuis deux semaines au moins, la poussière se levait sous les pneus de son monstre, trop nerveux. Soixante-quinze chevaux moteur, impossible à domestiquer, lorsqu'il s'agissait de prendre un peu de vitesse. Mais monsieur Rodolphe avait pris ses précautions en chaussant son bolide de câblé semelle Michelin ; une cuirasse de rivets d'acier assurait sur la bande de roulement une résistance à toute épreuve sur les mauvaises routes du Périgord.

Et du bas du Pinsonnet, il aperçut sur la crête de la colline la ferme d'Auberoche. Les chevaux gambadaient dans les champs voisins, comme pour faire la course avec son automobile. Et cela l'amusa, cette compétition perdue d'avance. Et pour ajouter plus de piment à l'affaire, Verneilh poussa quelques pointes d'accélération dans les virages, histoire de juger de la tenue de route de sa Vauxhall. Les roues à rayons, et les ressorts à lames, ajoutaient une souplesse sur les plus mauvaises routes qu'il se pouvait trouver. La même voiture n'avait-elle pas triomphé aux courses de montagnes, à Shesley Walsh ?

A l'approche du domaine, Verneilh leva le pied. Trop de poussière, de vrombissement sous son capot argenté, de tape-à-l'œil ne pouvait que nuire à son entrée en scène. Il glissa en douceur jusqu'à la cour, et releva ses lunettes sur le casque de cuir qui lui couvrait la tête.

Depuis une bonne heure déjà, Antonia était fin prête. Elle portait une robe en satin mauve, assez sobre, sur un corsage d'étamine serré au cou. Et pour affronter le froid vif de février, elle avait jeté sur ses frêles épaules une capeline de laine noire qui lui prêtait un air austère. Il n'y avait pourtant rien à redire, car la mode du moment tirait sur les coloris sombres. La France tout entière était en deuil du million et demi de morts auxquels on n'avait pas encore donné une sépulture digne du sacrifice consenti.

Octavia jeta un regard furtif par la fenêtre de la cuisine, et s'effaça aussitôt.

— J'espère que tu ne vas pas lui dire d'entrer, défendit-elle à Antonia.

La Césarine soupira un grand coup et sortit de la maison, précipitamment.

Rodolphe Verneilh était vêtu d'un long manteau de cuir qui lui tombait sur les talons. La capote de la voiture repliée, un tel accoutrement était nécessaire pour se protéger du froid. Il se défit, prestement, de son manteau et, faute de l'habit de ville élégant qu'il aimait à porter communément, il offrit au regard d'Antonia une tenue d'automobilisme trois pièces de tweed brun avec une veste à revers étroits et une culotte large boutonnée aux genoux. Les guêtres de cuir marron ajoutaient un peu de finesse et d'étrangeté au personnage. Mais ce qui sauta aux yeux de la jeune femme, ce fut surtout ses gants mousquetaires. Verneilh n'imaginait pas conduire son bolide sans cet équipage un brin anglais. Et s'il n'avait porté le casque, du même cuir que son manteau, il eût sans doute coiffé une casquette à visière taillée dans le même tissu que la tenue de sport.

Le visiteur hésita à ouvrir la portière de sa voiture, en jetant un œil en direction de la porte d'entrée. C'était faire preuve d'incorrection, à ses yeux, que de ne pas saluer la sœur d'Antonia Albarède. Il tendit une main dégantée pour serrer celle de son invitée, mais força un peu le geste pour l'attirer vers lui. Monsieur Verneilh aimait ainsi montrer sa déférence par de petits gestes insignifiants, des signes qui revêtaient beaucoup d'importance dans la société qu'il fréquentait assidûment.

— Vous ne me présentez pas à votre sœur ? s'étonna Rodolphe.

Antonia parut gênée et fit un petit mouvement de tête qui semblait indiquer qu'il fallait presser le mouvement.

Verneilh comprit aussitôt que sa présence à Auberoche

n'était pas souhaitée. Pourtant, il fit un pas vers le seuil de la maison. A ce moment, son regard fut attiré par un mouvement discret du rideau de la fenêtre. Je suis observé, de pied en cap, comme le dernier des Mohicans, se dit-il. Serait-il plus correct que je m'efface ainsi sans un mot, comme un voleur, ou que j'oblige cette personne à me saluer ? Il balança quelques secondes, puis renfila le gant mousquetaire qu'il avait retiré quelques secondes plus tôt. A son geste, Antonia comprit que la rencontre n'aurait pas lieu pour cette fois, et soupira d'aise.

— Tenez, ma chère Antonia, voici un manteau qui vous évitera de prendre un rhume, fit Rodolphe en lui tendant un vêtement qu'il transportait sur le siège arrière. Et un casque et des lunettes.

Antonia éclata de rire.

— Me faut-il ce harnachement pour monter dans votre automobile ? Cela va déranger ma coiffure.

Rodolphe insista pour qu'elle portât tout de même un fichu de soie blanche et les lunettes. Elle s'y résigna de mauvaise grâce.

— Je vais avoir une tête de mante religieuse.

La comparaison amusa Verneilh.

— N'ayez crainte, ma chère, vous resterez tout à fait charmante.

Elle accueillit le compliment avec un plissement des lèvres. Il n'y avait rien qu'elle craignait plus qu'une cour assidue. Octavia l'avait prévenue : « Ton vieux beau n'aura qu'une idée, ma petite, te mettre dans son lit... »

Ce n'est qu'en abordant la route 70 que le conducteur poussa une petite pointe de vitesse. La Vauxhall atteignait les cent kilomètres à l'heure en un rien de temps. Antonia comprit alors pourquoi son voisin avait tenu à ce qu'elle fût harnachée. Le froid était si pénétrant qu'elle dut boutonner le manteau jusqu'au col et rajuster son fichu.

— Je ne comprends pas pourquoi vous ne relevez pas la capote ! cria-t-elle.

— C'est un plaisir que ne procure que l'automobilisme, répliqua-t-il, les mains agrippées à son volant.

En traversant Trélissac, la Vauxhall doubla à vive allure plusieurs fiacres, et deux charrettes chargées de bois. Monsieur Verneilh avait la conduite plutôt sportive et les obstacles de la route l'obligeaient à donner de violents coups de frein. S'agissait-il d'impressionner la jeune personne qui avait pris place à côté de lui ou d'une habitude de grand seigneur pour qui la voiture automobile était un jeu comme un autre, à l'égal du golf ou de l'équitation, à la différence que les épreuves se jouaient sur le vaste réseau des routes et chemins de France ?

Rue Limogeanne, Verneilh abandonna sa voiture au chasseur qui faisait les cent pas devant son établissement.

— Francis, lança-t-il d'un ton débonnaire, vous regarderez l'équilibrage, je trouve qu'elle tire à droite, fâcheusement.

Antonia attendit que son hôte vînt lui prendre le bras pour avancer sous le porche de l'hôtellerie A la Table courtoise. Le maître des lieux avait fait réserver une petite salle au premier étage. Le couple traversa la cour pavée, puis s'engagea dans l'escalier éclairé par des appliques à gaz. Sur les marches de calcaire, le propriétaire avait fait dérouler un long tapis rouge vif frappé aux initiales dorées R. V. Une odeur de viandes rôties montait des fonds de l'hôtel, des caves voûtées où se tenaient les cuisines. Le couple traversa la salle du restaurant, décorée de boiseries en noyer et de tapisseries d'Aubusson. Il y régnait une douce atmosphère de plaisir gourmand avec ses chariots supportant les plats couverts de cloches en argent, et les soupières en porcelaine. Tous les regards des convives convergèrent vers monsieur Rodolphe et des chuchotements s'activèrent de table en table. Antonia sentit qu'elle était l'objet aussi d'une observation soutenue. Si chacun connaissait le maître hôtelier, l'extravagance de ses vêtures qu'il portait indifféremment à des heures indues, un habit à queue croisé de soirée pour accomplir son marché ou une tenue de loisirs pour s'afficher dans le monde, nul ne savait encore qui était la jeune personne suspendue à son bras. Mais on pouvait deviner à la coupe gauche de sa robe de satin mauve, si sobre, qu'elle n'appartenait pas à la bonne société périgourdine. Et sa présence, insolite, ne pouvait que susciter des interrogations malfaisantes.

Périgueux, tout compte fait, n'était qu'un gros bourg de l'intérieur, une cité où le bourgeois avait prospéré avec ses métairies, ses commerces, ses études de notaire, ses officines de médecine ou de pharmacie. Les plus argentés avaient conservé ou acquis à grands frais les châteaux voisins qui se dressaient, fièrement, folies du bon goût et de l'art de vivre, sur le moindre éperon rocheux. Les cercles entretenaient les relations par où se fortifient les situations dans l'administration, la banque, les cabinets d'affaires. L'esprit hobereau perdurait sur les terres, et on se défiait de Paris, de ses influences et de ses vices. Car rien n'était plus précieux que l'illusion du temps suspendu, la pérennité des traditions. Et dans les assemblées d'érudits, on se faisait un point d'honneur d'ignorer la langue française, lui préférant le parler local. En un mot, le progrès était honni puisqu'il tâchait, toujours, de redistribuer les cartes. Les grandes familles se complaisaient dans cet immobilisme de la société où les médecins engendraient des médecins, les avocats des avocats, les notaires des notaires, et où les paysans restaient des paysans et les ouvriers des ouvriers.

Verneilh répondait par des hochements de tête discrets aux saluts que ses hôtes lui adressaient, sans risquer le moindre pas dans leur direction, même s'il s'agissait de gens d'importance. C'était une hauteur qu'il maintenait en toute occasion, ne serait-ce que pour montrer qu'il n'était pas et qu'il ne serait jamais leur obligé. Puis le couple disparut dans le salon jaune où le maître d'hôtel avait dressé les couverts sur une table ronde juponnée de blanc.

Ils s'installèrent aussitôt devant les assiettes de porcelaine blanche rehaussées d'or fin. Monsieur Paul, le maître d'hôtel, voulut les délester de leurs manteaux, mais Rodolphe le renvoya.

— Apportez-nous donc un apéritif.

Monsieur Rodolphe aimait par-dessus tout le champagne Cristal Louis Röderer, et ne pouvait imaginer que son invitée en déclinât l'offre. Aussi lui tendit-il une coupe avec un air de triomphe.

— A notre rencontre, fit-il. C'est un vin prestigieux qu'on servit longtemps à la table du tsar Alexandre II.

Antonia ne sut que répondre. Elle n'avait encore bu du champagne de sa vie, et éprouva en le goûtillant une impression de délassement extrême, comme si toute la tension nerveuse accumulée en elle, le trac, la peur, la défiance, s'évaporait avec les bulles.

— J'ai manqué à mes devoirs en ne saluant point votre sœur.

L'excuse se trouvait formulée de telle manière qu'elle appelait une réponse.

— Il se trouve qu'Octavia n'approuve pas ma sortie en votre compagnie, reconnut la Césarine.

— Pourtant, elle ne me connaît pas.

— Justement.

Verneilh afficha un air bon enfant.

— Votre sœur craint que mes intentions ne soient déloyales. Je ne suis pas du dernier des aventuriers qui courent le pays. Et vous pouvez interroger les gens qui déjeunent à mes tables, ils vous diront que j'ai bonne réputation.

— Mais je n'en doute pas, sourit Antonia.

Soudain, Rodolphe prit un air grave. La jeune femme comprit qu'il avait besoin d'annoncer quelques paroles sincères.

— Je vous ai invitée chez moi parce que je vous trouve fort à mon goût. Certes, j'ai trente ans de plus que vous. Et forcément, cela incite à plus de modestie. Mais, qu'importe. J'ai cédé à ce désir de partager votre compagnie. Et advienne que pourra.

Il voulut resservir, mais Antonia coucha sa main sur la coupe.

— Monsieur Verneilh.. commença-t-elle.

L'homme l'arrêta aussitôt pour l'autoriser à le nommer par son prénom. Antonia répondit qu'elle ne pourrait jamais se résoudre à une telle familiarité. Alors, il fut convenu qu'elle emploierait ce « monsieur Rodolphe » qui était, déjà, d'usage dans son entourage.

— Je vous dois quelque éclaircissement sur ma personne, poursuivit Antonia.

Et d'un geste, Verneilh écarta les assiettes posées devant lui.

— Je n'ai point besoin d'une confession. Vous l'ai-je déjà dit ? Le passé m'indiffère.

Mais Antonia insista. Elle avait besoin de parler de Julien Sarazac, sans le nommer, du fils qu'il lui avait laissé, et de cet amour qui ne pouvait s'éteindre en elle et qu'elle ne pouvait trahir.

Il l'écouta attentivement, en jouant avec son couteau sur la nappe, comme d'une baguette de tambour. A aucun instant elle ne soupçonna l'ennui qui le possédait. Rien n'était plus indifférent à Rodolphe Verneilh que le destin tragique de ce pauvre garçon. Et la confession s'interrompit lorsque le serveur en livrée vint apporter l'entrée en matière du festin : une salade de truffes. A la manière Rossini.

— Voyez, très chère Antonia, j'ai tenu parole.

Puis ils la dégustèrent en silence. La jeune femme voulut exprimer quelques compliments, mais son voisin l'arrêta pour servir un château gallifet. C'était le vin idéal, à ce qu'il lui semblait, possédant assez de charpente pour laisser en bouche un arôme satisfaisant et capable de rivaliser avec celui de la truffe et sa rude odeur de chêne, de laurier, de thym et de lentisque.

— Divin ! s'écria Antonia.

— Maintenant, je puis vous dire ce que Fortitas en fit, de vos truffes. Fortitas est mon cuisinier. Un homme admirable. Ainsi crues, elles se marient à l'huile d'olive, à la moutarde et au vinaigre de vin, à la condition qu'on y adjuge du jus de citron, du gingembre, et le tout battu au fouet afin de les napper. On peut aussi les déguster à la croque au sel avec un peu de beurre d'Echiré.

Aussitôt desservi, le maître hôtel apporta la seconde entrée : un pâté de foie gras truffé.

— Fortitas, expliqua Verneilh, a reproduit là une recette de Close, le cuisinier du maréchal de Contades, qui fut nommé en Alsace avant la Révolution française. Ce Close eut l'idée, le premier, du foie gras enveloppé par une douillette de veau haché, et recouvert d'une fine pâte dorée.

Pour la suite, Rodolphe fit attendre. Il avait ordonné

qu'on changeât le gallifet par un corton, plus rond et capiteux.

— Si j'ai bien compris, ma chère Antonia, vous êtes dans une solitude extrême. Et cela n'est pas digne de votre jeunesse. L'homme avec lequel vous espériez traverser la vie a disparu. Seul demeure un message auquel vous apportez plus d'importance qu'il ne mérite.

— Je ne pourrai jamais oublier cet homme, rétorqua Antonia.

— Soit. Mais serait-ce le trahir, au juste, que de bâtir un nouveau bonheur ? L'aspiration au bonheur ne saurait être une faute. Elle est dans la nature de l'homme, légitime et salutaire. Et s'en détourner, pour combler les vœux d'un fantôme, est une mortification épouvantable. Je vous prie, Antonia, délivrez-vous de ce sacrifice.

Et Rodolphe lui tendit un mouchoir pour essuyer les larmes qui coulaient sur ses joues. Il voulut les effacer lui-même, mais elle se défendit. Et face à une telle défense, il éprouva un sursaut d'orgueil.

— Je puis vous apporter ce bonheur. J'ai de l'argent, bien plus d'argent qu'il ne m'en faut pour le restant de mes jours. Et vous vivrez comme bon vous semble. Je vous comblerai de cadeaux, de voyages. Je vous ouvrirai les portes d'un monde que vous ne soupçonnez pas.

Antonia fixait l'argenterie de la table, les verres en cristal, et se demandait si elle serait faite pour ce genre de vie, entourée de domestiques, de serviteurs, avec nul autre souci que l'entretien de son corps et de son âme. Et les craintes d'Octavia lui revinrent en mémoire.

Relevant les yeux sur lui, elle lui dit :

— Je ne sais pas si vous réussiriez à m'apporter le bonheur. L'argent, le luxe et les plaisirs ne suffisent pas au bonheur.

— Peut-être, un jour, m'aimeriez-vous un peu ?

Antonia ne trouva pas la force de sourire, tant il mettait de foi dans ses propos. Son visage, en cet instant, était émouvant de sincérité. Cet homme ne peut mentir, fût-il un beau parleur, comme il s'en trouve à cet âge où la vie a apporté tous les enseignements profitables, songeait-elle en l'observant. Et elle ne put s'empêcher de poser la main sur son visage et de le caresser. Ce mouvement de tendresse bouleversa Rodolphe. Alors, il lui prit la main et la porta à ses lèvres.

— Jamais, sans doute, vous ne m'aimerez comme je vous aime. Tant pis. Je me contenterai de ce que vous me donnerez. Fût-ce la tendresse, ce serait pour moi un grand bonheur.

Le maître d'hôtel déposa son plat d'ortolans en cercueil. Antonia huma cette curiosité. Le cuisinier avait enfermé l'ortolan dans une truffe de bonne taille, et ainsi dans son sarcophage odorant avait-il été cuit avec un peu de beurre, au four. Antonia n'osa trancher le mets qu'on lui présentait posé sur une assiette en argent. Pourtant elle s'y risqua, goûta, et trouva la chose divine.

— C'est un plat unique, car l'ortolan, comme la truffe, est rare et précieux, dit Verneilh.

Quand elle eut terminé, le serveur lui en présenta un second, puis un troisième. Pendant qu'elle dégustait ce prodige, son voisin l'observait. Il se sentait profondément heureux. Il jubilait intérieurement d'avoir trouvé le courage et les mots pour lui avouer son amour. Certes, il avait compris, à son regard, que son sentiment n'était pas partagé, mais elle n'avait point fui, comme il le redoutait, ou, pire, jeté en plein visage un rire de mépris.

— Monsieur Rodolphe, dit Antonia au moment où le serveur apporta le dessert, ce n'est pas d'amour que j'ai besoin, mais de respectabilité.

Les visites de monsieur Rodolphe devinrent vite une habitude. Un repas, une promenade à Périgueux ou à Brantôme – où il possédait quelques amis –, une excursion sur les bords de la Dordogne tenaient lieu de prétexte. Et chaque fois, Octavia s'effaçait pour n'avoir à saluer Verneilh, et à peine le dos tourné, elle s'en revenait à la charge. « Ce n'est pas un homme pour toi... » répétait-elle avec une assiduité et une persévérance qui frisaient l'obsession.

Dans ses moments calmes, Octavia s'employait à interroger sa sœur pour connaître, par le menu, le programme des sorties, et toutes les petites histoires qui tournaient autour. Cela l'autorisait ensuite à émettre quelques critiques sur la manière dont se nouait leur relation. Trop bonne ou trop stupide, Antonia livrait ses impressions aisément, sans se douter que celles-ci ne servaient qu'à instruire un procès contre Verneilh.

Au mois de mai 19, Antonia obtint enfin le droit de faire entrer son soupirant dans la maison d'Auberoche. Prévoyant que le premier contact serait périlleux, l'hôtelier de Périgueux avait opté pour une tenue négligée, pantalon de lin blanc et chapeau de toile claire. Pour une fois, il avait laissé sa Vauxhall au garage pour un tilbury tracté par une paire de chevaux anglo-arabes. Il s'agissait de se faire plus discret qu'à l'habitude, et de taire son goût irraisonné pour l'apparat, qui l'avait, pourtant, si bien servi avec Antonia.

Octavia avait choisi la salle à manger pour recevoir son hôte. Il y entra en ôtant son grand chapeau, et attendit que la Césarine lui tendît la main. Les présentations expédiées, Antonia courut à la cuisine chercher les tasses de café. Verneilh se vit confier le grand fauteuil de César.

Il s'y enfonça, en dépliant de part et d'autre ses longs bras maigrelets.

— Depuis le temps que j'entendais parler de vous, fit Rodolphe, je languissais de vous connaître.

La sœur se tenait assise, droite sur sa chaise, les jambes jointes, et le port de tête hautain. Et en l'observant, Verneilh put s'amuser à décompter tout ce qui les différenciait : l'épaisseur du cou, la grossièreté des attaches, l'ossature des épaules... Octavia Albarède était une sorte de garçon manqué ; elle en portait les masses disgracieuses. L'hôtelier comprit, par la dureté des traits, l'acuité du regard, qu'elle était animée d'une force de caractère peu commune.

— Ma sœur et moi dirigeons cette ferme que nous avons héritée de notre père, dit Octavia d'une voix lente.

Rodolphe joignit les mains. Il n'avait guère envie de se laisser embarquer dans une conversation inutile.

— Je sais que vous désapprouvez notre relation. La différence d'âge, ma situation financière, ma personne, peut-être, qui n'a pas l'heur de vous agréer. C'est dommage, fit-il. Car je suis amoureux d'Antonia. Mais après tout, je me dis que je n'ai pas à vous plaire.

— Oh ! releva Octavia. Croyez-vous que je pense cela de vous ?

— Je le pense, en effet Mais je ne vous en veux pas. C'est naturel.

Octavia lui coupa aussitôt la parole :

— La différence d'âge me choque, oui. Vous pourriez être le père d'Antonia...

— Oui, mais je ne le suis pas.

A cet instant, Antonia versa le café, et apporta une tasse à sa sœur, puis à Rodolphe.

— Sans doute resterons-nous opposés dans cette

affaire. Cela n'est pas douteux. Mais qu'importe. A la longue, il se trouvera, peut-être, un terrain d'entente.

Verneilh fixa Octavia droit dans les yeux. Mais la Césarine ne baissa pas la garde. Je suis fou, songea alors l'hôtelier, de lui faire ma déclaration de guerre. Car elle ne me le pardonnera pas. En effet, les lèvres d'Octavia se pincèrent, et ses yeux aussi. Une fouine, se dit Verneilh. Elle m'attaquera à la première occasion, ainsi qu'une bête rageuse qui charge plus gros qu'elle.

— Ne fais pas attention à monsieur Rodolphe, intervint Antonia. C'est son habitude de duelliste. Il adore porter des piques afin de jauger son interlocuteur. Et tu désapprouves tellement notre liaison que tu ne nous laisses guère le choix.

Rodolphe jubila devant cette aide providentielle. Il avait tellement craint que sa nouvelle amie ne se fût débandée, devant elle, comme à son habitude. Et ce lui plaisait fort de noter que trois petites phrases assassines avaient fini par porter une estocade décisive. La main de Verneilh s'empara de celle d'Antonia, et la serra fermement.

— Sur ce point, mon opinion ne variera pas, rétorqua Octavia. Et je comprends que monsieur Verneilh soit insensible à mon trouble. Nous n'avons pas eu la même éducation. Et qui plus est, il s'agit d'un homme. Un homme, se monta-t-elle, s'accommode de tout. Mais, une femme se doit de conserver son honneur.

L'hôtelier vida sa tasse d'un trait, et se leva ensuite pour la déposer sur un guéridon.

— Pourquoi parler d'honneur quand il s'agit d'amour ? L'amour... reprit-il.

— Parlez-en, de l'amour ! s'exclama-t-elle. Une mascarade, oui. Oh mon Dieu ! Si notre pauvre père revenait...

Antonia était venue se planter devant elle, les mains sur les hanches. Elle pouvait tout dire en présence de monsieur Rodolphe. Tout se permettre.

— J'ai atteint l'âge où je puis vivre ma vie sans en rendre compte.

— Bien sûr ! gronda Octavia. Et tu ne te gênes pas.

— Allons ! ajouta l'hôtelier. Il faut raison garder. Mon amour pour votre sœur est sincère. Et quoi que vous pensiez, Octavia, je n'ai pas de rancune à votre égard. Au contraire, j'apprécie votre franchise. Mais chaque fois que nous nous trouverons sur ce sujet, il n'y aura pas de quartier.

Et Verneilh lui offrit un sourire grimacier pour appuyer ses propos.

Octavia demeura longtemps dans une pose songeuse. Son rival était pire qu'elle n'avait imaginé. Un homme, à la trempe d'acier. Un barbon résolu à ses fins. Un roué aux causes difficiles. Un jouisseur conquérant. Une espèce rare et nuisible. Et tandis que ses poings se serraient, elle imaginait déjà la manière de s'en débarrasser pour tirer Antonia de ses griffes.

Le couple monta à l'étage pour visiter la maison. Et, une fois dans la chambre, Antonia ferma la porte au verrou. Ce geste de petite fille amusait Rodolphe.

— Vous l'avez mise sur le gril, fit-elle. Et de quelle façon !

Verneilh s'était assis à côté d'elle sur le lit.

— Je n'ai pas été d'une finesse extrême. Mais votre sœur m'insupporte. Il est une catégorie de femme qui soulève en moi des torrents de colère.

Antonia passa la main sur la nuque de son ami, et la caressa du bout des doigts.

— Vous les aimez aimantes et soumises, n'est-ce pas ? A mon image.

Et Rodolphe la prit aussitôt dans ses bras. De se trouver enfin seul avec elle, dans sa chambre, en plein cœur du domaine, sa rivale fulminant au-dessous, aiguisait son désir. Et d'un geste, il la renversa en travers de la couche, ses mains courant sous le corsage d'étamine. Et lorsqu'il voulut se glisser entre ses jambes, elle se redressa d'un bond.

— Je crois que je ne pourrai pas faire l'amour avec vous, balbutia-t-elle.

L'homme sourit en la regardant, puis vint caresser son visage, ses yeux attristés.

— Vous ne m'aimez pas assez ?

— Je me sentirais trop impressionnée.

— Vous n'aurez qu'à fermer les yeux tandis que j'officierai.

Et il tenta de nouveau à remonter sa robe plissée. Mais la main de la jeune femme le retint.

— Ça ne fait rien, fit-il. Je vous aime ainsi. Telle que vous êtes.

Dans les jours qui suivirent ces événements à Auberoche, Rodolphe Verneilh médita longuement la scène dans la chambre d'Antonia. La faute en revient à sa sœur, se dit-il. Il n'est que trop visible que cette Octavia a une ascendance sur elle, et qu'elle joue de la culpabilité pour la ramener dans son giron. Mais quels liens les rapprochent ainsi ? Il nous faudrait fouiller dans l'enfance. C'est là que le nœud gordien réside.

Huit jours plus tard, Verneilh remonta au domaine, en voiture, cette fois. Octavia était dans son jardin, en train de pincer les tomates. Il la salua d'une main vive et emmena Antonia avec lui.

C'était une chaude journée de printemps, sans nuages,

sans un souffle d'air. La vallée de l'Auvézère se découvrait dans ses couleurs combinées de vert, de jaune et de mauve. Ils passèrent de longues minutes à observer les mille détails de la nature. Les bois, les champs, les prés, les cultures, entremêlés dans une géométrie compliquée, se dessinaient à l'infini. Et pour lui montrer qu'elle connaissait son horizon sur le bout des doigts, Antonia lui nomma les villages et les hameaux éparpillés sur les collines et dans la plaine. L'air bourdonnait d'insectes. Et le moindre massif de fleurs était garni d'abeilles laborieuses.

— Octavia est pleine de haine parce qu'elle a peur, dit-elle.

— Peur de quoi ?

— Que vous m'emmeniez loin d'Auberoche. Que vous me voliez.

— Mais vous ne lui appartenez pas, s'insurgea Rodolphe.

— C'est ainsi. Depuis notre petite enfance. Elle a rêvé que nous resterions unies, à jamais.

— Que vous soyez jumelles ne change rien à l'affaire. Il faut vous séparer. Chacune de son côté. Et courir le vaste monde. Autant celui des sentiments que celui des hommes. Rien ne doit contrarier le désir de liberté. Et si vous voulez, je puis vous emmener loin. Dans la seconde. Il vous suffit de claquer la porte. Ou même, de fuir, ainsi, avec le premier vent qui passe. Je suis ce souffle de liberté. Tenez, fit-il en s'emparant d'une fleur de pissenlit en graines sur laquelle il souffla. C'est aussi simple. Le vent nous emportera vers des paradis inconnus. Et après, vous serez toute à moi.

Il la serra dans ses bras, la renversa sur l'herbe haute, parmi les trèfles et le sainfoin. Et il vint poser son visage contre ses seins tandis que sa main courait sur ses cuisses.

Antonia se redressa dans la pleine lumière du ciel. Lui,

allongé à même la prairie, la contemplait, les yeux mi-clos. Elle rajusta ses cheveux et fit disparaître les brins d'herbe sur sa parure.

— Je ne pourrai jamais partir, dit-elle. Auberoche, c'est toute ma vie. Si vous voulez me garder, il faudra m'accepter telle que je suis.

— Oui, bien sûr, dit-il. Ici même. Alors, il nous faudra batailler dur pour gagner notre place au soleil. Car l'ombre de la commandante règne. Gare à nous.

Elle courut jusqu'au bosquet du Pinsonnet. C'était une chênaie épaisse, comme une île d'arbres sur une mer d'herbe haute. Et il partit aussitôt sur ses traces, nageant au milieu des vagues herbeuses. Et il la retrouva, à la lisière du bosquet, parmi les pousses tendres de fougères.

— Il y a un mois, j'ai trouvé des morilles. Ici même.

Et elle caressa l'herbe sèche, en cet endroit d'ombre humide fleurant l'humus. Puis ils s'allongèrent l'un contre l'autre, leurs mains s'effleurant sous la garde du ciel.

— Je ne veux pas vous perdre, belle Antonia.

Il se renversa sur le côté pour mieux l'observer. Elle avait un visage grave, comme chaque fois qu'il évoquait leur liaison.

— Je ne sais pas si je vous aimerai un jour. Vous êtes si aimable et gentil que je ne voudrais vous faire du mal.

— Je n'ignore pas ce que vous désirez de moi.

Il hésita à prononcer le mot qui l'avait blessé, jadis. Puis il le fit quand même, par défi.

— De la respectabilité.

Et elle se mit en boule, comme un animal blessé. Rodolphe ne put résister à cette animalité qui la possédait. Et la saisissant contre lui, il s'insinua dans cette pelote de chair qui roulait à même l'herbe sauvage.

Verneilh avait installé son bureau au dernier étage de l'hôtel, rue Limogeanne. C'était une vaste pièce mansardée dont le sol était recouvert de tapis russe. Sur des étagères, il avait remisé tous ses vieux souvenirs, ramenés de longs voyages. Antonia se déchaussait pour sentir sous la plante des pieds la caresse laineuse des tapis. Puis elle allait se lover sur une bergère pour y lire ou contempler les gravures des encyclopédies. Tout l'intéressait, la fabrication du verre, des papiers peints, des porcelaines, aussi bien que les récits de voyage de Magellan ou Marco Polo sur la route de la soie...

Ainsi, monsieur Rodolphe passait ses longues heures de loisir, dans le silence de sa retraite, à observer sa jeune maîtresse. Elle était devenue la reine de ses jours et de ses nuits, une fleur précieuse et fragile, qu'il n'osait point sortir dans le monde.

Avec le temps, elle avait acquis l'habitude de passer quelques nuits à ses côtés, bravant les colères d'Octavia qui la traitait, à son retour, comme une chatte dévergondée. De même, les gens de l'hôtel lui adressaient des regards soupçonneux, parfois égrillards. Mais elle faisait semblant de n'en rien voir, en se disant que cette aventure ne durerait pas éternellement. Au fond, elle n'était que la petite maîtresse du patron. Et Antonia était suffisamment intelligente pour comprendre que monsieur Rodolphe n'en ferait rien d'autre, dans la vie, qu'un ornement de plaisir. En ce sens ne pouvait-elle donner entièrement tort à Octavia, qui voyait dans cette expérience avec Verneilh une dégradante descente aux enfers.

Un soir, alors que Rodolphe était occupé à dépoussiérer quelques beaux spécimens de papillons ramenés autrefois de Guyane, un homme vint frapper à la porte du bureau. C'était un fait si exceptionnel qu'il hésita à ouvrir. Le maître avait exigé de ses employés qu'on ne le dérangeât sous aucun prétexte.

Ainsi Antonia fit-elle la connaissance de Louis de Verneilh. Un petit homme rondouillard.

— Tu n'es pas seul ! Oh mon Dieu, je suis confus.

— Cesse donc tes simagrées, fit Rodolphe. Et viens-en au fait.

Par son intrusion brutale dans l'intimité des amants, l'avocat avait surpris la jeune femme en combinaison transparente. Aussitôt, elle courut chercher un dessus-de-lit pour se couvrir, mais trop tard.

— Je suis sur une affaire, s'écria Louis de Verneilh, une belle affaire !

L'avocat coulissa un œil soupçonneux en direction d'Antonia. Rodolphe se mit à sourire.

— Ne crains rien. Tu peux parler librement…

— Je ne voudrais pas que mon projet s'ébruite, insista l'avocat, toujours méfiant.

— Antonia est une amie à moi. Et puis, ajouta-t-il, elle n'entend rien à toutes ces choses.

L'avocat parut rassuré.

— Grâce au sénateur-maire, j'ai eu vent d'une vente prochaine. Il s'agit de la maison des Dames de la Foi, rue des Farges. Ça m'intéresse pour faire des appartements. Aussi, je voudrais l'acheter. Et je crois que je l'aurais pour une bouchée de pain.

— Le maire est dessus aussi ?

— Félicien Galaux fera tout pour que je l'aie, aux meilleures conditions. Et si l'on ne veut pas que les enchères montent, il faudrait agir sans délai.

Louis de Verneilh expliqua ensuite l'intérêt que présentait cette ruine. Mais son frère paraissait connaître l'immeuble, l'un des plus anciens de Périgueux, datant du XIIIe siècle.

— La mairie veut réhabiliter le quartier, fit l'avocat.

— Tu es sûr de ton fait ? Sans quelques travaux d'envergure dans le secteur, pour éliminer les verrues, ce sera un coup d'épée dans l'eau.

— Absolument.

— Alors, il ne te faut pas hésiter. Je t'apporterai la somme nécessaire, assura Rodolphe. Car je suppose que tu n'as pas ces liquidités ?

Louis de Verneilh hocha la tête avec un air satisfait.

— Sans toi, mon cher grand frère, je ne sais pas ce que je deviendrais.

Rodolphe s'était remis à ses papillons. Avec une petite poire, il soufflait la poussière qui recouvrait les ailes. Ainsi entendait-il raviver les couleurs de sa précieuse collection.

Après le départ de l'avocat, Verneilh chercha dans un de ses tiroirs un plan de Périgueux et examina la position du fameux immeuble de la rue des Farges. Il écrivit quelques notes sur une feuille, et la glissa dans son portefeuille.

Antonia s'était replongée dans un ouvrage sur le rôle des Jésuites à Madagascar au XIXe siècle. Cette immense île de l'océan Indien l'intéressait fort depuis que son amant lui avait promis un voyage dans cette région du globe. Mais elle ne parvenait pas à fixer son esprit sur la manière dont les missions protestantes vidaient les églises catholiques avec l'appui des colons anglais. A force de relire trois ou quatre fois le même paragraphe, elle finit par refermer son livre. En vérité, Antonia était chagrinée par une petite phrase que monsieur Rodolphe avait prononcée devant son frère, ce fameux « elle n'entend rien à ces choses ». Elle en disait long sur l'opinion qu'il nourrissait sur elle, une piètre image de petite paysanne, fort séduisante au demeurant, mais sans un gramme de jugeote.

Pourtant, Antonia ne se sentait guère le courage de lui

en faire grief. Ce n'est pas à cinquante ans que l'on change un homme. Et même l'amour qu'il me porte sera sans effet. Alors, il me faut supporter le petit rôle que je dois jouer dans son existence, ou disparaître.

Elle se rhabilla en hâte. Par mille contorsions, elle parvint à rajuster les agrafes qui fermaient le bustier de sa robe, sans lui demander la moindre aide. Monsieur Rodolphe était bien trop occupé avec ses papillons, à moins qu'il ne fût des plus pensifs sur l'opportunité de l'achat que son frère entendait réaliser avec son argent. Néanmoins, il finit par s'apercevoir que son Antonia se préparait au départ.

— Déjà ? s'étonna-t-il.

— Je dois aller m'occuper de mon fils.

— N'avez-vous point songé à une pension ? Il y apprendrait à lire, à écrire, et à vivre en société. Cela s'appelle la bonne éducation.

Antonia haussa les épaules.

— Vous n'avez jamais eu d'enfant. Comment pouvez-vous parler d'éducation ?

— J'ai perdu un fils à cause de la fièvre jaune. A Morondava, fit-il en ôtant la loupe glissée dans ses paupières.

— Pardonnez-moi, se reprit Antonia. Je ne savais pas.

Par un geste de lassitude, il lui fit comprendre qu'il ne tenait pas à en parler.

— Le passé n'a aucune importance, ajouta la jeune femme d'une voix éteinte.

Elle reprenait ainsi une de ses réflexions favorites sur l'existence. Mais sa petite phrase ne produisit aucune réaction. Quelle douleur, quel souvenir pouvaient l'atteindre ? Elle songea que son existence, plus tard, n'aurait guère plus d'importance que ce fils, puisqu'elle appartiendrait au passé, elle aussi.

Antonia se rapprocha du bureau et attendit qu'il relevât la tête, enfin. Lorsqu'il le fit, avec un air effaré, elle lui dit :

— Pourquoi ne me sortez-vous jamais dans le monde ? Avez-vous honte de moi ? Ne suis-je pas assez bien pour fréquenter vos amis ?

Rodolphe pinça les lèvres. Il n'avait jamais douté que cette question lui serait posée, un jour ou l'autre. Les femmes sont ainsi faites, qu'elles ne se résignent jamais à demeurer dans le rôle assigné, pensa-t-il en lui prenant la main, mollement. Nous leur apportons ce qu'elles désespéraient d'obtenir avant de nous connaître, et voici, déjà, qu'il leur vient d'autres ambitions, comme de briller dans la société. Et qui sait ? Bientôt, peut-être, diriger vos entreprises, décider de votre emploi du temps, choisir vos amis, et corriger vos vices...

— Qui vous a mis cela dans la tête, ma chère Antonia ?

— Votre frère. J'ai cru comprendre que j'étais une potiche. En entrant, il n'a daigné savoir qui j'étais. Et vous avez conforté son opinion sur moi en lui laissant entendre que je n'étais pas capable de comprendre la moindre chose...

Le visage de Verneilh se crispa tout entier dans une grimace. Et son poing vint frapper à trois reprises sa poitrine.

— Oh mon Dieu, s'écria-t-il, quelle faute de mauvais goût ! Bien entendu, renchérit-il, je veux bien vous sortir, comme vous dites, mais je crains que vous ne preniez guère plaisir à ces soirées. Savez-vous ce qu'est la conversation d'un sénateur-maire ? Une suite de banalités sur la chanson politique du moment. Et monsieur Félicien Galaux, qui dirige cette ville, s'interroge sur le bien-fondé de la Société des Nations, et le rôle que notre pays pourra y jouer. L'Allemagne sera-t-elle capable de nous payer les dégâts humains et matériels qu'elle nous a infligés ? Si vous rêvez à ces joyeusetés, alors, soit, je vous les infligerai.

Antonia perçut à sa juste hauteur la raillerie de ses propos, c'est pourquoi, malgré l'apparent revirement, elle ne différa point son départ. Les gestes empressés pour la retenir furent sans effet. La jeune femme laissa courir sa mauvaise humeur, comme une marque supérieure d'indépendance d'esprit.

— Au revoir, monsieur Rodolphe, nous nous reverrons bientôt, lança la Césarine en s'emparant de son sac.

Mais, au moment de traverser le porche de l'hôtel, le cocher de la maison lui indiqua qu'il avait reçu l'ordre de la reconduire à Cubjac. Antonia hésita à monter dans le coupé. Comme il n'y avait plus de train pour Sarliac avant le lendemain matin, elle s'y résolut de mauvaise grâce.

Un mois de silence, un mois d'éloignement. Sans lettres. Sans messages. Antonia comprit qu'il lui était d'autant plus facile de se satisfaire d'une longue séparation qu'elle ne l'aimait pas, son monsieur Rodolphe. Et qu'il souffrît, de son côté, ne lui causait aucun apitoiement. Au contraire, elle se complaisait dans cette situation qui la plaçait sur un pied d'égalité.

Le mois de juillet, par fortes chaleurs, installa à Auberoche une longue torpeur. Les foins étaient engrangés, les blés doraient dans l'abondance, on pouvait prendre un peu de repos derrière les murs épais de la maison. Le soir, seulement, à la fraîche, les Césarines et le petit Simon aimaient faire une promenade. L'enfant portait le falot, à l'avant, courageux comme un petit homme, éclairant le chemin de ses deux mamans.

De nouveau, les sœurs paraissaient réconciliées. L'humeur, entre elles, suivait des courbes montantes et descendantes, comme un baromètre de ferme, à la saison incertaine. Il suffisait que Verneilh s'éloigne pour que la clémence d'Octavia se réveille. Mais Antonia n'était pas dupe. Elle savait qu'à la première apparition des moustaches de Verneilh l'hostilité s'en reviendrait en flèche. Aussi Antonia évitait-elle que la question revienne dans les conversations.

— Tu as rompu ?

— Non.

— Alors, pourquoi cette absence ? Que signifie-t-elle ?

— Je ne veux pas te répondre. Ça ne te regarde pas, se défendait Antonia.

Mais Octavia avait remarqué que sa sœur ne manquait point d'argent. Elle vivait, pour ainsi dire, sur une sorte de rente que Verneilh lui avait allouée.

— Ce n'est pas honnête, protestait Octavia.

— Ce sont des états d'âme qui ne m'embarrassent pas.

— Jolie mentalité.

— Pour Verneilh, rectifiait Antonia, l'argent n'a pas d'importance. Et s'il a envie de faire le généreux, je ne vois pas pourquoi je l'en priverais.

Aux premiers jours d'août, Antonia s'attendit à ce que son Rodolphe la privât de sa fameuse rente mensuelle. Mais en vérifiant son compte au Comptoir national, elle nota avec satisfaction qu'il l'avait versée, comme si de rien n'était. Elle ne s'en vanta pas à sa sœur, qui eût désapprouvé ce mauvais genre qu'elle cultivait, avec amusement, de fille entretenue. Mais elle adressa un petit mot pour remercier son amant. Laconique et sans autre indication.

Pourtant, il reparut, soudain, monsieur Rodolphe, tout

larmoyant, et jurant, la main sur le cœur, que jamais, au grand jamais, on ne l'y reprendrait à de telles goujateries. Pour l'occasion, Antonia trouva que son vieil amant se flagellait avec excès. Elle aussi, sans doute, n'était pas sans reproches. Comme les femmes sont garces et cruelles ! se reprocha-t-elle. Puis, dans le feu de l'action, les amants montèrent se réconcilier dans la chambrette du premier étage, tandis qu'Octavia massacrait la vaisselle avec une hargne sans égale.

Deux heures plus tard, sous la chaleur écrasante, le couple monta au Valperdu. Dans le concert des cigales, et le bruissement des insectes, ils parcoururent à pied l'étendue du causse qui les menait de Fond-Mourau aux Clauds des Vaysses.

Comme promis, Julius avait travaillé la nouvelle plantation de chênes truffiers. Antonia montra à Rodolphe comment elle escomptait obtenir des productions plus abondantes. L'hôtelier possédait peu de connaissances sur la truffe. Aussi fut-il impressionné par toutes les explications dont elle le gratifia.

— Votre mère fut bien inspirée, ma chère Antonia, de vous introniser sorcière des truffes. Vous connaissez tout sur ce prodige de la nature, ou peu s'en faut.

La jeune femme fut comblée par les compliments de son amant. Pour une fois, elle pouvait l'impressionner, et dicter des volontés qu'il n'aurait point à discuter.

— Le Valperdu, c'est toute ma vie, jura Antonia en embrassant l'espace d'un geste large. L'esprit de maman guide mes pas. Et aux premières froidures, je n'ai qu'à me pencher pour trouver les truffes.

Verneilh se mit à rire, trouvant que sa jeune protégée exagérait ses pouvoirs.

— Oui, bien sûr, admit-elle, j'ai formé un petit

cochon, que j'appelle Romero. Il a le groin plus sensible que mon petit nez.

Rodolphe courut l'embrasser, et précisément ce petit nez paré de toutes les vertus.

— Il y a la mouche, aussi.

— Je connais cela, fit l'hôtelier, tout enjoué.

— Mais, déplora-t-elle, nos truffières sont à l'abandon. Partout sur le causse. Même à Sorges, où les gens éprouvent tant d'engouement pour la truffe.

L'homme avait fourré les mains au fond de ses poches et déambulait autour des chênes. Les buis et les genévriers grésillaient sous la chaleur. Et sous le pas, l'herbe brûlée craquait comme des brindilles de bois sec.

— Il fait soif, ma chère ! s'écria Verneilh. Si nous redescendions vers ma voiture ?

— Tandis que nous parlons, monsieur Rodolphe, sous nos pas, en silence, se combine la plus belle alchimie. La germination des spores crée des filets de mycélium. Et ceux-ci vont, petit à petit, coloniser les racines de mes chênes, et donner une truffe. Voilà. C'est aussi simple Le reste est affaire de temps et de patience.

Verneilh hochait la tête.

— Quelle belle association nous faisons, ma chère Antonia. Vous, vous produisez les truffes, et moi, je les sers aux clients.

— Avec des ortolans.

— Ah ! s'écria Rodolphe, vous avez aimé, n'est-ce pas ? Je le savais ! Une esthète comme vous.

— Qu'on façonne un cercueil dans mes truffes pour accueillir ces malheureuses petites bêtes, voilà qui m'a impressionnée.

— Peut-on rêver meilleure fin pour ces stupides volatiles, si menus et si gras ?

— Mes truffes se suffisent à elles-mêmes.

— C'est un fait. Mais, voilà, elles deviennent si rares.

Antonia désigna à bras tendu la jeune truffière d'Augustine.

— Cela fait dix ans qu'elle a été plantée. Elle devrait donner, désormais. Du reste, je l'ai fait travailler à dessein. Pour aérer le sol. Et nous verrons, l'hiver prochain !

— Croyez-vous que tous vos chênes vont apporter leurs fruits ?

— Oh non ! fit Antonia. A peine un sur dix. Mais, mon cher, ce sera bien suffisant. Sinon, nous cultiverions la truffe comme la pomme de terre. Et ce serait un mets ordinaire, sans grande valeur. Y avez-vous songé ? Qu'elle ne se laisse pas domestiquer, cultiver, et reproduire à satiété, voilà qui fait sa valeur. Nous la prisons parce qu'elle est rare, rétive à la productivité de masse, indisciplinée, insoumise à l'homme, subordonnée seulement aux lois de la nature. Que faisons-nous, nous autres, pauvres humains, sinon la dénicher par quelques astuces d'homme des cavernes, en piochant par-ci par-là, en surveillant le trafic des mouches, en s'adjugeant le flair d'un chien ou d'un cochon, et nous la piégeons, depuis des siècles, selon la même méthode, des plus archaïques qui soient. Cela mérite le respect.

Bras dessus bras dessous, Antonia et Rodolphe descendirent vers la clairière. Un vent chaud balayait le causse, dans la lumière éblouissante des pierres blanches. Il s'arrêta à l'ombre pour se ventiler le visage avec son chapeau de toile.

— Je veux vous aider, Antonia.

— A quoi donc ?

— A faire de votre truffière une des plus productives du Périgord. Et pour cela, il nous faut investir.

— Par exemple ?

— Acheter de nouvelles parcelles et les planter.

Antonia offrit une moue dubitative.

— Quoi ? Vous ne voulez pas ? Ce serait folie.

— Vous, les gens riches, vous êtes tous les mêmes. Vous croyez que l'argent règle tout. Y compris la production des truffes. Mais il ne suffit pas de planter, il faut que la terre soit accueillante. Et pour cent hectares que vous acquerrez, il ne s'en trouvera peut-être qu'un ou deux qui seront productifs.

— Je prends le risque. Avec vous, je sais que le choix sera bon.

— Attendons de voir ce que va donner la plantation d'Augustine. C'est pour moi une expérience nouvelle. Et pour l'instant, je n'ai rien tiré de cette terre. Peut-être s'est-elle trompée ? Si c'est le cas, il me faut comprendre pourquoi.

Verneilh descendit à sa voiture, qu'il avait garée à l'ombre d'un pin, et s'installa au volant.

— Je suis prêt à vous apporter tout l'argent dont vous aurez besoin. A vous d'en décider, ma chère !

Le moteur se mit à vrombir sous l'effet de rudes coups d'accélérateur. Verneilh était l'homme de la ville, avide de vitesse, de compétition, de réussite. Il fallait que l'argent investi rapportât sans délai. Et de même la truffière d'Antonia. Cela l'amusa de le voir rajuster son casque de cuir et ses lunettes.

— Je vous décevrais, monsieur Rodolphe. Car les truffes exigent trop de patience. Et vous ne saurez attendre. Je vous connais, maintenant.

— N'ai-je pas su attendre votre amour ?

Antonia s'avança vers la Vauxhall d'une marche déhanchée.

— Cela n'est pas joué non plus.

— J'en conviens. Mais j'attendrai.

— Les truffes sont plus impénétrables encore que le cœur d'une femme.

Rodolphe éclata de rire en lui ouvrant la portière.

— Montez donc ! Allez !

15

— Monsieur Rodolphe, fit Antonia en tirant sur le bas de son habit noir pour l'ajuster, vous risquez partout votre argent, sans discernement. A ma truffière... Mais aussi dans la rue des Farges. Une ruine antique. Décidément, vous avez le goût des causes perdues.

Verneilh affichait un port de tête hautain lorsqu'il s'agissait de courir dans le monde. La jeune femme qui l'accompagnait, pour l'heure, paraissait bien dévergondée. Et ce n'était pas son genre, à proprement parler, l'exhibition.

— Soyez sage, ma chère. Restez digne. Nous sommes des gens dignes.

Antonia posa sa main gantée d'une dentelle à troutrous sur ses lèvres.

— Oui, monsieur Rodolphe, je vous promets de rester grave en toute occasion.

— Vous verrez des politiciens, des hommes d'affaires, des commerçants, et quelques facétieux comme il s'en trouve dans toute bonne société qui se respecte. Alors, voyez-vous, je ne veux pas qu'on vous juge mal. Moi, cela n'a guère d'importance. Ma réputation est faite. Mais vous ? Grand Dieu. Aimeriez-vous que l'on dise : « Oh mais ce n'est rien, cette femme, tout juste la poule de l'hôtelier de la rue Limogeanne. Où est-il le temps des fêtes glorieuses où l'on ne recevait que la fine fleur, le gratin de la société ?... »

Le couple avait couru les costumières de la place de la Clautre et avait fini par dénicher Chez Régine une robe de soirée de belle facture, en tulle blanc brodé de paillettes d'or. La jupe était garnie de volants froncés et de groupes de plis, tandis que le corsage se trouvait drapé et traversé d'un velours turquoise retenant une rose. Rodolphe voulut tenter quelques autres modèles, plus sobres, dont une en satin cerise, mais Antonia était subjuguée par l'étalage des volants et des éclats dorés qui rehaussaient le blanc du tissu. L'essayage s'avéra laborieux, une pince à augmenter, un ourlet à reprendre. Et sur l'heure. Verneilh n'avait pas son pareil pour se faire obéir. Il lui suffisait d'ouvrir son portefeuille et d'aligner des pourboires.

Puis ils s'attardèrent au café Mataguerre pour boire quelques apéritifs. Trois Quinquinas mouillés d'eau de Seltz suffirent à la rendre un peu grise.

— Les temps changent, monsieur Rodolphe. Les bonnes fées sont de vieux messieurs qui gâtent les cendrillons. Votre carrosse est un brin bruyant. Mais qu'importe. Le secret de l'avenir, c'est la vitesse. Vous admettrez que ma tenue ne supportera pas ces vilaines lunettes qui nous font des yeux de mouche.

Ainsi remontaient-ils en devisant la rue Limogeanne. Le haut-de-forme et la queue-de-pie de Verneilh faisaient retourner les passants, à moins que ce ne fût la robe extravagante d'Antonia. Ou peut-être le parfum que la jeune femme exhalait, une essence *Violettes du Czar* de chez Oriza. L'hôtelier était moins indifférent qu'il ne voulait le laisser paraître à l'intérêt que lui réservait la rue. La beauté et la fraîcheur d'Antonia, dans sa vêture printanière, faisaient contraste avec l'aspect empoussiéré de Verneilh dans ses couleurs d'hiver éternel, jouant du gris, du noir et du blanc. On se demandait, en les croisant, ce qui avait pu les rapprocher, ces deux-là. L'argent, le pouvoir, la puissance… Et aucunement l'amour.

Le couple traversa la place du Coderc. Au passage, la jeune femme posa un regard devant la pharmacie. C'était là, dans ce petit carré de pavés, sous les hautes et fines colonnettes de la maison Lapeyre, reliées par des bandeaux de pierre ornés de losanges, que son existence avait soudain bifurqué. Il avait suffi que Verneilh posât les yeux sur elle, comme dans les romans de quatre sous. Et tandis qu'ils se dirigeaient vers les salons de la mairie, Antonia se posait mille questions. Comment expliquer que je partage la vie de cet homme, alors que rien ne m'attire en lui ? Par quel charme secret parvient-il à me tenir sous sa coupe ? Et combien de temps encore vais-je lui jouer la comédie ? Est-il honnête pour une femme comme moi de singer les sentiments ? Et de lui laisser croire que le temps apportera un peu de passion entre nous ?

En escaladant les marches qui conduisaient à la salle d'honneur de l'hôtel de ville, elle agrippa fermement son bras. Il y avait déjà foule autour d'eux, des couples devisant par petits cercles, et quelques messieurs solitaires qui allaient d'un endroit à l'autre, à la recherche d'une connaissance ou d'une conversation digne d'intérêt. Verneilh saluait à tout va. Cet homme était à l'aise dans ce petit monde des notables comme un poisson dans l'eau. Sans doute frétillait-il plus qu'à l'ordinaire avec sa jolie créature au bras. Je suis un bel ornement pour un vieux monsieur, songeait Antonia tristement. Mais Rodolphe l'emportait, aussitôt les saluts distribués, dans une sorte de valse folle. Il égrenait les noms à son oreille, mais elle n'en retenait aucun. Ainsi affichait-elle un air las, comme si elle marchait à côté de la réalité, sans la voir, dans un tunnel de murmures et de visages. Elle alignait des sourires vagues comme on distribue des politesses. C'était la seule leçon qu'elle avait retenue de son amant, être sage et posée.

— Ah, monsieur le sénateur ! s'écria Verneilh en lui prenant les mains. Je voulais vous voir, justement.

— Oui, mon bon, tout le monde veut me voir.

Et le regard de Félicien Galaux se posa sur Antonia. Un regard d'amateur de femmes, que le beau sexe ne laisse jamais indifférent.

— Voici une jolie personne que je ne connais pas encore. Mais, chère madame, soyez la bienvenue dans ma maison.

— Antonia Albarède, fit Verneilh.

Le maire hocha la tête avec une moue admirative. Ce nom ne lui disait rien. Peut-être s'agissait-il d'une cocotte. D'une parente de l'hôtelier. Il hésitait à choisir, car cela changeait tout. Finalement, il opta pour la maîtresse de Verneilh. Mazette ! Ça ne se mouche pas avec le dos de la cuillère. Il faut dire qu'avec la fortune, on marie la carpe et le lapin.

— Je vous félicite, mon cher. Vous avez bon goût.

Antonia baissa le regard. Et le sénateur jugea ce mouvement de pudeur pour une marque d'esprit. Il en est tant d'autres gourgandines qui se seraient esclaffées comme des crécelles.

— Et de la discrétion, flatta-t-il, du discernement.

Il souleva de nouveau les paupières pour mieux l'observer, en fin connaisseur, cette fois. Mais d'un geste enveloppant, Verneilh l'attira vers le coin de la salle.

— Mon frère veut acquérir la maison des Dames de la Foi. Ce serait chic de votre part de lui faciliter la vente.

— Une verrue ! jeta Galaux.

— La plus vieille demeure de Périgueux, releva l'hôtelier. Un joyau d'architecture du XIIIᵉ.

— Jusqu'où irait-il, votre frère ?

— Si peu. Si peu.

— Mais vous me dites que c'est un fleuron ?

— Tout l'argent passera dans la restauration.

— Monsieur l'avocat veut-il faire œuvre de philanthropie ? Oh, le brave garçon.

— Je sais ce que vous pensez de Louis, mais…

— Sa particule est ridicule. Quelle drôle d'idée par ces temps républicains. Heureusement, on ne coupe plus les têtes pour ça.

— Oh ! s'amusa Verneilh, c'est un nobliau de fraîche date.

Le sénateur éclata de rire.

— On sait d'où viennent les Verneilh.

L'hôtelier hocha la tête.

— Vous avez raison. Et ce n'est pas l'argent qui achète la noblesse.

Félicien Galaux prit un peu de recul pour observer son invité.

— Alors, vous aussi, vous pensez que votre frère est un imbécile ? Un imbécile prétentieux ?

Verneilh eut un petit sourire vague.

— Permettez ma réserve sur cette appréciation.

— Bien sûr. Je vous comprends.

Et ils s'en revinrent à pas lents vers Antonia, qui était restée, seule, au milieu du salon.

— Et vous, madame, que pensez-vous de la maison des Dames de la Foi ? demanda le sénateur.

La jeune femme roula un regard inquiet en direction de son amant.

— Ce sera peut-être une bonne affaire, hasarda-t-elle.

Galaux éclata de rire.

— Voilà une parole intelligente. Et c'est ainsi qu'il me faut présenter la chose, s'écria le sénateur en prenant Antonia par l'épaule. Rodolphe, dites-moi franchement que vous voulez réaliser une bonne opération. Une affaire lucrative, bon Dieu. Appelons un chat un chat. Gagner du fric. Pour le reste, vos histoires de relique et d'architecture noble, tout le monde s'en fout. Car, quand vous aurez mis la main dessus, ce sera pour en faire des appartements fonctionnels. Et au diable les vieilleries !

Verneilh caressait sa moustache. Il était capable d'avaler toutes les couleuvres, mais celle-ci était de taille.

— Mon frère veut réaliser une opération immobilière, concéda-t-il.

— Parfait, dit le sénateur, à la condition que vous traitiez vous-même l'opération...

L'hôtelier afficha une petite figure d'ennui. Il n'avait aucune vue sur l'immeuble, et se fichait en vérité de gagner quelque argent de plus.

— C'est une idée de Louis. Et il s'en acquittera fort bien avec vous.

— Non, dit le maire. Votre frère n'est pas l'homme de la situation.

— Alors, je traiterai l'affaire à sa place, se résigna Rodolphe.

— Mon appui vous est acquis, conclut le sénateur-maire en regardant Antonia d'un air malicieux.

L'hôtelier tira sa maîtresse à part, loin des regards indiscrets, vers la porte de service où flemmardaient quelques serviteurs en veste blanche.

— Vous avez eu, ma chère, un avant-goût de la politicaille républicaine qui sévit par ces temps ingrats. Un sénateur du futur Bloc, bardé de suffisance, et intronisé par la populace qui n'y entend goutte. Et ça croit parler le langage de la vérité, alors que je lui graisserai la patte, comme les autres. Quelle différence y a-t-il entre un politicien cynique et un politicien hypocrite ? Le premier croit faire votre bonheur avec de la morale, et le second vous vole avec de bonnes paroles. Tout compte fait, je préfère la seconde catégorie. Car la morale de ces gens est insupportable à entendre. A croire qu'ils n'ont jamais croqué quelques friandises sous la table.

Antonia lui tendit un petit mouchoir pour s'éponger le front sous le gibus. Il avait sué sang et eau dans la conversation, et s'en voulait d'avoir eu à intercéder pour son frère. La jolie fortune qu'il avait acquise durant ses activités coloniales le garantissait d'ordinaire de semblables tractations. Cela fait mauvais genre de réclamer sa pâtée, lorsque votre auge est pleine, se dit-il. Et il aura compris que je veux encore en gagner un peu plus, dans ce dédale de vieilles rues et antiques masures, alors que je me fiche de sa ville comme d'une guigne.

Les flonflons, sous les ors républicains et les oriflammes tricolores, annoncèrent l'ouverture du bal. Monsieur le sénateur-maire aimait la bonne musique traditionnelle, et les agapes pantagruéliques. Les invités coururent à la curée. Sauf Rodolphe, qui méprisait ces rituels. Alors, le couple se retira vers un petit cabinet voisin de la salle d'honneur, où les serveurs remplissaient les coupes de champagne.

— Ah, monsieur de la Table courtoise ! s'écria un jeune homme qui s'inclina devant Antonia et lui fit le baisemain. Je vois que nous préférons la veuve-clicquot au rouge-qui-tache.

— Garancier, vous êtes revenu du front ? ironisa Verneilh. Montrez donc vos blessures ?

— Pas si fou. J'ai fait mon devoir sur les arrières. Avec les généraux.

— Je vous reconnais bien là. Et maintenant ?

— Nous préparons l'avenir.

— Avec monsieur le sénateur ?

— Parfaitement. Il y a toujours une élection à gagner. Et il nous faut constituer le programme du Bloc national.

— Alors, bon courage, lança Verneilh.

Près d'une cheminée en marbre rose, Antonia reconnut le visage émacié de Palamède Sarazac. L'industriel était en grande conversation avec trois hommes en costume anthracite.

— Le traité de Versailles, disait l'un, est une supercherie.

— Nous le savons, répliqua son voisin, que l'Allemagne ne pourra pas payer.

— Clemenceau nous a fichu cet imbécile de Deschanel dans les pattes pour se venger. C'est la porte ouverte à toutes les démissions. Et sur le front social, je vous le dis, ce sera pire que la guerre. Avec la CGT, les socialistes, les communistes, et la loi de huit heures, mieux valait Falkenhayn et Ludendorff, ajouta le troisième bonhomme.

— Et vous, Palamède, qu'en dites-vous, de la paix ? demanda l'un de ses voisins.

L'industriel prisait le silence, depuis qu'il avait pris quelques distances avec ses affaires. Certes, plus par devoir que par goût personnel, il participait toujours à la vie mondaine, flânait dans les salons, serrait les mains, distribuait des flatteries.

— Il n'y a eu ni victoire ni défaite. Il nous reste quoi, en vérité, les illusions. Tôt ou tard, l'Allemagne voudra prendre sa revanche. Désormais, nous sommes dans l'attente d'une politique que Poincaré fera à la corbeille. Sans doute, la confiance revenue, nous retrouverons notre chère croissance. Moi, j'ai renoncé au bonheur depuis que mon fils a disparu...

Et levant le regard vers le lustre de cristal qui dorait la salle d'une lumière apaisante, il vit Antonia. Et son geste vacilla, versant la coupe de champagne sur le parquet.

— Mon Dieu ! murmura-t-il.

Palamède bouscula ses amis pour la rejoindre.

— Vous connaissez cet homme ? posa Verneilh, intrigué.

— Oh oui ! fit-elle avec des larmes dans les yeux.

Sarazac hésita à l'embrasser.

— Que faites-vous ici, mademoiselle Albarède ?

— La même chose que vous.

L'industriel l'entraîna vers deux fauteuils, qui encadraient une table basse sur laquelle étaient posées des coupes vides.

— J'étais sans nouvelles de vous, fit-il.

— J'essaie d'oublier.

Palamède hocha la tête.

— Moi aussi. Mais en vain. Longtemps j'ai cru que ma vie serait éternelle. Les usines, l'argent, le pouvoir, me furent des masques extraordinaires. Derrière eux, que pouvait-il m'arriver ? Puis tout s'est effondré d'un coup. La pire chose pour un père est de perdre un fils. Surtout de cette façon. Julien avait tout pour vivre heureux. Et son renoncement au bonheur reste pour moi une énigme.

— En un sens, ajouta Antonia, je suis plus chanceuse que vous. Car il m'adressa un message qui débute ainsi : « Quand tu recevras cette lettre, je serai mort. »

— Et que dit-il encore, ce message ?

— Tout l'amour qu'il a éprouvé pour moi, jusqu'au dernier instant...

Palamède lui prit la main et la serra fortement.

— Comme je voudrais qu'il vous voie, en cet instant, toute en beauté rayonnante.

— Ça ne sert à rien de se faire mal. Désormais, il n'est plus que l'apprentissage de l'oubli.

L'industriel retira sa main et, reniflant sa peine, ajouta :

— Que devenez-vous ?

— Je cultive mes terres.

— Venez me voir quand vous voudrez ! fit-il. La porte sera toujours grande ouverte.

Palamède se leva pour lui rendre sa liberté. Mais Antonia le retint encore quelques secondes.

— Savez-vous comment il mourut, notre Julien ?

— Non, dit-il.

— Pourquoi n'avez-vous pas cherché à savoir ? Avec votre argent, c'eût été facile d'entreprendre une enquête...

Il eut un geste las, puis se retira sans un mot de plus.

Ensuite, Verneilh la harcela de questions, tant il apparaissait extraordinaire que l'industriel de Thiviers la connût, cette petite paysanne. Mais Antonia refusa de répondre.

— Qu'espériez-vous, mon cher ? J'ai vécu avant de vous connaître, répliqua-t-elle.

— Je cherche à comprendre. Tout de vous m'intéresse. Du reste, vous devriez vous sentir flattée que je m'interroge sur votre belle personne.

— Pourtant, je ne vous dirai rien. Le passé ne vous indiffère-t-il plus ? Pourtant, c'était un de vos leitmotive préférés.

Dans le soir d'été, où les rues de Périgueux étaient peuplées de monde aux terrasses des cafés, il la poursuivit encore et encore de son insigne curiosité.

— Un de vos amants ?

Antonia éclata de rire. Ce que les hommes sont bêtes, se dit-elle.

— Avant moi, combien avez-vous connu d'hommes ? Quel mystère vous entoure ? Je souffre de tant d'indifférence. Alors qu'il vous suffirait, Antonia, de vous confier à moi, pour apaiser ma peine.

— Moi, je ne souffre pas !

Longtemps, Verneilh avait cultivé l'illusion de la patience. Ce qui vaut en affaires s'avère un désastre en amour. Plus l'homme s'accrochait aux basques d'Antonia, plus elle renouait avec son indépendance. Les retrouvailles avec Palamède avaient montré à sa jeune maîtresse les limites de sa maîtrise d'amant irréprochable. Tant qu'il pouvait jouer les grands indifférents au noble cœur, montrer la couleur de sa fortune, tout lui semblait réussir dans l'insondable jeu de la séduction.

Désormais, les forces de l'habitude avaient rangé monsieur Rodolphe parmi les meubles. Il s'accrochait à elle, décélérait, c'était égal, puisqu'elle avait compris, la petite Albarède, qu'il s'en reviendrait toujours. Il n'y avait qu'Octavia pour jeter un peu de sel sur le feu. Et elle ne s'en privait guère. Car la Césarine était et restait, telle qu'en elle-même, une féroce mégère, jalousant sa sœur.

— Je te veux pour moi toute seule ! jurait-elle parfois à bout de larmes.

Et ce qui troublait profondément Antonia, c'était de découvrir que sa sœur agissait sur elle comme un mari jaloux, avec les mêmes mots, les mêmes armes : scène de ménage et chantage affectif...

La situation atteignit son paroxysme lorsque monsieur Rodolphe décida de venir vivre sous les toits d'Auberoche. C'était au mois de septembre 19, dans un été qui n'en finissait plus, avec ses orages et ses moiteurs.

— Moi, voyez-vous, j'ai les moyens de changer tout ça.

Verneilh fit un geste large, qui embrassait les champs, les prés, les écuries, la maison familiale. Puis il leva les yeux vers les ramures du marronnier d'où tombaient les hannetons, avec des bruits sourds, sur les tables, les chaises. Octavia prenait plaisir à les écraser sous son pied, comme elle eût fait d'une noisette, parce qu'elle ne supportait pas leur grésillement autour de la lampe. Et ce n'était pas tout, il y avait aussi les papillons de nuit qui énervaient tout le monde, dans leur acharnement à virevolter, lourds et maladroits, dans le halo de lumière.

— Quoi, tout ça ? releva Octavia.

— Nous avons changé de siècle. Dans l'industrie, on fabrique à la chaîne. Mais ici, bon Dieu, dans votre agriculture, c'est resté comme avant, une affaire de petits bras, sans ambition. Il faut mécaniser à outrance, acheter de la terre, et produire. Voilà le credo de l'avenir.

Antonia paressait dans sa chaise longue, un peu à l'écart, dans la nuit chaude. Elle cherchait un brin de souffle d'air. Et sous le marronnier, il lui semblait que les feuillages absorbaient toute la respiration du soir.

— Vous feriez plaisir à notre père, dit-elle. Lui, il disait les mêmes choses sur le devenir d'Auberoche, à la différence que l'argent lui faisait défaut. L'argent, ce fut, du reste, le seul grand drame de sa vie. En avoir, ne plus en avoir… Sa vie oscillait entre ses deux extrémités. Lorsqu'il en gagnait un peu, enfin, ça lui brûlait les doigts. Et après, on dansait autour du buffet vide.

— Comment peux-tu dire des choses pareilles ! s'écria Octavia. Papa était un seigneur dans son genre. Et tu n'as pas le droit de blasphémer ainsi sur son nom…

Verneilh éclata de rire.

— Un seigneur sans argent, ça n'a que des rêves à offrir en partage.

— Des rêves, et encore des rêves, nous en avons été nourris durant toute notre adolescence. Maman a failli en perdre la raison. L'élevage des chevaux devait nous assurer la fortune. Mais c'était compter sans la concurrence. Même le chemin de fer nous a boudés.

— Je vois que, l'un et l'autre, vous vous complétez fort bien, nota amèrement Octavia. Mais j'entends faire prévaloir mes droits, moi, dans cette association qui se dessine. Je lis dans votre jeu, monsieur Verneilh. Vous voudriez transformer Auberoche, selon votre bon vouloir. Mais ici, vous êtes un étranger. Et vous n'avez rien à décider. Le fait de courtiser ma sœur ne vous autorise aucune privauté.

Rodolphe alluma un cigare, et tira trois ou quatre bouffées. Il observa la fumée qui se dispersait lentement dans la lumière de la lampe.

— Comprenez, Octavia, que je ne suis pas venu ici pour combattre je ne sais quelle autorité. Mais la tradition, c'est assez. Il faut apporter une ambition nouvelle à Auberoche. Je dispose d'assez d'argent pour vous aider à accomplir cette transformation.

Octavia pouffa de rire.

— Allons donc, monsieur Rodolphe fait le généreux. Croyez-vous que je suis née de la dernière pluie ? L'argent appelle l'argent. Si vous investissez dans nos affaires, vous exigerez des bénéfices. Bientôt, nous serons vos domestiques. Et au final, tout vous appartiendra, les terres, les granges, la maison. Non, merci. Gardez votre argent. Il sera bien mieux employé dans votre hôtel de Périgueux.

Soudain, Verneilh se dressa sur sa chaise et partit d'un

pas rapide vers la maison. C'était sa manière brutale de montrer qu'il jetait l'éponge pour aujourd'hui. Mais, dès demain, on le retrouverait, droit dans ses bottes, prêt à renouveler ses propositions. Il y allait de son avenir avec Antonia. Il avait compris que leur liaison ne survivrait qu'au prix d'une grande action commune, apportant au domaine la prospérité.

Antonia tira sa chaise longue pour se rapprocher de sa sœur.

— Tu ne dois pas lui parler sur ce ton vif.

— Allons, Antonia, réveille-toi. Tu vois bien que cet homme est un imposteur. Il veut nous diviser pour mieux régner sur Auberoche. Avec sa fortune, il se croit le maître du monde.

— Rodolphe pourrait nous apporter tout ce qui nous a manqué.

— Mais à quel prix ?

— Au prix que nous entendons y mettre.

— Je sais qu'il subvient à tes besoins. Et cela est déjà trop à mes yeux, parce que sa sollicitude lui apporte un droit sur ta personne.

— Je ne lui ai jamais rien demandé, se défendit Antonia.

— Et moi donc ? Mais tu acceptes ses subsides. Et pour lui, cela équivaut à un placement. Il achète ta soumission. Tu es devenue sa chose personnelle.

Rageusement, Octavia écrasa un hanneton sous son pouce.

— Il veut développer ma truffière, avoua Antonia. Acheter des hectares sur le causse. Et planter de jeunes chênes truffiers. Cela part d'un bon sentiment. Car je crois à l'avenir de notre truffière.

— C'est le prix de son amour, fit Octavia. Certes, il est sincère, à ce que je pense. Ce qui est pire.

— Pourquoi pire ?

— Parce qu'il finira par te demander en mariage et que cette union détruira Auberoche. Tout ce que papa a bâti de ses mains sera anéanti. Le malheur est sur nous.

Antonia fixait les hautes ramures du marronnier dans lesquelles la lumière de la lampe ne parvenait pas à pénétrer. Le vert tendre des feuillages s'assombrissait dans les lisières étrangères d'une nuit sans fond. C'était là, au cœur de l'obscurité peuplée de murmures secrets, qu'enfant elle aimait se cacher. Et César avait même bâti une cache dans les hautes branches pour que ses filles pussent s'y installer, comme des princesses sur leur donjon de verdure.

— Peut-être me demandera-t-il en mariage ? admit Antonia. Mais ça ne changera rien au fait que je ne l'aime pas.

Octavia sursauta.

— Tu ne l'aimes pas, cet homme ?

— Non, je ne l'aime pas. Et je ne l'ai jamais aimé. Mon seul amour, tu le sais, ce fut Julien, dit-elle, la voix teintée par l'émotion.

— Alors, tout ça n'a pas de sens. Si tu restes avec lui, c'est pour quelle raison ? Ne me dis pas que c'est pour l'argent, quand même ?

Octavia parut réfléchir. Il lui était insupportable de songer que sa propre sœur fût vénale à ce point. Du reste, elle la connaissait assez pour n'en rien croire. L'argent, elle le courtisait à peu près comme le faisait leur père, pour défier l'avenir.

— La solitude, alors ! Tu crains la solitude ? suggéra-t-elle.

Le visage d'Antonia s'inclina vers celui de sa sœur, dont elle ne voyait que le regard sombre et pénétrant.

— J'ai besoin de respectabilité. Tu ne peux pas

comprendre. Je n'ai jamais accepté de n'être qu'une petite paysanne stupide. Et Rodolphe m'a conquise avec ce rêve : faire de moi une petite-bourgeoise. Les toilettes, les parfums, les repas fins, il m'a tout apporté. Le luxe, quoi. Sans lui, je n'aurais rien connu de tout ça.

— Un conte de fées, releva Octavia. C'était ainsi que tu imaginais la vie, autrefois, quand nous rêvions, bouches bées, devant le portail clos de la belle maison Lacroix. L'existence n'est pas un conte de fées, petite sœur. Et ce rêve connaîtra un réveil brutal. Il te faudra payer cher ces illusions. Je les ai perdues depuis longtemps. La belle demeure du docteur Lacroix est abandonnée, désormais, et ses filles ont disparu dans le tourbillon de la vie. Il en va de même, avec nous. La terre, la passion de la terre, s'est emparée de nous. Et nous sommes devenues ses esclaves, à Auberoche.

— Toi, tu es si forte. Tu acceptes ton destin, sans rechigner, comme maman. Moi, je suis différente, Et, à l'image de notre père, je n'ai jamais admis la réalité de notre petite condition.

Octavia vint prendre sa sœur dans ses bras, et la serra de toutes ses forces. Puis elle lui caressa les cheveux, doucement, comme elle le faisait, autrefois, lorsque Antonia avait du chagrin, et qu'elle ne pouvait en expliquer les raisons.

— Tu verras, petite sœur, je serai la plus forte. Comme toujours, assura-t-elle.

Le samedi, de bon matin, l'entreprise Ponchardin d'Excideuil vint installer la batteuse dans la cour d'Aubroche. Il était d'usage, les jours de battage dans les fermes, que voisins et amis vinssent prêter la main. La récolte des Albarède n'étant pas quantité négligeable, elle exigeait quelques bras robustes pour en venir à bout.

Le vieux Ponchardin, comme un capitaine sur un pont de navire, aboyait ses ordres à ses trois fils, tous aussi roux et râblés que lui.

— Faut m'la met' d'aplomb la bête ! fit-il en tournant autour de la machine avec son niveau. Ça penche qu'l'diable d'par 'ci.

Et il désigna les hautes roues en ferraille qu'il fallait rehausser avec des cales de bois.

— Aux crics, les gars ! Et nom d'Dieu, que l'grand Crique nous croque, mais l'plus tard possible. N's'pas, Chadeuil ?

Firmin s'était levé à six heures, avec son Eugène, pour participer à la manœuvre. Et, crachant aussitôt dans ses mains, le paysan amena le cric sous le pont de la batteuse, et le disposa de manière qu'il serait à même, en deux ou trois mouvements, de soulever la masse imposante.

— Mon petit, ordonna Chadeuil à son fils, tu vas tourner la manivelle, ça te fera les biceps.

Eugène les regardait tous, l'un après l'autre, sans comprendre ce qu'on voulait obtenir de lui. Surtout lorsqu'on s'ingéniait à focaliser l'attention sur lui, cela le rendait d'autant plus rétif.

— Qu'est-ce qu'il a, ton p'tit ? demanda le vieux Ponchardin. Il a la berlue ou quoi ?

— Fais pas attention, dit Chadeuil. C'est tout petit que ça lui est venu, ces absences.

Alors, le père montra à Eugène comment il fallait s'y prendre. Le garçon s'y colla aussitôt, à pleines poignes, avec des rires d'excitation. Et lorsque la machine fut dressée, les roues ne touchant plus terre, le petit Eugène tapa des mains. Il avait l'habitude, dans toutes les activités de sa vie, qu'on le stimule de la sorte, par des applaudissements, des claques sur l'épaule, ou le plus souvent, aussi, son père lui frictionnait les cheveux en lui jurant qu'il était le plus fort, le plus beau, le plus grand.

— Théo, ordonna le vieux Ponchardin à son fils aîné, mets-z-y donc la cale. Et derrière aussi.

Lorsqu'elles furent en place, le vieux fit signe au petit Chadeuil de redescendre la batteuse. Mais le garçon n'avait appris qu'à tourner la manivelle dans un seul sens.

— La berlue ! Tourne pas dans c'sens, nom d'Dieu. C'est-y sorcier d'comprendre qu'en inversant le mouvement d'la poignée on la fait r'descendre, cette putain de machine ?

Et se tournant vers Chadeuil :

— Tire-moi ton gars d'là. C'est tout juste bon à s'branler.

Le petit Chadeuil promena la langue sur ses grosses lèvres. Ça salivait et ça coulait sur son menton. Dans les moments d'ébullition cérébrale, le garçon ne pouvait se contenir. Il fallait que ça sorte par tous les trous, le nez, la bouche, et parfois, aussi, ça lui venait dans le pantalon. Firmin commanda à son fils de se reculer, mais le brave Eugène était décidé, plus que jamais, maintenant qu'on lui avait confié cette haute responsabilité, à ne plus lâcher le manchon du cric. Hurlant et vociférant, il s'y cramponna désespérément.

— Oh là ! La berlue ! C'est pas un jouet, fit Ponchardin. C'est un putain de cric. Qu'même on d'vrait pas en avoir b'soin si ces cons d'paysans savaient niveler leur cour de ferme. Et ici, c'est point com'chez Lafaure où y faut caler à droite et creuser à gauche. C'est à en 'traper la chiasse. Des fois mê'm, dans l'battage, l'plus duraille, mon gars, c'est pas d'passer la gerbe aux trémies, mais d'installer la besogne.

Pendant ce temps, les fils Ponchardin disposaient la locomobile. C'était une affaire qui demandait du doigté, si l'on voulait que la longue courroie d'entraînement ne saute pas toutes les cinq minutes. Mais Théo et ses frères avaient l'œil pour mettre la traction en ligne. Déjà, une fumée blanche fusait de la cheminée, en courts panaches. Au manomètre, la pression montait insensiblement.

Quand l'affaire fut en place, Ponchardin frappa dans ses mains. Il voulait que l'armée de gars se mette en marche au quart de tour. La manœuvre se résumait à des gestes répétitifs, que l'on devait accomplir, sans lambiner, jusqu'à l'épuisement : sortir les gerbes de blé de la grange, les monter aux trémies, surveiller le remplissage du grain dans les sacs de jute et les grimper au grenier, à dos d'homme. Et enfin, la locomobile. La bête exigeait des comportées d'eau pour étancher sa soif, et du bois pour le four, et une surveillance de la pression, pour que la machine ne meure.

— C'est prêt à partir, les gars ? dit Théo en zieutant la flèche qui approchait la zone rouge.

A cet instant, Octavia vint offrir un petit coup pour remonter le moral, avec son pichet de vin et ses verres sur un plateau.

— On a pas encore avalé assez de poussière, jugea Ponchardin.

Théo n'attendait plus que l'ordre du patron pour libérer les chevaux-vapeur. Le vieux monta sur le marchepied de la batteuse. C'était son affaire, ce piège à loup, avec les engrenages qui aspiraient les épis de blé. D'un geste, il ordonna à son fils d'embrayer la loco. Et poulies et courroies se mirent en branle, avec des grincements et des chuintements de cuirs frottés. Peu à peu, la vitesse crût, jusqu'à ce que le bourdonnement de la bête eût atteint son niveau optimal. Alors, les gerbes, hissées une à une, à pointe de fourche, s'empilèrent au bord de la trappe. Le vieux trancha les liens d'osier torsadés, d'un vigoureux coup de greffoir, pour amener, d'une main experte, les épis dans les griffes de la bête.

— Ça roule les gars, ça roule ! beugla Ponchardin dans un nuage de poussière.

Octavia, la tête couverte d'un grand fichu bleu, s'était mise à dépoter la paille que la machine dégueulait par à-coups. Et Naine aussi lui prêtait la main, lorsqu'une fourche ne suffisait pas à dégager le chaume.

Julius et l'un des fils Ponchardin surveillaient au versoir l'écoulement du grain. Il jaillissait du ventre de la machine, en jets dorés, et garnissait, peu à peu, le sac de jute. Au terme du remplissage, Julius fermait la vanne, tandis qu'avec un lien de chanvre son voisin ligaturait le sac. Et à tour de rôle, sans un mot, sans un geste, les hommes savaient ce qu'ils avaient à faire, en s'adossant au fardeau pour le charger sur leurs épaules.

Réveillés par la plainte lancinante de la bête gloutonne qui officiait dans la cour d'Auberoche, Antonia et Rodolphe descendirent en tenue de nuit. A leur approche, les hommes éclatèrent de rire. Surtout Chadeuil, qui n'en croyait pas ses yeux.

— Les gars, voilà de l'aide.

Antonia courut vers sa sœur.

— Tu aurais pu me dire qu'on battait ce matin…

— Qu'est-ce que ça aurait changé, que je te le dise ou non, puisque tu te fiches de nos affaires. Mademoiselle se la coule douce, fit-elle en lorgnant du côté de Chadeuil, comme pour le prendre à témoin.

Le voisin préférait garder le silence. Les querelles des sœurs Albarède étaient aussi vives qu'incompréhensibles au commun des mortels.

— Un coup de main ne sera pas de trop, concéda Chadeuil. Aux gerbes surtout. Ça lambine de ce côté-ci.

Antonia remonta dans sa chambre passer une robe et descendit aussitôt à la grange. Elle était si honteuse qu'elle ne trouvait les mots pour se justifier. Mais, comme elle se mit à l'ouvrage promptement, son embarras disparut aussi vite.

En revanche, les mains coincées au fond des poches, Rodolphe Verneilh déambulait autour de la batteuse. Et parfois si près qu'il fut bousculé par des bras robustes qui œuvraient avec acharnement. La règle voulait qu'on tire le maximum des puissances mécaniques de la bête, et que les engrenages actionnant les tamis ne tournent pas à vide. C'était une politesse rendue à la batteuse et au travail, une compétition loyale entre la machine et l'homme.

Mais que pouvait comprendre monsieur Rodolphe à une telle éthique, lui qui n'avait jamais mis les pieds dans un atelier d'usine, ni sur un chantier ? Son espace d'investigation se limitait aux bureaux directoriaux, aux livres de comptes, et aux salons des notables. Il porta un mouchoir à son nez pour se protéger des poussières infernales qui flottaient dans l'air. C'était tellement irrespirable qu'il s'avoua vite vaincu, en se retirant du théâtre des opérations, sur la pointe des pieds.

A la pause de dix heures, Théo stoppa la machinerie. Et aussitôt, les deux sœurs Albarède apportèrent les pichets de vin pour étancher la soif. Octavia se refusa à servir monsieur Rodolphe, sous prétexte qu'il n'avait pas mis la main à la pâte. C'était une aubaine, parce qu'il ne prisait guère la piquette des Albarède. Son palais ne se satisfaisait que de capiteux bordeaux, de charpentés bourgognes. Et les petits vins, à ses yeux, ne méritaient que le caniveau.

— Alors, monsieur Rodolphe, ironisa Octavia devant les hommes qui formaient cercle autour d'une table que Julius avait tirée sous le marronnier, avez-vous vu comment travaillent les « petits bras » ? C'est de la belle ouvrage, ça, de la mécanisation à outrance, du travail à la chaîne. N'est-ce point ainsi que vous imaginiez le battage ?

Verneilh baissa la tête. Même Antonia ne crut pas devoir lui venir en aide. Un secours, du reste, qu'il ne réclamait point.

— Je vois qu'il est chez les paysans un bel esprit de solidarité, reconnut-il. Mais cela ne change rien à mon opinion générale sur l'avenir de l'agriculture.

— On dirait un sénateur, cézig, fit le vieux Ponchardin. C'est du discours, les gars. Ça fait pas gicler le bon grain de l'ivraie, mais au moins ça fait rigoler les pauv' cambrousards.

Les hommes éclatèrent de rire, en versant sur le pavé, d'un geste décidé, la dernière goutte de pinard. Seul, Chadeuil était intrigué par Verneilh. Il savait, comme tout le monde, qu'il était l'amant d'Antonia et qu'au passage il crachait jaune. La passion à bourse déliée, c'était un genre qu'il admirait, au fond de lui-même. Et, en considérant la cinquantaine du notable, il se disait qu'il pourrait, lui aussi, avoir la petite, s'il n'était pas pauvre comme Job. Autrefois, j'ai raté la mère, mais l'héritière, bon Dieu oui, je me la ferais bien, moi. Cette perspective l'excitait fort. Une fraîcheur, une jeunette, ça n'arrive qu'aux riches, une aventure pareille. Pourtant, il jugea avec un sourire béat et languide que ça lui tiendrait bien au corps trois ou quatre nuits.

Le festin des batteurs eut pour cadre la grange, après un petit coup de balai. La poussière, qui ornait les assiettes blanches, ne risquait guère de couper l'appétit à ces hommes qui avaient tant donné de leur force et de leur sueur pour que l'affaire fût réglée en une matinée. Trente-deux sacs de blé, c'était un record à Auberoche. Pour le croire, Octavia dut recompter les barres, tracées à la craie, sur le flanc de la bête.

Les femmes servirent des œufs mimosas, de la tête de veau, de la poule au pot farcie, et des flognardes. Ponchardin quitta la table le premier, avec ses fils. Il attela ses huit percherons aux machines et prit la route du Change. Cela faisait dix jours que les entrepreneurs de battage menaient cette vie itinérante, couchant dans les granges, ou à la belle étoile. Une vie de seigneurs.

Mais rien ne pouvait décider les Julius, les Chadeuil à abandonner le festin. Ils avaient honoré les plats des Césarines, bien au-delà de leurs appétits respectifs. C'était une fête, le battage, une épreuve et une récompense, tout dans la même journée.

Après le café, Octavia servit une gnôle de prune. Même Verneilh ne fut pas épargné par le tord-boyaux. Il se devait de tenir la dragée haute à ses voisins. Question d'honneur.

— Monsieur Rodolphe, clama la Césarine, vous tenez mieux à table que sur la batteuse !

C'était une de ses perfides piques, dont elle avait le secret. Mais, grisé par l'eau de vie, l'amant d'Antonia avait décidé de différer ses ripostes pour des heures plus glorieuses. Cela lui tenait à cœur, l'expansion d'Auberoche. Et il en parlait, encore et toujours, en pointillés, à Firmin Chadeuil.

— Dites-moi voir, vous qui êtes un paysan intelligent, combien faudrait-il pour remettre cette ferme sur pied ?

— Ça dépend de quoi vous voulez parler, reprit Firmin, le regard papillotant. Les chevaux, c'est de la connerie. César y a laissé sa chemise. Mais, avec le tabac, ça peut rapporter. Bon Dieu, oui. J'ai fait une affaire en achetant sa Borie, près de la rivière. De la terre bien irriguée.

— A qui ?

— Aux Albarède, que diable !

— Je ne peux le croire, rétorqua Verneilh. Cette femme tient à ses terres comme à la prunelle de ses yeux.

— Parfaitement, insista Chadeuil avec un petit ricanement.

Et, ajouta-t-il en baissant la voix, oubliant sans doute que Julius ne perdait pas un seul mot de la conversation :

— Je l'ai eu pour une bouchée de pain. C'était à cause de ça… fit-il en se prenant la gorge entre le pouce et l'index. Plus de sou. Et quand ça vient à manquer, y a plus de bon Dieu. Chacun pour soi.

— Octavia, soupira Verneilh. Quelle folle ! Je ne peux rien en tirer. C'est rétrograde en diable. Et vous, tout petit paysan que vous êtes, vous lui avez fait mordre la poussière ? Mon Dieu, j'aurais voulu être petite souris et assister à la scène.

— Même qu'elle a signé sans une hésitation, ajouta Chadeuil fièrement.

Rodolphe ralluma son cigare qu'il avait laissé s'éteindre dans le fil de la conversation. Et avec ses petits yeux, il observa attentivement son voisin, tout en songeant que ce devait être, dans une vie de paysan, un fort moment de ravissement, que celui où les terres passent d'une main à l'autre.

Julius s'était enfoncé au creux de sa chaise, et buvait les paroles de ses voisins, avec un sourire béat au coin des lèvres.

— Ah foutre ! Plaignez-vous, fit Chadeuil, vous avez obtenu la meilleure part des Albarède.

Et il n'osa avancer le prénom d'Antonia. Chaque fois qu'il le prononçait, des frissons lui parcouraient l'échine.

— Oui, admit Verneilh, l'œil égrillard. Je crois qu'elle a beaucoup appris à mon contact. Comme quoi, Chadeuil, le parfum du fumier n'est pas inaltérable. On peut en troquer le fumet avec du Oriza.

Firmin le fit répéter.

— Laissez donc, vous n'y entendez rien. Je me comprends. Cela suffit.

L'hôtelier distribua une nouvelle rasade de gnôle et offrit un cigare à Julius.

— C'est trop gros pour moi.

— Ça te changera du Perlot, mon brave. Ça, c'est du pur Havane.

— Comme ceux qu'ils fument dans le monde ? dit Julius.

Verneilh ricana.

— Tu as des maîtresses qui n'entendent rien à l'agriculture, jugea Rodolphe. Tu vas voir, vieux, on va changer tout ça.

Eugène reniflait la gnôle au goulot de la dame-jeanne. Il n'avait pas droit au divin breuvage, dont les effluves l'obsédaient. C'était une potion qui le rendait encore plus insupportable qu'à l'ordinaire. Et lâchant la bouteille dans son écrin d'osier tressé, il s'abandonna sur la table, la tête posée à côté de son assiette. Soudain, il se redressa, vivement, poussant un cri strident. Son père approcha une main pour lui caresser le visage. Parfois, il suffisait, ainsi, d'une caresse, pour qu'il se calmât instantanément.

— Di pa p'pa ça fait boum, boubouboum et pziii.

Julius tirait sur son cigare, indifférent, les yeux perdus

dans le vague. Et Chadeuil fit un sourire contrit à son voisin.

— C'est rien. Rien du tout. Ça va passer. C'est à cause de l'orage. L'orage, dehors, qui menace.

— Quel orage ? s'inquiéta Verneilh.

— Il va venir, droit sur nous, insista Firmin. Et ça le rend fou, mon petit Eugène. Il croit que c'est contre lui, ce déchaînement du ciel. Comment lui expliquer ? Vous pourriez, vous ?

Rodolphe sortit aussitôt. Sur l'Auvézère, et les vallées de l'Isle, le ciel était de bronze. Parfois zébré d'éclairs vifs. Et le roulement des mille tambours de l'enfer s'en venait, peu à peu, croissant avec ses armées invisibles, comme des chevaux fous. Il rentra, aussitôt.

— Où est Antonia ? Vous ne savez pas ?

— Ti tana tatana. Bin belle oh bin bin...

— Après l'orage, reprit Firmin, ce sera bien pour la pêche. Des truites, des chevesnes. Ça vient renifler en surface les fourmis volantes, les sauterelles et les criquets. N'est-ce pas, Julius ?

— C'est tout juste bon, après la pluie, pour jeter une ligne.

— Ça se pourrait, dit Chadeuil. Histoire de se dégriser un peu.

L'orage franchit les coteaux de Cubjac, et se sépara en deux. Une partie s'étira sur Sainte-Orse et l'autre sur Saint-Germain-des-Prés, laissant au milieu une intense turbulence de pluie et de bourrasque. Le petit monde s'était replié dans la maison, sauf Julius et Chadeuil. Pour eux, c'était un spectacle qu'il ne fallait rater pour rien au monde. Et, assis aux premières loges, ils en suivirent la fulgurante progression : les craquements infernaux qui faisaient violence à toute la vallée, et la grêle dont les diaprures, blanches, bleues et jaunes, avançaient comme un rouleau compresseur. Et ça cognait dru sur les ardoises de la grange. Et ça ronflait aussi dans les lucarnes ouvertes. Et le petit Eugène hurlait à la mort comme un chien, sans que rien pût interrompre sa mélopée. Il tremblait sur ses pieds, et courait de droite et de gauche, se jetant contre les murs, comme un hanneton étourdi. Chadeuil le suivait des yeux avec désespérance. Se peut-il que Dieu soit si cruel pour permettre une chose pareille ? Et qu'a-t-il à prouver au monde en accordant vie à de telles créatures ? C'était une question qui venait tarauder le malheureux Firmin, durant ces instants extrêmes. Des pensées honteuses, qu'il se reprochait ensuite. Moi, se disait-il souvent, j'aurai vécu l'enfer sur la terre. Et là-haut, pourquoi s'inquiéter, ce ne sera pas pire.

Puis le calme revint sur les collines.

— Ça nous a fait une sacrée rincée, dit Julius. Tout est lavé.

Ils regardaient ensemble la vallée de l'Auvézère, avec ses couleurs ravivées par la pluie et ses arcs-en-ciel aquarellés sur le vert et le jaune des champs et des bois.

— Prépare les lignes, Julius ! ordonna Firmin.

Ils éclatèrent de rire, ensemble.

— Un petit coup d'épervier pour une friture de gardons, ajouta le domestique.

Pendant l'orage, Verneilh était allé retrouver Antonia dans la salle à manger de la maison. Les Césarines avaient tiré les volets pour ne pas voir les éclairs. C'était l'habitude. Et chacune, surtout, se souvenait comment le père avait été foudroyé. Sous un chêne centenaire. L'arbre avait vécu si longtemps, sans dégâts, jusqu'au jour, l'heure, la seconde, où César avait choisi de s'y réfugier. Et patatrac !

Les désordres du ciel avaient donné des idées à Rodolphe. Et l'alcool aussi. Il ne cessait de tripoter les seins de sa maîtresse, dans le noir de la pièce où elle s'était réfugiée. Figée par la peur, Antonia n'osait bouger le petit doigt. Ainsi se trouvait-elle à sa merci, l'une des mains de son amant pétrissant un sein, et l'autre fourrageant entre ses cuisses. Et ce faisant, il ne la quittait pas des yeux. Les claires-voies des volets distillaient encore assez de lumière pour distinguer le trouble désir qui lui convulsait le visage.

— Montons dans notre chambre ? murmura-t-il.

— Vous êtes un malade.

— Oui, reconnut-il. Un bienheureux malade.

Hélas, l'orage cessa avant qu'il n'eût pris sur elle assez d'empire. Et la paix du ciel recouvrée, elle courut au-dehors.

Julius portait l'épervier sur son épaule et Chadeuil deux lignes montées en canne de bambou.

— Vous venez, les femmes ? cria Firmin.

Les Césarines s'observèrent ; ni l'une ni l'autre ne parvenaient à se décider. Pourtant, cela faisait dix jours au moins qu'Octavia réclamait des truites, des barbeaux, et même de la petite friture. « Nous passerons la saison sans nous en régaler », se lamentait-elle. Et lorsque Verneilh venait à lui échauffer les oreilles, elle disait d'un ton ferme : « Allez donc pêcher notre repas. Nous avons une barque, à nous, toute prête, aux Châves. »

C'était l'endroit où, jadis, César allait tirer son sable pour les travaux de maçonnerie. Et à force de draguer les fonds de la rivière, il s'était formé un gour, si profond que les truites y pullulaient à la saison des basses eaux.

Finalement, les hommes, seuls, descendirent à la

rivière. A pas rapides, ils longèrent les parcs à chevaux. Et lorsqu'ils atteignirent la plaine, Julius mesura la hauteur du regain. C'était une fauche qui lui demanderait bien une semaine de travail. Mais la meilleure herbe qui fût pour les animaux, grasse et odorante.

Verneilh se laissa glisser le premier sur la berge. Les bourrasques avaient cassé les branches des ormes et des chênes. Les débris tapissaient les rives.

— Jeter nos lignes dans un tel fouillis est impossible, jugea l'hôtelier.

Mais Julius connaissait un endroit où poser l'épervier. Firmin et Eugène le suivirent en se faufilant dans la fougère.

— Tu te souviens, Julius, fit Chadeuil, quand nous allions prendre les garlèches à la bouteille ?

— Et on en faisait des omelettes, répondit le domestique.

Firmin éclata de rire.

— C'est la cuisine des pauvres. Monsieur Verneilh trouverait ça bien misérable.

Ils descendirent un petit sentier jusqu'à un môle de sable rouge qui étranglait le cours de la rivière. En cet endroit, les gardons frétillaient sur les fonds sablonneux de l'Auvézère.

— Friture assurée ! dit Julius.

— Trois coups de filet, et l'affaire est jouée, renchérit Firmin.

Verneilh dénicha la fameuse barque d'Octavia, arrimée à un baliveau. Une eau saumâtre, mélangée à des feuilles pourries, en tapissait le fond. L'hôtelier s'y installa aussitôt, et tira les rames. Une fois parvenu au milieu de la gourgue, Rodolphe jeta sa ligne. En effet, la surface de la rivière foisonnait de bulles, venant crever en surface. C'était un signe que le poiscaille barbotait en surface. Et ainsi, aux gros vers, il prit deux barbeaux, coup sur coup, sans épuisette. Le crin de sa ligne était assez rude pour remonter un brochet. Mais, il ne fallait point rêver. Un brochet, en cet endroit, par basses eaux, eût relevé du miracle.

Il redonna encore quelques coups de rame pour se replacer au plus haut du gour, là où l'eau était noire et tourbillonnante. Comme il relançait sa ligne, il fit vaciller sa barque. Pour retrouver une position plus stable, il se laissa tomber sur la banquette, lourdement. Dès lors, son regard ne quitta plus le bouchon qui dansait, vacillait, et hésitait à plonger. C'était ainsi, ferrer ferme à la seconde même où le flotteur allait disparaître.

Verneilh sentit un bouillonnement d'eau entre ses pieds. Il lâcha la ligne, comprit que la bonde du fond de barque avait cédé. Il fouilla, fébrilement, il fouilla parmi les débris de feuilles, où elle pouvait se nicher, pour la remettre en place. En désespoir de cause, il tenta de plaquer sa main sur l'orifice pour arrêter le flux qui grossissait.

— Nom de Dieu ! marmonna-t-il. Dire que je ne sais pas nager…

Pour rendre sa défense plus efficace, Rodolphe tomba à genoux dans l'eau noire que le trou embarquait, à gros bouillons. Mais il n'eut guère le temps de relever la tête pour mesurer la ligne de flottaison de son embarcation que, déjà, elle s'enfonçait dans le gour.

— Oh ! Oh ! Au secours ! hurla-t-il, en sentant sous lui le plancher se dérober dans l'onde noire.

Verneilh glissa à pic dans l'Auvézère. A force d'agiter les bras, il remonta une première fois, puis une seconde. Et disparut.

Chadeuil entendit l'appel.

— Nom de Dieu, ce con est en train de se noyer !

Les hommes coururent sur la berge, et ne virent plus

qu'une misérable embarcation vide, aux trois quarts immergée dans la rivière.

— Où est-il ? fit Julius.

— Ohé ! Ohé ! appela Chadeuil.

Firmin ôta ses bottes, son pantalon, et se jeta dans l'Auvézère.

Ainsi plongea-t-il, à plusieurs reprises, sans succès. L'eau, troublée par les pluies d'orage, ne permettait pas de voir à plus d'une brassée. Et lorsqu'il revint, épuisé, chacun comprit qu'il était trop tard.

Les Césarines furent alertées, puis les pompiers de Cubjac, puis les gendarmes. A la nuit tombée, on trouva le corps de Verneilh accroché sous une souche de vieux chêne, à l'étranglement des Châves.

Antonia le souleva dans ses bras et poussa un grand cri d'effroi en découvrant sur son visage la mort paisible.

— Qu'est-ce que j'ai donc après moi ? cria-t-elle.

Durant toute la scène, Octavia s'était tenue à l'écart, les bras croisés sur sa poitrine. Et nul ne parvint à lire sur son visage la moindre émotion.

Lorsque les pompiers eurent chargé le malheureux sur une civière et que les gendarmes se furent éloignés, ainsi que Chadeuil et Julius et Naine et une douzaine de paysans du voisinage, venus en curieux, alors, Antonia se dressa devant sa sœur et la prit à bras-le-corps, la jetant à terre violemment, la bourrant de coups.

— Ça ! cette ignominie, tu me la paieras !...

16

La disparition de Rodolphe Verneilh fut suivie, à Auberoche, de huit mois de silence. Entre les deux sœurs, deux cent cinquante jours sans un mot, ni un regard. Un épouvantable climat. Un ressentiment de tous les instants. Tandis que l'une des Césarines travaillait d'un côté de la propriété, la seconde s'échinait à l'autre bout. Et à l'heure des repas, chacune s'en allait avec son assiettée, sans un regard. Souvent, Antonia descendait à Cubjac, à la petite auberge de la place, pour s'y faire servir un déjeuner à trois francs. C'était un prétexte, en vérité, pour renouer avec la civilisation. Nul ne peut survivre dans une telle solitude, se disait-elle en rêvant sa sœur aux Enfers.

Octavia était bien plus forte qu'Antonia ne l'imaginait. La solitude lui était égale, puisque son esprit avait fini par se dédoubler. Il y avait une moitié d'Octavia qui s'entretenait avec l'autre. Ainsi s'était-elle inventé un double avec lequel elle poursuivait un interminable monologue. Et cela donnait, dans les périodes de crises intenses, à peu près ceci :

— Comment as-tu pu te résigner à tuer cet homme ? Pourtant, tu le savais, pécheresse, qu'il ne fallait pas désobéir au cinquième commandement de Dieu...

— Et lui, ce misérable, n'a-t-il pas désobéi au dixième commandement : *Tu ne désireras pas injustement le bien des autres...* ?

— Il est plus grave de tuer son prochain. Car nul n'a le droit de donner la mort. Et pour cette faute, tu iras brûler en Enfer.

— J'attends l'application de la justice divine, avec sérénité. Sans doute, le Dieu miséricordieux, qui règne sur la terre comme au ciel, saura écouter mes raisons, trier en moi le bien du mal.

— Que d'orgueil ! Que de vanité ! Crois-tu que l'homme que tu as assassiné de tes mains ne possédait pas, lui aussi, des richesses intérieures ? Et tu as piétiné ses richesses, sans vergogne. Car toute créature terrestre est l'œuvre de Dieu. Et porter la main sur elle, c'est recrucifier Jésus une seconde fois.

— Mais je n'ai agi que pour sauver notre terre sacrée. Cet homme la menaçait par sa folie. Oh, tu dois m'entendre, toi, ma sœur, et m'accorder l'absolution...

— Ce n'est pas à moi d'absoudre. Je suis une pauvre créature de Dieu, comme toi, et je te juge durement pour ta faute. Car je ne te la pardonnerai jamais.

Les longues nuits qui suivirent ces événements tragiques, Octavia les occupa à lire et à relire les Saintes Ecritures. Et l'*Enfer*, de Dante, sur lequel elle s'interrogea avec des cris de bête souffrante. Dans quel cercle irait-elle choir ? Cette chute, jusque sous les remparts de Dité, elle en fit les pires cauchemars. Et parfois, l'accusateur prenait, souverainement, le visage de Verneilh. Il s'en venait la poursuivre dans ses replis secrets où elle s'enfermait, et la traînait, ainsi, sur le gril.

Il y avait aussi les périodes où la mauvaise moitié d'Octavia triomphait et où l'esprit de Dieu n'avait droit de cité. Elle s'y donnait la figure triomphante d'une déesse païenne, sacrificatrice, dont l'adoration se résumait à Auberoche.

— Je l'ai tiré dans les profondeurs glauques des Châves, jusqu'à ce que le dernier souffle s'en vienne crever en surface. Deux, trois, ou quatre malheureuses bulles d'air. Ça n'est que justice. Et grâce soit rendue à mon courage. Car j'ai éloigné, ainsi, le péril de notre demeure.

— Tu voudrais que je t'en sois reconnaissante ?

— Oui, tu devrais venir me baiser les pieds. Une force pareille est digne de notre père. Il est l'esprit même des Albarède. Car la seule vérité qui vaille est celle-ci : quiconque porte ombrage à notre domaine doit subir le fouet.

— Et tu as trafiqué cette bonde, afin que la barque s'enfonce dans l'onde. Tu as préparé le crime, en sachant que, tôt ou tard, il se jetterait dans le piège.

— Oh oui, tout ceci fut médité, prémédité. Un savant calcul. Car je savais que le misérable corrupteur ne saurait se tirer d'affaire. Et désormais, nous pouvons continuer l'œuvre entreprise, honorer le pacte qui nous lie l'une à l'autre.

— Ah non. Tu n'auras pas mon pardon. Jamais. Si d'aventure je devais te l'accorder, il me rendrait complice.

— Allons, ma sœur, tu as accompli le premier acte de la faute, en te vautrant dans le déshonneur, en jetant l'opprobre sur notre famille, et moi, j'ai réparé la faute par le second acte. Celui par lequel le monstre fut noyé dans les eaux troubles des Châves.

— Et mon exécration, qu'en fais-tu ?

— Oh, je ne la crains point. Le temps finira par triompher. Et nous redeviendrons, un jour, les Césarines, unies comme les doigts de la main, pour achever la grande œuvre que notre père a tracée…

L'oreille collée aux cloisons, Antonia surprenait souvent les conversations où Octavia se donnait la réplique. Ainsi, par de telles indiscrétions, s'informait-elle de la pente de ses tourments, soupçonnant sans doute qu'ils finiraient par l'emporter dans la folie. Mais rien n'était moins sûr, car elle parvenait ainsi à soigner son désordre intérieur, par des justifications triomphantes ou par des flagellations exaltées. Et au fil des mois, c'était l'Octavia sacrificatrice qui l'emportait sur l'autre. Au diable les textes sacrés, les visions infernales, le gril du repentir. Tout semblait s'abolir dans le travail forcené. Elle courait aux écuries pour donner la main à Julius, nettoyait les étables des bovins, soignait les oies et les cochons, veillait aux blés, aux maïs. C'était ainsi qu'elle transcendait sa nature affligée. Peut-être ne suis-je pas aussi bonne qu'Antonia, se disait-elle, mais, moi, je travaille de l'aube au crépuscule pour la splendeur du domaine, tandis que ma sœur paresse dans sa douleur, s'abîme dans ses états d'âme.

Lorsque la belle saison de l'année 20 sortit la nature de sa torpeur, Antonia reprit le chemin de Périgueux. Avec Verneilh, elle avait goûté à la grande vie, et en éprouvait de la nostalgie. Certes, le pécule – qu'il lui avait laissé au Comptoir national – s'amenuisait peu à peu. Et sans doute se voyait-elle contrainte à freiner ses ambitions. Et sans doute, bientôt, à perdre tout contact avec la vie facile et brillante. Mais, qu'importe, pour l'heure, elle avait envie de poursuivre sur sa lancée les rêves anciens. Elle courait les cafés, les restaurants, s'offrait des promenades en bord de Dordogne et cultivait ses anciennes connaissances. Verneilh l'avait introduite dans le cercle des notables, elle y poursuivait donc ses incursions, se lamentant sur le sort, l'absurdité d'un destin brisé. Et en ces temps d'après guerre, elles ne manquaient pas, les vies sacrifiées, les illusions perdues, les espérances immolées. Antonia ressemblait à une de ces veuves cherchant réparation dans la culpabilité de la société. A bien y réfléchir, elle était veuve par deux fois ; la première d'un pur amour, la seconde d'accordailles de raison. Et ces malheurs ajoutaient à sa beauté un charme indéfinissable. Elle portait à merveille les couleurs tristes, et la voilette sombre. Et les hommes la courtisaient sous ses apprêts funèbres. Tant de jeunesse endeuillée ne se pouvait cultiver longtemps. Les couleurs de la vie saillaient déjà dans son regard. Et il n'était qu'à lever le voile pour surprendre le carré blanc de sa peau qu'une ride de désir venait souvent troubler.

Seul le petit Simon – cinq ans déjà – était épargné par ce drame qui avait ébranlé le robuste édifice d'Auberoche. Plus ou moins consciemment, les Césarines l'avaient tenu à l'écart de leurs querelles. Sans doute souffrait-il que ses « deux mamans » ne fussent plus proches comme par le passé, mais l'enfant en tirait parti à sa façon, en jouant l'une contre l'autre. Ce qu'Antonia interdisait, Octavia l'autorisait en poussant, à l'occasion, quelques brins de critique. C'était toujours teinté de sous-entendus perfides. « Ta mère n'a pas toujours pris grand soin de toi, mon petit. Et si je n'avais été là... A l'époque du monstre... » Et Antonia ne se privait plus d'expliquer à Simon que sa naissance n'avait pas été des plus désirées... Heureusement, trop jeune pour comprendre la subtilité de toutes ces piques sournoises, l'essentiel lui échappait, sinon le climat général qui ajoutait de l'ennui à sa profonde solitude.

Simon passait de longues heures avec Julius. Le domestique le traitait comme un petit-fils, qu'il n'aurait jamais. Et le vieil homme lui avait déjà tout appris : comment colleter un lapin de garenne, prendre des écrevisses à la nasse dans la Blâme, pêcher les gardons à la bouteille, mais aussi trouver les cèpes et les chanterelles dans les bois de Perchandes. Lorsque l'enfant venait à l'interroger sur son père, le vieux gardait le silence.

— Sais-tu comment mon papa est mort à la guerre ?

— Je ne sais pas, dit Julius, embarrassé.

— Tu veux dire que tu n'as pas le droit d'en parler... Qui te l'interdit ? Maman ?

— Il te faut lui poser la question.

— Mais je l'ai fait...

— Et alors ?

— Maman a dit que papa n'était peut-être pas mort.

Le vieux écrasa sa petite larme. C'était plus fort que lui. Il n'avait pour ainsi dire jamais connu Julien Sarazac. Tout juste entr'aperçu. Mais cette mort l'avait bouleversé, comme celle de tous les jeunes gens de Cubjac qu'il avait connus, autrefois.

— Ta mère a ses raisons de te dire ça, Simon.

— Elle emploie le mot *disparu*. J'ai demandé à Octavia de me dire ce que ça signifiait, *disparu*. Et elle m'a dit que c'était la même chose que mort. Quand mes copains me demandent des nouvelles de mon père, je leur dis : « Il a disparu. » Et ça les fait rire.

Julius prit l'enfant contre lui et le serra de toutes ses forces.

— Son esprit, lui, est bien présent. Et il veille sur toi.

— Oh moi, les esprits, ça ne me plaît guère. J'ai bien réfléchi. Ça ne sert à rien, un esprit de papa, parce que quand on lui pose des questions, ça ne répond jamais. Des fois, quand j'étais tout petit, je croyais que mon papa me parlait près de l'oreille. Mais, c'est des histoires, tout ça.

A Auberoche, seule, Antonia s'entêtait à ne pas admettre

la mort de Julien. Avec le temps, elle avait fini par idéaliser son premier amour. Et dans chaque action de sa vie, elle se posait invariablement la même question : Qu'en penserait-il, lui ? Et, forcément, elle était tentée de répondre à sa place, et de lui trouver tant de générosité et de pusillanimité qu'il ne pouvait que l'approuver.

En juin 1920, la fenaison, par la force des choses, rapprocha les Césarines. On s'était modernisé en achetant une faucheuse mécanique. La lame de coupe était actionnée par la traction de l'engin. Un cheval de trait suffisait à l'ouvrage. Deux jours de beau temps avait séché l'herbe au point qu'il fallait la faner au plus vite. Certains vieux à Cubjac, le doigt pointé vers le ciel, prédisaient pour la fin de semaine des orages. Octavia et Antonia retournèrent à la fourche trois hectares de pré. Le petit Simon apportait à boire l'eau fraîche du puits dans un pot à lait en fer-blanc. Les sœurs refusèrent de consommer la même eau. Et Simon s'écria qu'il possédait, décidément, deux mamans bien trop bêtes. Sa réflexion fit rire Julius. Et Antonia, pour ne pas paraître plus stupide qu'elle n'était devant son fils, accepta tout de même de boire au même récipient.

Mais, l'enfant et le domestique éloignés, Antonia pointa la fourche vers sa sœur.

— Tiens-toi à distance, virago, ou je t'embroche comme une volaille !

Octavia éclata de rire, pontifiante devant sa sœur. C'était connu qu'elle n'avait peur de rien. Et encore moins d'Antonia, qu'elle avait rossée plus d'une fois.

— Tu deviendrais une chienne du diable, comme moi. Ainsi, nous nous retrouverions, ironisa-t-elle. A égalité.

— Ce n'est pas la même chose, punir une criminelle et tuer un innocent. Tu l'as assez méditée, cette question, non ?

Octavia se laissa choir sur le foin, jetant la fourche devant elle, ainsi qu'un duelliste qui abandonne sa rapière devant l'adversaire.

— Pourquoi ne m'as-tu pas dénoncée aux gendarmes ? J'ai cru que tu le ferais. Et je l'ai souhaité, aussi.

— Moi, te dénoncer ? Je ne suis pas assez lâche. Et tout compte fait, je préfère que tu continues à vivre avec le remords. Et tout ce que je souhaite, c'est qu'il t'étouffe un jour

La Césarine ôta son grand chapeau de paille pour offrir son visage en suée à la violence de la lumière. Le feu de l'enfer, se dit-elle, ce doit être ainsi, une éternité sous le soleil, à brûler de l'extérieur et à se consumer de l'intérieur, sans le moindre secours.

— Il n'est pas trop tard pour mon châtiment. Tu peux répandre le bruit à Cubjac. Et on viendra me chercher. Et que dirais-je ? Le sais-tu ? La vérité.

— Que tu as tué Rodolphe en trafiquant le fond de la barque ? As-tu songé que n'importe qui aurait pu tomber dans ton piège ? Julius, Chadeuil, ou moi ?

— Non, fit Octavia. Vous êtes tous d'excellents nageurs. Et je savais que Verneilh coulerait comme un poids.

Un long silence s'étendit sous la fournaise. L'air bourdonnait de mille insectes. Et le ciel parut trop bleu à Antonia pour supporter de telles vilenies. Ces aveux étaient comme une salissure, une ombre projetée sur la beauté du monde.

— Qu'est-ce donc, en lui, qui a pu te rendre folle, au point de le détruire ?

Octavia baissa la tête. Et son ombre sur le pré parut se réduire, diminuer, disparaître.

— J'étais jalouse de lui, fit-elle. A en mourir.

Après que la dernière charrette de foin fut engrangée, et que Julius eut dispersé, à la volée, le sel rose sur la fenaison, les gens d'Auberoche purent enfin prendre un peu de repos. Le conflit des Césarines avait aussi pris fin avec les orages violents, qui avaient dévasté les tabacs et les maïs de la plaine. Une trêve s'était installée, sans gloire ni défaite, de guerre lasse.

Alors, un événement vint bouleverser le cours des choses. Cette singulière affaire prit naissance dans un drôle d'endroit. Un immense dortoir, aux larges fenêtres obturées par des rideaux de tulle. Il y régnait une apparente tranquillité. Vols lourds de mouches épuisées. Odeur forte d'éther. Soudain, des cris vinrent troubler le silence. Ils s'attardèrent et s'amplifièrent sans que l'atmosphère en fût, cependant, modifiée. C'est dire, sans doute, que ces manifestations étaient assez habituelles pour qu'on n'y prêtât guère attention. Puis, les cris cessant, il y eut ensuite des bruits de voix. Des bribes de phrases assez incompréhensibles. Des paroles enfiévrées. Et des rires, qui fusèrent, de droite et de gauche, jusqu'à ce que l'hilarité eût contaminé toute la salle.

Antonia hésita à l'entrée du dortoir. Que craignait-elle, au juste ? On ne trouve que ce que l'on cherche, pensa-t-elle A la vérité, elle ne cherchait rien en particulier. Simplement, il lui fallait traverser le long couloir, séparant les rangées de lits, pour atteindre la sortie, située droit devant elle. Celle-ci, baignée d'une vive clarté, béait sur le ciel, comme une porte ouverte sur l'infini. Elle avança, d'un pas timide. A cause des rires, des cris, des paroles insensées. Voici un monde qui diffère tellement du nôtre qu'il est sans doute hasardeux de s'y risquer, pensa-t-elle. Mais une voix, derrière, ou plutôt un chuchotis de voix, l'incita à progresser plus vite qu'elle ne l'aurait souhaité. Tu verras, Antonia, tu ne seras pas déçue. Un peu de courage. Et il lui parut qu'une main, comme un souffle, la poussait en avant.

Tous les lits, à ce qu'il lui parut, étaient couverts d'un drap blanc. Inoccupés, sans doute. A moins qu'ils ne fussent emplis de cadavres, comme il arrive dans les hôpitaux où l'on recouvre les morts pour les dérober aux regards des vivants. Au gonflement des plis, elle chercha à voir si les couches supportaient ce qu'elle supposait. C'était une question capitale, car comment expliquer l'origine des cris et des rires ? Les morts ne crient ni ne rient, se dit-elle. Et sur l'instant elle eut envie, elle aussi, de crier et de rire, afin de rendre un peu de vérité à une situation absurde.

Lorsqu'elle fut parvenue au centre de la pièce, brutalement, les draps s'agitèrent. Et se dévoilèrent des visages. Tous la fixaient, intensément. Des yeux exorbités. Elle prit peur. Cela ressemblait à une farce. Mais il n'était rien, aucun signe tangible, qui pût l'en persuader. Elle vit, assez distinctement, des visages abîmés, lorsqu'ils n'étaient point enrubannés de pansements grossiers. Les yeux, les nez, les bouches n'étaient plus à leur place habituelle. Toute harmonie avait disparu sur ces visages d'hommes. Sont-ce des humains ou des caricatures ? Des monstres ?

Une femme en blanc, la croix rouge épinglée sur la poitrine, lui saisit la main. Antonia tenta de s'en dégager. Mais l'infirmière lui adressa un regard sévère.

— Seriez-vous Antonia, celle qu'on attend ? dit-elle.

— Moi ? se rebiffa la visiteuse. Pourquoi m'attendrait-on ? Je suis ici par hasard et...

— Il n'y a pas de hasard. Les choses s'ordonnent selon un commandement bien précis.

Antonia eût voulu poursuivre cette conversation, car elle apportait, un tant soit peu, du sens au déroulement des événements. Mais l'infirmière la tira d'une poigne énergique vers le coin gauche du dortoir. En cet endroit, on ne pouvait encore distinguer le lit, caché par un paravent de couleur blanche. A la vérité, tout, autour d'elle, baignait dans une atmosphère laiteuse.

L'infirmière fit pivoter l'un des battants du paravent. Et une voix se manifesta aussitôt, dans la pénombre, si faible qu'Antonia dut faire un pas dans sa direction.

— Je t'ai aimée au premier regard, répéta la voix.

— Toi ? questionna Antonia. Toi ! C'est toi ?

Et, bras tendus, la visiteuse voulut écarter l'ombre qui l'empêchait de distinguer le visage.

— Il n'y a que toi qui puisses dire une chose pareille. Oh mon Dieu ! Tu me l'as même écrite, renchérit Antonia.

Et la pénombre grise se déchira, comme un voile. La visiteuse vit, distinctement, ce qu'elle cherchait depuis tellement de jours. C'était lui, si pâle, dans son halo de lumière qui dansait comme un feu follet.

— Oh, Antonia ! Antonia, insista-t-il. Viens me chercher. Viens, je t'en supplie. Ne m'abandonne pas !

Et la voix s'amenuisa, jusqu'à n'être plus qu'un souffle imperceptible.

Au cœur de la nuit, le cri strident que poussa la jeune femme réveilla toute la maison. Octavia et Simon accoururent. Et ils trouvèrent Antonia au bas du lit, cherchant la poire de sa lampe de chevet.

— J'ai fait un cauchemar terrible, fit-elle, la bouche empâtée par le sommeil.

— Quoi donc ?

Antonia fit signe à sa sœur de recoucher le petit Simon. Et lorsqu'elle revint, la Césarine se tenait près de la fenêtre, toute tremblante, encore sous l'emprise du cauchemar qui venait de l'emporter dans ses territoires irréels.

— J'ai rêvé à Julien. Il était allongé sur un lit d'hôpital. Et il m'appelait à l'aide. Il me suppliait de venir le chercher.

Octavia prit sa sœur par les épaules, voulut la reconduire au lit qu'elle avait quitté précipitamment.

— Ce n'est rien, la rassura-t-elle. Rien du tout. Un mauvais rêve.

— Non ! protesta Antonia. C'est un signe prémonitoire.

La sœur comprit qu'elle ne parviendrait pas à la calmer aisément. Et elle s'assit à côté d'elle, sur la couche dévastée.

— Tu as déjà rêvé à lui ?

— Jamais de cette façon. Jamais.

— Cela fait quatre ans qu'il est mort, nota Octavia. Moi, je ne rêvais plus à papa deux ans après sa disparition.

Antonia haussa les épaules.

— Tu m'agaces avec papa. Ce n'est pas la même chose. Cette nuit, je rêve à Julien parce que personne ne l'a jamais retrouvé. Papa est mort, lui, bien mort. Mais, Julien ? Rien ne le prouve. Et du reste, je ne comprends pas que Palamède n'ait rien tenté pour le chercher.

— Il est dans une tombe anonyme, quelque part, au milieu des vastes cimetières de Verdun.

— Non. Je me refuse à admettre sa mort, défendit Antonia. Et mon rêve est un signal positif. Il y a quelque chose, au fond de moi, qui m'interpelle, et qui semble me dire : Tu ne peux pas te satisfaire de cette situation.

— Le rêve est le contraire de la réalité, expliqua Octavia. On ne peut donner foi à toutes ces manifestations absurdes qui viennent nous hanter des nuits durant.

Tu éprouves le souhait inconscient de reprendre votre histoire, au moment où elle s'est interrompue. Mais, hélas, c'est bien fini. Et tôt ou tard, il te faudra accepter la réalité. Ton Julien est mort, et bien mort, asséna-t-elle.

Antonia enfila une robe.

— Je ne pourrais plus dormir, maintenant.

Et elle descendit dans la cour, prit le chemin des écuries, dans la fraîcheur de la nuit qui montait de la vallée. Elle se sentait bien, en marchant à grands pas. Les étoiles dansaient autour d'elle. Et les ombres des grands arbres. Et les vapeurs chaudes de la terre exhalant le sainfoin.

— Il est vivant, murmura-t-elle. Mon Julien est vivant. Je le sens.

Le lendemain, aux aurores, Antonia Albarède prit le train de Thiviers. Elle voulait voir Palamède, au plus vite. Mais c'était folie, sans doute, que de partir sans être assurée d'un rendez-vous. L'industriel n'était point habitué à recevoir des gens à l'improviste. Sans montrer patte blanche. Certes, mademoiselle Antonia n'était pas la première venue. Et Sarazac ne lui avait-il pas dit que sa porte, pour elle, serait toujours grande ouverte ?

Avant de se diriger vers son hôtel particulier, Antonia fit un détour par l'église afin d'y faire brûler un cierge, en s'agenouillant devant l'autel consacré à la Vierge. Elle prit le temps d'y formuler un vœu. Ce ne lui ressemblait guère, ce retour vers la religion. Elle avait cessé de prier et de fréquenter l'église après sa liaison avec Verneilh. Mais ce rêve, étrange et prémonitoire, avait réveillé en elle la piété. Soudaine et de circonstance, eût dit le curé de Cubjac, qui ne prisait guère les conversions spontanées.

Au sortir de la nef, un vent chaud et étouffant la

cueillit, au point qu'elle défit l'agrafe de son corsage qui lui serrait le cou. Elle portait une jupe mauve, en fin tissu de soie, montée avec des falbalas. C'était sans doute trop habillé, à son goût, pour l'affaire qui l'occupait, mais il était bien tard pour s'en soucier. Et, d'un pas décidé, elle courut à la sonnette.

Palamède avait pris l'habitude de faire une petite sieste après le déjeuner, dans le jardin intérieur de sa maison. Il s'allongeait sur une chaise longue, sous la roseraie. Et, ce jour-là, sa secrétaire hésita à le réveiller, même pour mademoiselle Albarède. Alors, la camériste de madame Odette la fit monter dans le salon où la maîtresse de maison lisait *L'Echo de Paris* en buvant son thé.

— Vous êtes resplendissante, fit-elle en l'invitant à s'asseoir sur un pouf.

Et l'ombre d'une tristesse lui teinta le regard. C'était trop, cette jeune fille, dans ses appartements, un supplice. Et du bout des doigts, Odette effleura ce visage que son fils avait tant adoré.

— Je voudrais parler à monsieur Palamède, dit Antonia.

— Nous ne tarderons pas à le rejoindre, fit-elle, dans quelques petites minutes. Etes-vous si pressée ?

Odette ne savait comment aborder la seule question qui lui brûlait les lèvres. Que voulait-elle, au juste ? Un secours, un appui, ou, pire, de l'argent ? L'histoire de sa liaison avec Verneilh avait couru le petit monde des notables. Et des jugements désagréables avaient fusé. Le genre femme entretenue était une des curiosités les plus prisées dans les cercles. On mesurait, à l'aune des passions vénales, l'ascendance ou la chute des belles créatures. Et il apparaissait évident pour tout le monde, désormais, que la belle Antonia se trouvait plutôt engagée sur le déclin.

— Ce fut pour vous une grande douleur, fit Odette avec un sourire perfide.

Antonia éclata en sanglots en apercevant sur le marbre de la cheminée un portrait de Julien. Mais Odette évoquait surtout le destin tragique de Verneilh. Et sur la seconde, elle jugea que la jeune femme en faisait trop.

— Une mort si soudaine. Par noyade ! s'exclama-t-elle. A-t-on idée de se risquer aussi négligemment sur des eaux troubles...

Antonia dodelina de la tête, pour effacer l'impression étrange qu'elle avait produite chez sa voisine.

— J'ai cru que vous me parliez de votre fils.

Odette prit alors une pose digne.

— Vous y songez encore ?

— Comme vous pouvez être cruelle avec moi.

Madame Sarazac parut désarçonnée par tant de sincérité.

— Je ne voulais pas vous blesser. Mais, vous savez, Julien, mon pauvre petit Julien, répéta-t-elle, rien ne prouve, en définitive, qu'il vous eût choisie pour épouse. L'amour précoce ne dure qu'un printemps. Et les premières amours ne s'accordent aux lois de la raison.

— Il m'a laissé une lettre qui ne laisse planer aucun doute.

Odette se racla la gorge. L'émotion ou la contrariété avait altéré le timbre de sa voix.

— Etrange affaire, en vérité. Notre Julien n'eut aucun mot pour nous. Et nous en avons souffert.

Antonia soupçonna une pointe de jalousie maternelle dans le propos. Se pouvait-il qu'une mère fût ombrageuse à ce point sur une question que la mort avait tranchée ?

— Je ne crois pas un seul instant que votre Julien vous

avait chassée de son cœur pour m'y placer. L'amour pour une mère est chose différente.

Madame Sarazac trouva que la petite Albarède passait la mesure, en évoquant un problème sur lequel elle ne possédait aucune connaissance sérieuse. Qu'en sait-elle, cette péronnelle, des liens qui nous unissaient ? se dit-elle en tournant le regard de côté.

— Ma petite, nous étions très proches. Julien me confiait aisément tous ses secrets. Et il ne parla jamais de vous.

La Césarine ne se sentit guère blessée par une telle réplique. Elle avait compris, depuis longtemps, que la mère de Julien était sa plus mortelle ennemie.

En vérité, Odette avait été troublée que Julien fût amoureux d'une petite paysanne, lui qui possédait une âme si romanesque, ne jurant que par ses héros favoris puisés dans la littérature romantique. Aurait-on pu imaginer que Childe Harold fût épris d'une servante ? Ou Fabrice del Dongo d'une cantinière ? Ou encore Werther d'une soubrette ? Byron, Stendhal et Goethe n'avaient pu imaginer un pur amour sous de tels oripeaux. Et son fils, jugeait-elle, s'était ainsi dépouillé de ses rêves en choisissant une Antonia de pacotille.

Mais la petite Albarède balaya d'un clignement d'œil cette bassesse. Maintenant, elle se sentait si forte. Son rêve prémonitoire l'avait grandie dans sa tête, et l'emplissait de courage. Elle était métamorphosée par cet appel à l'aide qu'il lui avait adressé des limbes.

La secrétaire vint enfin la tirer des griffes de madame Sarazac. C'était encore un camouflet que son mari acceptât de la recevoir si vite, cette petite impudente qui se croyait dépositaire de l'amour de son fils. Antonia la quitta, en ployant légèrement la tête. Puis s'effaça en reculant, respectueusement.

Où donc a-t-elle appris ces bonnes manières ? Chez monsieur Rodolphe Verneilh, bien sûr ! se dit-elle avec ravissement. Parfois, les vieux amants se font précepteurs, pour anoblir l'âme de leurs catins, et transforment en princesses de vilaines sauterelles !

Palamède avait rajusté en hâte sa chemise et enfilé un veston clair en toile de lin.

— Merci d'être venue, ma chère Antonia, fit-il en lui prenant les mains dans les siennes.

La Césarine sentit qu'il avait eu, une fois encore, un mouvement d'hésitation en la recevant. C'était la deuxième fois qu'il s'était retenu de l'embrasser.

— Vous apportez un rayon de lumière dans ma lugubre demeure.

Et il fit signe à la secrétaire de fermer la porte du couloir. Puis Palamède l'emmena à son bras sous la roseraie. C'était un feu d'artifice de couleurs tendres, d'odeurs entêtantes. Il suffisait de cligner des yeux pour juger, dans la fluidité d'une eau mêlée, la pâte colorée du décor.

— C'est notre œuvre impressionniste, fit-il. Tout ce que la nature peut produire en coloris savants se trouve dans notre jardin. Il suffit de ne point trop fixer un détail, mais plutôt d'effleurer du regard, ainsi que les enfants, savez-vous, lorsqu'ils tournoient sur eux-mêmes pour s'étourdir et que le monde défile devant leurs yeux, à toute vitesse.

Palamède la porta, ainsi, dans un mouvement de valse. Et Antonia se laissa conduire par son danseur providentiel.

— J'ai valsé avec votre fils, jadis.

— Mon Dieu, ne réveillez point mes douleurs. Elles me sont devenues chroniques, ainsi que celles du corps lorsque la vieillesse s'avance. Mais celles-ci, je m'en fiche. Quant à celles de l'âme, il n'est aucun remède apaisant. Les jours, les nuits, il faut se résigner à n'entendre parler son cœur. Et taire nos souvenirs. C'est un devoir surhumain que de tenter de vivre. Parfois, il me vient des désirs de mort. Moi qui fus si vivant, accroché à la vie par des racines vigoureuses, je suis comme un vieil arbre qui perd sa sève et ne se résigne pas à couper son triste bois pourri.

Sous la tonnelle, ils trouvèrent de larges fauteuils en osier et s'y assirent, face à face. Palamède avait besoin d'observer son visage. Il avait fini, avec le temps, par l'associer à celui de Julien. Et dans ses rêveries, parfois, il les imaginait côte à côte, nimbés de lumière.

— J'ai appris que monsieur Emile s'était marié, dit Antonia.

Palamède balança devant son visage une main amaigrie, comme pour singer le temps qui passe.

— Avec une Bernardin, ajouta la Césarine, les fameux tissus de Périgueux.

— Dans notre milieu, la fortune épouse la fortune. Mais c'est l'illusion d'un ancien monde. Les temps nouveaux n'ont que faire de ces accordailles. Il faut plus d'un mariage de raison pour bâtir un empire. Et rien n'est plus volatil que la puissance de l'argent. Le cycle s'accélère. Et nous verrons, bientôt, les cartes se mélanger plus vite qu'il ne faut pour les ranger. Chacun puisera dans la pioche. Et les plus habiles à ce jeu ne se trouveront pas, forcément, parmi nos enfants gâtés. Après tout, c'est justice.

Antonia ferma les yeux sur la lumière qui dansait dans les feuillages et marbrait le pavé rose de l'allée.

— Vous allez me découvrir bien fantasque, dit-elle, soudain.

L'industriel leva le regard sur elle, intrigué.

— Ou folle... ajouta-t-elle.

Il joignit les mains, presque à venir la toucher.

— Que dites-vous, Antonia ?

— J'ai fait un rêve. Un rêve étrange et troublant. Et depuis, je suis toute bouleversée.

Palamède fronça les sourcils.

— Un cauchemar, alors. Il n'est que les cauchemars pour nous bouleverser. Car les rêves sont des offrandes de l'âme. On voudrait qu'ils ne cessent pas, ou plutôt qu'ils s'en reviennent, ainsi que les épisodes d'un roman. N'avez-vous point ressenti ceci ?

Antonia avait conservé les yeux clos. C'était la seule attitude qui lui permettait d'annoncer sa révélation.

— C'était un cauchemar, en effet. De ceux qui vous tirent du sommeil, brutalement.

— Et au terme duquel vous bénissez le Ciel qu'ils ne soient qu'un songe.

— Je ne sais pas. Pour celui-ci, j'aurais voulu qu'il ne finisse pas.

Palamède parut intrigué. Et il approcha son siège d'Antonia et vint lui prendre les mains, qu'il caressa.

— Racontez-le-moi, je vous prie.

L'homme l'écouta, longtemps, sans l'interrompre, les yeux baignés de larmes. Il lui fit répéter les derniers mots de son fils. Trois fois, au moins. L'interrogea encore, sur l'infirmière, le paravent, et l'atmosphère laiteuse de la salle d'hôpital, et le flux de lumière blanche qui ornait l'issue de la pièce. Puis il conserva le silence.

— Je sais qu'il est vivant, murmura-t-elle. Et je vais le chercher. Et vous verrez, Palamède, je vous le ramènerai. Je le jure. Oui, je le jure. Là où il est, il m'attend... Aussi loin qu'il soit...

L'industriel se recula dans son siège et redressa la tête vers la tonnelle où scintillait la lumière d'été.

— Vous voudriez partir. Mais où ?

— Je veux conduire cette recherche. Et vous m'aiderez.

Sarazac se demanda alors si, par amour, on pouvait perdre la raison.

— Vous n'avez jamais voulu savoir, vous ?

— Je n'ai pas eu le courage. Ou plutôt, j'ai eu peur de la vérité. Je me suis dit : Si tu cherches, c'est que tu crois qu'il est vivant. Et ce sera un fol espoir. Une folie contre la résignation. Et qui gagnera ? La folie ou le renoncement ? La vie ou la mort ? La mort, sans doute.

Palamède monta dans son cabinet de travail, tira de son coffre une grosse enveloppe en papier kraft, qu'il confia à Antonia.

— Qu'est-ce donc ?

— Les seuls éléments dont je dispose sur l'histoire de Julien.

— Vous avez essayé quand même ?

— Non. Je n'ai pu me résigner à tenter le premier pas.

— Je le ferai, moi. Parce que je l'aime. Et il attend que je vienne.

— Allons, Antonia, ne soyez pas si sûre. Ce sera l'enfer, si par malheur...

Et il alla puiser, de nouveau, dans son coffre, pour en tirer une liasse.

— Cinquante mille francs pour vous.

La Césarine parut embarrassée.

— Je ne voudrais pas profiter de...

— Ne dites pas de bêtises.

Antonia hésita longuement avant d'ouvrir l'enveloppe que lui avait confiée Palamède. A proprement parler, ce n'était pas ce qu'elle craignait d'y découvrir qui la faisait hésiter, mais plutôt le sens que le geste revêtait pour elle-même. Un engagement ferme et décisif. Une fois le cachet levé, ce sera trop tard pour revenir en arrière. Il te faudra aller jusqu'au bout, quelle que soit la vérité, se dit-elle. Les derniers mots de Palamède, dans son jardin d'intérieur, lui avaient fait forte impression. Et durant tout le voyage du retour, elle y avait songé avec une certaine anxiété.

Pourtant, se persuada-t-elle, ce n'est pas le moment de reculer. Et elle grimpa les marches de sa chambre quatre à quatre, sans même prendre le temps de saluer sa sœur. Avec un canif, elle trancha le rabat que le cachet de cire rouge avait alourdi. Elle vida le contenu de l'enveloppe sur son lit. Il y avait là un livret militaire que le ministère des Armées avait renvoyé, avec deux décorations agrafées au revers : une croix de guerre et la médaille militaire. C'était l'usage de décorer les morts et les disparus à titre posthume. Il se trouvait également des lettres officielles, l'une émanant du colonel Varraux sous les ordres duquel Julien fut engagé, la seconde du général Varaignes. Leur lecture n'apprenait rien de nouveau, si ce n'est qu'elles annonçaient d'une manière officielle la mort du cavalier Julien Sarazac, à Verdun, le 25 février 1916, vers quatre heures de l'après-midi. Parmi les documents, il y avait surtout une missive rédigée par un camarade de Julien, un certain Silvaire Maupas. Elle datait du 3 mars 16 et n'était parvenue à Thiviers que quinze jours plus tard.

Monsieur Sarazac,

J'étais un bon camarade de votre fils. C'est pourquoi je me fais un point d'honneur de vous adresser ces quelques mots, susceptibles de vous apporter un peu d'apaisement.

Julien et moi, nous avons participé à nombre d'attaques durant les derniers mois de l'année 15 aux Eparges. Beaucoup de nos frères sont tombés autour de nous, au point qu'il fallut, bien souvent, reconstituer notre escouade avec des effectifs provenant des sections voisines décimées. C'est un point de détail, me direz-vous, mais cela vous incitera à comprendre que notre régiment de hussards a subi des pertes considérables, lors d'appuis à l'infanterie et même à l'artillerie. Nous étions devenus, avec nos engins motorisés, les voltigeurs du front, à courir à droite et à gauche, pour préparer une offensive ou soutenir une retraite.

J'en viens à la fameuse journée du 25. Notre escouade était redescendue du front pour prendre un peu de repos à Verdun. Du repos... Le terme me paraît bien exagéré. Car de repos, nous n'en eûmes, hélas, pas, parce que la cité se trouva bombardée ce même jour par quelques attaques aériennes, mais surtout par des tirs de 420 provenant des lignes fortifiées allemandes. Votre fils se trouvait au quartier du colonel Varraux. Un immeuble de trois étages, rue de la Belle-Vierge. Vous ne retrouverez point cette maison, car elle fut détruite, ce fameux 25 février. Et nous avons tout lieu de penser que Julien y trouva la mort au moment où il voulut s'en échapper.

Ce sont des chasseurs alpins, occupant le presbytère voisin, qui ont procédé aux premiers déblaiements de la rue. Je les ai interrogés et aucun n'a pu me confirmer que votre fils se trouvait parmi les victimes. Il se peut aussi que son corps fût enseveli sur place, au moment des travaux de dégagement, lesquels se firent, je puis vous le garantir, sous un feu ardent de l'artillerie allemande qui poursuivait son pilonnage de la ville.

En tout état de cause, Julien fut tué sur le coup. Peut-être est-ce un fait de nature à apaiser votre douleur. Je le souhaite...

Silvaire Maupas

P.S. Ci-joint un message, pour une certaine mademoiselle Albarède, que votre fils me confia quelques mois avant sa mort et que vous aurez l'amabilité de transmettre à l'intéressée.

Lorsqu'elle redescendit dans la cuisine, Octavia était occupée à écosser des petits pois. Elle ne dressa pas la tête. C'était sa manière de lui montrer qu'elle désapprouvait son entreprise. Car elle avait compris, sans longs discours, ce que préparait sa sœur.

Antonia voulut lui prêter la main en attirant vers elle une poignée de gousses. Mais Octavia la retint d'un coup de patte vigoureux.

— Dis-moi plutôt que Palamède trouve ton projet fou, ça me rassurera un peu.

— Bien au contraire. Il considère que c'est une démarche qu'il aurait dû entreprendre lui-même, s'il en avait eu la force.

Octavia éventrait les gousses avec un tel énervement que les pois se répandaient alentour, roulaient sur le pavage. Antonia s'agitait autour d'elle pour réparer les dégâts.

— Et avec quel argent, ma petite ? Ça va coûter cher, ce voyage dans l'Est. Je suppose que les fonds de Verneilh sont en baisse...

D'un geste vif, Antonia envoya sa poignée de pois dans le saladier.

— Tu ne rates jamais l'occasion d'être méchante ? Qu'est-ce que tu crains donc ? Que je le retrouve ?

— Oh ça, ricana Octavia, je ne me fais pas de souci. Aujourd'hui, il ne doit pas rester grand-chose de ton pauvre Julien.

Mieux vaut ne rien répondre, se dit-elle, et agir. Il ne servirait à rien de tenter de la convaincre. Pourtant, depuis la lecture de la lettre de Maupas, Antonia se sentait ravigotée. Le compagnon de Julien avait décrit simplement comment son ami avait disparu. Sous les décombres de l'immeuble, rue de la Belle-Vierge. Une escouade voisine, appartenant à un régiment de chasseurs alpins, avait procédé aux déblaiements. Il se pouvait que ces hommes eussent trouvé Julien vivant. Blessé, peut-être, gravement, peut-être... Mais pourquoi, alors, ne s'était-il pas manifesté ? Cela faisait presque quatre ans et demi.

— Je vais les faire cuire avec une pointe de jambon et une laitue, dit Octavia. Tu devrais aller au jardin m'en cueillir une. A l'ombre du muret. J'ai réussi à les protéger de la chaleur, avant qu'elles ne montent... C'est déjà tout en lait. Mauvais signe.

Antonia prit son large chapeau de paille accroché à la patère de la porte et sortit dans la pleine lumière. Toute la volaille s'était rassemblée à l'ombre des noisetiers. Et quelques poules avaient creusé des creux dans la terre, pour trouver la fraîcheur. Avec leurs ailes, elles agitaient une poussière blanche. La Césarine déracina une petite laitue, bien pommée, que sa sœur avait pris soin de ligoter avec un lien de raphia. Elle en arracha une seconde, plus grosse, pour faire une salade, avec des oignons rouges et une pointe d'ail nouveau.

Le petit Simon jouait à la serve, sous la grange à foin. Avec une épuisette, le garnement fouillait l'eau à la recherche des têtards. Ça ressemblait à des garlèches, mais ça n'était pas bon à manger. C'était la seule différence.

— Et pendant que tu seras partie, fit Octavia, qui donc s'occupera de Simon ?

— Maintenant, il ne pose guère de problème, répondit Antonia. C'est un grand garçon. Ses journées, il les passe avec Julius.

— Quand même, insista Octavia, c'est une responsabilité. Un accident est si vite arrivé.

— Cesse donc, je t'en prie, de jouer les oiseaux de mauvais augure. Ne crois-tu pas que nous avons eu notre dose de malheurs ?

Octavia surveilla attentivement la cuisson de ses pois. Elle goûtait souvent, afin d'en rectifier la saveur avec quelques épices. La cuisine était devenue sa grande passion. Elle s'y affairait avec finesse. Et cela se voyait à son tour de taille. Les lapins, la volaille, et même le gibier qu'Antonia chassait avec Julius, elle en faisait des repas pantagruéliques le dimanche. C'était devenu un rite à Auberoche que de faire table longue. Et le vin aussi, elle ne rechignait pas dessus. Aussi projetait-elle de replanter une vigne au Valperdu. Un demi-hectare. Juste de quoi remplir deux ou trois bonnes barriques.

— Très bien ! s'écria Octavia en reculant son faitout sur la cuisinière pour éviter que la cuisson des pois ne fût trop ardente. Nous fêterons la Saint-Jean sans toi.

Julius avait promis à Simon qu'on ferait un feu si grand et si haut qu'il se verrait jusqu'à Saint-Pantaly, et qu'ensuite on danserait autour, tard dans la nuit. Chadeuil avait promis que Pelleport et Cendrin viendraient y jouer quelques ritournelles avec leur accordéon et leur cabrette.

— Tu ne me feras pas changer d'avis, fit Antonia avec un sourire d'apaisement.

Et elle monta aussitôt dans sa chambre pour préparer ses bagages.

17

Mademoiselle Albarède descendit à l'hôtel Bellevue, rue de Douaumont. De sa fenêtre, qui s'ouvrait sur la ville basse et les rives de la Meuse, elle put évaluer l'importance des fameux bombardements dont avait parlé Silvaire Maupas, dans sa lettre. Présentement, les forces vives de la cité s'affairaient à la reconstruire, selon les anciens plans, afin que les cicatrices disparaissent au plus vite.

Selon son habitude et son goût pour les calculs savants, Antonia dénombra qu'une maison sur deux avait été touchée par les tirs ennemis, et quelquefois un quartier entier, comme c'était le cas en bordure de la rivière, place Chevert, où dans les rues Mazel et Saint-Esprit.

L'architecture de la ville, avec ses larges accès en bordure de la Meuse et du canal, et son réseau compliqué de ruelles autour de la cathédrale, lui était devenue familière. A Paris, elle s'était procuré un plan de Verdun et avait eu tout le temps, pendant le voyage en train, de mémoriser les sites stratégiques, tels que le Cercle militaire, la porte Chaussée, la citadelle...

Et sans attendre, elle défit ses bagages et se fit monter du thé et quelques fruits. Et lorsqu'elle eut repris des forces, Antonia mesura la folie de son entreprise. Autant chercher une épingle dans une meule de foin. Car nul ne peut survivre dans un immeuble qui s'effondre sur vous. A moins de posséder une chance insensée. Mais il y a une méthode, pour ne point se décourager, c'est d'agir sans se poser plus de questions qu'il n'est nécessaire, avancer pas à pas selon un plan bien établi, et s'y tenir, quels que soient les doutes, les incertitudes, les appréhensions.

Antonia quitta l'hôtel au début de l'après-midi et se dirigea vers la cathédrale. La toiture, en partie détruite durant le bombardement, était désormais remise en état. Seule la façade donnant sur le cloître portait encore les traces de la guerre. Par miracle, les deux tours de l'édifice religieux avaient échappé aux tirs ennemis. La jeune femme contourna le chevet et se trouva, enfin, cœur battant, rue de la Belle-Vierge. Elle descendit la ruelle de quelques degrés, longea des maisons éventrées. Et parvint enfin à l'emplacement du fameux immeuble, dont il ne demeurait plus qu'un indescriptible amas de pierre, de bois et d'ardoises. Les larmes aux yeux, la Césarine s'approcha des gravats. S'il est mort, mon Julien, murmura-t-elle, c'est ici. A cet endroit. Et elle leva les yeux vers la maison voisine, dont la façade s'était écroulée et qui, béante, cachait encore le mobilier ordinaire dont elle était pourvue. La mort, ici, avait frappé comme la foudre. Tout demeurait encore en place, après deux années de paix. Et cette image de désolation lui serra le cœur.

Puis elle remonta vers le cloître et cueillit dans le jardin un bouquet de seringats qu'elle alla, aussitôt, déposer sur les ruines. De son sac, elle tira la lettre de Maupas, et la relut, comme pour s'assurer, une fois encore, qu'elle ne s'était point fourvoyée sur l'emplacement exact. Pourtant, la description était aussi précise que possible, même s'il s'était trompé sur la dénomination du lieu. « Presbytère », avait-il écrit. Sans doute par ignorance. Là même où l'escouade de chasseurs alpins qui s'était chargée, après le bombardement, de dégager le secteur avait pris ses quartiers de repos.

La jeune femme se dirigea ensuite vers la porte Chaussée. C'était une des anciennes entrées de la cité, jouxtant un pont de pierre sur la Meuse. Les deux tours jumelées, avec ses créneaux à l'ancienne, avaient échappé au pilonnage allemand, tandis que les maisons voisines étaient éventrées. Il y avait foule, à ce moment de la journée, sur le pont et dans le voisinage du collège. Des fiacres, des automobiles avançaient au pas, à cause des piétons entravant la circulation.

Après le pont, elle tourna à droite, longeant la rivière et un jardin peuplé de chênes et de platanes. Sur les bancs, des femmes goûtaient la douce quiétude de juin, tout en surveillant leurs enfants qui jouaient dans les allées de sable jaune. Un groupe de militaires discutait près du Cercle. Ils portaient des uniformes neufs, bien taillés, avec des décorations qui brillaient au soleil. Cette image de l'armée victorieuse, qui s'était refait une beauté dans la paix, tranchait singulièrement avec celle qu'elle conservait en mémoire, des redingotes bleues ou grises grossièrement taillées, des calots ou des bérets ridicules, des musettes de campagne déformées, et des bandes molletières mal ajustées. C'était pourtant cette armée-là, dépenaillée et loqueteuse, qui avait contenu l'assaut des troupes allemandes, durant quatre années.

Le Cercle militaire était un bâtiment imposant et lourd, d'un style XVIIIe, avec ses toits à la Mansart, bordant le boulevard de la République. Elle traversa le porche et tomba sur un planton. Elle dut expliquer deux ou trois fois, au moins, à des gardiens pointilleux, l'objet de sa visite.

— Le colonel Varraux ? Mais il n'y a plus de colonel Varraux, dit un jeune lieutenant à la moustache soigneusement taillée. Par contre, nous avons un général Varraux. Et je crois qu'il s'agit du même, non ?

Antonia ne pouvait savoir que la guerre n'avait pas seulement produit un million et demi de morts, mais qu'elle avait aussi apporté son content de médailles, de promotions et de galons.

— Je doute que le général vous reçoive sur-le-champ. Il vous faut demander audience.

Le lieutenant la conduisit au secrétariat du général. Un capitaine la reçut fort courtoisement. L'homme portait l'uniforme du 8e hussards et l'écouta sans abaisser une seule fois le regard. Il lui parut même qu'il s'intéressait à son affaire.

— Vous savez, madame, des histoires comme la vôtre sont, hélas, légion dans notre secteur. Et nos services sont, du reste, mobilisés à cette tâche, rechercher les disparus. Dans quatre-vingt-dix-neuf pour cent des cas, nos enquêtes échouent. Car les combats furent si rudes que nombre de nos hommes ont été enterrés vivants, déchiquetés ou... Enfin, bref, je vous passe les détails. En certains endroits, nous procédons même à des fouilles. C'est le cas à Douaumont, à Vaux, et même dans les tunnels de Tavannes. Nous mettons à jour les dépouilles et surtout les objets que ces malheureux portaient sur eux au moment de leur disparition. Les familles s'en viennent les examiner. Et quelquefois, par d'infimes indices, elles retrouvent un fils, un père, un frère... Quant à nos registres, c'est une telle confusion...

— Me sera-t-il permis de les consulter ?

— Seul le général Varraux pourra vous accorder l'autorisation.

Le lendemain, à 9 heures pétantes, Antonia Albarède fut reçue par le général. Cette audience relevait du miracle. Le commandant du secteur n'était point homme à satisfaire toutes les demandes, au contraire. Mais, comme Julien Sarazac avait été son secrétaire, il y consentit de bonne grâce.

Varraux prenait son café sur le rebord d'une cheminée en marbre noire. Antonia traversa le vaste bureau aux tapisseries défraîchies. Le général reboutonna sa vareuse en hâte, puis ôta ses lorgnons pour observer sa jeune visiteuse.

— Albarède, dit-il. A quel titre me rendez-vous visite ?

— J'étais la fiancée de Julien Sarazac.

Et le visage du général se dérida.

— Ah ! s'écria-t-il, le petit Julien. Je l'aimais bien, celui-ci. C'était un gentil garçon, instruit, intelligent. Discret, ajouta-t-il. Surtout discret. Car il eut entre les mains... et que dis-je, il me dactylographia des documents de la plus haute importance.

Varraux la fit asseoir près d'une table basse et la rejoignit après avoir commandé du café.

— J'ai écrit à son père, fit-il.

— Je possède cette lettre, répondit Antonia en tapotant son sac de cuir qu'elle portait en bandoulière. Mais, je voudrais savoir s'il nous reste une chance de le retrouver.

Le général fronça les sourcils.

— Quatre ans après ? Impossible. Le jeune Sarazac fut tué dans l'immeuble où j'avais installé mon état-major de campagne. Nous-mêmes, nous étions aux abris lorsque le bombardement a commencé. Et je ne sais pourquoi il ne se trouvait pas avec nous. Lorsque Sarazac a quitté mon bureau, au milieu de l'après-midi du...

— 25 février, compléta Antonia.

— C'est cela. Au moment de l'offensive allemande. Puisque nous sommes montés aux Eparges deux jours plus tard... Donc, reprit l'officier supérieur, Sarazac était au rez-de-chaussée de notre immeuble, rue de la Belle-Vierge, en face de la cathédrale. Il a sans doute été enseveli sous les décombres.

— Personne n'a retrouvé son corps, insista la jeune femme. Il aurait pu être blessé.

— Certes, admit le général, mais un blessé, cela se retrouve. Lui, non.

Un jeune caporal apporta les cafés. Varraux tendit une tasse à Antonia.

— Je comprends votre insistance. Mais le mot « disparu », dans notre vocabulaire, signifie mort.

Antonia fouilla dans son sac et sortit la lettre de Maupas.

— Qu'est-ce donc ?

— Un de ses camarades a apporté quelques détails troublants dans cet écrit. Et je crois sa mémoire fidèle.

Le général lut la missive, attentivement, en hochant la tête.

— En effet, reconnut-il. Le 1er chasseurs logeait au cloître. L'homme qui le commandait était un certain colonel Orthez ou Orthiez. Il fut tué à Fleury, à l'automne 16.

Antonia flaira alors que ses recherches devraient s'orienter vers les archives du 1er chasseurs.

— Comment recensiez-vous les morts sur les registres ?

Sans l'étrange charme que dégageait sa visiteuse, le

général eût sans doute abrégé l'entretien. D'autres tâches plus importantes requéraient son temps. C'est avec un sourire blasé qu'il accueillit sa question. L'affaire des registres et des transcriptions pour les morts au combat n'avait jamais fait partie de ses attributions. En ces heures tragiques, le commandement ne se souciait guère du destin des hommes, du chagrin des familles, et des conséquences sur les pères, les mères, les épouses et les fiancées.

— Chaque soldat portait une plaque de matricule. On pouvait ainsi l'identifier, dit le général.

— Donc, poursuivit Antonia, si les chasseurs ont trouvé Julien Sarazac parmi les décombres, ils ont récupéré sa plaque et ont inscrit le numéro de son matricule sur un registre.

— Il se peut aussi qu'ils n'aient rien retrouvé. Savez-vous ce que représente l'impact d'un obus de 420 ?

Puis Varraux retourna derrière son bureau et écrivit quelques mots sur un bristol. Et il le tendit à Antonia.

— Allez au bureau des recherches 72, dans l'autre aile du bâtiment. On vous ouvrira les registres à la date du 25 février 16. Sur ma recommandation.

L'officier chargé des archives militaires, le capitaine Devors, conduisit Antonia dans une des salles où les hommes dépouillaient les dossiers. Cette activité besogneuse se déroulait dans une atmosphère bon enfant.

— Rien ne presse, disait un jeune lieutenant, puisque nous nous occupons du sort des morts. Ça peut attendre. L'éternité, s'il le faut.

Sur un phonographe, qu'un petit sergent remontait lorsque la musique venait à faiblir, passait une ritournelle de Fréhel.

Où est-il donc mon moulin de la place Blanche ?
Mon tabac et mon bistrot du coin ?
Tous les jours étaient pour moi dimanche.

Devors voulut s'occuper personnellement de l'affaire. Et il courut chercher sur une étagère le dossier des victimes recensées le 25 février 16. Et il énuméra à voix haute les noms des blessés et des morts de la fameuse journée. Cela occupait trois longues pages du registre. Mais Julien Sarazac n'y figurait pas. Elle s'effondra en larmes.

— J'avais tellement espéré, fit-elle. Tellement espéré.

— Allons, ma petite dame. Ça ne sert à rien de se mettre dans des états pareils.

— J'ai acquis la certitude qu'il est vivant.

— Ici, sur nos tables, il y a peu de différence entre un blessé et un mort. Un jour blessé, le lendemain mort. Mais lorsqu'il n'y a rien ? Ça veut dire, ma petite dame, que votre Sarazac est parti en bouillie. On en a eu, comme ça, dont on n'a retrouvé que les doigts. Des copains. On savait qu'ils étaient avec nous, alors on notait leur nom. C'est simple, la guerre. Mais le vôtre, il était hussard. Alors, faut chercher chez les hussards.

— C'est de sacrés cavaleurs, les hussards, dit un petit lieutenant.

— Tu vas la fermer, ta grande gueule, fit un autre officier. Tu vois bien qu'elle a de la peine...

— Je disais, reprit le petit lieutenant, que les hussards, ça cavale, forcément, à droite et à gauche. C'est du militaire, mon gars, qui ne tient pas en place. Si ça se trouve, il s'est fait descendre dans un bistrot. Ça n'était pas si réglo sur la discipline, chez les hussards. Surtout avec Varraux. Tu le connais, Varraux. C'est un aristo. Un genre à ne pas trop se préoccuper de ses gars.

Antonia avait posé la tête sur le rebord d'un pupitre. Elle se repassait dans sa tête le rêve prémonitoire. Son visage tendu vers elle, appelant au secours, était devenu aussi obsédant que la chanson de Fréhel.

Où sont-ils, les amis, les copains ?
Où sont-ils, tous mes vieux bals musettes ?
Leurs javas au son de l'accordéon ?

Un maréchal des logis à grande moustache apporta un remontant.

— C'est du kirsch, ma petite dame, fit Devors. Et ça va vous aider à passer la rampe. Nous, c'était comme ça qu'on arrosait le départ des copains, dans les tranchées.

— Hé, Phiphil, harangua le petit lieutenant, nous oublie pas ! On a du chagrin à revendre et tant de copains à arroser...

Le sous-officier emplit les verres. Et chacun but en silence, religieusement, tandis que la chanson s'épuisait sur le phono.

Où sont-ils, mes repas sans galette ?

Devors referma le registre, mais Antonia le retint d'un geste désespéré. Elle y passerait des heures, mais elle le compulserait, page par page, nom après nom, numéro de matricule après numéro. Jusqu'à la fin.

— Comme vous voulez ! fit Devors. Puisque Varraux vous pistonne. Nous, on s'en fiche.

Le petit lieutenant se fit servir un nouveau verre.

— Notez que c'est pas si con, ce que je dis...

— Quoi donc ? demanda Devors.

— Que les hussards étaient toujours fourrés au bistrot.

— Bon, Garrot, arrête avec ça, fit Devors.

— Au bas de la rue Mazel, y avait bien un estaminet. Ça s'appelait Le Gosier en Pente. Un obus est tombé dessus vers les quatre, cinq heures. Si ça se trouve, votre petit ami, il y était.

— Et qu'est-ce que ça change, crétin ! Puisque son nom est absent du registre.

Antonia s'était installée près d'une fenêtre qui donnait sur la Meuse. De là, on pouvait voir comment les bombardements de Verdun s'étaient concentrés sur la citadelle et le canal des Augustins avec la ville basse. Les Allemands avaient pilonné le secteur en priorité, négligeant au passage l'autre rive, où le Cercle militaire était installé, ainsi que l'hôtel de ville.

Elle s'en retourna à ses occupations. Sur un coin d'enveloppe, elle avait noté le matricule de Sarazac : 11 190 07214. Et, ouvrant le registre à la date du 25, elle se mit à éplucher les inscriptions. En face de chacun des noms relevés, elle comparait les numéros d'identification avec celui de Julien. Il se pouvait qu'une erreur se fût glissée dans la transcription.

— Au Gosier, y avait pas que du pinard, expliqua Garrot. Ça fricotait sec. Tu te souviens de la Madelon ?

Devors releva la tête.

— Elles s'appelaient toutes Madelon, les typesses.

— Et ça ne faisait pas que te gratter le menton, ajouta le sous-off.

— Repasse donc un coup de Fréhel. Moi, ça me donne des frissons.

— Ah non, protesta Devors. Encore ! Essaie donc plutôt Gaby. Gaby Montbeuse, précisa le lieutenant.

Le petit caporal courut remonter la mécanique.

Le roudoudou
C'est bon com'tout..

Et les types se mirent à frapper des mains en chœur.

— Allez, margis, un petit coup de remontant, ordonna Garrot.

Et ça courait, valsait, virevoltait au milieu de la salle.

Soudain, Antonia dressa la tête. Elle poussa un grand cri et s'effondra le long du pupitre.

— Oh, putain, s'écria Devors, la petite dame qui tourne de l'œil !

— Mais qui c'est, cette souris ? s'exclama Garrot. D'où qu'elle nous vient ? T'crois que c'est une cocotte à Varraux ? L'salaud, y serait bien capable de s'appuyer de la jeunette. C'est qu'avec ses étoiles, ça fait de l'effet.

— Ferme ta gueule. Tu vois bien qu'elle est tombée dans les pommes.

Et les types formaient cercle autour de la petite Albarède, l'un la soutenant, l'autre lui portant sa flasque de gnôle aux lèvres.

— Si t'arrives à lui en faire boire une lichette, conseilla Garrot, ça va la faire revenir. Je te le dis.

Et Antonia se débattit en ingurgitant une gorgée de gnôle, puis eut un haut-le-cœur. Enfin, elle se releva, péniblement.

— Ça y est, fit-elle. J'ai trouvé. Il est vivant. Il est vivant, mon Julien. Oh mon Dieu, merci, merci.

Et elle ramena le registre sur le pupitre, pointant le doigt sur un nom. Devors posa le regard dessus, et releva la tête avec un air ahuri.

— A cet endroit, c'est le nom de Pierre Rafus qui est écrit. Vous voyez bien, nom de Dieu ! Rafus ! Ra-fus ! C'est pas Sarazac.

— Oui, mais en face, le matricule ?

— Quoi, le matricule ? C'est le matricule d'un gars qui s'appelle Rafus et qui a été blessé, en effet, le 25 février.

— C'est le 11 190 072 214. Et ce numéro-là, c'est celui de Julien Sarazac.

— Putain ! fit Devors. Ces cons se sont trompés.

Antonia revint à son hôtel de Bellevue et se fit servir un repas copieux, arrosé d'une bouteille de champagne. C'était le moment ou jamais de fêter l'événement qui l'emplissait d'excitation. Le temps d'un soupir, Julien avait passé du domaine des morts à celui des rescapés. Pourtant, il demeurait une ombre sur cette affaire, une ombre qu'elle se promettait d'effacer au plus vite. Pourquoi ce si long silence ? Pourquoi n'émergeait-il point du quartier des éclopés ? Se pouvait-il qu'il eût perdu toute mémoire ?

Le troisième jour de son passage à Verdun, la Césarine retourna au Cercle. Devors la reçut dans un petit bureau du service des recherches 72. Il avait été impressionné par la pugnacité de la jeune femme.

— Ce sont des gens comme vous qu'il nous faudrait dans nos services, au lieu de tous ces imbéciles qui survolent les dossiers sans jamais découvrir la moindre faille. Au train où vont les choses, dans dix ans, nous en serons au même point.

— J'ai eu la chance d'obtenir l'appui du général Varraux, reconnut Antonia.

— Je n'osais vous interroger là-dessus...

— Julien Sarazac était à son service au moment de sa disparition. Et il s'est fait un point d'honneur de s'intéresser à son cas.

Devors balança la tête, sceptique.

— J'en doute, chère madame. Le général apprécie les jolies femmes.

Antonia abaissa le regard. Elle avait compris que le

petit lieutenant du 1er chasseurs s'intéressait aussi à son joli minois.

— Revenons à notre affaire, soupira Devors. Tous les blessés du bombardement de Verdun du 25 février 16 ont été dirigés vers l'arrière, par un train sanitaire. Et réceptionnés à l'hôpital militaire de Châlons-sur-Marne. C'est là qu'il vous faut poursuivre vos investigations.

La jeune femme se retira aussitôt, et revint à l'hôtel prendre ses bagages. Elle essuya une pluie d'orage à la porte Chaussée et attendit l'accalmie sous le passage couvert. Pour la première fois, Antonia goûta le plaisir du dépaysement, observant le visage des gens, les voitures à cheval, les automobiles. La pluie soudaine avait chassé la foule sous les auvents des cafés, les porches des immeubles. Mais Antonia se sentait trop pressée par le temps pour flemmarder dans les ruelles de Verdun. Aussi courut-elle sous l'averse, négligeant l'eau qui lui fouettait le visage, mouillait son corsage de soie blanche. Au contraire, elle avait besoin de se livrer aux éléments déchaînés, comme elle eût fait à Auberoche, et de sentir les odeurs de la rue, celles du pavé et celles du caniveau, ravivées par la bourrasque. Le vent chantait dans les toitures, dans les arbres, et sur les capotes des fiacres. Peu à peu, des couleurs nouvelles s'irisaient sur la pierre des immeubles, dans les vitrines des boutiques, sur les falots des réverbères. Cela sentait le jour qui décline, comme une éclipse soudaine, mais ce n'était rien, qu'un gros nuage qui passait sur les rives brouillées de la Meuse.

Antonia comprit alors que la vie est peuplée de multitudes de petits bonheurs qu'il faut goûter sur l'instant. N'était-ce pas la religion de Rodolphe Verneilh ? Désormais, elle la faisait sienne, cette règle, se jurant de s'y tenir quoi qu'il arrive.

— Vite, vite ! cria-t-elle au groom de service. Descendez mes bagages. Et commandez-moi un taxi.

— Pour quelle destination, madame ?

— La gare ! fit-elle en arrangeant sa chevelure devant une glace du hall.

Antonia rajusta son chapeau après en avoir détaché la voilette noire. Ce n'est plus le moment de porter le deuil, se dit-elle. Et le petit morceau de tissu léger, elle l'offrit au vent qui passait dans la rue.

Au sortir de la gare de Châlons, Antonia Albarède s'offrit, pour cinquante francs, la location d'un taxi. C'était une Peugeot noire, confortablement carrossée, qui lui sembla, sur la seconde, trop luxueuse pour elle, avec ses sièges de cuir jaune. Mais le chauffeur lui parut si aimable et si conciliant qu'elle trouva son coup de folie fort à propos. Il la conduisit à l'hôpital militaire, par l'avenue Sainte-Menehould.

Le secteur nord de la ville était entièrement peuplé de casernements aux façades fuligineuses. Les voies d'accès regorgeaient de troupes à pied et à cheval. Ainsi la circulation devait-elle se plier à ces mouvements qui encombraient les avenues. Tapotant sur le siège avant, Antonia accusait quelques traits d'impatience. Mais le chauffeur paraissait résigné à ces arrêts fréquents.

— Je dois m'y rendre sans tarder et...

— Madame, nous y serons avant que vous n'ayez eu le temps de finir votre conversation.

La voiture brinquebala son soûl en forçant le passage sur les trottoirs, grillant la politesse à des cyclistes.

— Voilà, c'est ainsi que je veux que vous conduisiez. Même si je dois doubler le montant de vos services.

— Vous alors ! s'écria le chauffeur. Vous savez ce que vous voulez.

Antonia se rencogna au dossier de son siège. Un voile de buée sur la vitre gâtait sa vue sur les petites maisons basses qui peuplaient l'avenue. Elles étaient toutes semblables, suant l'ennui, avec leurs minuscules fenêtres grises.

— Le pays respire la lumière et la ville paraît si triste avec ses murs ternes, nota la jeune femme.

Le chauffeur haussa les épaules. Il était un brin chauvin, comme tous les chauffeurs de taxi, les cochers et les conducteurs de tramway.

— Ah ! vous ne savez rien sur Châlons. Rien n'est plus agréable que de se promener rue Saint-Jean, place de la République, où nous possédons nos grands hôtels, de visiter l'église Saint-Alpin, et le marché couvert. Et surtout, madame, la brasserie Tantonville. Le palais de la bière.

L'enceinte de l'hôpital militaire était protégée par des plantons en armes, comme du reste l'ensemble des quartiers où logeaient les troupes, à Chanzy, Forgeot, Tirlet ; les récents mouvements sociaux, dont les grèves des cheminots et des mineurs, avaient inspiré des craintes de subversion. Malgré le bristol du général Varraux, exhibé comme un laissez-passer – qu'il n'était pas, d'ailleurs –, le concierge refusa l'entrée de la voiture dans la cour intérieure. Antonia ordonna donc au chauffeur de la garer près des guérites du corps de garde. Puis on la guida aussitôt aux archives.

L'administration était reléguée dans l'aile droite, dans un bâtiment sinistre. Longs couloirs et plafonds hauts. L'atmosphère s'y trouvait assombrie par des fenêtres aux verres opaques. Une odeur de poussière et de vieux papiers avait imprégné l'endroit par excès de confinement. Cette fois, Antonia n'eut qu'à montrer, de nouveau, la recommandation du général Varraux pour que les portes s'ouvrent. Un jeune médecin l'accueillit dans un réduit. L'absence de fenêtres exigeait un éclairage à gaz permanent. A son approche, l'officier aspirant ôta ses bottes du bureau et recoiffa son képi. La jeune femme s'ouvrit d'un grand sourire en le voyant, ainsi, rectifier sa tenue débraillée. Après tout, elle s'en fichait, de l'ordre militaire. Le relâchement quasi général qui régnait dans les quartiers n'était qu'un juste retour des choses, après tant de jours de souffrances et d'injustices.

Lorsque Antonia eut fini de lui expliquer ce qu'elle recherchait, l'homme disparut dans un dédale de couloirs. L'attente fut longue, bien plus longue qu'elle ne l'avait craint. Elle profita du contretemps pour rajouter un peu de rouge à lèvres, et du fard à paupières, un khôl céladon que lui avait offert Rodolphe.

— Rafus, dites-vous ?

Antonia hocha la tête. L'aspirant la dévisagea avec insistance. Il portait le cheveu gominé, avec une raie au milieu, et la moustache réduite à un accent circonflexe.

— C'est quelqu'un de votre famille ?

— Un ami, dit-elle seulement. Un ami très cher.

L'homme opina du chef. Il avait compris que sa curiosité dépassait ses attributions.

— Un certain Rafus a été hospitalisé dans le service des éclopés, le 26 février 16.

— Des éclopés ?

L'aspirant sourit.

— C'est notre jargon, madame. Il y est resté deux semaines, puis nous l'avons transféré au quartier de neurologie.

— Est-il indiqué la nature de ses blessures ?

Il ouvrit une chemise grise et compulsa rapidement les notes.

— Diagnostic sommaire, en vérité, ajouta l'aspirant. Coma profond suite à un choc cérébral.

— Permettez que je vérifie le matricule ? demanda Antonia.

L'aspirant lui tendit la main courante de l'année 16. Et Antonia vérifia les chiffres, avec anxiété. Elle fut aussitôt soulagée en constatant qu'il s'agissait bien de Julien. L'erreur sur le patronyme avait donc suivi les services de l'hôpital militaire. Pour l'administration des armées, Julien Sarazac avait disparu des listes et était devenu Pierre Rafus. Et cela confirmait donc qu'il lui fallait, désormais, le rechercher sous ce nom.

— Coma, dites-vous ? interrogea Antonia.

L'aspirant hésita à s'étendre plus avant. La chemise grise contenait des généralités sur l'affection dont était atteint le malade, pour la bonne raison que le véritable dossier médical se trouvait dans le service de neurologie.

— En effet. Mais je ne puis vous en dire plus. Sinon fouiller les archives du docteur Singalet.

— Croyez-vous que l'homme que je cherche s'y trouve encore ?

— Oh non ! L'armée aura fini par le rendre à sa famille.

— Et s'il était décédé, hasarda Antonia, en serait-il fait mention dans vos services ?

— Non. Bien sûr.

Le lendemain, Antonia se rendit au pavillon de neurologie, par la large allée qui contournait l'édifice central. Jardins et pelouses, soigneusement entretenus, jouxtaient le bâtiment. Une infirmière la conduisit chez Singalet. C'était un petit homme maigre, chauve, au cuir jaune.

— Six mois, fit-il. Nous l'avons gardé six mois. Le temps que le malade émerge du coma. Le coma est un état proche de la mort. Nous en avons connu beaucoup de ces soldats, récalcitrants, qui mimaient cette affection pour échapper au devoir.

Il éclata de rire, en montrant un trocart.

— Avec ça, madame, nous les sortions du coma. Juste en traversant un muscle. Ceux qui se contentaient de répondre mollement au stimulus, on pouvait raisonnablement croire qu'ils étaient comateux. Le jeune homme que vous recherchez en faisait partie. Rafus. Bon Dieu, oui. Il avait reçu sur la tête un choc qui l'avait endormi pour un moment, ricana-t-il. Et je vous passe le reste. Côtes enfoncées, bras cassé. Bref, un petit gâchis. Mais facile à réparer. La tête, c'est une autre affaire. Nous avons tout essayé. Même l'électrothérapie. Alors, voilà.

Le médecin croisa ses doigts fins sur sa poitrine et se mit à papilloter du regard.

— Rassurez-moi ? Il a survécu, n'est-ce pas ?

Une moue se dessina sur son visage.

— Comme peut survivre un type qui a perdu la mémoire.

— C'est-à-dire ?

— Prostré, apathique. Bref, un idiot. Un superbe idiot. Un cas clinique intéressant.

Il parut réfléchir en étirant les manches sur ses bras maigres et ajouta :

— Pas agité, comme certains que nous devons attacher comme des bêtes. Non. Amorphe. Un fou, quoi. Un superbe fou, ajouta-t-il.

Antonia pleurait entre ses doigts, tâchant de cacher la douleur qui lui torturait l'estomac.

— Où est-il ? Je veux le voir.

Singalet eut un mouvement de défense en abaissant son regard vers le bureau empli de petits instruments de chirurgie qui dataient de Mathusalem. C'était sa collection favorite, qu'il aimait tripoter, avec des gestes maniaques. On lui avait interdit la chirurgie après quelques essais scabreux et l'armée avait fini par le verser chez les fous – comme on disait alors. C'était une occupation sans conséquence, dans un hôpital militaire. Sans doute, à la longue, s'était-il fait une spécialité dans l'art de déceler les simulateurs, les tire-au-flanc.

— La folie a une origine sociale, madame. Il faut chercher dans l'éthylisme chronique, la syphilis...

Antonia l'interrompit aussitôt :

— L'homme que je recherche a été blessé au combat.

Le médecin eut un rictus nerveux. Encore une affaire sentimentale, se dit-il en examinant sa visiteuse en larmes. La femme est ainsi faite, versée à la contemplation béate du mâle ou à l'hystérie galopante, songeait-il. Ça nous vient du péché originel. Mais la chute des corps n'a rien de céleste, sur la terre. Il fit semblant de feuilleter un dossier, de compulser des notes. C'était une contenance qu'il entendait se donner, histoire de ménager le suspense. Une routine jouissive chez ce petit mandarin.

— Notre affaire remonte à quatre ans. Et je doute qu'il soit sorti de son silence, votre héros, madame Le cerveau est un organe pensant qui s'autodétruit. Qui sait ? Il aura peut-être préféré cette solution à toutes les autres.

— Je ne puis continuer, monsieur, à entendre toutes ces horreurs. Dites-moi où il est. Et je prends congé sur-le-champ

Singalet adorait étaler son pessimisme sur l'espèce

humaine. Cela lui donnait la force de vivre tant d'atrocités journalières. La guerre avait pu satisfaire ses phobies, lui, l'obsédé explorateur de l'âme humaine brisée par ses peurs, ses angoisses, ses désespérances.

— Vous tenez tellement à le retrouver, votre héros ?

— Je vous en prie !

— Réfléchissez, madame, avant d'entreprendre quoi que ce soit. Après, ce sera trop tard. Il vous faudra l'assumer, votre légume ambulant. Le nourrir, le bercer, le langer, comme un enfant, un éternel enfant. La vie, ce n'est pas comme dans les Ecritures, ma chère madame. *Lève-toi et marche !* Une foutaise.

Antonia s'éloigna du bureau, les mains plaquées sur son visage.

— Alors, qu'il en soit ainsi. Puisque tel est votre désir. Jetez-vous à corps perdu dans la Rédemption. Faites des prières. Suppliez Dieu, le diable...

— Où est-il ? Un mot seulement, monsieur. Je n'attends plus qu'un mot de vous.

Le médecin redressa la tête, puis rajusta la médaille militaire qu'il portait agrafée sur sa poitrine. Il vint, ensuite, avec ses petites mains caressantes, triturer son nœud de cravate.

— Vous n'aurez pas besoin, madame, de courir bien loin.

Il se mit à ricaner.

— Là-bas, fit-il, à un kilomètre à vol d'oiseau, faubourg Saint-Jacques, au magasin des âmes perdues. A l'asile d'aliénés !

Au fond d'une allée, sous un cèdre centenaire, Antonia Albarède trouva enfin ce qu'elle était venue chercher. En l'apercevant, sur son fauteuil roulant, pâle et amaigri, drapé dans une camisole grise, elle faillit s'évanouir. Mais c'eût été trop bête, tout de même, de chuter à ce moment où Julien Sarazac ressuscitait dans sa vie et dans son cœur. A petits pas timides, elle s'approcha, pleurant et gémissant. Lui, toujours immobile, observait l'immense vacuité du monde. Puis elle posa sa tête contre ses mains étalées sur ses genoux.

— Je suis Antonia ! murmura-t-elle. Antonia. Ta petite Antonia. Tu ne la reconnais pas ?

Et elle passa ses doigts sur son visage pour allumer son beau regard indifférent.

— C'est fini ! Bien fini ! ajouta-t-elle. Je vais te ramener chez toi.

Il lui parut, une seconde, que ses yeux l'accompagnaient. Mais peut-être était-ce une illusion.

— Oh mon beau Julien ! cria-t-elle. Qu'ont-ils fait de toi ? A quoi donc a-t-elle servi, toute cette folie ?

La jeune infirmière qui l'avait accompagnée prit Antonia par l'épaule et l'attira en arrière.

— Avec le temps, peut-être, il finira par sortir de son silence.

— Croyez-vous qu'il m'entende ?

— Qui sait ? dit-elle.

Elle revint lui prendre une main molle et la serra au creux de la sienne.

— Si tu m'entends, Julien, remue donc tes doigts !

Elle attendit, en vain, que le déclic se fît.

Le soir même, de son hôtel Haute Mère Dieu, place de la République, elle télégraphia à Palamède l'immense nouvelle. Lorsqu'il reçut le petit bleu, l'industriel poussa un juron :

- - Que Dieu soit loué.

— Vous ? s'étonna Odette. Louer Dieu ! Quelle mouche vous a piqué ?

— Notre fils est vivant ! Vivant ! Antonia a réussi...

Odette tomba à genoux contre la table ronde qui supportait le portrait de Julien. Elle se mit à l'embrasser, comme une relique, avec tellement de dévotion que Palamède se sentit obligé de le lui retirer des mains.

— Vous qui vouliez l'enterrer ? jura Palamède. Et vous, encore, qui lui faisiez donner des messes ? Vous rendez-vous compte ! Seule la petite Antonia a été le chercher, jusqu'au dernier cercle de l'Enfer. Ah ! je renais enfin. Moi qui m'apprêtais à quitter ce monde, sans regret. Ce sera mon ultime bonheur, sa résurrection.

Quatre jours suffirent pour reconduire Julien Sarazac dans les murs jaunes de sa chambre de Thiviers. Palamède engagea deux infirmières à son service. Chaque jour, on le descendait aux jardins, parmi les lilas, les roses et les seringats. Antonia venait, trois fois par semaine, lui tenir compagnie. Elle s'asseyait à côté de lui et évoquait, sans se lasser, le temps où ils s'étaient rencontrés à Excideuil, la naissance de leur amour, leur séparation, le chagrin qu'elle n'avait su éteindre, les heures passées sur les routes de Cubjac, leur première étreinte, et les étoiles qui brillent sur le monde.

— Parfois, il semble bien suivre la conversation, confiait-elle à Palamède pour le rassurer. C'est comme un mur de coton qui l'enferme. Notre Julien est retranché derrière, dans sa forteresse. Il nous faut le percer, petit à petit, pour qu'il en sorte, enfin, comme d'une chrysalide.

Mais le père ne la croyait guère. Il lui suffisait, au juste, qu'il fût vivant pour satisfaire son bonheur. A la longue, et suivant son exemple, il s'employa aussi à monologuer avec lui.

— J'ai toujours pensé que tu étais digne de me succéder, Julien. Et si tu as pu, un seul instant, imaginer le contraire, alors tout cela est de ma faute. Un affreux malentendu. Je compte que tu retournes, vite, parmi nous. Ta place est là, à la tête de nos usines...

Parfois, il se forçait à contenir ses larmes qui étouffaient les mots. Pour un empire il n'eût voulu communiquer le désespoir qui le hantait. C'était rendre raison à la fatalité. Et Palamède avait besoin, plus que tout, de croire que son Julien émergerait enfin de la forteresse où le destin l'avait emmuré.

Parfois, le chauffeur emmenait l'infortuné sur les traces de son enfance. Lents et besogneux périples au bord de l'Auvézère, à la Forge-d'Ans, ou sous les murs de Domme dominant la Dordogne... Mais les lieux s'avéraient impuissants à réveiller quelques bribes de mémoire. Tout paraissait prisonnier du silence.

Dans les derniers jours de décembre, les Sarazac invitèrent Antonia à séjourner dans leur demeure. Les pièces ne manquaient pas, au second étage. Les propriétaires avaient pris soin de faire aménager un appartement. Ainsi, la petite Albarède s'installa auprès de lui et partagea son ordinaire. Les jours et les nuits étaient peuplés du souffle du souvenir. Nul mieux qu'Antonia n'avait l'art de faire remonter à la surface les lointains instants de sa vie perdue. Ainsi obtint-elle quelques cillements de paupières. Mais était-ce le signe d'un réveil prochain, ou le point limite de sa conscience d'être ?

Durant ces jours de grand courage, Palamède vint louer la constance d'Antonia.

— Vous êtes jeune et jolie, dit-il. La vie vous appelle. Il faut vous détacher de mon fils. Avec lui, il n'est point d'avenir possible. Je comprendrais que vous renonciez. Ce que vous avez fait pour lui est déjà surhumain.

Antonia se défendit avec la plus vive énergie.

— Je suis prête à l'épouser, confia-t-elle. Jamais, au grand jamais, je ne l'abandonnerai. Croyez-vous, Palamède, que j'ai entrepris un tel voyage pour démissionner, aujourd'hui ? Ah, vous ne savez point ce qu'est une Césarine !

L'industriel se souvint, alors, avec quel mépris il avait traité la famille Albarède. C'était une attitude qu'il se reprochait, jour après jour, en silence. Les leçons de l'existence nous grandissent, même les pires, songeait-il parfois en promenant une main affectueuse sur le visage d'Antonia.

Un soir, elle lui avoua que Simon était le fils de Julien. Palamède demeura une longue minute sans voix. La surprise passée, l'homme éclata en sanglots. Il se détourna vivement de la jeune femme pour qu'elle ne le vît, ainsi, en proie à ce mélange de peine et de joie. Et lorsqu'il eut recouvré un peu de sérénité, il se rapprocha d'elle.

— Pourquoi ne me l'avoir pas dit plus tôt ?

— Si nous n'avions retrouvé Julien, alors je me serais tue.

Des médecins de Bordeaux, de distingués neurologues, des aliénistes, des psychiatres tenants de la Société médico-psychologique s'en vinrent examiner le malheureux, peu avant Noël. Ceux-ci refusèrent de se prononcer. « Un choc lui a ôté la mémoire, expliquèrent-ils, un choc la lui rendra. Un choc émotif, bien entendu ! »

La réflexion hanta longuement Antonia. Et le premier jour de l'année 21, elle décida de le conduire au Valperdu. Dans sa truffière. Le chauffeur l'aida à descendre Julien, et à l'installer sur son fauteuil roulant. Puis elle fit signe, ensuite, au domestique de se retirer.

Antonia le voitura sur la clairière et sous les pins. Le vent caressait les ramures et faisait chanter l'air comme des doigts sur une harpe. Quand ils furent près de la cabane, elle s'assit à côté de lui.

— Te souvient-il, mon Julien, des jours heureux ? Du temps où tu m'écrivais des messages secrets. Ici, le vent se souvient, car nous sommes aux portes de l'éternité.

Soudain, elle vit sa main qui se tendait jusqu'à toucher le ciel. Son regard bleu fixait l'immensité du Valperdu. Sa voix intérieure, comme accordée au chant de la harpe, se mit à fredonner, sourdement, dans les profondeurs de son corps. Peu à peu, elle s'éleva, jusqu'à percer les lèvres froides qui la contenaient.

— Antonia, murmura-t-il. Antonia ?

— Tu m'appelles, ô mon amour, mon bel amour.

Elle le prit dans ses bras, et l'emporta avec elle, au milieu des arbres et des nuages et du ciel qui valsaient à l'unisson.

PRODUCTION JEANNINE BALLAND

Romans « Terres de France »

Jean Anglade
Un parrain de cendre
Le Jardin de Mercure
Y a pas d'bon Dieu
La Soupe à la fourchette
Un lit d'aubépine
La Maîtresse au piquet
Le Saintier
Le Grillon vert
La Fille aux orages
Un souper de neige
Les Puysatiers
Dans le secret des roseaux
La Rose et le Lilas
Avec le temps...
L'Ecureuil des vignes
Sylvie Anne
Mélie de Sept-Vents
Le Secret des chênes
La Couze
Ciel d'orage sur Donzenac
La Maîtresse du corroyeur
Un horloger bien tranquille
Jean-Jacques Antier
Autant en apporte la mer
Marie-Paul Armand
La Poussière des corons
Le Vent de la haine
Le Pain rouge
La Courée
  tome I *La Courée*
  tome II *Louise*
  tome III *Benoît*
La Maîtresse d'école
La Cense aux alouettes
Nouvelles du Nord
L'Enfance perdue
Un bouquet de dentelle
Au bonheur du matin
Le Cri du héron
Victor Bastien
Retour au Letsing
Henriette Bernier
L'Enfant de l'autre
Françoise Bourdon
La Forge au Loup
La Cour aux paons
Le Bois de lune
Le Maître ardoisier
Patrick Breuzé
Le Silence des glaces
Nathalie de Broc
Le Patriarche du Bélon
Annie Bruel
La Colline des contrebandiers
Le Mas des oliviers
Les Géants de pierre
Marie-Marseille
Jean du Casteloun
Les Amants de Malpasset
Michel Caffier
Le Hameau des mirabelliers
La Péniche Saint-Nicolas
Les Enfants du Flot
La Berline du roi Stanislas
Jean-Pierre Chabrol
La Banquise
Alice Collignon
Un parfum de cuir
Didier Cornaille
Les Labours d'hiver
Les Terres abandonnées
La Croix de Fourche
Etrangers à la terre
L'Héritage de Ludovic Grollier
L'Alambic
Georges Coulonges
Les Terres gelées
La Fête des écoles
La Madelon de l'an 40
L'Enfant sous les étoiles
Les Flammes de la Liberté
Ma communale avait raison
Les blés deviennent paille
L'Eté du grand bonheur
Des amants de porcelaine
Le Pays des tomates plates
La Terre et le Moulin
Les Sabots de Paris
Les Sabots d'Angèle
Yves Courrière
Les Aubarède
Anne Courtillé
Les Dames de Clermont
Florine
Dieu le veult
Les Messieurs de Clermont
L'Arbre des dames
Le Secret du chat-huant
Paul Couturiau
En passant par la Lorraine
Annie Degroote
La Kermesse du diable
Le Cœur en Flandre
L'Oubliée de Salperwick
Les Filles du Houtland

Le Moulin de la Dérobade
Les Silences du maître drapier
Le Colporteur d'étoiles
La Splendeur des Vaneyck
Alain Dubos
Les Seigneurs de la haute lande
La Palombe noire
La Sève et la Cendre
Le Secret du docteur Lescat
Marie-Bernadette Dupuy
L'Orpheline du bois des Loups
Elise Fischer
Trois Reines pour une couronne
Les Alliances de cristal
Mystérieuse Manon
Laurence Fritsch
La Faïencière de Saint-Jean
Alain Gandy
Adieu capitaine
Un sombre été à Chaluzac
L'Enigme de Ravejouls
Les Frères Delgayroux
Les Corneilles de Toulonjac
L'Affaire Combes
Les Polonaises de Cransac
Le Nœud d'anguilles
L'Agence Combes et Cie
Gérard Georges
La Promesse d'un jour d'été
Michel Hérubel
La Maison Gelder
La Falaise bleue
Tempête sur Ouessant
Le Démon des brumes
Denis Humbert
La Malvialle
Un si joli village
La Rouvraie
La Dent du loup
L'Arbre à poules
Les Demi-Frères
La Dernière Vague
Yves Jacob
Marie sans terre
Les Anges maudits de Tourlaville
Hervé Jaouen
Que ma terre demeure
Jean-Pierre Leclerc
Les Années de pierre
La Rouge Batelière
L'Eau et les jours
Hélène Legrais
Le Destin des jumeaux Fabrègues
Louis-Jacques Liandier
Les Gens de Bois-sur-Lyre
Les Racines de l'espérance
Jean-Paul Malaval
Le Domaine de Rocheveyre
Les Vignerons de Chantegrêle
Jours de colère à Malpertuis
Quai des Chartrons
Les Compagnons de Maletaverne
Le Carnaval des loups
Dominique Marny
A l'ombre des amandiers
La Rose des Vents
Louis Muron
Le Chant des canuts
Henry Noullet
La Falourde
La Destalounade
Bonencontre
Le Destin de Bérengère Fayol
Le Mensonge d'Adeline
L'Evadé de Salvetat
Les Sortilèges d'Agnès d'Ayrac
Michel Peyramaure
Un château rose en Corrèze
Les Grandes Falaises
Frédéric Pons
Les Troupeaux du diable
Les Soleils de l'Adour
Jean Siccardi
Le Bois des Malines
Les Roses rouges de décembre
Le Bâtisseur de chapelles
Le Moulin de Siagne
Un parfum de rose
Jean-Michel Thibaux
La Bastide blanche
Le Secret de Magali
La Fille de la garrigue
La Colère du mistral
L'Homme qui habillait les mariées
La Gasparine
L'Or des collines
Le Chanteur de sérénades
Jean-Max Tixier
Le Crime des Hautes Terres
La Fiancée du santonnier
Le Maître des roseaux
Brigitte Varel
Un village pourtant si tranquille
Les Yeux de Manon
Emma
L'Enfant traqué
Le Chemin de Jean
L'Enfant du Trièves
Le Déshonneur d'un père
Colette Vlérick
La Fille du goémonier
Le Brodeur de Pont-l'Abbé
La Marée du soir
Le Blé noir

Récits « Terres de France »

Albine Novarino
George Sand ou l'amour du Berry

Collection « Sud Lointain »

Jean-Jacques Antier
Le Rendez-vous de Marie-Galante
Marie-Galante, La Liberté ou la Mort
La Dame du Grand-Mât
Erwan Bergot
Les Marches vers la gloire
Sud lointain
tome I *Le Courrier de Saïgon*
tome II *La Rivière des parfums*
tome III *Le Maître de Bao-Tan*
Rendez-vous à Vera-Cruz
Mourir au Laos
Jean Bertolino
Chaman
Anne Courtillé
Le Mosaïste de Constantinople
Paul Couturiau
Le Paravent de soie rouge
Le Paravent déchiré

Alain Dubos
Acadie, terre promise
Retour en Acadie
Hubert Huertas
L'Orque de Magellan
Hervé Jaouen
L'Adieu au Connemara
Dominique Marny
Du côté de Pondichéry
Les Nuits du Caire
Cap Malabata
Juliette Morillot
Les Orchidées rouges de Shanghai
Michel Peyramaure
Les Pays du Bel Espoir
Bernard Simonay
Les Tigres de Tasmanie
La Dame d'Australie
Jean-Michel Thibaux
La Fille de Panamá
Tempête sur Panamá

Romans

Alain Gandy
Quand la Légion écrivait sa légende
Hubert Huertas
Nous jouerons quand même ensemble
La Passagère de la « Struma »
Denis Humbert
Un été d'illusions

Michel Peyramaure
Les Tambours sauvages
Pacifique Sud
Louisiana
Le Roman de Catherine de Médicis
Jean-Michel Thibaux
Le Roman de Cléopâtre

Composition : Facompo, Lisieux

Impression réalisée sur CAMERON par

BUSSIÈRE CAMEDAN IMPRIMERIES

GROUPE CPI

à Saint-Amand-Montrond (Cher)
en août 2004
pour les Presses de la Cité
12, avenue d'Italie
75013 Paris

N° d'édition : 7200. — N° d'impression : 043276/1.
Dépôt légal : septembre 2004.

Imprimé en France